D1693917

Jussi Ketola hat sich während seiner Zeit als Minen- und Bauarbeiter in den USA mit sozialistischen Ideen angefreundet. Nachdem er nach Finnland zurückgekehrt ist, wird er im August 1930 von den Männern der rechtsextremen Lapua-Bewegung entführt und auf seine «Strasse ins Paradies» geschickt. Im Klartext: Er wird über die russische Grenze abgeschoben.

Bald findet er sich in seinem neuen Leben jenseits der Grenze zurecht und setzt sich zunächst als Bauarbeiter, dann in einem landwirtschaftlichen Kolchos für den Arbeiter- und Bauernstaat ein. Dabei bewegt er sich immer im Kreis von eingewanderten Amerikafinnen, die die gemeinsame Vision haben, in Karelien ein besseres Leben zu realisieren. Aber auch in der Autonomen Sozialistischen Republik Karelien ist nicht alles Gold, was glänzt, und so wiederholt sich die Geschichte für Jussi auf frappante Weise …

Eine auf historischen Tatsachen basierende Geschichte aus der Zwischenkriegszeit, der Zeit des Rechtsextremismus und der Kommunistenverfolgung in Finnland, die von Antti Tuuri in seinem unverwechselbaren eigenen Stil erzählt wird.

«Wenn es darum geht, Einflüsse der Zeit, Ideologien und Ereignisse zurückhaltend anhand der Lebensgeschichte einer Person darzustellen, gehört Tuuri unbedingt zu den Besten dieses Landes.» *Amman lukuhetki*

Antti Tuuri (*1944 in Kauhava, Ostbottnien) zählt zu den profiliertesten und erfolgreichsten Gegenwartsautoren Finnlands. Er verfasste über 50 Romane, daneben Dramen, Drehbücher für Kino- und Fernsehfilme, Opernlibretti und Hörspiele. Nebst Belletristik schrieb er auch Reportagen, Biographien und Unternehmensgeschichten, und er trat als Übersetzer von isländischen Sagas in Erscheinung. Mehrere seiner Romane wurden verfilmt, und seine Werke wurden in über 20 Sprachen übersetzt. Er wurde mit vielen bedeutenden Literaturpreisen ausgezeichnet, unter anderem mit dem Literaturpreis des Nordischen Rates und dem Finlandia-Preis.

Antti Tuuri

STRASSE INS PARADIES

Roman

Aus dem Finnischen von
Beat Hüppin

Mit freundlicher Unterstützung von

Kanton Schwyz
Kulturförderung

SWISSLOS

FINNISH
LITERATURE
EXCHANGE

SCHWEIZERISCHE VEREINIGUNG
DER FREUNDE FINNLANDS

1. Auflage April 2019
Veröffentlicht bei Antium Verlag KLG, CH-8855 Wangen SZ

Die finnische Originalausgabe erschien 2011 unter dem Titel
«Ikitie» bei Otava, Helsinki.
© der deutschen Übersetzung:
Antium Verlag KLG, CH-8855 Wangen SZ
Lektorat: Rahel Schmidig
Satz und Gestaltung: Ladina Poik
Umschlagfoto: www.vastavalo.net (Fotograf: Hannu Laatunen)
Druck: Erni Druck und Media AG, CH-8722 Kaltbrunn
Printed in Switzerland
ISBN 978-3-907132-02-9
www.antiumverlag.ch   info@antiumverlag.ch

Der Verlag verwendet eine Hausorthographie, die auf einer gemässigten Variante der reformierten Rechtschreibung basiert und zudem den schweizerischen Usus berücksichtigt. Insbesondere wird auf das ß verzichtet.

AUGUST 1930

1.

Ich war darauf gefasst gewesen, dass sie irgendwann in einer Nacht kommen würden, aber niemand konnte sagen, wann sie kommen würden, die Männer der Lapua-Bewegung. Drohungen hatte ich schon seit jenem Tag zu hören bekommen, als ich mich geweigert hatte, eine Gemeinderatssitzung zu verlassen.

Als schliesslich Autos auf den Hof fuhren und ich von ihrem Geräusch aufwachte, wusste ich, dass sie gekommen waren, um mich zu holen, denn die Autos fuhren ohne Licht. Sofia war schon wach, sie hatte viele Nächte kaum geschlafen. Sie sagte, sie lasse mich nicht zur Tür, sie werde den Lapua-Männern selber entgegengehen. Ich sagte, in unserem Haus könne doch wohl nur ich der «Selber» in dieser Angelegenheit sein, der, den es anging. Aber Sofia wollte nicht diskutieren, zog schon den Rock an und wickelte einen Schal um ihre Schultern, als man auf dem Flur auch schon ein Poltern hörte.

Ich ging hinter Sofia in die Stube. Die Männer, die in den Flur gekommen waren, begannen laut an die Stubentür zu hämmern und «Tür auf!» zu schreien. Sofia ging zur Tür und sagte auf der Stubenseite mit lauter Stimme, bei uns seien die Türen immer offen, bei Nacht und bei Tag, weil der Besucher womöglich Christus war, unser Herr, dessen Erscheinen auf der Welt erwartet wurde.

Die Lapua-Männer öffneten jetzt die Tür und betraten die Stube. Sofia fragte, was sie mitten in der Nacht von uns wollten. Auch Männer aus unserem eigenen Dorf waren dabei, und sie sagten, wir wüssten doch genau, in was für Angelegenheiten sie unterwegs seien. Es war die Sache des Vaterlands.

Ich sagte, sie seien da aber mit sehr lautem Gepolter mitten in der Nacht in der Sache des Vaterlands unterwegs. Der Tierarzt befahl mir hinauszutreten. Arvo kam in der Unterwäsche aus der zweiten Schlafkammer und blieb in der Tür der Kammer stehen. Er brauchte nicht zu fragen, was für Leute da gekommen waren. Sofia fragte den Tierarzt, ob er nicht genug damit zu tun habe, das Vieh zu behandeln, so dass er es nötig habe, nachts umherzuziehen, um die Menschen aufzuschrecken.

Weitere Männer drangen nun vom Flur in die Stube ein. Sie stiessen Sofia zur Seite, packten mich und wollten mich aus der Stube schleppen. Ich sagte zu Sofia, sie solle sich aus der Sache heraushalten. Arvo kam von der Tür der Kammer gelaufen und versuchte mich am Arm zurückzuhalten. Seine Kräfte reichten nicht aus, um mich in der Stube zu halten, da drei stämmige Männer mich gepackt hatten und zur Tür schleiften. Ich leistete keinen Widerstand, sagte aber doch, ich würde gerne Hosen anziehen, obwohl ich nicht glaubte, dass es in dieser Augustnacht draussen kalt war. Der Tierarzt behauptete, man werde mir als einem Gesinnungsgenossen in Russland bestimmt Hosen geben. Er hatte schon eine Pistole gezückt und fuchtelte damit herum.

Als wir bereits auf dem Flur waren, kam ein Tagelöhner, der bei uns übernachtete, aus der am Flur gelegenen Kammer, aber die Männer stiessen ihn zurück in seine Kammer und schlugen die Tür zu. Pauli war aus der Dachkammer gekommen, in der er und Hilkka schliefen, lief aber erschrocken über die Schreie zurück nach oben. Der Junge war damals erst fünf Jahre alt.

Auf dem Vorplatz standen zwei Autos ohne Licht. Beide Fahrer waren ausgestiegen, um zuzusehen, wie man mich aus dem Haus brachte. Der Hund kam bellend vom Weg zwischen dem Pferde- und dem Kuhstall hergelaufen und versuchte den Tierarzt anzugreifen. Dieser trat den Hund mit ganzer Kraft, doch das Tier liess nicht locker, bis Arvo aus der Stube kam und es zur Seite führte.

Ich erwähnte noch einmal die Hosen und den Pullover, aber es wurde mir nicht gestattet, diese holen zu gehen. Weil man mich keine Überkleider anziehen liess, war ich sicher, dass man mich zur berüchtigten «Geraden von Lapua» bringen würde. Dort würde ich verprügelt und dazu gezwungen werden, den Schwur von Lapua zu leisten, so wie man es eine Woche zuvor mit Jalmari Välimäki gemacht hatte. Nachdem man ihn verprügelt hatte, hatte man ihn einfach im Wald zwischen Kauhava und Lapua liegengelassen.

Auf dem Vorplatz angekommen sagte ich, es sei nicht nötig, dass mich drei Männer über den Platz zerrten, ich könne auch allein gehen. Der Tierarzt befahl den Männern, mich loszulassen, stiess einen Pistolenlauf gegen meinen Rücken und fragte, ob ich mich mit Schusswaffen auskennen würde. Ich antwortete, ich hätte in den Kämpfen um Tampere zu Ostern achtzehn welche gesehen.

Die Lapua-Männer, die mich aus der Stube auf den Vorplatz geschleppt hatten, begannen zu schreien, man dürfe mich die Erinnerung an den Freiheitskrieg nicht in den Schmutz ziehen lassen. «Freiheitskriech», sagten sie.

Ich versuchte zu erzählen, ich sei in Tampere auf der Seite der Weissen gewesen. Der Fahrer des vorderen Autos schlug mich mit dem Pistolenlauf, so dass ich spürte, wie mir das Blut aus dem Mund strömte. Ich kannte den Mann, es war Vihtori Kosolas Sohn Pentti. Die Männer, die hinter mir gestanden hatten, stiessen mich jetzt auf die Rückbank des Autos. Der Tierarzt setzte sich auf die Vorderbank neben den Fahrer, die Pistole immer noch in der Hand. Er war Jägerhauptmann, der Neffe Vihtori Kosolas, und hatte in Deutschland Veterinärmedizin studiert, nachdem er im Krieg nichts mehr zu tun gehabt hatte. Ich erinnerte mich, dass er im Bürgerkrieg bis nach Porajärvi gelangt war, aber auf diesen Kriegszügen hatte er keinen Ruhm erworben, den er hätte nach Hause bringen können.

Aus dem Mund spie ich Blut auf den Boden des Autos. Im Dunkeln bemerkte es niemand. Pentti Kosola nahm den Fahrersitz ein, zu meiner Linken und Rechten nahmen Männer aus Lapua Platz, die ich nicht kannte.

Ich sagte zum Tierarzt, beim letzten Mal sei er unter angenehmeren Umständen zu uns gekommen, wir hätten ihn namentlich zu uns bestellt, damit er sich ein Schwein ansehe. Aber Kosola brüllte, ich hätte keine Erlaubnis zu sprechen, ausser wenn ich dazu aufgefordert würde. Ich hätte schliesslich in den Dörfern und in den Gemeinderatssitzungen schon genug gesprochen und es nicht verstanden, den Mund zu halten, obwohl mir klügere Leute dazu geraten hatten.

Ich spürte, wie mein Unterkiefer und meine Lippen anzuschwellen begannen, ich betastete mit den Fingern die Zähne, die zu wackeln schienen. Pentti Kosola fuhr mit hoher Geschwindigkeit vom Vorplatz weg. Ich sah, dass Sofia, Arvo und der Tagelöhner die Stufen zum Vorplatz hinabgestiegen waren und den Autos nachblickten. Als ich mich umdrehte, um durch das Rückfenster zu blicken, packte der Mann aus Lapua, der neben mir sass, mein Ohr und riss meinen Kopf nach vorne.

Ich versuchte, durch das Fenster des Autos zu erspähen, in welche Richtung wir fuhren. Die bewölkte Augustnacht war so dunkel, dass es mir sogar in der vertrauten Gegend schwer fiel, die einzelnen Orte zu erkennen. An den Häusern brannten keine Lichter, wir fuhren nicht in die Richtung des Kirchdorfs. Ich lehnte mich gegen die Rückenlehne der Rückbank und schloss die Augen, musste sie aber gleich wieder öffnen, weil die Übelkeit mich bei der ersten Kurve so heftig übermannte, dass es mir hochkam und ich das Erbrochene wieder hinunterwürgen musste.

Pentti Kosola sagte, er werde mich gleich auf der Stelle umbringen, falls ich ins Auto kotzen oder meine Hosen vollscheissen würde. Der Tierarzt meinte, ich sei doch in den Dörfern ein harter Kerl gewesen, als ich so genau gewusst hatte, dass die Vaterlandsfreunde es nicht wagen würden, mich anzugreifen, nun aber, da es ernst galt, scheine mir vor Angst der Dünnschiss in die Hosen zu fahren.

Ich kriegte das Erbrochene wieder hinunter, atmete einen Moment tief durch und sagte dann, sie bräuchten sich nicht davor zu fürchten, dass ich in die Hosen schisse. Sie sollten sich hingegen lieber um ihre eigenen Hosen kümmern, wenn Sofia dazu käme, die Entführung der Polizei zu melden. Das fanden die Männer aus Lapua lustig. Sie sagten, die Polizei wisse genau, wo in der Region in dieser Nacht die schwarzen Autos verkehrten.

Ich erkannte jetzt, dass wir bei der Verzweigung von Mustamaa nach Lapua abbogen. Nach Kauhava ins Dorf hinein waren wir nicht gefahren. Nun fuhren wir schon mit vollem Licht, während man noch bei der Abfahrt vom Hof und lange Zeit während der Fahrt in die Richtung von Lapua die Lichter des von hinten nachfolgenden Autos nicht hatte sehen können.

Bei Mustamaa begann eine Waldstrasse, und ich wartete die ganze Zeit darauf, dass Kosolas Sohn anhielt und man mich zum Verprügeln in den Wald schleppte. Auf solchen

Waldstrassen hatte man Leute durchgepeitscht, mit nacktem Hintern in Ameisennester gesteckt und sie schwören lassen, dass sie sich nie mehr an kommunistischen Umtrieben beteiligen würden, die den Zweck verfolgten, Finnlands Freiheit den Russen abzutreten.

Ich hatte mir schon alles fertig zurechtgelegt, was ich täte, wenn die Männer der Lapua-Bewegung mich holen würden, ich hatte es mir überlegt, seit die Lapua-Männer begonnen hatten, Leute an die Ostgrenze zu verschleppen, seit man begonnen hatte, von Prügeln und Misshandlungen zu berichten. Aber ich hatte nicht zum Voraus wissen können, ob ich es schaffen würde, mich wie ein Mann zu verhalten.

2.

Bald nach den Häusern von Teikkari lenkte der junge Kosola das Auto auf einen schmaleren Waldweg, wir fuhren kurze Zeit auf diesem weiter, während das hinter uns fahren-
de Auto uns an der Stossstange klebte. Dann befahl der
Tierarzt anzuhalten. Der junge Kosola fragte, ob man mich
denn hier umbringen solle. Der Tierarzt meinte, dieser Ort
eigne sich dafür genauso gut wie jeder andere. Der eine der
Männer auf der Rückbank brach in ein hastiges, näselndes
Lachen aus.

«Lassen wir die Bestie ausbluten», sagte er.

Der Tierarzt fragte, wie es sich nun für mich anfühle, da
es mir bestimmt war zu sterben. Ich sagte, ich sei mir darüber schon lange im Klaren gewesen. Der Tierarzt meinte, in
diesem Fall sei es unnötig, kostbare Zeit zu verschwenden.
Er befahl den Männern auf der Rückbank, mich aus dem
Auto zu bringen. Sie wollten mich beide aus der Tür auf
ihrer jeweiligen Seite zerren, und so kam ich nicht aus dem
Auto. Der Tierarzt begann die Männer auf der Rückbank
anzubrüllen. Ein solch ungeschicktes Verhalten konnte er
nicht ertragen.

Aus dem hinteren Auto stiegen nun Männer aus, und
auch sie begannen mich aus dem Auto zu zerren. Sie
konnten sich endlich einigen, aus welcher Tür man mich
aus dem Wagen zerren sollte, und schafften es, mich neben dem Auto zu postieren. Kosolas Sohn kam, stiess
mich auf die Knie und drückte meinen Kopf so gegen

den Gummireifen des Autos, dass an meiner Wange der Schmutz der Landstrasse haften blieb. Ich wischte ihn mit der Hand ab und fühlte zugleich, wie geschwollen meine Unterlippe schon war. Die Lichter des Autos, das hinter uns gefahren war, leuchteten von so nah, dass ich die Augen schliessen musste.

Pentti Kosola drückte den Pistolenlauf gegen meinen Kopf und fragte, ob ich gleich hier sterben wolle oder lieber im Moor, in dem man meine Leiche anschliessend versenken könne, so dass ihnen die Mühe, mich begraben zu müssen, erspart bleibe.

Ich sagte, der Leiche seien solche Dinge egal, das sei eher die Sorge der anderen beteiligten Personen. Der Tierarzt befahl den Männern, mich an den Rand des Moors zu führen, damit sie den blutigen Leichnam nicht würden über den Waldweg schleifen müssen, was hässliche Spuren hinterliesse, und damit sie ihre Kleider nicht mit dem Blut eines Kommunisten würden beschmutzen müssen.

Jemand schlug mich von hinten auf den Kopf, ich fiel auf den Bauch, verlor aber nicht das Bewusstsein. Man stellte mich wieder auf und hielt mich fest, so dass ich an der Seite des Autos aufrecht stand. Der Tierarzt fragte, ob ich selbst ins Moor gehen wolle oder ob seine Männer mich hineinschleppen müssten. Ich antwortete darauf nichts, und der Tierarzt schlug mich mit dem Pistolenlauf auf die Wange. Er sagte, er habe schon härtere Kerle als mich zum Sprechen gebracht. Es gab ein Geschrei und ein Fluchen, als alle durcheinander brüllten, was man mit mir am besten tun sollte. Pentti Kosola meinte allerdings, es sei überflüssig, mich irgendetwas zu fragen, weil man alle Antworten schon zum Vornherein wisse und sie alle falsch seien – und bei denjenigen Antworten, die man nicht gewusst hätte, hätte ich dann eben gelogen.

Sie packten mich jetzt zu beiden Seiten unter den Schultern und schleppten mich auf dem Waldweg vorwärts. Im Schein der Autolichter sah ich, wie sich der Kiefernwald zu einem Moor zu verflachen begann. Wir kamen am Rand des Kiefernwalds sofort zum Moor. Meine Beine waren nackt, und ich spürte, wie die Stengel des Sumpfporsts an meinen Schienbeinen schürften und wie die Wurzelstöcke der Bäume und die im Sumpf verfaulenden Zweige Wunden in meine Fusssohlen rissen. Dann kamen wir schon zum Sumpf, und das Sumpfwasser fühlte sich an meinen nackten Füssen kalt an. Der Tierarzt gab den Befehl, an dieser Stelle anzuhalten, seiner Meinung nach lohnte es sich nicht, meinetwegen die guten Lederstiefel im Sumpfwasser aufzuweichen.

Sie liessen mich jetzt los, und der Tierarzt befahl mir niederzuknien. Ich kauerte mich ins nasse Moor und fühlte, wie jemand einen Pistolenlauf gegen meinen Hinterkopf drückte. Ich schloss die Augen und wartete. Es war ein Moment, in dem ich nichts dachte, in mir war kein Gedanke mehr, kein Gefühl. Das Warten auf den Schuss füllte mich ganz aus.

Ich kriegte einen Tritt in die Seite und stürzte ins Moor. Der Tierarzt trat neben mich und drückte mich mit seinem Fuss so in den Sumpf, dass ich auf der ganzen Seite nass wurde, und als ich den Kopf zu heben versuchte, setzte er die Pistole an meine Schläfe und drückte meinen Kopf unter den Sumpfporst und die Moorbeerenzweige. Er sagte jetzt auf einmal, man könne mich nicht hier im Sumpf töten, weil ich 1918 in Tampere dabeigewesen sei, als man im Land für Gesetz und Ordnung habe sorgen wollen. Männer, die 1918 bei den Weissen gewesen seien, könne man in Finnland nicht im Moor versenken, selbst wenn sie in ihrer Gesinnung vom richtigen Weg abgekommen seien.

Ich forderte den Tierarzt auf, sich daran zu erinnern, dass ich in Tampere keine Waffe in die Hand genommen hatte, obwohl man mit Gewalt versucht hatte, mir eine solche in die Hände zu drücken. Ich hatte in Tampere lediglich Leichen eingesammelt und abtransportiert. Der Tierarzt befahl mir aufzustehen. Wir gingen zurück zu den Autos. Die Lapua-Männer, die im hinteren Auto gesessen hatten, murrten, man habe mich viel zu leicht davonkommen lassen. Ich sei ein schlechtes Beispiel für meine Gesinnungsgenossen, die bald zu glauben begännen, dass man den «Pestbasilisk» des Kommunismus in Ostbottnien verbreiten dürfe, ohne eine Strafe fürchten zu müssen.

Der Tierarzt versprach, man werde mich nicht so leicht davonkommen lassen. Wir kamen zu den Autos zurück, man stiess mich auf die Rückbank. Die Lapua-Männer begannen die Autos rückwärts zur Hauptstrasse zurückzusetzen, weil sie auf dem schmalen Waldweg keine Stelle fanden, wo sie hätten wenden können. Als wir zur Waldstrasse zurückkehrten, setzte Pentti Kosola so ungeschickt zurück, dass er mit dem Hinterrad des Autos seitlich über ein kleines Durchlassrohr rutschte. Die Männer stiegen aus, und auch aus dem hinteren Auto, das bereits zur Waldstrasse gelangt war, kamen Männer zu Hilfe. Niemand wagte es, den Fahrer zu kritisieren, und gemeinsam hoben sie das Heck des Autos zurück auf den Durchlass.

Als wir zum Kirchdorf von Lapua fuhren, sagte keiner der Männer auch nur ein Wort. Ich kannte die Strecke und versuchte zu erkennen, wohin man mich brachte. Wir kamen von Ritamäki hinunter in Richtung des Flussufers. Auf der Strasse sah man um diese Zeit mitten in der Nacht keine Menschen, und Pentti Kosola fuhr mit hoher Geschwindigkeit durch das Dorf bis neben die grosse Brücke, wo das Haus der Kosolas lag.

Man befahl mir auszusteigen. Ich war durchnässt und fror, so dass meine Zähne klapperten, als man mich über den Vorplatz führte und in irgendeinen Schuppen stiess, einen alten Kornspeicher, der jetzt anscheinend von der Lapua-Bewegung genutzt wurde.

Als sich die Tür hinter mir schloss und mit einem grossen Vorhängeschloss gesichert wurde, wurde es im Schuppen ganz dunkel. Ich versuchte durch Tasten herauszufinden, in was für eine Kammer man mich gestossen hatte. Vorsichtig ging ich die Wand entlang, wobei ich diese mit einer Hand berührte. Die andere Hand hielt ich ausgestreckt, um mit dem Kopf nirgends anzustossen.

Ich kam ungefähr vier Meter weit, bevor die Rückwand mir entgegenkam, woraufhin ich an dieser weiterging. Ich war bloss einen Meter vorwärtsgekommen, als meine Hand gegen einen Kornbehälter stiess. Indem ich mich um diesen herumtastete, kam ich zur zweiten Seitenwand, an der Werkzeuge und Gebrauchsgegenstände hingen. Im Dunkeln konnte ich nicht feststellen, wozu diese dienten.

Die Seitenwand entlang bewegte ich mich zur Ecke der Vorderwand und von dort zurück zur Tür. Dort horchte ich einen Augenblick, hörte aber von draussen keinerlei Geräusche. Ich kehrte zum Kornbehälter zurück, suchte den Verschluss und öffnete ihn. Bis auf einige alte Kornsäcke war der Behälter leer. Ich holte sie heraus und legte sie auf den Boden. Ich legte mir aus ihnen ein Lager zurecht und platzierte Säcke als improvisierte Matratze auf dem Boden. Es waren genug Säcke vorhanden, um auch noch eine Decke zu kriegen, und so lag ich unter den Säcken und versuchte mich ein wenig aufzuwärmen.

Ich war so durchnässt, dass ich die Säcke, auf denen ich lag, ebenfalls nass machte, und ich musste aufstehen, umherhüpfen und mich schütteln, um mich etwas aufzuwärmen. Ich zog mich im Dunkeln ganz nackt aus und versuchte meine Unterhosen und das Hemd zu trocknen. Ich rollte die Wäschestücke zusammen und wrang sie aus. Der eine oder andere Tropfen löste sich tatsächlich daraus, aber trocken wurde die Wäsche dadurch nicht. Ich wendete die Säcke, um trockene Stellen zu finden, auf denen ich liegen konnte, breitete mein Hemd und die Unterhose zum Trocknen über den Rand des Kornbehälters und legte mich nackt unter die Säcke. Die Jutesäcke fühlten sich auf der blossen Haut so rauh an, als ob ich auf Sandpapier gelegen hätte.

Ich musste dennoch in eine Art Halbschlaf weggeglitten sein, denn ich wachte auf, als die Tür geöffnet wurde und Licht von draussen in den Schuppen drang. Es erschienen mir unbekannte Männer aus Lapua und Vihtori Kosola, den ich kannte. Die Männer stiessen die Jutesäcke von mir weg und wunderten sich über meine Nacktheit. Kosola befahl mir, meine Kleider anzuziehen und ein Mann zu sein, kein Hosenscheisser.

Ich nahm meine Unterhose und das Hemd vom Kornbehälter. Sie waren immer noch feucht. Als ich die Unterhose über meine Beine streifte, lachten die Männer aus Lapua über mein Glied. Sie glaubten nicht, dass man mit einem so kleinen Schwanz eine Weltrevolution zustandekriegen könne.

Ich schaffte es, auch mein Hemd anzuziehen. Mehl haftete daran, wie auch an der Unterhose. Kosola befahl mir, den Schuppen zu verlassen. Ich trat mit meinen blutig geriebenen Füssen so vorsichtig auf, dass die Männer aus Lapua mich zu schubsen begannen. Ich verfehlte die steinernen Stufen des Schuppens und stürzte bäuchlings auf den Rasen auf dem Vorplatz. Ich konnte mich mit den Händen gerade noch abstützen, so dass ich nicht zu hart auf dem Boden aufschlug. Die Männer aus Lapua fragten höhnisch, wozu ich denn Kosolas Vorplatz so genau untersuchen wolle.

Ich erhob mich, ein Mann packte mich fest von hinten und begann mich zu einem auf dem Vorplatz abgestellten Auto zu zerren. Ich sagte, ich könne auch gehen, ohne gezerrt zu werden, aber Kosola glaubte nicht, dass ich in die richtige Richtung zu gehen wüsste. Ich hätte mich in den letzten Jahren viel zu sehr nach links treiben lassen, meinte er.

Ein zweiter Mann packte mich nun ebenfalls, und sie schleppten mich gemeinsam so schnell zum Auto, dass es mir nicht gelang, Fuss zu fassen. Aus Kosolas Haus kamen Leute auf die Stufen zum Vorplatz, um stehenzubleiben und zu sehen, wie man «einen Kommunisten auf die Rückbank eines Autos stösst» – so sagten sie.

Zu meinen beiden Seiten setzte sich je ein Mann, vorne nahmen ebenfalls zwei Männer Platz, wovon der eine als Fahrer fungierte. Kosola stand mitten auf dem Vorplatz, als wir losfuhren. Aus dem Haus war auch Kustaa Herttua gekommen, der jetzt dicht neben Kosola stand. Ihn kannte ich ebenfalls schon seit vielen Jahren. Sie hoben den Arm zum Gruss, als das Auto vom Vorplatz fuhr.

3.

Ich sah, dass wir in die Richtung der Strasse nach Alajärvi fuhren. Ich kannte diese Männer nicht, sie sprachen untereinander nichts und hatten auch mir nichts zu sagen. Wir fuhren an Mustamaa vorbei. Nach Hause brachte man mich also nicht.

In der Nähe von Kauhajärvi fragte der Fahrer, ob es beabsichtigt sei, in einem Zug bis ans Ziel zu fahren oder ob sie in Alajärvi noch einen Kaffee trinken könnten. Er klagte, er sei am Morgen nicht dazugekommen, irgendetwas zu sich zu nehmen. Er habe in der Knechtenstube noch tief geschlafen, als Kosola gekommen sei, um ihn für seinen Einsatz als Fahrer zu wecken.

Der Mann auf der Vorderbank sagte, man werde in Alajärvi einen Halt machen. Von dort aus werde man auch Kosola anrufen und fragen, ob mich irgendjemand auf der Welt vermisst habe, ob jemand nach mir geschrien habe.

Ich fragte die Männer jetzt, wer sie seien und wohin sie mich bringen würden. Der eine Mann auf der Rückbank antwortete, es werde mir nichts nützen, ihre Namen zu erfahren. Aus einem Grab im Moor diese Namen zu rufen, werde vergeblich sein, niemand werde mich hören.

Ich drehte mich um, um den Mann zu sehen, der rechts neben mir sass. Es schmerzte heftig in meinem Mund und meiner Wange. Ich führte die Hand zum Mund. Er schien gegenüber gestern noch stärker angeschwollen zu sein.

Ich wusste, dass es vor Kurejoki grosse offene Sümpfe mit niedrigem Kiefernbewuchs an den Rändern gab. Da fand man beliebig viele gute Orte, um jemanden verschwinden zu lassen. Aber weil die Männer auf der Vorderbank von einem Halt in Alajärvi gesprochen hatten, dachte ich mir, man werde mich zumindest nicht in diesen Sümpfen hier versenken. Ich fragte die Männer, ob sie vorhätten, mich bis zur russischen Grenze zu fahren, wie man es schon mit vielen Männern getan hatte. Der Mann auf der Vorderbank drehte sich zu mir nach hinten und sagte, sie hätten weder Zeit noch Lust, irgendwen so weit zu befördern. Für mich genüge auch ein Grab in der Erde des eigenen Landes, aber dieses werde so weit entfernt von Ostbottnien ausgehoben werden, dass die «Basilisken des Kommunismus» nicht würden aus meinem Kadaver entweichen und sich ausbreiten können, um die ostbottnische Luft zu verpesten.

Der Mann zu meiner Linken hatte noch kein einziges Wort gesprochen, und ich fragte ihn, wo er seine Zunge gelassen habe. Ob denn aus seinem Mund überhaupt keine Reden von Angelegenheiten des Vaterlands kämen? Der Mann antwortete, er sei eher ein Mann der Tat als der Worte, und das werde ich dann schon sehen, sobald wir zu den Taten gelangten.

Wir kamen nach Kurejoki und fuhren über die Brücke. Der Fahrer hielt auf der anderen Seite des Flusses gleich neben der Brücke an, und die Männer stiegen aus, um ihr Geschäft zu verrichten. Mich liess man auch aussteigen. Der Mann, der auf der Vorderbank gesessen hatte, sagte allerdings, ein Fluchtversuch wäre vergeblich. Er habe in seiner Tasche einen Gesellen, mit dem er mich ganz bestimmt würde zurückhalten können. Er holte eine Pistole aus seiner Tasche und zeigte sie mir.

Ich ging hinunter zum Flussufer und setzte mich auf einen Uferfelsen. Ich wusch mein Gesicht mit dem schwarzen Wasser des Kurejoki-Flusses und löschte damit meinen Durst. Ich betrachtete meine nackten Füsse und Beine. Die Wunden vom Vortag hatten noch nicht verheilen können. Die Männer aus Lapua standen alle auf der Brücke und sahen mir zu, wie ich mich wusch und mein Geschäft verrichtete. Dann befahlen sie mir, wieder zur Strasse hochzukommen und ins Auto einzusteigen.

Wir fuhren in die Richtung des Kirchdorfs von Alajärvi. Es schien, dass die Strasse im Frühjahr so grosse Frostschäden erlitten hatte, dass sie selbst im August noch nicht hatten behoben werden können. Der Fahrer musste die Stellen mit alten Frostschäden umfahren, solange die Strasse über offenes Feld führte. Als wir aber in die Wälder kamen und die Strasse zum Hügelkamm anstieg, gab es keine solchen Frostschäden mehr, und der Fahrer konnte endlich mit voller Geschwindigkeit fahren.

Ich merkte an, dass die Wälder Alajärvis in diesem hügeligen Gebiet gut wuchsen. Der Waldboden war dicht mit gutem Sägeholz bewachsen. Die Männer aus Lapua erwiderten nichts. Ich fragte sie, ob sie Hofbesitzer oder Tagelöhner seien und wie es eigentlich möglich sei, dass sie Zeit hätten, an gewöhnlichen Werktagen solch unnütze Fahrten zu unternehmen, die schliesslich nicht gratis seien. Das Benzin koste, und mit einem Auto habe man ausserdem noch andere Unkosten.

Der eine Mann auf der Rückbank sagte darauf, kein Preis sei zu hoch, wenn man dafür den Kommunismus aus Finnland ausjäten könne. Ich sagte, ich sei kein Kommunist, aber ich würde nicht glauben, dass man mit solchen Entführungen den Kommunismus ausjäten, noch nicht einmal ausdünnen könne. Der Mann auf der Vorderbank befahl mir, den Mund zu halten. Sie seien nicht zu dieser Fahrt aufgebrochen, um sich meine Predigten anzuhören.

Wir kamen zum Kirchdorf. Die Männer besprachen, wohin sie am besten fahren sollten. Sie beschlossen, zum Gebäude des weissen Schutzkorps zu fahren. Wir fuhren durch das Dorf und kamen auf den Vorplatz des Schutzkorps. Das Gebäude war ein grosser Blockbau, es glich einer Festung.

Ich hatte das Gebäude des Schutzkorps in Alajärvi noch nie gesehen und sagte irgendetwas von der Verteidigung des Vaterlands selbst hier in den entferntesten Winkeln der Dörfer am Fluss. Solche Reden wollten die Männer aus Lapua von mir allerdings nicht hören. Der zu meiner Linken sitzende Mann schlug mich heftig in die Rippen, als ich mich ausstreckte, um durch die Windschutzscheibe zu blicken.

Der Mann auf der Vorderbank befahl den anderen, im Auto zu bleiben. Er selbst wollte nachsehen, ob jemand in der Kaffeestube des Schutzkorps war, damit die Männer dort Kaffee trinken gehen konnten. Ebenfalls wollte er nach Lapua telefonieren, um zu fragen, ob mich in Finnland bisher jemand vermisst habe.

Der Mann stieg aus und befahl den anderen, mich so im Auto zu verstecken, dass man mich nicht sehen konnte, falls jemand auf den Vorplatz spähte. Ich sah zu, wie er über den Platz zum Eingang der Kaffeestube ging und drinnen verschwand.

Ich fragte die im Auto Gebliebenen, ob sie nichts hätten, das ich mir überziehen könne. Ich beklagte mich, mir sei kalt in diesen wenigen Kleidern, die ich hätte mitnehmen können, als man mich von zu Hause geholt habe. Und auch meine Unterwäsche habe vom Herumwälzen im Sumpf am Vortag nicht zu trocknen vermocht.

Der Fahrer fragte, warum Pentti und Ville Kosola mich gestern nicht gleich erschossen und den Kadaver im Sumpf versenkt hätten. So müssten sie sich nun meinetwegen nicht mehr so abmühen. Ich sagte, sie hätten davor zurückgeschreckt, ihre Hände mit dem Blut eines Unschuldigen zu besudeln, und wenn der Fahrer dies täte, so würden ihn die Richter auf der Erde und im Himmel schuldig sprechen.

Der Fahrer meinte, sie hätten nicht vor, ihre Hände mit meinem Blut zu besudeln, aber der zu meiner Rechten sitzende Mann befahl ihm, die Schnauze zu halten. Sie seien nicht verpflichtet, mir Rechenschaft über ihr Handeln abzulegen, jedenfalls nicht zum Vornherein. Ich wandte mich um, um ihn anzusehen, und sagte zu ihm, er habe demnach eingesehen, dass es im Nachhinein einiges über diese Fahrt zu erklären geben werde. Der Fahrer warf von vorne ein, Reino brauche sich nicht mit mir zu unterhalten. Ich fragte Reino, was der Name des Fahrers sei, er jedoch glaubte nicht, dass ich diese Information benötigte.

Der Mann, der in die Kaffeestube gegangen war, war noch nicht zurückgekehrt. Ich scherzte, er sei wohl mit dem Linienbus zurück nach Lapua gefahren und habe uns in Alajärvi unserem Schicksal überlassen. Aus Lapua habe man ihm am Telefon bestimmt gesagt, dass alle Polizeistellen der Region meine Entführer verfolgten, weil es in Kauhava eine gesetzeswidrige Handlung war, mitten in der Nacht einen Menschen mit Gewalt von zu Hause fortzubringen, während es in Lapua natürlich zum alltäglichen Leben gehörte.

Reino befahl mir, die Fresse zu halten, ansonsten werde man sie mir schon zu stopfen wissen. Er stieg aus dem Auto und stellte sich davor, ging ein wenig über den Vorplatz, kehrte aber zurück. Von der Strasse her näherten sich kleine Jungen, die begannen, das Auto zu umkreisen, gegen die Gummireifen zu treten und in den Seitenspiegeln nach ihrem Spiegelbild zu spähen. Reino befahl ihnen, zur Hölle zu fahren. Die Jungen fragten, wo dieser Ort sei. Sie dachten, Reino stamme wohl von dort, verschwanden aber, als dieser eine plötzliche Bewegung in ihre Richtung machte.

Reino öffnete die Tür auf der Fahrerseite und sagte, er wolle in der Kaffeestube nachsehen, wo Kyösti geblieben sei. Ich liess Kyösti schöne Grüsse ausrichten. Reino schlug die Tür zu und ging über den Vorplatz zum Gebäude.

4.

Ich sagte zum Fahrer, er werde leichter davonkommen, wenn er jetzt den Motor anlasse und mich zurück nach Kauhava fahre. Dies werde man zweifellos als mildernden Umstand betrachten, wenn man vor Gericht über diese Entführung befinden werde. Der Fahrer meinte jedoch, er sei für die Sache des Vaterlands sogar bereit, im Gefängnis zu schmoren.

Ich versuchte mich an die Worte eines Lieds zu erinnern: «In Ketten gelegt». Der Fahrer wiederholte, er sei dazu bereit. Reino und Kyösti kamen jetzt aus dem Gebäude des Schutzkorps und gingen über den Vorplatz zum Auto. Es war ein sonniger Tag, und sie schützten ihre Augen vor dem Sonnenlicht, indem sie die Krempen ihrer Hüte senkten. Kyösti setzte sich auf die Vorderbank und sagte, der Fahrer und der auf der Rückbank sitzende Mann dürften jetzt in die Kaffeestube gehen. Er werde mich so lange bewachen, aber Wurzeln bräuchten sie in der Kaffeestube keine zu schlagen. Reino stand im Freien neben dem Auto und zündete sich eine Zigarette an.

Ich fragte Kyösti, ob er mich jetzt verhungern lassen wolle, statt mich zu erschiessen. Kyösti glaubte nicht, dass ich auf dieser Fahrt vor Hunger sterben werde, jedenfalls nicht, solange ich in ihrer Gewalt sei, aber er rief den zur Kaffeestube gehenden Männern zu, dass sie mir ein Butterbrot und etwas zu trinken bringen sollten. Der Fahrer kehrte zurück und fragte, worin er mir etwas zu trinken bringen solle, etwa in seiner Tasche? Kyösti wurde darüber wütend und rief, die zwei erwachsenen Männer sollten in der Gemeinde Alajärvi eben irgendeine Schöpfkelle auftreiben, mit der sie mir Kaffee bringen könnten.

Der Fahrer ging verärgert weg, und ich äusserte mich Kyösti gegenüber verwundert, wo er für diese Fahrt eigentlich so unfähige Männer aufgabelt habe. Ich bat ihn zu verraten, in welcher Gemeinde solche Männer hergestellt würden.

Kyösti wollte mit mir nicht darüber reden. Ich fragte, was man bei Kosolas gewusst habe. Waren bereits Ermittlungen im Gang, suchte die Polizei bereits nach uns? Kyösti sagte, ich brauche mir meinetwegen nicht allzu viele Hoffnungen zu machen. Ich sei kein Pekkala oder Rötkö, die man selbst im weit entfernten Helsinki vermisst habe, ich sei nicht mehr als ein ganz gewöhnlicher Grützkopf aus den Dörfern hinter Kauhava und mich werde man bestimmt nicht über das Radio suchen.

Reino stieg jetzt wieder ein. Er roch stark nach Tabak. Ich fragte, ob er vorhabe, sich umzubringen wie Hissa und Perämäki, die in der Lotterie von Nikula ein schlechtes Los gezogen hätten, bloss mit Tabak. Reino verpasste mir sofort einen Faustschlag, ein zweiter folgte unverzüglich. Die Schläge trafen schmerzhaft auf meine geschwollene Lippe und auf den Magen, ich kippte vornüber und schlug auch noch mit meiner Wange gegen den Rand der Rückenlehne der Vorderbank.

Reino sagte, sie würden mich niemals die Namen von Helden der Weissen beschmutzen lassen. Hissa und Perämäki hätten im Kampf für das Vaterland den Heldentod empfangen. Ich hatte keine Lust, dagegen zu argumentieren, obwohl ich gehört hatte, dass sie sich selbst die Kugel gegeben hatten, nachdem sie das Los gezogen hatten, demzufolge sie den Premierminister Kyösti Kallio ermorden sollten. Ich sagte nichts mehr und hielt meinen schmerzenden Mund und meine Seite.

Der Fahrer und der zweite Mann kamen aus dem Gebäude des Schutzkorps. Auf einem Tablett brachten sie Kaffee und Butterbrote. Kyösti öffnete das Autofenster und brüllte, er habe ihnen aufgetragen, ein Butterbrot und etwas zu trinken zu bringen, und nicht, Kellner zu spielen. Die Männer blieben mit dem Tablett mitten auf dem Vorplatz stehen. Auf den Stufen des Gebäudes des Schutzkorps erschienen drei Frauen, die nachsehen wollten, was los war. Reino stieg aus dem Auto und rief den Männern zu, ich bekäme überhaupt keine Butterbrote und keinen Kaffee, da ich die Namen von Hissa und Perämäki in den Schmutz gezogen hätte. Er befahl den Männern, den Kaffee auf den Boden zu kippen und die Butterbrote über den Vorplatz zu schmeissen.

Das taten sie jedoch nicht. Kyösti gab ihnen zu verstehen, sie sollten das Tablett zum Auto bringen. Ich versuchte aus dem Auto auszusteigen, aber Reino stiess mich zurück und drückte mich gegen die Sitzbank.

Der Fahrer brachte das Tablett und stellte es auf die Rückbank. Dann setzte er sich hinter das Lenkrad und starrte durch die Windschutzscheibe. Er sagte nichts. Reino und der zweite Mann, der auf der Rückbank gesessen hatte, blieben auf dem Vorplatz.

Kyösti befahl mir zu essen. Der Fahrer sagte plötzlich, indem er sich zu Kyösti umdrehte, ihn brauche nie mehr jemand so anzuschreien, wie Reino eben geschrien habe. Dies sei das letzte Mal gewesen. Beim nächsten Mal werde er die Knarre sprechen lassen, sagte er. Er sei nicht mitgekommen, um sich wie ein Stück Vieh anbrüllen zu lassen.

Kyösti entschuldigte sich für Reino. Er schätzte, bei allen lägen die Nerven etwas blank. Ich begann zu essen.

Der andere Mann, der auf der Rückbank gesessen hatte, stand draussen und hielt die Tür geöffnet, schlug sie aber zu, als eine der Frauen, die auf den Stufen des Gebäudes des Schutzkorps gestanden hatte, auf das Auto zukam.

Kyösti stieg aus dem Auto aus und ging quer über den Vorplatz der Frau entgegen. Sie standen einen Moment beieinander, aber ich hörte nicht, was sie sprachen. Anschliessend kehrte die Frau um und ging zum Gebäude zurück. Die anderen Frauen waren bereits nach drinnen zurückgekehrt. Der Fahrer machte eine scherzhafte Bemerkung über den Körperbau der Frau, und Reino lachte draussen mit lauter und durchdringender Stimme. Der Fahrer meinte, er habe nichts derart Lustiges gesagt, dass Reino gleich vor Lachen zu ersticken brauche.

Ich ass die Butterbrote langsam, weil ich mit dem schmerzenden Mund und den wackelnden Zähnen nur mit Mühe kauen konnte, und ich trank in kleinen Schlücken vom Kaffee, damit er mir reichte, bis ich mit den Butterbroten fertig wäre. Auf das Brot hatte man in der Kaffeestube gerollte Scheiben von Mettwurst sowie Essiggurken gelegt. Kyösti kam zum Auto, öffnete die Fondtür und befahl mir, mich zu beeilen. Wir sollten schliesslich nicht den Rest unseres Lebens im Kirchdorf von Alajärvi verbringen. Er begann mir die Kaffeetasse aus der Hand zu reissen, als ich sie nicht gleich auf das Tablett zurückstellte. Ich schaffte es, ein Butterbrot in der Hand zu behalten, und ass langsam davon. Kyösti nahm das Tablett, gab es dem Mann, dessen Namen ich nach wie vor nicht kannte, und befahl ihm, die Sachen den Frauen zurückzubringen.

Kyösti drehte sich nun um, um sich auf die Vorderbank zu setzen. Wir warteten auf die Rückkehr des Mannes, der auf der Rückbank gesessen hatte. Ich fragte nach der Uhrzeit, aber man nannte sie mir nicht. Ich schätzte, dass der

Nachmittag schon weit fortgeschritten war, als wir endlich von Alajärvi weiterfuhren.

Ich fragte, ob man mir aus Lapua irgendwelche Grüsse habe ausrichten lassen, aber anscheinend war dies nicht der Fall gewesen. Ich sah, dass wir vom Kirchdorf aus in die Richtung von Hoisko fuhren. Die Strasse war so schmal, dass das Auto der Männer aus Lapua ihre ganze Breite auszufüllen schien. Die Strasse war auf beiden Seiten von Stangenzäunen gesäumt, sobald wir von den Häusern zu den offenen Feldern kamen.

Ich kannte Alajärvi so weit, dass ich wusste, dass von Hoisko Strassen nach Norden in die Richtung von Vimpeli und nach Süden in die Richtung von Lehtimäki führten. Aber auf diese Strassen bogen die Männer aus Lapua nicht ab. Wir fuhren in die Richtung von Kyyjärvi. Ich glaubte jetzt, man werde mich zur russischen Grenze bringen, wie man es den Sommer hindurch mit vielen Männern getan hatte.

Ich fragte, ob wir unterwegs nach Russland seien. Darauf entgegnete niemand etwas, bloss der Fahrer zählte rasch Halla, Nälkä und Kuolema auf, also «Frost», «Hunger» und «Tod». Ich wusste, dass das Namen von Dörfern an der Strecke von Hoisko nach Kyyjärvi waren, und sagte, ich liesse mich von solcherlei Sprüchen nicht einschüchtern.

Der Fahrer fragte, ob es sich denn überhaupt lohne, mich noch weiter als bis zum Dorf Kuolema zu bringen, wo ich doch ein so furchtloser Mann sei. Reino begann zu erklären, auch er habe Besseres zu tun, als mich bis nach Karstula zu fahren, sie könnten mich genauso gut schon vor Kyyjärvi im Moor versenken und nach Lapua zurückkehren. Sie berieten sich darüber, was man mit mir am besten täte, als ob ich gar nicht im Auto gewesen wäre. In ihren Augen war ich nicht einmal ein Mensch.

Vor Kyyjärvi wurde die Strasse schlechter, und wir mussten dreimal aus dem Auto aussteigen, um es über die übelsten Stellen zu schieben. Die Männer aus Lapua schimpften über die Armut des Vaterlands und den Zustand seiner Strassen. Auch mich liessen sie schieben, aber ich gab mich dieser Arbeit nicht ernsthaft hin. Ich lehnte mich gegen das Auto, wenn Schieben befohlen wurde, aber dann hörte ich gleich wieder damit auf, deutete auf meine von Blutschorf bedeckten Beine und ging neben dem Auto her, während die Männer aus Lapua schoben.

Dann befahl man mir, wieder einzusteigen, und wir fuhren weiter. In Kyyjärvi nahmen wir die Strasse, die in südlicher Richtung nach Jyväskylä führte. Als wir nach Karstula kamen, war es noch hell, aber die Männer aus Lapua fuhren nicht ins Dorf, bevor die Abenddämmerung einsetzte. Zwei Kilometer vor dem Kirchdorf von Karstula befahl Kyösti, auf eine Seitenstrasse abzubiegen.

Der Fahrer fuhr so lange auf der Waldstrasse, bis er eine Ausweichstelle fand, wo er wenden konnte. Dann kehrten wir auf die Landstrasse zurück und warteten dort, bis es dunkel wurde.

Die Männer aus Lapua stiegen aus und begannen zu rauchen. Die Männer, die auf der Rückbank gesessen hatten, standen nun zu beiden Seiten des Autos bei den Fondtüren. Beim Warten auf die Dunkelheit wurde ihnen langweilig, und sie befahlen mir, auszusteigen und an den Strassenrand zu treten.

Ich stand am Strassenrand und wartete ab, was nun geschähe. Reino befahl mir, «In den offenen Feldern von Kytösavu» zu singen, ein Marschlied, in dem die weissen Schutzkorps gerühmt wurden. Ich sang es, aber nach der Meinung der Männer aus Lapua zu wenig schön, und sie befahlen mir, es ein zweites Mal zu singen. Dann sollte ich die «Internationale» singen, und ich sang auch diese. Die Männer aus Lapua behaupteten, ich hätte eine schlechte Gesangsstimme, und baten mich, nichts mehr zu singen.

5.

Es war immer noch nicht dunkel, als die Männer aus Lapua mich wieder ins Auto stiessen und wir zum Kirchdorf von Karstula fuhren. Schon vor dem Dorf drückte mich Reino auf der Rückbank nieder, so dass ich nicht mehr erkennen konnte, wo wir im Dorf genau hinfuhren. Ich durfte erst wieder aufrecht sitzen, als das Auto angehalten hatte. Ich sah, dass wir auf den Vorplatz irgendeines Hauses gefahren waren. Die Männer aus Lapua stiegen alle aus und blieben draussen stehen. Sie waren mit dem Auto dicht neben ein anderes Auto gefahren.

Aus dem Haus kamen vier Männer. Die Männer aus Lapua gingen alle auf sie zu, mit Ausnahme von Reino, der bei der Fondtür des Wagens stehenblieb und sich eine Zigarette anzündete. Der zweite Mann, der auf der Rückbank gesessen hatte, kam auf dem Vorplatz nicht weit, bevor Kyösti ihn zurückkommandierte, und er kehrte zurück, um sich neben der anderen Fondtür aufzustellen. Wir sahen zu, wie Kyösti und der Fahrer den Männern aus Karstula, die aus dem Haus gekommen waren, die Hand reichten. Ich kannte keinen von ihnen, aber ich begriff, dass ich mich jetzt auf der berühmt-berüchtigten «Strasse ins Paradies» befand, die bis an die Grenze zur Sowjetunion führte.

Kyösti sprach nicht lange mit den Männern aus Karstula. Er rief Reino zu, ich müsse aus dem Wagen geholt werden. Reino öffnete die Fondtür und kommandierte mich auf den

Vorplatz. Ich erhob mich etwas mühsam, die spitzen Kieselsteine auf dem Vorplatz pieksten mich in die nackten, wunden Fusssohlen.

Einer der Männer packte mich und begann mich in das zweite Auto zu zerren. Er nannte mir seinen vollständigen Namen: Ilmari Takkala. Ich sagte, ich hätte schon von ihm gehört. Er glaubte, nur Gutes. Ich wusste, dass er zusammen mit Vihtori Kosola Streikbrecher in die Häfen gebracht hatte, und ich sagte, ich hätte auch gehört, dass aus seinem Gasthaus in Karstula so mancher Mann nach Osten gebracht worden sei. Takkala bestätigte, dass man aus seinem Gasthaus Reisende weiterbefördere. Er stiess mich auf die Rückbank seines Autos, zu meinen beiden Seiten setzte sich je ein Mann, oder eigentlich waren sie in meinen Augen eher Jungen, zwanzigjährige Bengel.

Ich fragte die Jungen, weshalb sie mitgingen, um einen Veteranen des Freiheitskriegs nach Russland abzuschieben. Die Jungen erschraken ein wenig, behaupteten dann jedoch, ich sei ein Veteran der falschen Seite, ich hätte 1918 nicht auf der Seite der weissen Armee gekämpft. Ich erzählte, ich sei in Tampere dabeigewesen. Der eine der beiden Jungen wurde richtig wütend, seiner Meinung nach hatte ich kein Recht, die Erinnerung an die Helden von Tampere zu beschmutzen oder Scherze darüber zu machen.

Takkala stieg nun ein, und die Männer aus Lapua wendeten ihren Wagen auf dem Vorplatz und machten sich auf den Rückweg. Ich erzählte Takkala, die Jungen würden nicht glauben, dass ich 1918 in Tampere dabeigewesen war, und erinnerte ihn daran, wie wir am Ufer des Tammerkoski-Flusses in Deckung vor den Maschinengewehren gelegen hatten.

Takkala konnte sich jedoch nicht an mich erinnern und glaubte jedenfalls nicht, dass ich auf der Seite der Weissen gewesen sei. Die Männer aus Lapua hätten einen solchen Mann bestimmt nicht nach Russland entführt. Takkala wendete sich zur Rückbank, um mich anzusehen, und meinte, in Karstula habe man schon für geringere Lügen Männer ins Jenseits befördert. Die jungen Männer auf der Rückbank versicherten ebenfalls, sie hätten kein Wort von meinen Reden geglaubt. Sie waren überzeugt davon, dass Vihtori Kosola keine falschen Pakete auf die «Strasse ins Paradies» schickte.

Auch der vierte Mann stieg jetzt ein und setzte sich hinter das Lenkrad. Er liess den Motor an und fuhr los. Takkala versprach, ich würde bis zur Grenze gelangen und man werde mich unterwegs nicht töten, sofern ich mich anständig benähme. Er glaubte, ich sei in Russland willkommen und würde dort besser leben können als hier im weissen Finnland.

Ich bat um Kleider, ich hatte immerhin seit der vergangenen Nacht nur meine Unterhosen und das Unterhemd getragen. Ich beklagte mich auch deswegen, weil ich den ganzen Tag nichts anderes zu essen bekommen hatte als das Butterbrot mit Mettwurst auf dem Vorplatz des Schutzkorps von Alajärvi. Takkala sagte, ich sei nicht auf einer Vergnügungsfahrt, sondern man bringe mich in einen anderen Staat, weil ich versucht hätte, die «Basilisken des Kommunismus» in Ostbottnien zu verbreiten, und die Bodenbretter des unabhängigen Finnlands angenagt hätte wie eine Ratte, was ich ja auch sei.

Ich berichtete, ich sei kein Kommunist, ich hätte zum linken Flügel der Arbeiterbewegung Finnlands gehört und sei so in den Gemeinderat gewählt worden. Takkala meinte, wir seien dieselbe Bande wie die Kommunisten, deren Abschlachten 1918 nicht habe zu Ende geführt werden können, aber diesmal werde man keine halben Sachen mehr machen.

Ich sagte, ich würde lieber von Hosen und Hemden reden als von Politik und Gesellschaft. Takkala meinte, wir hätten genug Zeit, um über alle Dinge der Welt zu sprechen, bevor man mich in das Auto der nächsten Männer stecken werde. Beim Reden werde die Zeit auf den Waldstrassen angenehmer vorbeigehen.

Ich fragte, wohin wir unterwegs seien. Takkala antwortete, das sei kein Geheimnis, wir befänden uns auf der Wegetappe nach Pihtipudas, von wo mich andere Männer auf der nächsten Etappe weiterbefördern würden.

Ich sagte, mir sei kalt. Takkala meinte, das härte den Menschen ab und mache ihn stärker. Er erinnerte mich daran, wie die Männer aus Karstula im Winter 1918 im Schnee gelegen hätten, als die Roten Garden bei Länkipohja versucht hatten anzugreifen, und da habe sich niemand über die Kälte beklagt. Er glaubte jedenfalls nicht, dass die Umstände in Russland besser seien. Es sei wohl am besten, wenn ich mich bereits jetzt an Kälte und Hunger gewöhnen würde.

Takkala begann mich über meinen Aufenthalt in Amerika und mein Leben vor der Reise nach Amerika auszufragen. Er hatte ausserdem gehört, dass ich ein Anhänger der Lehren Matti Kurikkas sei. Ich schätzte Takkala jedoch nicht als einen Mann ein, mit dem es sich lohnte, über geistige Themen zu reden, jedenfalls nicht in einem Entführungsauto. So antwortete ich auf Takkalas Fragen nicht, und er sagte bald, ihn würden meine Antworten nicht brennend interessieren, obwohl er sicherlich auf alle seine Fragen eine Antwort bekommen könne, sofern er dies wollte.

Ich lehnte meinen Kopf gegen die Rückbank des Autos und schloss die Augen. Ich wartete auf das Unwohlsein, aber es kehrte nicht mehr zurück. Ich konnte wegen des Knatterns des Motors und wegen der kurvigen Strasse nicht schlafen und hörte, wie Takkala dem Fahrer die Strecke erklärte, die nach Pihtipudas zu fahren war. Takkala erzählte auch vom Bauernmarsch nach Helsinki, bei dem sie zwar alle dabei gewesen waren, aber weil Takkala Kosola gut kannte und über Vientirauha auch Pihkala, war er mit diesen bedeutenden Männern mitmarschiert und hatte später Präsident Relander die Hand drücken dürfen und Marschall Mannerheim aus der Nähe gesehen.

Die Jungen auf der Rückbank und der Fahrer waren im Fussvolk mit den übrigen Männern aus Karstula marschiert, obwohl sie schon seit dem Juni ihrer patriotischen Gesinnung Ausdruck verliehen hatten, indem sie Kommunisten, die aus Lapua hergefahren worden waren, auf der «Strasse ins Paradies» nach Pihtipudas und Viitasaari weiterbefördert hatten.

Ich sagte nichts zum Bauernmarsch oder zu den Entführungen, aber ich hörte den Gesprächen der Männer zu. Ich öffnete meine Augen und sah, dass wir auf einer schlechten Strasse durch Wälder fuhren. Lose Steine schlugen gegen den Boden des Autos, mich hatte man natürlich auf den unbequemsten Platz gesetzt, auf die Mitte der Rückbank, und das Gehäuse der Kardanwelle schlug bei jedem Buckel der Strasse schmerzhaft gegen meinen verlängerten Rücken. Ich versuchte von meinem Platz zu rutschen, indem ich langsam gegen die Seite des Jungen zu meiner Rechten glitt, um ihn beiseite zu drücken.

6.

Ich musste wohl für einen Moment eingeschlafen sein und wachte auf, als der Junge zu meiner Rechten sich wand und darüber klagte, dass man auf der Rückbank so dicht beieinander sitzen müsse. Die Rückbank des Fords war nur für zwei Personen berechnet. Auch der Junge zu meiner Linken begann zu erklären, es sei vollkommen überflüssig, zu viert einen einzigen Mann von Karstula nach Pihtipudas zu fahren. Er bat Takkala, beim nächsten Mal nur einen Mann zur Bewachung des Entführten auf die Rückbank zu nehmen. Der Mann könne schliesslich während der ganzen Fahrt die Pistole auf das zu befördernde Paket richten, wenn es denn nötig sei. Nicht einmal dem gerissensten Kommunisten würde so die Flucht gelingen.

Takkala schien auf der Vorderbank eingeschlafen zu sein, weil er nicht auf die Reden der Jungen antwortete, aber der Fahrer antwortete etwas verärgert, er habe nicht vor, mit dem Auto über Waldstrassen zu fahren, im Wissen, dass hinter ihm ein Entführter sitze und daneben ein Mann mit einer Pistole in der Hand. Die Jungen auf der Rückbank begriffen nicht, was der Fahrer zu befürchten habe. Dieser behauptete, ein in Russland ausgebildeter Kommunist oder ein ehemaliger Rotgardist könne solchen Jungen, wie sie jetzt hinter ihm sässen, bestimmt ohne weiteres die Pistole abnehmen. Sie begannen tatsächlich darüber zu diskutieren, ob ich dem Jungen zu meiner Linken die Pistole abnehmen könne oder nicht.

Ich lag mit geschlossenen Augen da und hörte der Diskussion zu, aber als der Junge zu meiner Linken schliesslich die Pistole hervorholte und ihren Lauf gegen meine Seite drückte, musste ich zwangsläufig die Augen öffnen. Ich fragte, was er mit der Pistole vorhabe. Der Fahrer befahl mir, dem Jungen die Waffe abzunehmen. Dieser wiederum verwahrte sich dagegen, «Junge» genannt zu werden. Ich sah, dass der Fahrer sehr langsam fuhr. Wir befanden uns auf einer finsteren Waldstrecke, die Strasse war schmal und kurvig, das schwache Licht des Autos zeigte zu beiden Seiten der Strasse hochgewachsene Fichten.

Ich sagte, ich sei es nicht gewohnt, mit Waffen umzugehen. Der Junge, der die Pistole hielt, drückte nochmals in meine Seite und setzte die Waffe dann an meine Schläfe. Er fragte, ob ich denn wirklich in den Kämpfen um Tampere dabeigewesen sei, wenn mir Waffen doch angeblich nicht vertraut seien. Ich sagte, ich hätte aus dem Blutbad, das die anderen angerichtet hätten, Leichen abtransportiert. Ich erkannte im Atem des Pistolenmanns einen stechenden Schnapsgeruch, aber es war mir nicht aufgefallen, dass sie Schnaps getrunken hatten. Der Fahrer forderte mich auf, die Pistole an mich zu nehmen und zu schiessen.

Takkala wandte sich nun zur Rückbank um und befahl den Jungen, die Pistole wegzulegen. Er sagte, es sei nicht ratsam, in einem dicht besetzten Auto mit Waffen zu spielen, jedenfalls nicht mit solchen Männern wie mir, der ich womöglich in einer geheimen soldatischen Ausbildung den Umgang mit Waffen erlernt haben konnte, wo man die Kader für einen neuen Aufstand und eine neue Revolution vorbereitete. Die Jungen auf der Rückbank waren der Meinung, die Kommunisten seien nicht in der Lage, irgendwem eine solche Ausbildung zu bieten, dass dieser ihnen die Pistole aus den Händen nehmen könne.

Takkala befahl anzuhalten, und der Fahrer fuhr an den Strassenrand. Wir befanden uns immer noch im tiefen Fichtenwald. Ich kam auf den Gedanken, dass Takkala womöglich beabsichtigte, mich von den Jungen verprügeln zu lassen, damit sie wenigstens ihren schlimmsten Eifer abreagieren konnten, aber Takkala entfernte sich bloss aus dem Lichtschein des Autos, und man hörte, wie er gegen einen Baumstamm pisste. Auch der Fahrer stieg aus, um sein Geschäft zu verrichten, aber die Jungen auf der Rückbank trauten sich nicht hinaus, bevor Takkala an seinen Knöpfen herumfingernd zum Auto zurückkehrte und auch sie zu einer Pinkelpause abkommandierte. Er sagte, die Anordnung betreffe auch mich, und setzte sich so auf die Vorderbank des Autos, dass die Beine aus der geöffneten Tür baumelten. Er zündete sich eine Zigarette an und befahl den Jungen von der Rückbank, gut aufzupassen, damit ich ihnen nicht aus den Händen schlüpfte. Auch der Fahrer kam schon wieder zum Auto zurück und warnte die Jungen davor, mich auch nur einen Moment aus den Augen zu lassen. Der Griff um die Pistole dürfe nicht gelockert werden, auch wenn sie mit der anderen Hand den Schlauch festhalten müssten.

Wir gingen in den Wald. Der eine der Jungen ging rückwärts vor mir her und blickte immer wieder zurück, um nicht über Wurzeln und Baumstümpfe zu stolpern, der andere, der hinter mir ging, drückte die ganze Zeit die Pistole gegen meinen Rücken. Er krächzte, ich bräuchte mir nicht einzubilden, ich könne ihnen entfliehen. Er sei bereit, beim kleinsten Anzeichen eines Fluchtversuchs zu schiessen.

Wir verrichteten unser Geschäft. Die Pisse des Jungen aus Karstula spritzte auf meine nackten Füsse, weil er in meiner Nähe bleiben musste, damit er den Pistolenlauf stets gegen meinen Rücken drücken konnte.

Der zweite Junge aus Karstula war etwas weiter zur Seite gegangen, und ich sah, wie er zwischen den Wurzelstöcken kauerte und dann Moos von der Erde riss. Er fluchte laut, weil er kein Papier bei sich hatte. Erst jetzt bemerkte ich, dass der Junge schon einen ganz ordentlichen Rausch hatte. Als er zu unserem Standort zurückkehrte, stolperte er beim Versuch, seine Hosen hochzukriegen. Gleich als er in meine Nähe kam, erteilte er mir ein Kommando und ich ging ihm zuliebe in eine Art Achtungsstellung. Er fragte, wo ich als Kommunist das Exerzieren gelernt hätte, in der Roten Garde oder in der Offiziersschule in Leningrad. Ich erzählte, ich hätte 1918 gesehen, wie die Jäger aus Deutschland mit den Soldaten exerziert hätten, und in Kauhava hätte ich gesehen, wie das Schutzkorps marschiert sei.

Takkala rief uns zum Auto. Ich wurde dorthin gebracht, wobei mir weiterhin der Pistolenlauf in den Rücken gedrückt wurde. Zu Takkala sagte ich, er solle überprüfen, ob die Pistolen der Jungen gesichert seien, aber das tat er nicht. Wir stiegen wieder ein und fuhren weiter.

Bald begannen Takkala und der Fahrer darüber zu reden, dass es im Auto merkwürdig rieche, nach menschlichen Ausscheidungen. Takkala fragte mich, ob ich in meiner Angst Dünnschiss in meine Hosen gemacht hätte. Ich sagte, dass bei dem dürftigen Essen, das ich gekriegt hätte, nichts in mir sei, was in meine Hosen hätte kommen können. Auch der Fahrer behauptete, ich würde stinken, und drohte damit, mich zu erschiessen, bevor wir in Pihtipudas ankämen. In seinem Auto lasse er keine Scheisslasten befördern.

Auch ich roch den Gestank deutlich, aber ich behauptete, er komme von dem Jungen zu meiner Rechten, der zwischen den Baumstümpfen gekauert hatte. Dieser begann aber zu drohen, er werde mich erschiessen, wenn ich weiterhin Patrioten anschwärzen würde.

Wegen des Gestanks sagte ich nichts mehr und versuchte mich daran zu gewöhnen, aber der Fahrer hielt an und kommandierte mich ins Freie. Er brachte mich vor das Auto in das Scheinwerferlicht und untersuchte mich dort, wendete mich und roch an mir. Er sagte, ich würde nicht schlimmer nach Scheisse stinken, als es ein Kommunist nun einmal tue, und an diesen Gestank habe man sich in diesem Sommer gewöhnen müssen, als man Pakete nach Osten befördert habe. Aber jetzt handle es sich um einen anderen Gestank.

Der Fahrer kommandierte nun die Jungen von der Rückbank aus dem Auto und begann sie im Scheinwerferlicht zu untersuchen. Nachdem er sie eine Zeitlang untersucht hatte, fand er an den Stiefelsohlen und den Seiten der Absätze des Jungen, der im Wald gekauert hatte, eindeutig menschlichen Kot und behauptete, dieser sei ganz frisch. Der Junge von Karstula wollte es zunächst nicht glauben, musste aber, nachdem er seine Stiefel untersucht hatte, zugeben, dass der Gestank von diesen kam. Er wunderte sich, wie er im Dunkeln ausgerechnet dort hineingelaufen war, wo ich mein Geschäft verrichtet hatte, aber der andere Junge bezeugte, dass ich meine Hosen nicht hinuntergelassen hätte, sondern dass alles, was ich ausgeschieden hätte, flüssig gewesen und vorne herausgekommen sei.

Der Junge, der seine Stiefel beschmutzt hatte, versuchte, sie mit Moos und einem Zweig, den er von einer Fichte abgerissen hatte, zu reinigen. Er wischte die Stiefel auch mit Fichtennadeln ab, kriegte aber den Gestank nicht so gründlich weg, dass der Fahrer die Stiefel im Auto akzeptiert hätte. Der Fahrer fand schliesslich einen Lederriemen, mit dem er den Jungen die Stiefel zusammenbinden liess. Man würde sie bei der Weiterfahrt aus dem Seitenfenster baumeln lassen.

Wir fuhren los. Ich sass wieder in der Mitte der Rückbank, und der Junge zu meiner Rechten hielt das Ende des Lederriemens in der Hand. Die Stiefel baumelten aus dem Seitenfenster und schlugen gegen das Fenster und die Tür, während wir fuhren. Der Fahrer schwor, dass der Junge aus Karstula in Pihtipudas jeden Dreckkrümel von der Seite und dem Fenster des Autos wischen würde. Seine Stiefel würde er so gründlich reinigen müssen, dass er mit ihnen auch nicht den geringsten Geruch ins Auto tragen würde. Ansonsten würde die Rückkehr nach Karstula für ihn mit dem Linienbus stattfinden, sagte der Fahrer.

Takkala behauptete, dass, nachdem der Junge aus Karstula seine Stiefel ausgezogen hatte, seine Fusslappen sogar noch übler stanken als die mit Kot beschmierten Stiefel. Takkala war sicher, dass der Junge beim Kauern im Wald nach hinten gekippt und dabei in seine eigenen Ausscheidungen getreten war. Er sagte, der Junge, der seine Stiefel beschmutzt hatte, dürfe auf den nächsten Fahrten keinen einzigen Tropfen mehr trinken, wenn er weiterhin in der Sache des Vaterlands dabeisein wolle.

Nachdem Takkala den Jungen, der seine Stiefel beschmutzt hatte, eine Zeitlang beschimpft hatte, wurde es ihm zu dumm, und er sagte, er wolle schlafen. Der Fahrer solle ihn wecken, sobald die Lichter des Kirchdorfs von Pihtipudas am Horizont erschienen.

Was mich anging, so befahl er den Jungen, sich gut um mich zu kümmern. Ich blieb ruhig, da ich schon wusste, dass die Männer aus Karstula nicht die Absicht hatten, mich umzubringen, und obwohl ich in meinen nicht vorhandenen Kleidern fror, lehnte ich meinen Kopf gegen die Rückbank und versuchte ebenfalls zu schlafen.

Ich hörte, wie der Junge, der seine Stiefel beschmutzt hatte, leise zu seinem Kameraden sagte, ihm sei noch nie zuvor eine solche Schande zugestossen, obwohl er in seinem Leben schon viele Male im Kauern sein Geschäft verrichtet habe. Er bat den Fahrer und den anderen Jungen, in Karstula niemandem zu erzählen, wie es ihm ergangen sei, als er in der Sache des Vaterlands unterwegs gewesen sei.

7.

Wir kamen zur Kirche von Viitasaari, fuhren daran vorbei und weiter in Richtung Norden. Ich hörte zu, wie Takkala und der Fahrer auf der Vorderbank sich erinnerten und zählten, wie viele Pakete sie diesen Sommer schon zu der Kaserne von Saarijärvi und nach Viitasaari gebracht hatten.

Ihrer Meinung nach war nun aber in Viitasaari die Sache des Vaterlands arg in Vergessenheit geraten. Dort hatte man aufgehört, Pakete entgegenzunehmen und weiterzubefördern. Von der Führung der Lapua-Bewegung war die Anordnung gekommen, dass die Entführungen vor dem Bauernmarsch aufhören sollten, damit der Ruf der Bewegung nicht unnötig gefährdet werde. Dies hätte dem Präsidenten einen Vorwand gegeben, Vihtori Kosola nicht zum Premierminister zu ernennen. Takkala erklärte, Pfarrherr Jaakkola und Kaplan Halmesmäki in Viitasaari hätten ebenfalls begonnen, um ihre Ämter zu fürchten.

In Pihtipudas fuhren die Männer aus Karstula direkt und ohne Umwege auf den Vorplatz des Hauses von Gemeindearzt Oskari Forsman. Ich hatte schon gehört, dass der Gemeindearzt ein wichtiger Etappenchef war. Dort wurden im Allgemeinen die Begleiter für die Entführten ausgewechselt.

Als wir auf den Vorplatz fuhren, kamen sofort drei Männer aus dem Haus. Takkala stieg aus und gab allen die Hand. Der Fahrer unseres Autos befahl dem Jungen, der seine Stiefel beschmutzt hatte, auszusteigen und seine

Stiefel vom Seitenfenster zu entfernen, bevor die Männer aus Pihtipudas womöglich zu fragen begannen, was für Verzierungen die Männer aus Karstula an der Seite ihres Autos angebracht hatten. Beide Jungen auf der Rückbank stiegen aus und ebenso der Fahrer, mir jedoch befahl dieser, im Auto zu bleiben, bis man mich hinauskommandiere. Er verbot mir, das Auto schmutzig zu machen.

Ich blieb im Auto sitzen und beobachtete im Scheinwerferlicht, wie Takkala, der Fahrer und einer der Jungen von der Rückbank mit den Männern aus Pihtipudas sprachen und bei der Fliederhütte rauchten. Sie redeten lange miteinander und lachten, und einer deutete mit der Hand auf das Auto, in dem ich sass.

Dann kamen die Männer aus Pihtipudas zum Auto, und der erste von ihnen kommandierte mich hinaus. Ich erhob mich und stellte mich mit den Füssen vorsichtig tastend links neben das Auto. Einer der Männer aus Pihtipudas hielt ein Mauser-Gewehr, deutete mit der Waffe auf mich und bat doch tatsächlich darum, ich möge ihm einen Grund zum Schiessen geben, denn er habe weder mit dieser noch einer anderen Waffe seit dem Freiheitskrieg jemals wieder Gelegenheit gehabt, auf einen Menschen zu schiessen, und das sei schliesslich schon über zwölf Jahre her.

Ich hielt korrekt die Hände hoch, als ich mit der Waffe so bedroht wurde, aber der ältere Mann aus Pihtipudas befahl, die Waffe wegzulegen, auf seinem Vorplatz werde niemand erschossen. Ich fragte ihn, ob er Doktor Forsman sei, was er bestätigte. Er sagte, er kenne auch meinen Namen. Kaplan Rantanen habe aus Kauhava angerufen und berichtet, er habe in Lapua vereinbart, dass ich auf die «Strasse ins Paradies» geschickt werden solle. Man habe mich in Pihtipudas schon erwartet, und ich würde auch weiter im Osten bereits erwartet.

Forsman kommandierte mich in die Fliederhütte, bis die Männer aus Karstula berichtet hätten, was es zu berichten gab. Takkala kam zum Eingang der Fliederhütte, um sich zu verabschieden. Er wünschte mir gute Reise ins Paradies. Ich antwortete auf diesen Abschiedsgruss nicht, obwohl er ihn nochmals wiederholte.

Als die Männer aus Karstula den Motor ihres Autos angelassen hatten und losgefahren waren, kommandierte mich Forsman hinein. Er ging quer über den Vorplatz voraus, ich ging mit schmerzenden Füssen die Ränder entlang und hinter uns gingen die Männer aus Pihtipudas, nun aber ohne dabei ihre Waffen zu schwenken. Forsman führte mich nicht ins Haus, sondern in ein Nebengebäude, eine Art Sommerpavillon, und befahl mir, auf der Bank bei der Türöffnung Platz zu nehmen. Er selbst ging ans Ende des Tischs im Pavillon und setzte sich auf einen Stuhl. Im Ofen brannte das Feuer, und der Mann, der seine Waffe gezeigt hatte, ging hin, um Birkenscheite nachzulegen. Ich bat, mich näher zum Feuer setzen zu dürfen, denn ich hätte seit letzter Nacht nur meine nasse Unterwäsche getragen und die ganze Nacht und den Tag hindurch gefroren.

Forsman war der Meinung, ich hätte nebst der Bank bei der Türöffnung weder in seinem Haus noch im Sommerpavillon etwas zu suchen, wie alle Vaterlandsverräter. Darauf sassen wir einige Zeit wortlos da.

Forsman fragte, ob es zutreffe, dass ich mit den weissen Truppen 1918 in Tampere dabeigewesen sei. Ich bejahte. Forsman wunderte sich, dass ich die Sache verraten hätte, für die ich damals gekämpft hätte und für die viele Waffenbrüder ihr teuerstes Opfer am Altar des Vaterlands gegeben hätten. Forsman sagte, er sei als Arzt im Krieg dabeigewesen und habe die Schrecken des Kriegs gesehen und die Opfer, die die Freiheit von den Männern forderte. Er könne sich nicht vorstellen, sagte er, die Erinnerung an 1918 jemals zu verraten.

Ich berichtete ein weiteres Mal, ich hätte in Tampere Leichen eingesammelt und zu den Massengräbern von Kalevankangas transportiert, doch mit der Waffe in der Hand hätte ich weder in Tampere noch anderswo gekämpft, weil ich glaubte, dass der, der zum Schwert greife, durch das Schwert umkomme. Forsman äusserte sich nicht dazu, aber der Mann aus Pihtipudas, der die Waffe geschwenkt hatte, lachte laut auf.

Vom Vorplatz her kam nun eine junge Frau, die in den Händen ein Tablett mit Butterbroten und einer Kaffeekanne trug. Sie nahm Tassen und Gläser aus dem Schrank im Sommerpavillon und stellte sie auf den Tisch. Forsman trug ihr auf, einen Stuhl vor mich hinzustellen und Essen und Trinken für mich auf den Stuhl bei der Türöffnung zu legen, weil ein Kommunist nie weiter in sein Haus hineinkomme als bis zur Bank bei der Türöffnung. Forsman nannte die Frau Iiris, duzte oder ihrzte sie jedoch nicht, sondern sagte bloss: «Iiris bringt, Iiris legt ...»

Iiris stellte wie befohlen einen Stuhl vor mich hin und darauf einen Teller mit Butterbroten und ein Glas Milch. Ich stillte meinen Hunger mit den Butterbroten und trank die Milch. Iiris stand in der Türöffnung neben mir und beobachtete mich beim Essen, erschrak aber, als ich ihr auftrug, den Stuhl zu nehmen und sich zu setzen. Ich sagte, im freien Finnland hätten selbst die Dienstmädchen das Recht, sich zu setzen.

Forsman sagte, Iiris könne gehen. Ich widersprach nicht. Iiris ging und versprach, das Geschirr später ins Haus zu holen. Die Männer aus Pihtipudas sassen an demselben Tisch mit Doktor Forsman, assen Butterbrote und tranken Kaffee, brachten mir aber nichts, als ich darum bat.

Sie sagten, sie seien es nicht gewohnt, Kommunisten zu bedienen. Forsman befahl den Männern aus Pihtipudas dennoch, mir ein Glas Milch und eine Tasse Kaffee zur Türöffnung zu bringen. Diese stritten sich nun darum, wer von ihnen mir Milch und Kaffee zu bringen habe. Sie konnten sich nicht einigen und Forsman half ihnen nicht, so dass sie eine Münze werfen mussten, um herauszufinden, wer von ihnen mich bedienen musste. So kriegte ich schliesslich meine Milch und meinen Kaffee.

Ich fragte Forsman, ob er Hosen und ein Hemd für mich habe, so dass ich nicht in meiner Unterwäsche schlotternd quer durch ganz Finnland fahren müsse. Forsman glaubte nicht, dass es in Pihtipudas für mich passende Kleider gebe, Russland jedoch sei so gross und so reich, dass es dort für mich bestimmt Hosen und eine Steppjacke gebe. Ich wollte nun aber nicht länger um ein paar Stofffetzen betteln und beschloss, mit Pihtipudas fertigzuwerden, ohne die Leute um irgendetwas zu bitten.

Ich hatte meinen Kaffee noch nicht ausgetrunken, als Forsman aufstand und sagte, der Moment des Abschieds sei gekommen. Man habe mich schliesslich nicht hierher gebracht, damit ich hier Wurzeln schlüge, und je eher ich ausserhalb der Gemeindegrenzen sei, desto eher werde auch die Luft in Pihtipudas wieder frisch werden.

Forsman ging zur Tür des Pavillons, öffnete sie und deutete an, ich solle durch diese Öffnung verschwinden. Ich erhob mich und hinkte auf den Vorplatz hinaus. Das Auto des Gemeindearztes befand sich im Durchgang zum Nebengebäude, und die Männer aus Pihtipudas packten mich von beiden Seiten unter den Schultern und zerrten mich zum Auto. Sie liessen mich nicht los, obwohl ich sagte, ich könne auch gehen, ohne gezerrt zu werden, und ich begriffe durchaus, dass wir zum Auto gingen.

8.

Ich brauchte so lange im Durchgang neben dem Auto stehenzubleiben, bis einer der Männer aus Pihtipudas einen Mann aus dem Haus geholt hatte, der sich im Auto hinter das Lenkrad setzte. Dann wurde ich auf die Rückbank gestossen, und die jüngeren Männer setzten sich zu meinen beiden Seiten. Forsman schliesslich setzte sich neben den Fahrer auf die Vorderbank.

Der Morgen begann schon zu dämmern, als wir Pihtipudas verliessen. Ich kannte diesen Teil Finnlands überhaupt nicht und versuchte anhand der Wegweiser auszumachen, wohin wir fuhren, aber in den schlechten Lichtern des Autos konnte ich die Beschriftung der Wegweiser nicht erkennen.

Ich fragte Forsman, wie es sein könne, dass ein intelligenter Arzt, der an der Universität studiert habe, sich mit Verbrechern gemein mache. Forsman glaubte nicht, dass es etwas bringe, mir die Rechtmässigkeit der Entführungen erklären zu wollen, weil ich zum Kollaborateur der Russen geworden sei. Dazu äusserte ich mich nicht. Forsman begann mir dennoch zu erklären, dass die Lapua-Bewegung den Volkswillen umsetze, den die von der Politik verdorbenen gewählten Volksvertreter, die Regierung und der Präsident nicht mehr verstünden. Der Volkswille bestand darin, dass dieses Land nicht den Russen abgetreten wurde, weil man es den Russen schon 1918 nicht gegeben hatte.

Ich sagte, ich würde nicht glauben, dass das Volk illegale Handlungen wie die Zerstörung von Buchdruckereien oder die Misshandlungen und Entführungen von Menschen wolle. Forsman erklärte, das alles sei nur die Fortsetzung des Freiheitskriegs, der ja ebenfalls gegen die damaligen Gesetze gewesen sei, bewaffneter Aufstand gegen den russischen Zaren, der im damaligen Finnland das Gesetz verkörpert habe, und auch die Jägerbewegung sei illegal gewesen. Die Helfershelfer der Russen hätten die Jungen, die nach Deutschland gegangen waren, mit Gewehren gejagt, und die Russenschmeichler hätten sie als Vaterlandsverräter verschrien, aber die Jäger und General Mannerheim seien gekommen und hätten uns ein freies Land geschenkt, erklärte Forsman.

In meiner gegenwärtigen Befindlichkeit wollte ich nicht dagegen argumentieren. Auf der Rückbank des Autos war es eng, aber andererseits wärmte die Enge ein wenig. Wir verstummten auf der langen Fahrt durch die Wälder, auf der ich Forsman und die übrigen Männer nicht wütend machen wollte. Ich befühlte meine Wange und meine Lippen, die schmerzten und sich arg geschwollen anfühlten, und mit der Zunge untersuchte ich die Zähne im Unterkiefer, von denen einige nach der Behandlung durch den Tierarzt Kosola, Pentti Kosola und die anderen Männer aus Lapua wackelten.

Als ich die Hand an meine geschwollenen Lippen führte, begann der Mann aus Pihtipudas zu meiner Linken zu schreien, ich müsse meine Hände unten halten und dürfe ihn nicht mit den Fäusten bedrohen. Ich sagte, ich wolle bloss die Andenken erkunden, die die Männer aus Lapua an meinen Lippen und Wangen hinterlassen hätten. Forsman sagte, er habe sie schon im Sommerpavillon bemerkt und er glaube, der Hass der Männer aus Lapua sei berechtigt gewesen und die Bestrafung, die ich erhalten hätte, sehr angemessen. Der Volkswille sei nun einmal, dass die Kommunisten nicht mehr gehätschelt würden.

Ich erklärte ein weiteres Mal, ich sei kein Kommunist, ich hätte bloss die Lehren des Sozialismus gehört, und an diese würde ich glauben, und Matti Kurikka, den ich in Amerika gehört hätte, habe meiner Meinung nach richtig gesprochen, im Gegensatz zu Vihtori Kosola und Mussolini. Forsman meinte, es sei nicht nötig, Mussolini in diese Angelegenheit hineinzuzerren, Mussolini sei weit weg, genau wie Matti Kurikka. Forsman sagte, die freie Liebe, wie sie von Matti Kurikka propagiert werde, sei Unsittlichkeit, die man nicht die gesunde Lebensweise und die Familienwerte der Finnen angreifen lassen dürfe. Für mich sei es das Beste, wenn ich über die Grenze nach Russland abgeschoben würde, wo die freie Liebe schon wuchere. Forsman berichtete, er habe gelesen, dass die Kommunistenhure Madame Kollontai gesagt habe, der Geschlechtsverkehr müsse für eine Kommunistin eine ebenso unbedeutende Sache sein, als ob sie ein Glas Wasser tränke. Er fragte, was für ein Harem ich in Kauhava unterhielte und von wie vielen Knechten sich meine Ehefrau besteigen lasse. Ich ging überhaupt nicht auf diese Reden ein. Forsman knurrte, er habe mich etwas gefragt und fordere klare Antworten auf seine klaren Fragen. Ich versprach, sofort auf klare Fragen zu antworten, sobald ich solche hören sollte.

Der Mann aus Pihtipudas zu meiner Linken schlug mich mit der Faust ins Gesicht und traf meine schmerzende Unterlippe, so dass ich wimmern musste. Ich hob die Hand zu meinem Mund und fühlte, dass die Zähne Wunden in den Mund gerissen hatten. Ich schluckte Blut und schmeckte den Geschmack von Blut.

Der Mann, der mich geschlagen hatte, befahl mir zu antworten, wenn Doktor Forsman fragte. Ich sagte, ich hätte mit meiner Frau die Gleichberechtigung der Geschlechter realisiert, und aus diesem Grund besässe ich drei Mägde und meine Frau drei Knechte. Die Männer aus Pihtipudas verstummten. Ich sagte weiter, ich hätte eine Begattungsordnung entworfen, nach der die Mägde einzeln oder zu zweit oder manchmal sogar alle drei in mein Bett kämen, und meine Frau habe eine ähnliche Begattungsordnung für die Knechte. Ich sagte, alle seien damit zufrieden, aber manchmal würden wir nur zur Abwechslung auch Kameraden aus der Arbeitervereinigung einladen, Männer wie Frauen.

Der Mann aus Pihtipudas schlug mich wieder, nun aber in die Seite, und im engen Auto konnte er mit den Fäusten so tief unten nicht richtig ausholen, so dass der Schlag nicht schmerzte. Forsman verbot ihm, mich zu schlagen, er sagte, er verstehe durchaus Spass.

Wir kamen ins Kirchdorf von Keitele. Forsman wies den Fahrer an, auf den Vorplatz irgendeines Hauses zu fahren, aber ich verstand nicht, welchen Namen er nannte. Der Fahrer brauchte nicht nach dem Weg zu fragen, er fuhr durch das Dorf und dann zum Tor in einer Weissdornhecke hinein. Dort hielt er an, gleich nachdem er durch das Tor hindurchgefahren war.

Forsman befahl uns, im Auto zu warten, und stieg aus. Er ging über den Vorplatz zu den Stufen vor dem Haus. Es war schon hell. Die Tür wurde ihm geöffnet, noch bevor er angeklopft hatte, und er trat ein.

Ich fragte, ob ich hier wieder in ein neues Auto umzusteigen hätte. In so vielen verschiedenen Autos sei ich in meiner Heimat im ganzen Leben noch nicht gefahren. Der Fahrer sagte von der Vorderbank, die Organisation der Etappen gehe mich nichts an, ich sei lediglich ein Paket, das befördert werde. Da ich aber mit der Information keinen Schaden anrichten könne, erzählte er, dass die Ablösung vielleicht erst in Iisalmi stattfinde, wo die nächsten Männer schon auf mich warteten. Der Fahrer glaubte, Forsman sei ins Haus gegangen, um nach Iisalmi zu telefonieren.

Einer der Männer auf der Rückbank verbot dem Fahrer, mehr zu erzählen. Waffenbrüder dürfe man nicht verraten. Der Fahrer befahl ihm, nicht so grosse Reden zu schwingen, und sie begannen einen Moment darüber zu streiten, wer von ihnen nicht so grosse Reden schwingen solle und wessen Mund man bei Bedarf stopfen werde.

Nun trat Forsman aus dem Haus, begleitet von einem Mann, der eine Reithose und Lederstiefel trug. Der Mann aus Keitele spähte auf die Rückbank und fragte, ob mir so heiss sei, dass ich die Oberbekleidung ausgezogen hätte. Er wartete meine Antwort nicht ab, öffnete die Fronttür und gab dem Fahrer die Hand, nicht jedoch den Männern aus Pihtipudas auf der Rückbank und auch mir nicht.

Dann wünschte uns der Mann aus Keitele gute Fahrt und versprach, für spätere Beförderungen bei Bedarf zur Verfügung zu stehen. Er meinte, es sei immer nett, Männer nach dem Osten zu befördern, die diese Himmelsrichtung gern hätten.

Forsman stieg ein und gab das Kommando zur Weiterfahrt. Der Fahrer setzte zum Wendemanöver an. Beim Zurücksetzen geriet er auf den Rasen, der Mann aus Keitele lief neben dem Auto her und schlug dabei mit seiner Faust auf das Autodach. Er wollte auf seinem Rasen keine Reifenspuren. Der Fahrer lenkte das Auto auf den Sandweg und durch das Tor in der Weissdornhecke hinaus.

Wir fuhren durch das Dorf hindurch, und als keine Häuser mehr zu sehen waren, merkte Forsman an, man erwarte uns in Iisalmi bereits.

9.

Vor Pielavesi bemerkte der Fahrer, dass das Benzin allmählich zur Neige ging. Forsman sagte ärgerlich, der Fahrer hätte sich schon in Pihtipudas um das Auftanken kümmern sollen. Jetzt würden wir auf der Suche nach Benzin mit einem Paket auf der Rückbank durch die Gemeinde Pielavesi fahren müssen.

Der Fahrer sagte, das Auto gehöre Forsman, und im Benzintank von Forsmans Auto sei Forsmans Benzin. Der Doktor führte den anderen vor Augen, wie das Benzin zu Ende gehen würde und sie auf einer Waldstrasse stehenbleiben würden, und das mit einem Paket auf der Rückbank, und meinetwegen sei vielleicht schon Meldung bei der Polizei gemacht worden. Der Fahrer glaubte jedoch nicht, dass die Polizeibehörden sich für die Beförderung eines Kommunisten interessierten, und er glaubte auch nicht, dass das Benzin vor Pielavesis Kirchdorf ausgehen würde. Dort könne man gleich zum Haus des Gemeindearztes Wallenius fahren, wo man bestimmt Benzin kriegen werde. Forsman tobte und fragte, ob Mäklin glaube, der Gemeindearzt von Pielavesi übe einen Nebenerwerb als Benzinverkäufer aus.

Ich fragte den Fahrer, ob er der Kaufmann Mäklin sei. Dieser fragte zurück, ob sein Name hier irgendetwas zur Sache tue. Ich antwortete, ich wolle mir die Namen der Entführer für einen späteren Gerichtsprozess merken. Mäklin glaubte jedoch nicht, dass wir uns jemals im Gerichtssaal wiedersehen würden, noch nicht einmal auf dem Flur zum

Gerichtssaal. Ich fragte Forsman, ob alle Gemeindeärzte Mittelfinnlands bei der Etappenbeförderung mitwirkten und wie die Misshandlungen und die Morde mit dem Ärzteeid zu vereinbaren seien, mit dem sie geschworen hätten, immer zum Nutzen der Patienten einzutreten.

Forsman schätzte, mir gehe es auf der Rückbank zu gut. Er fragte meine Bewacher auf der Rückbank, ob ich sie etwa schon zu Kalle Marx' Lehren bekehrt hätte, dass sie mich ungehindert Vaterlandsfreunde beleidigen und mit dem Gericht bedrohen liessen.

Der eine der Männer auf der Rückbank versprach, ich würde mit dem Holzknüppel solche Dellen an meinen Kopf kriegen, dass mir die Lust auf einen Gerichtsprozess garantiert vergehen werde, wenn ich noch weiter vom Gericht zu träumen wagte.

Ich wollte gar nicht erst ausprobieren, ob die Worte der Männer aus Pihtipudas zutrafen. Wir kamen nach Pielavesi, und Mäklin fuhr auf den Vorplatz des Hauses des Gemeindearztes. Ich konnte am Strassenrand einen schwarzen Wegweiser ausmachen, auf dem mit weissen Buchstaben «Gemeindearzt» geschrieben stand. Forsman stieg sofort aus dem Auto aus, als Mäklin angehalten hatte, und ging quer über den Vorplatz zu den Stufen vor dem Haus. Mäklin stellte den Motor ab, und wir blieben an diesem frühen Augustmorgen einen Moment lang sitzen. Dann stieg Mäklin aus und zündete eine Zigarette an, und die Männer auf der Rückbank begannen im Auto zu rauchen. Sie hatten ihre Zigaretten noch nicht zu Ende geraucht, als Forsman mit einem Mann aus dem Haus kam, der seinen Namen nicht nannte. Ich glaubte jedoch, er sei der Arzt Wallenius.

Forsman kommandierte mich aus dem Auto. Wallenius kam ganz nah heran, um mein Gesicht zu betrachten, und stellte fest, dass mir der ärgste Widerstandswille unterwegs schon ausgetrieben worden sei. Wallenius wies die Männer aus Pihtipudas an abzufahren, bevor Patienten eintrafen. Mir befahl er, mich auf den Vorplatz zu setzen. Ich begriff nicht gleich, was Wallenius meinte, und einer der Männer von der Rückbank trat mich in die Kniekehlen, so dass ich auf meine Knie in den Sand fiel. Ich sah, dass der Sand am Vorabend mit dem Laubrechen zu einem Muster gerecht worden war. Das blieb mir in Erinnerung.

Ich war noch nicht lange auf den Knien gewesen, als man mir gegen die Brust stiess. Ich stürzte rückwärts auf den Rücken und blieb liegen, indem ich meine Knie festhielt. Ich drehte mich zur Seite und setzte mich auf. Jemand trat mich auch noch in den Rücken, aber der Arzt Wallenius befahl, mich nicht mehr zu treten.

Wallenius befahl einem der Männer aus Pihtipudas und Mäklin mitzukommen, und sie gingen zu einem Nebengebäude. Forsman sollte mich inzwischen aufmerksam bewachen, so dass es mir nicht gelingen sollte, quer durch Pielavesi zu laufen. Wallenius nannte Forsman beim Vornamen und sagte mit sorgfältiger Betonung «Oscar».

Ich sass auf dem Vorplatz, im Haus des Gemeindearztes brannte in jedem Raum Licht, aber diese Lichter reichten nicht bis zu mir. Ich hielt meinen Rücken, der von den Tritten schmerzte, aber immerhin schienen keine Knochen gebrochen zu sein. Der Mann aus Pihtipudas, der bei mir auf dem Vorplatz geblieben war, sagte etwas, das ich wegen meiner Schmerzen nicht verstand, so dass ich nachfragte. Er behauptete, mein Leben werde jedenfalls bis zur Grenze leichter sein, wenn ich sofort und widerstandslos täte, was man mir befehle, weil ich nichts hätte, mit dem ich Widerstand leisten könne.

Ich fragte ihn, ob er wirklich denke, in der Sache des Vaterlands unterwegs zu sein, oder ob er nur mitmache, weil er es möge, Menschen zu prügeln und zu treten. Er schätzte, es könne sich durchaus lohnen, die Sache auszuprobieren. Er begann aber dennoch nicht, mich zu treten und zu prügeln, sondern kauerte sich hin, zündete eine Zigarette an und begann in gebeugter Haltung zu rauchen.

Auf den Stufen zum Haus erschien jetzt eine Frau, die Wallenius beim Vornamen rief. Dieser lautete Oiva. Wallenius kam aus dem Nebengebäude und wies die Frau an, nicht so zu schreien. Die Frau fragte in derselben Lautstärke, ob sie für die Gäste Kaffee kochen solle. Wallenius rief zurück, die Gäste könnten nicht länger bleiben. Die Frau kehrte ins Haus zurück und löschte das Licht auf der Veranda.

Dann kamen Wallenius und die Männer aus Pihtipudas aus dem Nebengebäude, und der eine Mann hielt in der Hand einen Kanister, in dem Benzin schwappte. Der Mann spuckte geräuschvoll aus und beklagte sich, dass er beim Ansaugen am Gummischlauch Benzin in den Mund gekriegt habe. Wallenius machte darüber ein geistreiches schwedisches Wortspiel an Forsmans Adresse.

Der Mann aus Pihtipudas begann Benzin aus dem Kanister in den Tank des Autos zu schütten. Sie hatten keinen Trichter, so dass das Benzin über die Seite des Autos und in den Sand rann. Mäklin verteilte die Benzinpfütze mit dem Fuss auf dem Boden. Ich blieb so lange im feuchten Sand sitzen, bis das Auto vollgetankt war und man mich wieder ins Auto kommandierte.

Bevor ich wieder eingestiegen war, kam dieselbe Frau aus dem Haus, die sich vorhin erkundigt hatte, ob sie Kaffee kochen solle. Sie rief, der Kaffee sei fertig und die Tassen würden auf dem Tisch stehen. Wallenius kommandierte die Männer zum Kaffee, und sie begannen darüber zu diskutieren, wer zurückbleiben solle, um mich zu bewachen.

Forsman bestimmte, dass einer der Männer von der Rückbank als Wache zurückbleiben solle. Dieser stieg nicht ins
Auto ein, als die anderen ins Haus gingen.

Ich sass allein im Auto und hielt meine Kniekehlen, in
denen ich immer noch den Tritt spürte, den ich erhalten
hatte. Dann kam der andere Mann von der Rückbank zur
Wachablösung aus dem Haus. Die neue Wache öffnete die
Fondtür des Autos und sah mich einen Moment lang an.
Dann befahl mir der Mann, die Flucht zu ergreifen. Es
wäre für ihn ein grosser Spass gewesen, mir hinterherzulaufen und mich zu Boden zu werfen. In seiner Mauser-Pistole
befand sich auch schon eine Kugel, die mich mit Sicherheit
treffen würde.

Ins Auto drang ein starker Schnapsgeruch, und ich hatte
keinerlei Lust, die Qualitäten des Mannes von Pihtipudas
im Schnelllauf oder im Pistolenschiessen zu erproben. Ich
blieb auf der Rückbank sitzen, ohne zu antworten. Der
Mann aus Pihtipudas schlug die Fondtür zu und setzte sich
auf die Bank bei der Wand des Nebengebäudes. Ich begann in meinen wenigen Kleidern wieder zu frieren und
rieb meine Arme und Beine, aber sehr warm wurde mir
vom Reiben allein nicht. Ich begann richtiggehend darauf
zu warten, dass die Männer im Haus mit ihrem Kaffee fertig würden, damit wir endlich weiterfahren könnten.

10.

Als wir endlich weiterfuhren, hing im Auto ein starker Geruch nach Schnaps, und ich hatte Lust zu fragen, ob die Männer aus Pihtipudas die Sache des Vaterlands etwa mit illegalem Schnaps aus Estland betrieben, aber ich liess es bleiben.

Forsman scherte sich nicht darum, dass ich all ihre Gespräche mithören konnte. Er erklärte, er hätte nach Kiuruvesi telefoniert und dort Paavo Jauhiainen ans Telefon gekriegt, der das Paket weiterbefördern sollte. Jauhiainen hatte versprochen, dass in Kiuruvesi ein Auto und Männer am vereinbarten Ort bereitstehen würden, am selben Ort wie immer. Mäklin sagte, er kenne den Ort.

Die Männer aus Pihtipudas auf der Rückbank waren von Wallenius' Schnaps so berauscht, dass sie zum Zeitvertreib mit der Mauser-Pistole des einen Mannes zu spielen begannen. Er holte die Waffe hervor, führte sie ganz dicht an mein Gesicht, zuckte zusammen, als ob er am Abzug gedrückt hätte, schubste seinen Kameraden über mich hinweg und zeigte ihm seine Waffe. Er versuchte das Lachen zu unterdrücken, doch es entfuhr ihm eine Art Hickser und ein Prusten. Forsman drehte sich um, um zu sehen, was auf der Rückbank vor sich ging. Er sah die Waffe und verbot den Männern, damit zu spielen. Die Waffe würde man im Ernstfall vielleicht noch brauchen, und deswegen sei es überflüssig, diese jetzt vorzuzeigen.

Als Forsman sich wieder nach vorne gedreht hatte, zielte der Mann aus Pihtipudas mit der Waffe auf dessen Kopf.

Dieses Zielen amüsierte beide Männer auf der Rückbank ausserordentlich. Mäklin kündigte an, sie am Strassenrand aussteigen zu lassen, sollte das Spiel nicht aufhören.

Der Mann aus Pihtipudas hörte auf, auf Forsman zu zielen, und begann stattdessen wieder, mich mit der Pistole zu plagen. Er drückte den Lauf der Pistole gegen meine Seite und fragte, wie sich der kalte Stahl an meiner Seite anfühle. Mäklin hielt so plötzlich an, dass wir alle drei gegen die Rückenlehne der Vorderbank geschleudert wurden, und auch Forsman flog nach vorne und schlug gegen das Armaturenbrett. Forsman fluchte einen Augenblick, bevor er fragte, weswegen Mäklin das Bremspedal bis zum Boden durchgetreten habe.

Mäklin sagte, er werde keinen Meter weiter fahren, bevor die Knarren weggesteckt würden. In einem vollgepferchten Auto könne ein versehentlich abgegebener Schuss jede beliebige Person treffen. Forsman stellte den Mann aus Pihtipudas vor die Wahl, ihm entweder seine Waffe nach vorne zu reichen oder zu Fuss weiterzugehen.

Sie stritten einen Moment darüber, ob Forsman das Recht habe, einen Mann der Lapua-Bewegung zu entwaffnen, und ob Mäklin oder Forsman von der Lapua-Bewegung bevollmächtigt seien, Männer zu Fuss auf Waldstrassen weitergehen zu lassen, weil sie einem Kommunisten die Waffe gezeigt hätten.

Dann wurde die Waffe nach vorne gereicht, und Mäklin legte sie vor Forsman auf den Boden. Der zweite Mann aus Pihtipudas sagte zu mir, ich bräuchte gar nicht von der Flucht zu träumen, weil auch er in der Tasche eine Pistole habe, aus der die Kugel ebenso schnell herausschiesse wie aus der Mauser-Pistole, die nach vorne gereicht worden war. Mäklin fuhr wieder weiter, und die nächsten paar Dutzend Kilometer fuhren wir wortlos.

Dann begann Forsman die Männer auf der Rückbank zu besänftigen und bot ihnen Schnaps aus einem Flachmann an. Er sagte, der Stoff stamme aus Wallenius' Lager. Beide Männer aus Pihtipudas tranken von dem Schnaps, der ihnen zu schmecken schien.

Forsman nahm die Flasche zurück nach vorne, trank selber einen Schluck und liess darauf auch Mäklin kosten. Mäklin hustete eine Weile, nachdem er einen Schluck genommen hatte, und behauptete, der Schnaps sei unverdünnt. Forsman sagte, in der Flasche sei zur Hälfte Schnaps und zur Hälfte Wasser, und ein erwachsener Mann müsse in der Lage sein, so etwas zu trinken. So ging es weiter, mich jedoch schienen sie vergessen zu haben. Ich sass da, fror und roch den Schnapsgeruch.

Ich kannte das Kirchdorf von Kiuruvesi nicht und wusste daher nicht, wann wir da waren, aber ich begriff, dass die Ablösung unmittelbar bevorstand, als Mäklin vor dem Gebäude des Schutzkorps anhielt. Auf dem Vorplatz stand ein anderes Auto, daneben warteten vier Männer.

An der Stirnseite des Gebäudes stand in grossen Buchstaben «Schutz» geschrieben. Daran erkannte ich, dass es sich um das Gebäude des Schutzkorps handeln musste. Forsman stieg aus und gab den Männern aus Kiuruvesi die Hand. Sie sprachen lange miteinander und lachten. Forsman bot allen einen Schluck aus dem Flachmann an, der von Hand zu Hand wanderte.

Mäklin stieg nun ebenfalls aus und begann sich mit den Männern zu unterhalten, aber die Männer aus Pihtipudas auf der Rückbank blieben im Auto, bis einer der Männer aus Kiuruvesi zum Auto kam, die Fondtür öffnete und den Befehl erteilte, das Paket zum anderen Auto zu bringen.

Ich nahm mich in Acht und schnellte sofort hinaus, nachdem der Mann aus Pihtipudas, der zu meiner Linken gesessen hatte, ausgestiegen war, und ging schnell zum anderen Auto, ohne mich über die Kieselsteine und Glassplitter am Boden zu bekümmern, obwohl sie mich in die Fusssohlen stachen. Ich wollte nicht, dass mich erneut jemand an den Schultern packte, um mich zum Auto zu zerren.

Als ich so zum Auto ging, hörte ich, wie sich die Männer aus Kiuruvesi über meine Bekleidung wunderten und lachten, sie hätten nicht gewusst, dass die Leute in Ostbottnien so arm seien, dass sie nicht einmal Oberbekleidung anzuziehen hätten.

Ich setzte mich auf die Rückbank des Autos und wartete. Die Männer aus Pihtipudas gaben nun denen von Kiuruvesi die Hand und gingen zu ihrem Auto. Zu mir kamen sie allerdings nicht, um sich zu verabschieden. Mäklin fuhr auf dem Vorplatz des Schutzkorps einen Kreis, bis die Front des Autos zur Strasse zeigte, und fuhr dann vom Vorplatz auf die Landstrasse.

Der älteste der Männer aus Kiuruvesi kam zur Fondtür des Autos und kommandierte mich hinaus. Er sagte, er wolle genauer untersuchen, was für ein Paket Vihtori Kosola diesmal aus Lapua gesandt habe. Ich stieg aus und bat um Kleider und Schuhe, aber der Mann aus Kiuruvesi glaubte nicht, dass ich diese Dinge auf unserer Fahrt brauchen werde. Er warnte mich vor allen Tricks und Mätzchen, die mir in den Sinn kommen mochten. Obwohl auf dem mir angeklebten Adressetikett «Russland» stand, werde die Reise früher zu Ende sein, falls ich versuchen sollte, aus ihren Klauen zu entkommen. Ich fragte den Mann, ob er Paavo Jauhiainen sei, aber er sagte, es bringe nichts, wenn wir uns einander nun vorstellten.

Ich bemerkte jetzt, dass einer der Männer aus Kiuruvesi eine Studentenmütze auf dem Kopf trug. Der Student stiess mich so grob auf die Rückbank des Autos, dass ich mein Bein an der Schwelle anstiess und das Bein halten musste, als wir vom Vorplatz wegfuhren.

Der älteste Mann hatte sich auf die Vorderbank gesetzt und sagte jetzt, er schäme sich nicht für seinen Namen und bereue seine Taten nicht. Er sei mit dem Schutzkorps von Kiuruvesi im Freiheitskrieg dabeigewesen und habe schon davor Dinge für das Schutzkorps organisiert, die sie in den Händen halten konnten, so dass die Männer nicht mit leeren Händen gegen Rote meines Schlags kämpfen mussten, nicht vor Tampere und natürlich auch nicht in Tampere selbst.

Ich sagte, ich sei bei den Kämpfen von Tampere dabeigewesen. Jauhiainen meinte, es sei ein Fehler gewesen, dass ich dort lebendig wieder herausgekommen sei, und er bedauerte, dass wir uns in Tampere nicht begegnet seien. Er hätte mich gleich dort erledigen können, womit man sich den Aufwand der Entführung hätte sparen können. Nun gehe ihnen ein guter Arbeitstag verloren, weil sie mich weiterbefördern müssten.

Als ich sagte, ich sei auf der Seite der weissen Armee gewesen, verbot mir Jauhiainen, die Reinheit der weissen Armee zu besudeln. Ein Kommunist meiner Sorte konnte nicht in der ehrenhaftesten Schlacht mitgekämpft haben, die in Finnland jemals geschlagen worden war.

Ich gab keine Erklärungen ab, aber der Student wunderte sich, wie ich zur Behauptung käme, dass man aus Lapua einen Mann nach Russland sende, der ein Krieger der weissen Armee gewesen sein sollte. Die Männer aus Kiuruvesi wurden tatsächlich alle miteinander wütend auf mich und schworen, mich im Sumpf zu versenken. Einen Lügner wie mich brauche man ja nicht mit einem teuren Auto und mit teurem Benzin über Hunderte von Kilometern zu transportieren.

Sie versenkten mich aber doch nicht im Sumpf. Wir fuhren weiter in die Richtung von Iisalmi. Jauhiainen erzählte den Männern aus Kiuruvesi, der Lehrer Sahlström warte bereits in der Nähe von Iisalmi bei der Verzweigung nach Kajaani.

Ich wusste nicht, wie weit es vom Kirchdorf von Kiuruvesi bis zur Verzweigung nach Kajaani war, und war ganz erstaunt, als wir so bald an der Stelle waren, wo der Lehrer Sahlström mit dem Auto wartete. Es war Mittag.

11.

Jauhiainen stieg sofort aus, nachdem wir angehalten hatten, daraufhin kommandierte er mich hinaus. Der Mann aus Kiuruvesi, der zu meiner Rechten gesessen hatte, begann mich am Arm zu zerren. Ich sagte, ich könne auch selber aus dem Auto aussteigen. Der Student schlug mich mit der Faust gegen den Hinterkopf, so dass ich Sterne sah. Er verlangte Beeilung, und ich schaffte es gerade rechtzeitig auszusteigen, bevor er mich erneut schlagen konnte.

Ich blieb neben dem Auto der Männer aus Kiuruvesi stehen. Der Lehrer Sahlström und zwei Männer traten aus dem Wald, und sie sprachen mit Jauhiainen, aber ich konnte nicht hören, was sie sagten. Der Student stand hinter mir, um aufzupassen, dass ich nicht die Flucht ergriff.

Dann trat Sahlström vor mich hin und sagte, ich wisse bestimmt schon, wohin man mich bringe, nämlich nach Russland, wo die «Basilisken des Kommunismus» schon solch eine Dichte erreicht hätten, dass meine «Basilisken» dort keinen Schaden mehr anrichteten, aber in Finnland wolle man sie nicht haben. All das hatte ich natürlich schon viele Male zuvor gehört. Der Lehrer warnte mich davor, irgendwelche Mätzchen zu versuchen. Sie hätten von der Führung der Lapua-Bewegung den unbedingten Befehl, mich weiter zur Grenze zu befördern, aber aus Lapua sei keine Anordnung gekommen, in welchem Zustand ich zum nächsten Etappenziel zu bringen sei. Sie könnten mich ebenso gut im nächsten Sumpf versenken, falls sie dies für angezeigt hielten.

Ich sagte, mir sei auf dieser Fahrt schon viele Male ange-
droht worden, im Sumpf versenkt zu werden, und ich sei
dazu bereit, falls nichts Schlimmeres geschehe als das. Ich
hätte die Schnauze voll. Sahlström meinte, ich dürfe froh
sein, dass ich noch nicht im Sumpf gelandet sei, obwohl
es zwischen Ostbottnien und Iisalmi schon beliebig viele
Möglichkeiten dazu gegeben habe.

Dann richtete er sich auf eine Art auf, als ob er eine Achtungsstellung hätte versuchen wollen, erreichte die volle
Länge eines kleinen Mannes, trat, nachdem er sich zu dieser
Länge ausgedehnt hatte, dicht vor mich hin und kommandierte mich ins Auto.

Ich ging auf die Rückbank, obwohl Sahlström nicht gesagt hatte, wohin ich mich setzen sollte. Er setzte sich neben mich, nachdem er Jauhiainen und den Männern aus
Kiuruvesi, die sich von mir nicht verabschiedet hatten, die
Hand gereicht hatte. Sie blieben neben ihrem Auto stehen,
als die Männer aus Iisalmi von der Verzweigung wegfuhren. In der ganzen Zeit, die der Wechsel des Autos bean-
sprucht hatte, war kein einziges Auto hier vorbeigefahren.

Ich fragte Sahlström, wie die Männer hiessen, die auf
der Vorderbank sassen. Sahlström fragte, was ich mit den
Namen der Männer anstellen wolle. Ich sagte einmal mehr,
ich wolle mir die Namen für einen Gerichtsprozess einprägen, den meine Entführung unweigerlich zur Folge haben
werde. Die Männer auf der Vorderbank seien an der Entführung auch beteiligt. Sahlström fragte, ob mir sein Name
bekannt sei. Lehrer Sahlström aus Iisalmi, antwortete ich.

Sahlström wunderte sich gar nicht, dass ich seinen Namen kannte. Er sagte, er habe schon lange begriffen, dass
die Kommunisten in Finnland eine mächtige Spionageorganisation besässen und dass die Namen aller Vaterlandsfreunde schon auf einer schwarzen Liste stünden, aber ich

bräuchte mir keine Hoffnungen zu machen, Leute von dieser Liste beseitigen zu können, auch wenn ich mit Sicherheit Lust darauf hätte.

Ich sagte, ich hätte den Namen des Lehrers Sahlström von Paavo Jauhiainen gehört. Sahlström beschimpfte Jauhiainen als geschwätzigen Mann aus Savo, dem man keine Geheimnisse anvertrauen könne. Er fragte, ob ich von Jauhiainen auch seinen Vornamen gehört hätte. Ich sagte, dieser laute Santeri, ein zweiter Vorname sei mir jedoch nicht bekannt.

Ich fragte Sahlström, ob er ein Veteran des Bürgerkriegs sei. Er verbesserte mich: «Des Freiheitskriegs.» Er sagte, er sei während des Freiheitskriegs Kommandant des Schutzkorps von Iisalmi gewesen und habe die Partisanen aus Kajaani daran gehindert, Arbeiter aus Iisalmi zu töten, als die Partisanen von Norden her angerückt seien. Aber jetzt sei man ja dabei, die Erfolge des Freiheitskriegs wieder umzustossen, und das könne weder er noch das finnische Volk gutheissen. Das Vermächtnis des weissen Generals sei so kostbar, dass Sahlström mitgemacht habe, als es im Interesse des Vaterlands nötig geworden sei. Er habe schon viele Pakete von Iisalmi nach dem Osten befördert. Ich fragte mich, als Sahlström von Mannerheims Vermächtnis sprach, ob dieser etwa gestorben sei, aber ich beschloss, nicht weiter nachzufragen.

Die Männer auf der Vorderbank sagten nichts, und Sahlström verriet ihre Namen nicht. In Rautavaara hielten die Männer aus Iisalmi an, und Sahlström begab sich zu einem Haus neben der Strasse, um zu telefonieren. Auf einer Waldstrasse hinter Rautavaara hielten wir wieder an, und Sahlström befahl allen, ihre Blase zu entleeren. Er fragte, ob man mir während der Reise zu essen gegeben habe, und ich antwortete, ich hätte in Alajärvi ein Wurstbrot gegessen und in Pihtipudas einige Butterbrote.

Als Sahlström das hörte, befahl er eine Marschpause und holte aus dem Kofferraum des Autos einen Proviantbeutel. Wir assen im Stehen Butterbrote, die Sahlström in Pergamin gewickelt hatte, und tranken Milch direkt aus der Flasche, die Sahlström ebenfalls dabeihatte.

Schwere, kalte Regentropfen begannen zu fallen. Der Wind trug sie herbei, als er den Abhang des Geländerückens entlang wehte, wo die Strasse verlief, und er schüttelte Wasser von den Fichten am Strassenrand. Es fühlte sich nach Herbst an, obwohl wir erst Mitte August hatten. Sahlström kommandierte mich gleich ins Auto, als der Regen einsetzte, und setzte sich selbst ebenfalls auf die Rückbank. Die Männer aus Iisalmi rauchten eine Zigarette, bevor wir weiterfuhren. Sahlström liess sie nicht im Auto rauchen. Er sagte, als früherer Sportler sei er gegen das Rauchen. Er habe vor dem Krieg die finnische Landesmeisterschaft sowohl im Hochsprung als auch im Stabhochsprung gewonnen. Die Ergebnisse habe man damals noch vom Abstoss mit beiden Beinen einzeln ermittelt und zusammengezählt, einmal mit dem rechten und einmal mit dem linken Bein. Im Hochsprung sei das Ergebnis bei seinem Sieg 290 Zentimeter gewesen und im Stabhochsprung 550, also die zusammengezählten Ergebnisse von den Versuchen mit beiden Beinen. So erklärte es mir Sahlström, um mir die Sache verständlich zu machen. Er erzählte, er habe auch in Iisalmis Männerturnverein mitgemacht und dort das Stockgymnastiktraining geleitet, so dass die Männer jetzt in der Lage seien, diejenigen, die ihrer Meinung nach eine Disziplinierung benötigten, gekonnt mit Stöcken und Knüppeln zu verprügeln.

Wir fuhren nun durch einen langen Waldabschnitt von Rautavaara in Richtung Nurmes. Die Strasse war schlecht, hatte Schlaglöcher und viele Kurven, und der Fahrer aus

Iisalmi fluchte wiederholt über den schlechten Zustand der Strasse und bejammerte das Auto. Er meinte, bei der Ankunft in Nurmes werde keine einzige Schraube des Autos mehr an ihrer Stelle sein.

Ich hoffte schon, dass das Auto bei dem Rütteln auf der gewundenen und geschundenen Strasse, die der hiesige Strassenmeister zu verantworten hatte, kaputtgehen werde und wir auf der Strasse stehenblieben und auf Hilfe warten mussten. Es war ja möglich, dass uns ein Mann zu Hilfe kam, der der Ansicht war, ich bräuchte nicht nach Russland zu gehen.

Das Auto ging aber auf der Waldstrasse doch nicht kaputt. Wir kamen zur Kreuzung mit der Strasse, die Joensuu mit Kajaani verband. Hier hielten wir neben der Strasse in einer Sandgrube an, um zu warten. Es regnete. Wir stiegen nicht aus dem Auto aus.

Wir warteten lange in der Sandgrube, aber die Nerven der Raucher hielten die Warterei nicht aus. So gingen die Männer in den Regen hinaus, um zu rauchen. Niemand kam, um nachzufragen, was die Männer aus Iisalmi in der Sandgrube trieben, und als die Männer zum Auto zurückkehrten, stanken sie nach nassem Hund.

Dann fuhr ein Polizeiauto in die Sandgrube, aus dem zwei Beamte in Uniform ausstiegen. Ich freute mich schon, dass diese Polizisten meine Rettung waren, meine «Strasse ins Paradies» würde hier enden und ich würde nach Hause zurückkehren dürfen. Aber Sahlström stieg aus dem Auto aus, gab den Polizisten die Hand, erklärte ihnen etwas und zeigte mit der Hand zum Auto.

Die Beamten kamen daraufhin zum Auto, der eine duckte sich leicht, um ins Auto zu blicken, und kommandierte mich hinaus. Er begrüsste die Männer auf der Vorderbank wie alte Bekannte. Ich stieg aus, und beide Polizisten begannen zu lachen, als sie sahen, wie ich gekleidet war. Der eine fragte mich, wo der Hochmut des Kommunisten geblieben sei. Ich begriff, dass die Polizisten aus Nurmes nicht gekommen waren, um mich zu retten, sondern um mich auf der «Strasse ins Paradies» weiterzubefördern.

Ich verabschiedete mich weder von Sahlström noch von den anderen Männern aus Iisalmi und ging zum Polizeiauto. Der Regen strömte über meinen Rücken, meine Haare und Kleider wurden nass. Meine Füsse waren empfindlich, mein Gang war den Polizisten zu wenig munter und sie drängten mich zu mehr Tempo. Hinten im Polizeiauto gab es eine verschliessbare Zelle, in die mich einer der Beamten grob stiess. Ich schlug gegen irgendetwas, hatte aber keine Kraft mehr, um mich darüber zu bekümmern. Ich setzte mich auf die blosse Holzbank, um da weiterzufrieren.

Wir fuhren hinter den Männern aus Iisalmi aus der Sandgrube, und auf der Landstrasse trennten sich unsere Wege. In meiner Transportzelle gab es keine Fenster, und ich konnte nur durch die Frontscheibe hindurch erkennen, dass wir in die Richtung von Nurmes fuhren. Ich mochte den Marktflecken Nurmes nicht betrachten.

Im Marktflecken angelangt fuhren die Polizisten auf den Vorplatz der Polizeistation und führten mich hinein, indem sie mich auf beiden Seiten unter den Schultern stützten, als ob ich betrunken gewesen wäre. Sie steckten mich in eine Zelle, in der sich sonst niemand befand, und befahlen mir zu warten.

Dann brachte mir einer der Polizisten eine grobe Decke. Ich zog mich komplett aus, deponierte meine Unterwäsche auf dem Fensterbrett und legte mich nackt unter die Decke, um mich aufzuwärmen.

Ich lag auf dem Fussboden der Zelle. Es stank nach altem Urin und Erbrochenem, aber diese Gerüche vermochten meinen Schlaf nicht zu stören.

12.

Im Verlauf des Abends und der Nacht wachte ich aufgrund von Kälte und Hunger mehrfach auf, und ich war hellwach, als ein mir unbekannter Polizist frühmorgens in die Zelle kam und mir befahl, mich bereitzuhalten. Bald würden wir abfahren.

Ich fragte, ob man beabsichtigte, mich verhungern zu lassen. Der Polizist hielt dies nicht für ausgeschlossen. Er dachte, der Hungertod sei für mich die schmerzloseste Variante von denjenigen, die zur Auswahl stünden. Bald brachte er aber trotzdem ein halbes Ringbrot und eine grosse Blechtasse voll Wasser herbei. Er befahl mir, die Tasse nicht kaputtzumachen, und ging hinaus. Dabei schloss er die Tür wieder. Das Ringbrot war hart. Ich liess es in der Blechtasse schwimmen, um es aufzuweichen. Ich biss in eine aufgeweichte Stelle und legte das Brot wieder ins Wasser, um mit meinen schmerzenden Zähnen überhaupt irgendetwas von dem Laib abzukriegen.

Ich hatte noch nicht einmal die Hälfte des Brotes essen können, als derselbe Polizist, der es gebracht hatte, wieder in die Zelle kam und mir befahl aufzubrechen. Ich trank das Wasser, nahm das Brot in die Hand und erhob mich vom Fussboden. Ich hatte die Decke noch um mich gewickelt, reichte sie dem Polizisten und zog meine inzwischen halb getrocknete Unterwäsche wieder an. Der Polizist nahm mir die Decke ab, ging auf den Flur und liess die Tür offen. Auf dem Flur war niemand, wir gingen von dort zum Hinterausgang und auf den Vorplatz der Polizeistation.

Der nächtliche Regen hatte aufgehört, die Sonne war bereits aufgegangen und strahlte Wärme aus. Auf dem Vorplatz der Polizeistation stand ein schwarzer Ford, zu dem mich der Polizist führte. Ich sah, dass im Auto bereits Männer sassen, und es war nicht weiter schwierig zu erraten, welcher Gesinnung die Männer waren und in welcher Richtung sich meine Reise fortsetzen würde. Der Polizist stiess mich auf die Rückbank, wo bereits ein Mann sass. Als er die Tür zuschlug, fuhr der Fahrer gleich los und raste wie ein Irrer vom Vorplatz auf die Strasse und weiter durch den Marktflecken.

Im Auto sassen drei Männer, und sie sagten kein Wort, als wir durch den Marktflecken fuhren. Wir kamen auf die Waldstrasse. Dort begannen sie darüber zu streiten, ob man mich nach Lieksa fahren und dort den Männern aus Lieksa überlassen oder ob man mich auf dem direkten Weg zum Grenzposten von Kivivaara und auf russischen Boden bringen solle.

Der Fahrer erklärte, der Apotheker Calonius habe verboten, noch weitere Pakete zur Grenze zu befördern, weil Premierminister Svinhufvud darum gebeten habe, die Lapua-Bewegung solle keine Kommunisten mehr ins Paradies im Osten bringen. Stattdessen solle man sie im kapitalistischen Elend in Finnland schmoren lassen, weil im Ausland geschrieben worden sei, Finnland sei ein schlimmeres Gangsterland als etwa Argentinien.

Der Mann auf der Vorderbank behauptete, Calonius habe um seine eigene Haut zu fürchten begonnen, und in ihm sei die alte Gesinnung nicht mehr zu finden, die er damals als Jäger noch gehabt habe, als Nurmes ein wichtiges Etappenziel der Jäger gewesen war und Calonius selbst der Etappenchef.

Der Mann, der neben mir sass, sagte, es sei nutzlos, nach Lieksa zu fahren, weil die Männer aus Lieksa schon bekanntgegeben hätten, sie würden keine Pakete mehr zur Grenze befördern.

Der Mann, der neben dem Fahrer sass, fragte, ob sie mich töten und mit einem Mühlstein an den Füssen im See versenken sollten. Seiner Meinung nach war es überflüssig, mich quer durch Finnisch-Karelien zu fahren. Der Mann auf der Rückbank sagte, er sei dazu bereit. In ihm würde man bestimmt einen Mann finden, der imstande sei, einen Kommunisten zu erledigen. Zurück nach Nurmes würden sie mich auf alle Fälle nicht bringen, sondern ohne mich dorthin zurückkehren.

Ich beteiligte mich nicht an diesem Gespräch. Der Fahrer behauptete, die Grenzwächter von Kivivaara seien Bekannte von ihm und würden mich bestimmt zur Grenze bringen lassen. Dort würden sie mich dann in den Arsch treten und nach Ostkarelien, ins Land von Edvard Gylling, abschieben.

Der Mann auf der Rückbank fragte mich, ob ich Edvard Gylling kennen würde. Das waren die ersten Worte, die die Männer aus Lieksa im Auto an mich richteten. Ich sagte, ich wisse, wer er sei, hätte ihn jedoch nicht kennengelernt. Zu diesem Zeitpunkt waren wir schon eine gewisse Strecke in die Richtung von Lieksa gefahren, der Fahrer hielt an und deutete auf die Wegverzweigung. Hier musste man sich entscheiden, ob man nach Lieksa oder nach Kivivaara fahren wollte. Die Männer stiegen aus und begannen zu rauchen. Als er ausstieg, sagte der Mann auf der Rückbank zu mir: «Pinkelpause.»

Ich stieg ebenfalls aus. Wir befanden uns in einem dichten Kiefernwald. Eine Sandstrasse, die allem Anschein nach nicht stark befahren wurde, führte nach links. Das war die Strasse zum Grenzposten von Kivivaara. Als ich versuchte, mich in den Schutz des Waldes zu begeben, um mein Geschäft zu verrichten, holte der Fahrer eine Pistole hervor und befahl mir, in Sichtweite zu bleiben. Die Männer machten sich daran, gleich am Strassenrand zu pissen, und auch ich ging nicht tiefer in den Wald hinein.

Als sie ihr Geschäft verrichtet hatten, kommandierten die Männer mich ins Auto zurück, blieben selbst aber draussen. Ich sass auf der Rückbank und sah ihnen zu, wie sie die Köpfe zusammensteckten, sich dann gleichzeitig umwandten und alle drei nebeneinander zum Auto kamen. Ich dachte, sie hätten sich entschlossen, meine Reise hier zu beenden. In diesem Sandboden wäre es einfach gewesen, für einen Mann meiner Grösse ein Grab auszuheben. Aber sie wollten mich doch nicht hier erledigen, sondern fuhren weiter auf der Strasse nach Kivivaara, zur Grenze.

Als wir eine gewisse Strecke gefahren waren, fragte ich, was sie nun zum Ziel der Reise bestimmt hätten. Ich sagte, wir alle wüssten, dass Präsident Relander, Premierminister Svinhufvud, die finnische Regierung und Vihtori Kosola befohlen hätten, mit den Entführungen aufzuhören, weil sie den Beziehungen zwischen Finnland und der Sowjetunion schadeten und ebenfalls den Beziehungen zwischen der Lapua-Bewegung und der finnischen Regierung und dem Präsidenten. Ich wunderte mich darüber, dass man mich noch von Nurmes zur Grenze fuhr, obwohl niemand mehr die Entführungen nach Russland guthiess, nicht einmal mehr der Apotheker Calonius. Der Fahrer fragte, ob ich den Apotheker Calonius kennen würde. Der Mann auf der Rückbank sagte, meine Reden könnten mich jetzt nicht mehr retten. Der Auftrag der Patrioten aus Lapua sei unmissverständlich klar gewesen. Der Russenschmeichler gehöre nach Russland. Ich fragte, wer einen solchen Auftrag erteilt habe. Der Fahrer behauptete, die Anweisung sei direkt aus dem Hauptquartier gekommen, von Kosolas Haus in Lapua. Ich glaubte nicht, dass man von dort eigens nach Nurmes angerufen habe, und der Fahrer gab zu, dass Santeri Sahlström berichtet habe, der Befehl komme aus Lapua.

Als ich weiter dagegen zu argumentieren versuchte, holte der Mann auf der Rückbank seine Waffe hervor und versprach, die langen Reden mit einem kurzen Knall zu beenden. Dieser käme aus der Mündung seiner Knarre, eine Sprache, die sogar die Kommunisten zu verstehen gelernt hätten. Sie hätten diesen Worten 1918 gehorcht und man würde sie dazu bringen, ihnen auch jetzt wieder zu gehorchen.

Es war nutzlos, diesen Männern erneut zu erzählen, wo ich 1918 gewesen war, weil ich bereits wusste, dass alle Reden von Tampere umsonst waren. Wir fuhren auf der schlechten Sandstrasse in die Richtung von Kivivaara.

13.

Auf dem Vorplatz des Grenzpostens stiegen die Männer auf der Vorderbank aus und befahlen dem dritten Mann zurückzubleiben, um mich zu bewachen. Er nahm zu diesem Zweck tatsächlich die Browning hervor. Ich bat ihn zu überprüfen, ob die Waffe gesichert sei, er jedoch wollte von einem Kommunisten keine Ratschläge annehmen.

Aus dem Gebäude kamen zwei Grenzwächter. Sie blieben auf den Stufen stehen, um mit den Männern aus Nurmes zu sprechen. Der Mann, der zurückgeblieben war, um mich zu bewachen, stieg ebenfalls aus, blieb aber neben dem Auto stehen. Er wollte hören, was bei den Stufen besprochen wurde. Die Worte drangen nicht bis zu mir ins Auto, aber ich sah, dass die Grenzwächter und meine Begleiter sich stritten.

Ich kann nicht sagen, wie lange der Streit bei den Stufen dauerte. Dann aber kamen die Männer aus Nurmes zum Auto und stiegen ein. Sie wendeten auf dem Vorplatz des Grenzpostens, und wir fuhren in umgekehrter Richtung wieder los. Der Fahrer sagte, der Wachtmeister des Grenzpostens lasse keine Kommunisten mehr über die Grenze abschieben, weil in diesem Zusammenhang ein deutliches Verbot vom Innenministerium und von Oberstleutnant Raappana aus Joensuu ausgesprochen worden sei.

Der Mann auf der Vorderbank sagte, man werde mich nicht zurück nach Nurmes bringen. Eine solche Schande werde er nicht über sich kommen lassen, einen klaren

Befehl aus Lapua nicht zu befolgen. Das sei Fahnenflucht im Anblick des Feindes, und dafür könne man zum Tode verurteilt werden.

Der Fahrer hielt am Strassenrand an. Seit dem Grenzposten waren wir erst einen halben Kilometer weit gefahren. Der Fahrer sagte, diese Stelle sei genauso gut wie jede andere. Er kommandierte mich aus dem Auto. Der Mann auf der Rückbank stieg zuerst aus, liess die Tür offen und befahl mir, ihm zu folgen. Er hielt die Waffe auf mich gerichtet. Draussen blieb ich neben dem Auto stehen. Der Mann, der auf der Vorderbank gesessen hatte, trat hinter das Auto. Er schien im Kofferraum etwas zu suchen. Ich wagte mich nicht umzudrehen, um nachzusehen, weil auch der Fahrer ausgestiegen war, seine Waffe hervorgeholt hatte und mir befahl stillzustehen.

Ich hörte, wie der Mann, der hinter das Auto getreten war, sich mir von hinten näherte. Ich erwartete einen Schlag oder einen Schuss und spannte alle Kräfte an, um den Hieb oder die tödliche Kugel, die mich ins Jenseits bringen würde, zu empfangen. Gleichzeitig fühlte ich, wie über meinen Kopf ein Jutesack gezogen wurde, dessen grobe Oberfläche an meinem Nacken und meinem Hals kratzte. Ich schloss die Augen, öffnete sie aber sofort, als man den Sack vollständig über meinen Kopf gekriegt hatte. Ich versuchte, durch das Gewebe hindurch zu sehen, was man mir antun wollte. Ich sah nur einen schwachen Lichtschimmer, mehr war durch das Gewebe hindurch nicht zu erkennen.

Der Fahrer befahl mir, vorwärts zu gehen. Ich setzte vorsichtig einen Fuss nach dem anderen auf den Boden, weil ich keine Schuhe trug und nicht sehen konnte, was unter meine Füsse zu liegen kam. Ich fühlte, dass wir uns von der Strasse entfernten, in den Wald hinein. Die dürren Äste und die scharfen Kanten von alten Wurzelstöcken rissen frische

Wunden in meine Füsse und Beine. Einer der Männer aus Nurmes dirigierte mich, indem er mich an der Schulter stiess. Als ich im Gestrüpp versuchte, einen sicheren Halt für meine Füsse zu finden, wurde ich abrupt nach hinten gestossen, so dass ich stürzte und meine Seite schmerzhaft gegen einen Baumstumpf schlug. Der Wurzelstock riss eine Wunde in meine Hand.

Man befahl mir aufzustehen. Ich rappelte mich auf, indem ich am Baumstumpf der verborkten Kiefer Halt suchte. Ich umging ihre kräftigen Wurzeln vorsichtig, als ich mich erhoben hatte.

Wir gingen im Kiefernwald vorwärts, das Gelände senkte sich allmählich und wurde feuchter. Dann kamen Büsche, ich schätzte, dass es Weiden waren, die am Sumpfrand wuchsen. Vor mir ging der Mann, der auf der Vorderbank des Autos gesessen hatte und, nachdem ich ausgestiegen war, den Sack über meinen Kopf gestülpt hatte. Er kommandierte mich vorwärts. Ich weiss nicht, in welcher Reihenfolge die anderen Männer hinter mir gingen, der eine von ihnen hatte seine Hand auf meine Schulter gelegt. Derjenige, der vor mir ging, verfluchte die Weiden, bog die Zweige zur Seite und liess sie zurückschnellen, so dass sie mir schmerzhaft gegen Arme und Hals peitschten.

Dann stürzte er plötzlich, aus seiner Waffe löste sich ein Schuss und alle Männer fluchten einen Moment lang lästerlich. Der Mann hinter mir nahm seine Hand von meiner Schulter, ich riss mir den Sack vom Kopf, sprang zur Seite und rannte durch die Weiden hindurch in die Richtung des Grenzpostens. Die Männer schossen hinter mir her, trafen jedoch nicht. Ich hörte, wie es im Buschwerk knackte, als die Männer hinter mir her liefen. Ich drehte mich nicht um, um zurückzublicken.

Ich stieg aus dem Buschwerk wieder hoch ins trockene Gelände und lief in die Richtung des Grenzpostens. Erst jetzt blickte ich zurück und sah, wie alle drei Männer aus dem Buschwerk kamen und immer noch hinter mir her liefen. Sie schossen jedoch nicht mehr mit ihren Pistolen.

Ich gelangte zur Sandstrasse, die zum Grenzposten führte, und folgte dieser, solange ich konnte. Ich sah, dass auch die Männer aus Nurmes die Strasse erreicht hatten. Sie gaben es jedoch auf, mir auf der Strasse hinterherzulaufen, kehrten um und gingen langsam zum Auto zurück. Auch ich hörte auf zu laufen und ging nun gemächlicher.

Der Grenzwachtmeister und zwei Grenzwächter kamen mir mit ausgestreckten Waffen entgegen. Ich sagte, die Männer aus Nurmes hätten versucht, mich zu töten, nachdem sie mich nicht hätten nach Russland abschieben dürfen. Ich dankte dem Wachtmeister für seine Weigerung. Der Wachtmeister meinte, ich bräuchte mich nicht zu bedanken, und befahl mir, vor ihnen zum Grenzposten zu gehen. Ich sei verhaftet und somit ihr Gefangener, bis er mit seinem Vorgesetzten reden könne und von ihm eine klare Anweisung erhielte, was mit mir zu tun sei. Immerhin sei ich unbefugt in den Grenzstreifen eingedrungen, und nur schon deswegen müsse er mich zwangsläufig festnehmen.

An meinen Beinen hatte ich üble Wunden vom Rennen im Gestrüpp und von den Baumstümpfen, die meine nackten Beine aufgerissen hatten. Ich musste auf der Sandstrasse vorsichtig auftreten, da ich jedes einzelne Steinkrümelchen unter meinen Füssen spürte und jeder einzelne Schritt schmerzte. So war ich nicht allzu begierig, mit dem Wachtmeister darüber zu diskutieren, ob ich nun unbefugt in den Grenzstreifen eingedrungen sei oder nicht.

Ich fragte dennoch, ob es für ihn den Anschein gemacht habe, ich sei aus meinem eigenen Willen in den

Grenzstreifen gekommen. Der Wachtmeister behauptete, er habe mich nicht gesehen, bevor ich über die Sandstrasse zum Grenzposten gekommen sei. Ich sagte, man habe mich gewaltsam hierhergebracht und ich hätte im Auto auf dem Vorplatz des Grenzpostens gesessen, als der Wachtmeister mit den Männern aus Nurmes geredet habe. Ich behauptete, der Wachtmeister wisse das genauso gut wie ich.

Der Wachtmeister berichtete, er habe aus dem Grenzstreifen Schüsse gehört und sich mit zwei Grenzwächtern aufgemacht, um nachzusehen, was passiert sei. Darauf sei ich ihnen entgegengelaufen, und er wisse nicht, wer im Grenzstreifen geschossen habe. Ich fragte, ob er eine Waffe in meinem Besitz gesehen habe. Der Wachtmeister meinte dazu nur, man könne sich einer Waffe im Wald mit Leichtigkeit entledigen, indem man sie einfach ablege. Die Grenzwächter sagten während der ganzen Zeit, die unser Gang zum Grenzposten beanspruchte, kein Wort.

Als wir den Vorplatz des Grenzpostens erreicht hatten, kam das Auto der Männer aus Nurmes langsam hinter uns her gefahren, hielt an der Seite des Gebäudes, und die Männer stiegen aus. Ich stand bereits auf den Stufen des Postens. Der Wachtmeister befahl einem der Grenzwächter, mich hineinzubringen.

Wir kamen auf einen Flur, von dem Türen zu drei Räumen führten. Der Grenzwächter öffnete eine der Türen und befahl mir einzutreten. Es war ein kleiner Raum, eine Art Ruheraum, vor dem Fenster standen ein Tisch und eine Bank, andere Möbelstücke befanden sich nicht im Raum. Der Grenzwächter befahl mir, mich auf die Bank zu setzen.

Ich setzte mich und zeigte ihm meine Füsse. Ich bat um Verbandsmaterial, um die Wunden an den Füssen zu verbinden, und um Jod zum Desinfizieren. Der Grenzwächter ging das Verbandsmaterial holen und liess die Tür von aussen ins Schloss fallen. Das Fenster war offen, so dass ich hören konnte, wie die Männer aus Nurmes vom Grenzwachtmeister verlangten, er solle mich ihnen zurückgeben. Sie würden mich diesmal so weit vom Posten wegbringen, dass ich der Grenzwache keine Mühe mehr bereiten werde.

Der Wachtmeister überliess mich den Männern nicht. Er sagte, er wolle von der übergeordneten Instanz Anweisungen anfordern. So drückte er sich aus. Die Männer aus Nurmes meinten, die höchste Instanz in Finnland sei jetzt die Lapua-Bewegung, aber der Wachtmeister wollte nichts davon wissen, dass Lapua schon zu den Kommandostufen der Grenzwache gehören sollte. Er versprach dennoch, dass die Männer aus Nurmes auf dem Posten die Anweisungen aus Joensuu abwarten dürften.

Der Grenzwächter brachte mir Verbandsgaze und eine Schale Wasser, mit dem ich mir die Füsse waschen konnte. Jod hatte er in einer Flasche von der Apotheke. Er verbot mir, die Flasche zu zerbrechen oder unmässig viel von dem Mittel zu verbrauchen. Die Männer aus Nurmes betraten den Posten und blieben auf dem Flur stehen, um durch die offene Tür zuzusehen, wie ich meine Füsse verband.

Der Fahrer meinte, das sei vergeudete Mühe, denn wenn ich in meinem Sumpfgrab läge, könne es mir egal sein, in welchem Zustand meine Füsse seien.

Ich ging nicht auf die Worte des Fahrers ein, wusch meine Füsse und trocknete sie mit dem Tuch, das mir der Grenzwächter gebracht hatte. Ich erinnerte mich an die Worte, die Christus zu Petrus gesagt hatte: «Wenn die Füsse rein sind, ist der ganze Leib rein.» Zu den Männern aus Nurmes sagte ich davon natürlich nichts, strich Jod auf meine Wunden und begann Verbandsstoff um meine Füsse zu wickeln.

14.

Der Grenzwächter liess die Tür wieder von aussen ins Schloss fallen, und ich blieb allein im Raum. Ich verband die Wunden an meinen Füssen und die blutende Schnittwunde an meiner Hand.

Bald kam wieder einer der Grenzwächter in den Raum und brachte mir einen Teller Fischsuppe. Er fragte, ob ich gerne etwas zu essen hätte. Als ich sagte, wann ich zuletzt etwas Anständiges gegessen hätte, meinte der Grenzwächter, dass die Fischsuppe mir bestimmt schmecken werde.

Ich begann zu essen, nachdem ich mich fertig verbunden hatte. Erst jetzt bemerkte ich, wie gross mein Hunger nach der ganzen Autofahrt war. In der fortwährenden Todesangst hatte ich den Hunger gar nicht gespürt. Aber jetzt war davon noch viel übrig, selbst nachdem ich den Teller leergegessen und auch die Butterbrote, die der Grenzwächter gebracht hatte, vertilgt hatte. Er hatte mir auch eine Kanne gutes, kaltes Brunnenwasser gebracht, und ich trank viel davon gegen den Hunger, der von einem Teller Suppe nicht gestillt worden war. Das Wasser füllte den Magen, aber das Hungergefühl nahm es mir nicht.

Ich hörte, dass die Eingangstür ging, und sah durch den Spalt im Vorhang vor dem Fenster, dass der Fahrer aus Nurmes zum Auto ging und von dort zwei Flaschen brachte. Er trug sie in seinen Händen wie Holzscheite für den Herd. Ich versuchte zu hören, was in der Wachstube gesprochen wurde, aber ich verstand die Worte schlecht. Ich glaubte auch zu hören, dass jemand am Telefon sprach. Ich schätzte, dass der Grenzwachtmeister nach Joensuu telefonierte.

Der Grenzwächter kam darauf in den Raum und brachte das Geschirr weg, liess aber die Wasserkanne und das Glas da. Er sagte, ich solle an die Tür klopfen, wenn ich ein Geschäft zu verrichten hätte. Ich fragte, ob man nach Joensuu telefoniert habe. Der Grenzwächter berichtete, dass der Kommandant der Grenzwachtkompanie von dort aufgebrochen sei, um den Vorfall in Kivivaara abzuklären. Ich verstand den Namen des Kommandanten nicht, aber ich verstand, dass er ein Offizier im Rang eines Hauptmanns war.

Ich bat darum, die Grenzwächter möchten sich mit dem Schnaps, den der Mann aus Nurmes aus dem Auto geholt hatte, nicht allzu sehr betrinken. Der Grenzwächter meinte, sie dürften in ihrer schichtfreien Zeit tun, was sie wollten. Von mir würden sie dazu keine Erlaubnis benötigen. Ich fragte, ob alle Grenzwächter schichtfrei hätten und wer die Grenze bewache. Der Mann behauptete, er könne mir die Angelegenheiten der Grenzwache nicht verraten, weil ich ein Kommunist sei und die Sowjetunion unterstützen würde. Ich bemerkte, dass er schon den ersten Becher geleert hatte.

Als der Grenzwächter gegangen war, legte ich mich auf die Bank. Es war ein harter Untergrund und ausserdem so kurz, dass meine Beine von den Kniekehlen an über das Ende der Bank baumelten, und der Rand der Bank drückte so schmerzhaft gegen meine Kniesehnen, dass aus dem Schlaf nichts wurde. Ich lag wach und hörte dem Gemurmel in der Wachstube zu.

Dann setzte ich mich auf und wickelte den Rest der Verbandsgaze so um meine Füsse, dass ich die Fusssohlen und die Seiten des Fussrückens mit einer Art Socken schützen konnte. Ich riss das Ende der Gaze in Streifen und band sie um meine Knöchel.

Ich versuchte wieder zu schlafen, sass auf der Bank und lehnte meinen Kopf gegen den Tisch. In dieser Stellung gelang es mir, einzuschlafen, aber mein Schlaf war unruhig und ich schreckte immer wieder auf, wenn ich Geräusche aus der Wachstube und von draussen hörte.

Ich war hellwach, als ein Auto auf den Vorplatz des Postens fuhr. Die Türen wurden zugeschlagen. Der Wachtmeister lief eilig aus dem Gebäude und machte auf den Stufen dem Offizier im Rang eines Hauptmanns Meldung.

Ich hörte, dass mit dem Wachtmeister zwei Männer eintraten, und ich schätzte, dass der Hauptmann im Auto einen Fahrer gehabt hatte. Ich blickte aus dem Fenster, als die Männer eingetreten waren. Das Auto, das mit den Emblemen der Grenzwache versehen war, stand neben dem Auto der Männer aus Nurmes. Die Sonne stand schon niedrig, auf der Höhe der Baumkronen.

Ich drückte mein Ohr gegen die Wand und versuchte zu hören, was in der Wachstube gesprochen wurde. Ich hörte jetzt alles ziemlich klar. Ich glaube, dass die Tür von der Wachstube zum Flur offengeblieben war.

Ich hörte, dass der Hauptmann verbot, mich über die Grenze abzuschieben, weil diesbezüglich ein striktes Verbot ausgesprochen worden sei und die Grenzwache sich nicht in die illegalen Umtriebe der Lapua-Bewegung einmischen dürfe. Einer der Männer aus Nurmes fragte mit lauter Stimme, wann der Volkswille in Finnland illegal geworden sei. Der Hauptmann solle sich daran erinnern, dass die Kommunisten gegen die Gesetze Finnlands verstiessen, und er täte besser daran, die Gesetze zu verteidigen anstatt die Vaterlandsverräter, die gegen die Gesetze verstiessen. Der Hauptmann sagte, er sei derselben Meinung, aber er habe seine Anweisungen von oben erhalten, vom Kommandanten der karelischen Grenzwache, Oberstleutnant Erkki Raappana. Und solche Anweisungen könne er nicht eigenmächtig abändern.

Einer der Männer aus Nurmes fragte, ob der Hauptmann denn die Anweisungen an den Grenzwachtmeister abändern könne, so dass dieser mich den Männern ausliefern müsse. Würde die Macht eines Hauptmanns gegen einen Wachtmeister ausreichen? Der Hauptmann fragte, ob der Wachtmeister die Ereignisse dieses Tages schon ins Tagesprotokoll des Postens eingetragen habe. Ich hörte den Wachtmeister sagen, von diesem Tag seien noch keine Eintragungen gemacht worden. Der Hauptmann war der Meinung, in diesem Fall seien keine Anweisungen gegeben worden, die mich beträfen, weil nichts im Tagesprotokoll eingetragen worden sei. Für den Posten von Kivivaara existierte ich demnach offiziell nicht.

Die Männer aus Nurmes fragten, ob sie mich mitnehmen dürften, wenn sie Kivivaara verliessen. Der Hauptmann behauptete, er wisse nicht, von wem die Männer aus Nurmes sprächen. Soviel er wisse, seien heute auf dem Posten nur er, sein Fahrer, der Wachtmeister und zwei Grenzwächter gewesen. Jedenfalls gemäss dem Tagesprotokoll des Postens sei heute sonst niemand nach Kivivaara gekommen.

Der Wachtmeister sagte, die Männer aus Nurmes hätten versucht, mich zu töten, und ich sei mit blutigen Füssen zum Posten geflohen. Ob es denn nicht die Aufgabe der Grenzwache sei, finnische Staatsbürger zu schützen? Der Hauptmann fragte, von wem der Wachtmeister rede. Er habe keinen finnischen Staatsbürger gesehen, der auf dem Posten Schutz gesucht habe.

Danach wurde in der Wachstube nicht mehr von mir gesprochen, bis zu dem Zeitpunkt, als die Männer aus

Nurmes aufbrechen wollten. Ich hörte den Hauptmann sagen, dass sie mich genug weit von Kivivaara fortbringen sollten, ganz weg von der Strasse nach Kivivaara, bevor sie mich umzubringen begännen, weil die Grenzwache auf keinerlei Art und Weise mehr in die Entführungen verwickelt werden dürfe. Obwohl er sie persönlich als unabdingbare Massnahme, um das Vaterland zu bewahren, gutheisse, müssten sie so durchgeführt werden, dass kein unnötiges Gerede entstehe.

Die Männer aus Nurmes versprachen, eine Stelle im Moor zu finden, wo mich niemand jemals finden würde. Der Hauptmann sagte ein weiteres Mal, das Moor müsse genug weit von Kivivaara entfernt sein. Sie versprachen es. Aus diesen Reden entnahm ich, dass die Medizin wenigstens dem Hauptmann und den Männern aus Nurmes geschmeckt hatte, denn sie wiederholten ständig dieselben Dinge und versicherten einander, dass kein Opfer am Altar des Vaterlands gross genug sei. Jeder von ihnen sei bereit, das Opfer zu erbringen, das vom Vaterland gefordert werde.

Danach wurde es in der Wachstube still, und ich hörte, wie jemand das Gebäude verliess. Ich blickte aus dem Fenster und sah, dass der Grenzwachtmeister draussen herumging, aber er kam nicht weit, bis einer der Grenzwächter bei den Stufen erschien und rief, der Hauptmann habe den Wachtmeister in die Wachstube kommandiert.

Ich sah, dass der Wachtmeister sich auf dem Vorplatz und auf den Stufen absichtlich Zeit liess. Dann aber öffnete er die Eingangstür und man hörte, wie er den Flur entlang zur Wachstube ging. Ich drückte wieder mein Ohr gegen die Wand und versuchte die Reden der Männer zu verstehen, aber jetzt sprachen so viele durcheinander, dass ich nichts mehr davon verstand, was in der Wachstube besprochen und beschlossen wurde.

Dann sagte einer der Männer aus Nurmes mit lauter Stimme, sie hätten nicht vor, die ganze Nacht auf dem Posten zu bleiben, es sei schon spät und sie hätten an diesem Abend noch Dinge zu erledigen. Der Hauptmann sagte, die Angelegenheiten von Zivilisten gingen ihn nichts an. Die Männer aus Nurmes stünden nicht im Dienst der Grenzwache, aber die Männer würden eben tun, was die Männer tun müssten, und er werde sich nicht in ihre Taten einmischen. Ich hörte, wie jetzt die ganze Schar miteinander aus der Wachstube über den Flur schritt.

15.

Als sie sich daran machten, das Schloss aufzuschliessen, nahm ich die Bank und schlug damit das Fenster ein. Ich stieg auf den Tisch und sprang aus dem Fenster. Ich landete auf den Füssen, stürzte aber zur Seite in den Sand. Ich konnte mich wieder aufrichten und rannte los. Sie riefen hinter mir her, jemand schoss aus dem Fenster, aber ich wurde nicht getroffen.

Ich rannte am Grenzposten vorbei in Richtung Russland, auf der Strasse, von der ich gesehen hatte, dass sie zum Schlagbaum führte. Jetzt schoss man schon vom Vorplatz des Grenzpostens auf mich, aber mit Pistolen, und damit war es nicht einfach, einen Menschen aus der Distanz zu treffen.

Ich kam zum Schlagbaum, umging ihn und lief weiter. Mir war bewusst, dass ich mich noch im Grenzstreifen befand und dass die eigentliche Grenze irgendwo vor mir lag. Während ich lief, dachte ich einen Augenblick an die Minenfelder, die die Russen angeblich an der Grenze errichtet hatten, dann sprang ich über den Strassengraben in den Wald und lief jetzt zwischen Bäumen und Büschen im Zickzack auf eine breite gerodete Linie zu. Ich schätzte, dass dies die eigentliche Grenze war.

Die Verbandsgaze an meinem Fuss hatte sich beim Laufen gelöst. Ich riss sie ganz los und liess sie auf der finnischen Seite, als Andenken an mich und meinen Besuch auf dem Posten von Kivivaara. Ich lief über die Grenzlinie und war in Russland. Hinter mir wurde nicht mehr geschossen, aber ich wagte es nicht, in der Nähe der Grenze stehenzubleiben, weil ich nicht sicher sein konnte, ob es die Männer aus Nurmes wagen würden, mich im grossen Russland suchen zu kommen.

Ich ging vorwärts, aber ich wusste nicht, in welcher Richtung ich mich bewegte. Ich versuchte, die Richtung beizubehalten, die ich beim Grenzübergang eingeschlagen hatte. Es begann schon einzudunkeln, vor mir tauchten grosse Bäume und dichte Büsche auf, die ich umgehen musste, und dabei versuchte ich immer meine Richtung beizubehalten.

Ich kann nicht sagen, wie lange ich auf diese Art im Dickicht gegangen war, als die Müdigkeit mich überströmte, als ob sie aus einem grossen Gefäss, in dem viel davon war, über mich gegossen worden wäre, und sie strömte über meine Haut von oben bis ganz unten zu den Füssen, und sie strömte von jeder Haarspitze zu den Haarwurzeln und durch den Kopf hindurch, sie fühlte sich in meinem Mund bitter an und wog schwer in meinem Magen, und als sie in meine Beine strömte, fühlte sie sich so schwer an wie geschmolzenes Blei oder erstarrter Beton.

Ich setzte mich auf den Waldboden und lehnte mit dem Rücken gegen einen rauhen Baumstamm. Im Dunkeln versuchte ich meinen linken Fuss zu untersuchen, von dem sich die Verbandsgaze gelöst hatte. Der Fuss war ungeschützt und blutig. Als ich in meiner Unterwäsche gegen den Baum gelehnt sass, wurde mir bald sehr kalt, ich schlotterte und meine Zähne begannen so stark zu klappern, dass ich befürchtete, meine Zähne würden beschädigt. Ich konnte mit dem Zittern und Zähneklappern nicht aufhören, obwohl ich meine Arme massierte und in meine Seite und Schenkel boxte, um die Blutzirkulation in meinen Gliedern anzuregen.

Ich stand auf und versuchte auf und ab zu hüpfen, aber ich war vom Hunger, vom Laufen, von meinen aufgerissenen Füssen und von der Todesangst so erschöpft, dass ich keine Kraft mehr hatte, um mich mit Bewegung aufzuwärmen.

Ich ging im dunklen Wald weiter. Ich setzte sehr vorsichtig einen Fuss vor den anderen und prüfte mit jedem einzelnen Schritt den Boden und alles, was dort wuchs oder gewachsen war. Ich kam über einen Abhang hinab, indem ich mich an Bäumen und Büschen abstützte. Der untere Teil war dicht mit Fichten bewachsen, und ich ruhte mich bei diesen Fichten aus.

Als ich mich ein wenig ausgeruht hatte, begann ich Zweige von den Fichten abzubrechen und häufte sie an einer ebenen Stelle unter den Bäumen zu einer dicken Matratze auf. Um eine Decke für mich zu erhalten, brach ich weitere Fichtenzweige ab und breitete sie über mich, nachdem ich mich auf mein Fichtenbett gelegt hatte. Es war ein weiches und wohlriechendes Bett, und als ich genügend Zweige über mich gebreitet hatte, wärmte meine eigene Körperwärme meine Liegestatt auf, so dass ich den Rest der Nacht bewegungslos zwischen den Fichtenzweigen liegen konnte. So warm, dass ich vernünftig hätte schlafen können, wurde mir allerdings nicht. Auch die Wunden an beiden Füssen, die Schnittwunde an der Hand und all die Schürfungen an meinen Armen und Beinen hielten mich wach.

In der Morgendämmerung lag ich wach und erkannte, in was für ein Dickicht ich mich da in der Nacht gezwängt hatte. Hierher, bis unter diese niedrigen Fichten, würde die Sonne nie scheinen, wie hoch sie hier in der karelischen Wildnis auch steigen mochte. Ich hatte keine Lust, mich auf meine schmerzenden Füsse zu stellen, aber die Kälte und der Hunger trieben mich schliesslich doch zum Aufstehen, bald nachdem es hell geworden war. Ich stand auf, wischte die Fichtennadeln und -zweige von mir ab, betrachtete meine geschwollenen Füsse und fühlte, wie die Frische des Morgens in mich drang, als ich nicht mehr unter den Zweigen lag.

Ich sah, dass die Sonne schon auf den vor mir liegenden Geländerücken schien, und ich begann, in Richtung des Sonnenscheins zu gehen. Unterhalb des Geländerückens floss ein Bach. Ich trank von seinem Wasser. Als der Bach im Frühling angeschwollen war, hatte er Äste und Stämme von Weiden mitgeführt, und so bog ich mir von der Flutlinie einen passenden Gehstock zurecht. Die Flut hatte ihn geschält und der Sommer weiss wie einen Knochen gebrannt.

Indem ich mich auf den Gehstock stützte, gelangte ich auf den Geländerücken, auf eine Lichtung, die von der Sonne beschienen wurde. Der Erdboden war dort warm, und ich lag in der Sonne, um mich aufzuwärmen. Ich schlief ein, und als ich aufwachte, war die Sonne schon viel weiter gewandert und schien jetzt von jenseits des Bachs auf den Geländerücken.

Von irgendwoher hörte ich das Bellen von Hunden. Ich schätzte, dass die russischen Grenzwächter mich auf dieser Seite der Grenze suchten, weil die Schüsse von gestern auch an ihre Ohren gedrungen sein mussten. Das Bellen kam aber nicht aus der Richtung, aus der ich glaubte, gekommen zu sein, und ich ging auch nicht auf das Geräusch zu, weil ich nicht sicher sein konnte, ob mich nicht etwa die finnischen Grenzwächter suchten, um mich den Männern aus Nurmes auszuliefern.

Die Sonne stand schon hoch am Himmel. Daraus folgerte ich, wo ungefähr der Süden liegen musste. Weil im Westen das Todesurteil der Lapua-Bewegung auf mich wartete, beschloss ich, nach Osten zu gehen und zu hoffen, dass man mich in Russland nicht sogleich im Moor versenken würde.

Ich nahm meinen Gehstock, den ich am Ufer des Bachs aufgelesen hatte, orientierte mich an der Sonne und ging weiter in Richtung Osten. Ich versuchte, die Richtung beizubehalten, obwohl ich gezwungen war, zwischen den Waldstücken einen Umweg zu nehmen. Ich wagte mich nicht auf die offenen Sumpfgebiete, weil ich nicht wissen konnte, ob sie einen Menschen trugen.

Ich musste mich häufig setzen, um mich auszuruhen und meine blutigen Füsse zu kontrollieren, in die im Laufe des Tages noch weitere Wunden geschlagen worden waren. Ich war vor Hunger und Müdigkeit so schwach, dass ich nicht längere Zeit am Stück gehen konnte, und im Verlauf des Nachmittags wurden meine Ruhepausen immer länger.

Spätnachmittags gelangte ich zum Ufer eines langgezogenen Sees und sah, dass er sich zu meiner Linken und Rechten ins Unsichtbare fortsetzte. Ich wusste, dass ich keine Kraft mehr hatte, um den See zu umgehen, und ihn auch nicht überqueren konnte. Dazu fehlte mir ein Transportmittel. Ich malte mir aus, wie meine Gebeine hier am Ufer dieses unbekannten Sees in der karelischen Wildnis ausbleichen würden, und dieser Gedanke fühlte sich für mich nicht mehr schlimm an. Ich war bereit, an dieser Stelle zu sterben.

Ich trank dennoch Wasser aus dem See, das warm war, aber sauber schmeckte. Es erfrischte mich so sehr, dass ich mich auf einen umgestürzten Baumstamm am Ufer setzte und beobachtete, wie die Wellen des Sees vom warmen Wind angetrieben sanft auf und ab gingen.

Ich weiss nicht, wie lange ich auf dem Baumstamm gesessen hatte, als ich vom See her ein Motorengeräusch wahrnahm. Es schien näherzukommen. Dann kam von Norden her mit hoher Geschwindigkeit ein Boot gefahren, in dem sich drei Männer in Uniform befanden. Ich sass immer noch auf dem Baumstamm und beobachtete das Boot und die Soldaten. Ich hatte keine Kraft, um aufzustehen, aber ich hob die Hand zu einem müden Gruss. Das Boot war schon beinahe vorbeigefahren, als einer der Soldaten mich entdeckte. Er schrie etwas und zeigte auf mich.

Ich hob nochmals die Hand zum Gruss. Das Boot drehte zum Ufer. Ich sah, dass die Soldaten sich hinter den Bootsrand duckten und ihre Waffen auf mich gerichtet hielten. Als sie näher ans Ufer gefahren waren, bremsten sie das Boot ab. Dann erkannten sie, dass ich keine Gefahr darstellte, und steuerten das Boot auf das sandige Ufer. Zwei Soldaten kamen an Land, während der Steuermann an Bord blieb.

Die beiden Soldaten kamen mit der Waffe im Anschlag auf mich zu. Ich deutete auf meine leeren Hände. Der vordere Soldat fragte mich etwas auf Russisch, und ich sagte auf Finnisch, ich spräche diese Sprache nicht. Dann fragte der hintere Soldat in deutlichem Finnisch, wer ich sei und von wo ich an dieses Seeufer gelangt sei.

Ich berichtete, ich sei am Abend über die Grenze gekommen, weil man beim Grenzposten von Kivivaara versucht habe, mich zu töten. Ich zeigte meine Füsse, und der Soldat fragte, ob ich gestern über die Grenze gekommen sei. Ich berichtete, ich sei über die Grenze gelaufen und man habe hinter mir her geschossen. Der Soldat sagte, man habe die Schüsse bis zu ihnen gehört. Er holte aus dem Boot Verbandsgaze und Jod und reinigte die Wunden an meinen Füssen, während ich erzählte, wie man mich über viele Etappen auf der «Strasse ins Paradies» von Lapua bis nach Kivivaara gebracht hatte.

Der Soldat übersetzte meinen Bericht für die anderen ins Russische. Auch der Steuermann war inzwischen an Land gekommen. Er machte auf der Sandbank Feuer, schöpfte aus dem See Wasser in seine von Russ geschwärzte Pfanne und setzte sie aufs Feuer.

Als das Wasser siedete, boten die Soldaten mir Tee an und teilten ihren Proviant mit mir. Ich berichtete, ich hätte tagelang kaum gegessen. Ich sass am wärmenden Lagerfeuer und nickte ein, aber die Kälte, die während der Autofahrt, in der Zelle in Nurmes und beim Umherirren im Wald in mich gedrungen war, entwich selbst am Lagerfeuer nicht aus meinem Körper. Ich schlotterte und meine Zähne klapperten, so dass es mir schwerfiel, den Soldaten alles zu erklären, was sie wissen wollten.

Der Soldat, der nur Russisch sprach, kam zu mir und betastete mit seinem Handrücken meine Wangen, Stirn und Hals und erklärte auf Russisch etwas, was ich nicht verstand. Der Soldat, der Finnisch sprach, sagte zu mir, ich hätte hohes Fieber. Er holte aus dem Boot einen Soldatenmantel und breitete ihn über mich.

Der Soldat versprach, dass man mich in die Zivilisation und in ein Krankenhaus bringen werde, wo ich wiederhergestellt würde. Sie hoben mich ins Boot, legten mich auf das Sitzbrett im Bug und deckten mich mit ihren Mänteln zu.

Ich weiss noch, dass ich während der Fahrt auf dem See versuchte, mich an die Namen der Soldaten zu erinnern, aber sie kamen mir nicht mehr in den Sinn, so sehr ich mich auch anstrengte. Aus irgendeinem Grund schien mir damals die Erinnerung an die Namen sehr bedeutsam.

WIEDERGEBOREN

1.

Strang kam ins Krankenhaus, um mich zu besuchen, und brachte mir Grüsse von meinen Bekannten aus New York, die schon in Petroskoi waren, und von denen, die noch unterwegs hierher waren.

Ich sagte, ich hätte sie alle schon vergessen. Das glaubte Strang nicht. Er sass lange am Bettrand und tadelte mich wegen meines Herumliegens. Er meinte, ich müsse sofort aufstehen und an die gemeinsame Front des Arbeitervolks eilen, um Karelien aufzubauen.

Ich fragte, woher Strang gehört habe, dass ich nach Petroskoi gekommen sei. Er erzählte, ganz Karelien wisse, was mir im faschistischen Finnland angetan worden sei, wie ich aus den Klauen der Faschisten nach Karelien geflohen sei und wie ich in lebensbedrohlichem Zustand beim Umherirren mitten in der Wildnis aufgegriffen und zur Genesung nach Petroskoi gebracht worden sei. Über alles sei im «Roten Karelien» berichtet worden, wo auch eine Fotografie von mir im Krankenhausbett abgedruckt gewesen sei.

Ich konnte mich erinnern, dass Leute von der Zeitung gekommen waren, um mich zu befragen, nachdem ich ins Krankenhaus gebracht worden war, aber die Zeitung selbst hatte ich nicht zu Gesicht bekommen. Ich fragte, was Strang in Petroskoi treibe. Er meinte, ich solle mir angewöhnen, für die Stadt den Namen «Nowaja Sampo» zu gebrauchen. Dieser nach der Zaubermühle «Sampo» aus dem

Kalevala-Epos geprägte Vorschlag hatte im Wettbewerb des «Roten Karelien» für Petroskois neuen Namen den ersten Platz belegt.

Strang sagte, er sei in Angelegenheiten des Technischen Dienstes des Sozialistischen Karelien nach Nowaja Sampo gekommen. Dafür hätten ihn Matti Tenhunen und Oscar Corgan in New York angeheuert. Strang berichtete, was er in Karelien schon alles zustandegebracht habe, aber ich hatte keine Kraft, um zuzuhören. Ich wurde sehr müde von Strangs Reden, schloss meine Augen und dachte an andere Dinge, während er sprach.

Die anderen Patienten im Zimmer wollten von Strang Informationen über die Lage in New York kriegen, ob die weltweite grosse Depression den Kapitalismus schon zum Einsturz gebracht habe. In den karelischen Zeitungen war geschrieben worden, der Zusammenbruch stehe unmittelbar bevor.

Strang berichtete, der Kapitalismus schwanke am Rand des Abgrunds und es sei nur eine Frage der Zeit, bis er in diesen Abgrund stürze und dort den Untergang finde. Als Strang aus New York abgereist sei, habe er auf der hinteren Landungsbrücke des Schiffs gestanden und sich von der Stadt mit dem Gedanken verabschiedet, dass er sie jetzt zum letzten Mal als kapitalistische Stadt sehe. Er sagte, er sei überzeugt, dass New York bei seinem nächsten Besuch zum Sozialismus hinübergewechselt haben werde, auf dem Weg, den Lenin und Stalin aufgezeigt hätten.

Ich öffnete meine Augen. Strang zwinkerte mir zu. Er versprach, mir in der Kantine Tee und einen Bagel zu offerieren, falls ich schon auf eigenen Beinen stehen könne. Ich sagte, ich sei schon vor einigen Tagen aufgestanden, um ein wenig zu spazieren, weil die Ärzte es mir aufgetragen hätten. Ich hatte es gut die Treppe bis zur Kantine hinunter geschafft, aber die Treppe wieder hochzusteigen war so schwer gewesen, dass ich auf dem Treppenabsatz hatte stehenbleiben müssen. Von dort hatten mich die Pflegerinnen wieder zurück ins Bett geführt.

Strang meinte, die Kräfte hätten mich verlassen, weil ich zu lange gelegen hätte, aber sie würden zurückkehren, wenn ich mich wieder in Bewegung setzte und zur Arbeit ging. Arbeit sei die beste Medizin gegen alle Leiden, sagte Strang.

Ich setzte mich am Bettrand auf. Strang versuchte mir aufzuhelfen, aber ich stiess seine Hände weg. Es gelang mir, mich selber aufzurichten. Ich nahm vom Bettende den Kittel des Krankenhauses und zog ihn mir über. Dann stiess ich Strang beiseite. Er versuchte seine Hand unter meine Achsel zu schieben, als ich durch den Gang im Krankensaal ging, zu dessen beiden Seiten die Krankenbetten standen. Ich sagte zu Strang, ich bliebe lieber im Bett, um zu sterben, als von anderen geführt werden zu müssen.

Strang blieb bei einem Bett stehen, begrüsste den im Bett liegenden Mann und fragte ihn, ob er mich kenne. Der Kranke sah mich genau an, sagte jedoch, er könne sich nicht erinnern. Strang erzählte mir, er sei mit dem Mann zusammen auf demselben Schiff von Amerika nach Leningrad gekommen und von dort weiter nach Petroskoi oder eben Nowaja Sampo. Strang nannte den Namen des Manns, Bob Siirilä. Ich kannte ihn nicht.

Strang gab mir den Ratschlag, ich solle nach Möglichkeit mit allen aus Amerika eingereisten Finnen Bekanntschaft machen, weil ich hier mit ihrer Hilfe ein besseres Leben finden würde als bei den finnischen Roten, die eine zerstrittene Gruppe seien, die Ereignisse von 1918 immer noch nicht verdaut hätten und sich immer noch darüber ereifern würden, wer Finnland den weissen Schlachtern zurückgegeben habe, obwohl Helsinki und ganz Südfinnland schon unter Kontrolle des Volkskommissariats gewesen seien.

Ich glaubte nicht, dass ich lange in Karelien bleiben würde. Ich sagte, ich werde gleich nach meiner Genesung nach Ostbottnien zurückkehren, sobald meine Angelegenheiten hier geregelt seien. Strang warnte mich davor, irgendjemandem etwas davon zu sagen, dass ich vorhätte, nach Finnland überzulaufen. Wegen solcher Reden könne man sich ganz plötzlich im Straflager wiederfinden.

Ich schaffte es, ohne Hilfe die Treppe bis zur Kantine hinunterzusteigen. Wir setzten uns, und Strang holte für uns Tee und dazu etwas zu essen. In der Kantine sassen viele Patienten, die die Kittel des Krankenhauses trugen, und Gäste mit Bündeln und Taschen, in denen sie Essen für die Patienten mitgebracht hatten. Die Mahlzeiten im Krankenhaus waren so dürftig, dass ich in den vier Wochen, die ich im Krankenhaus verbracht hatte, zehn Kilo abgenommen hatte.

Die Ärzte hatten dies nicht für schlecht gehalten, ihrer Meinung nach war ich beim Eintritt ins Krankenhaus ein nur zu kräftiger Bursche gewesen und hatte, nachdem das Fieber gesunken war, dauernd Hunger gehabt.

Nachdem Strang Tee mit einem Bagel gebracht hatte, begann ich gleich zu essen, verschlang den Bagel gierig und bat Strang, noch einen zu holen. Er war nicht sicher, ob das Kantinenpersonal ihm einen zweiten Bagel geben würde, selbst wenn er ihn natürlich bezahlte, versprach aber, mit der stämmigen Russin hinter der Theke zu verhandeln. Sie sprach mit ihm Russisch, von dem Strang einige Worte beherrschte. Er erhielt von ihr den Bagel und brachte ihn mir wie einen ungewöhnlich grossen Gewinn. Er rühmte sich selbst als einen guten Geschäftsmann, sogar wenn er Russisch sprechen müsse.

Ich fragte Strang nach seinen Sprachkenntnissen. Er gab zu, dass sie noch nicht allzu weit gediehen seien. Auf der Schiffsreise von New York habe ihm jemand Russischunterricht erteilt, und mit den paar Worten, die er auf dem Schiff gelernt habe, sei er nun schon ein Jahr lang zurechtgekommen. In Petroskoi komme man auch mit Finnisch und Englisch zurecht. Viele der aus Amerika eingereisten Finnen würden nicht einmal mehr Finnisch beherrschen.

Ich sagte, ich werde sofort aus dem Krankenhaus austreten, sobald ich von irgendwoher Kleidung bekäme. Strang erzählte, er habe im «Roten Karelien» gelesen, ich sei nackt wie ein Neugeborenes in Russland angekommen, mit blutigen Füssen und wunden Händen, nachdem mich die weissen Banditen wie ein Tier durch die Wälder gehetzt hätten, und dass man auf mich mit Pistolen und Gewehren geschossen habe, und dass ich bei meiner Auffindung geblutet hätte wie ein angestochenes Schwein. Ich sagte, die Zeitung habe zu meinen Verletzungen einiges hinzuerfunden, aber Wunden hätte ich tatsächlich gehabt und dazu hohes Fieber, das auf beide Lungenflügel übergegriffen habe, und die Lungenentzündung habe mich hier an den Rand des Todes gebracht.

Ich fragte nach Kleidern. Strang glaubte, es gebe für mich durchaus welche, aber sie kosteten, und ich würde alles zurückzahlen müssen, sobald ich hier einer bezahlten Arbeit nachginge. Ich versprach, das Geld aus Finnland zu schicken. Strang warnte mich davor, so etwas zu versuchen, dieses Geld würde bestimmt nicht bei ihm ankommen, selbst wenn ich es nach Finnland schaffen und das Geld schicken würde. Ein längerer Arm würde es sich hier schnappen. Strang glaubte ohnehin nicht, dass ich sehr bald nach Finnland zurückkehren könne, weil ich weder den finnischen noch den amerikanischen Pass bei mir hätte.

Strang befahl mir aufzustehen, als ich meinen Tee getrunken hatte. Er verglich unsere Grösse. Ich war einen Kopf grösser als er, und seine Füsse sahen neben meinen aus wie Kinderfüsse, aber er war überzeugt, dass es auch für mich passende Kleider in Nowaja Sampo gebe.

2.

Dieselben Männer, die schon dreimal ins Krankenhaus gekommen waren, um mich zu verhören, kamen in die Kantine, gerade als Strang und ich die Länge und Breite unserer Füsse verglichen.

Der Mann, der Finnisch sprach und sich als Kallonen vorgestellt hatte, fragte, was wir trieben. Der zweite Mann setzte sich an den Tisch und starrte uns wortlos an. Er hatte kein Finnisch gesprochen, als die Männer mich verhört hatten, er hatte mir seine Fragen auf Russisch gestellt und Kallonen hatte seine Fragen und meine Antworten übersetzt.

Strang wollte gehen und wünschte mir gute Besserung. Kallonen meinte, Strang habe es nirgendwohin eilig. Er fragte, ob wir alte Bekannte seien. Ich erzählte, Strang und ich hätten in New York Wolkenkratzer gebaut. Kallonen übersetzte das ins Russische. Strang versprach, Kallonen ein andermal alles über den Bau der Wolkenkratzer zu erzählen, aber jetzt müsse er auf seine Baustelle. Kallonen fragte, wo die sei.

Strang war schon weg, da kehrte er nochmals zurück, blieb vor Kallonen und dem Russen stehen und fragte, womit er solche Sprüche von Kallonen verdient habe, wie er sie soeben habe hören müssen. Kallonen behauptete, Strang wisse das selber am besten. Strang versprach, mir Kleider und Schuhe zu bringen. Er ging, und Kallonen und der Russe versuchten nicht, ihn daran zu hindern.

Nachdem Strang gegangen war, setzte ich mich an den Tisch. Kallonen sagte, ich hätte seit meiner Ankunft in Petroskoi noch nie so gut ausgesehen, und vielleicht würde ich mich jetzt an Dinge erinnern, die ich beim letzten Mal vergessen hatte zu erzählen.

Ich fragte, was sie noch von mir wissen wollten. Der Mann, der nur Russisch sprach, stellte Kallonen eine Frage, und sie sprachen untereinander eine Weile auf Russisch. Dann befahl mir Kallonen, alles nochmals zu erzählen, von dem Augenblick an, als die Faschisten zu uns gekommen seien und mich von zu Hause weggebracht hätten, bis ich am Ufer des Tuulijärvi-Sees in schlechter Verfassung aufgefunden worden sei.

Ich sagte, ich sei hungrig und müde, und bat sie, später wiederzukehren, wenn ich in besserer Verfassung wäre. Kallonen übersetzte das ins Russische. Der Russe sagte darauf etwas, und Kallonen übersetzte, er befürchte, ich könnte meinen Bericht glaubwürdiger gestalten, wenn man mir Zeit geben würde, ihn auszubessern. Der Russe glaubte, ich sei schon in einem hinreichend guten Zustand, um die Fragen zu beantworten und zu berichten, wer mich nach Russland geschickt habe und wozu.

Kallonen berichtete, Sachverständige in Leningrad hätten meine geheime Botschaft geöffnet, meine erste Nachricht aus Karelien an die finnische Geheimpolizei. Ihnen sei vollkommen klar, was meine Aufgabe hier sei, und es sei das Beste für mich, wenn ich alles jetzt gleich gestehen würde, um meine Bestrafung zu mildern.

Ich sagte, ich wisse nicht, wovon sie sprächen. Kallonen fragte, ob ich nach Finnland geschrieben hätte. Ich sagte, ich hätte meiner Frau geschrieben, damit sie wisse, dass ich am Leben sei. Meine Frau habe zum letzten Mal von mir gehört, als man mich mitten in der Nacht von zu Hause fortgebracht habe.

Der Russe stand auf und sagte etwas. Auch Kallonen stand auf. Er sagte, sie würden jetzt gehen, aber ich müsse es ihnen melden, falls ich das Krankenhaus verliesse, und ich müsse ihnen melden, wo ich wohnen wolle. Ich sagte, ich hätte vor, in meinem eigenen Haus in Kauhava zu wohnen. Kallonen begann zu lachen. Er meinte, ich brauche nicht einmal von einer Rückkehr nach Finnland zu träumen, wo mich ohnehin nur die Gewehrläufe erwarten würden.

Ich fragte nach dem Brief, den ich an meine Frau geschrieben hatte. Kallonen sagte, ich hätte kein Recht, ins Ausland zu schreiben, weil mein Fall zuerst geprüft werden müsse und ich noch unter Beobachtung stünde.

Ich verliess die Kantine. Kallonen und der Russe blieben zurück, um zu beobachten, wie ich die Treppe hochstieg, indem ich mich auf das Geländer stützte. Ich musste mich jedoch bald mit beiden Händen am Geländer festhalten und mich selbst hinaufziehen. Ich wollte nicht vor den Augen Kallonens und des Russen stehenbleiben, um mich auszuruhen, aber ich hatte keine Kraft mehr. So hielt ich schon vor dem Treppenabsatz an und blieb dort einen Moment lang stehen. Als ich hinunterblickte, sah ich Kallonen und den Russen nicht mehr.

Ich versuchte weiter hochzusteigen, als es den Anschein machte, dass meine Kräfte dazu schon ausreichten, und ich gelangte ans Ende der Treppe und ging in die Richtung des Krankensaals, in dem mein Bett stand. Ich schaffte es nur bis zur Tür des Krankensaals, bis ich mich wieder ausruhen und am Türrahmen und der Wand abstützen musste.

Den Flur entlang kamen zwei Pflegerinnen, die mich während meines Aufenthaltes gepflegt hatten. Sie fragten mich, ob ich es bis zu meinem Bett schaffen würde. Ich versprach, es zu versuchen, aber sie fassten mich unter den Achseln und führten mich ins Zimmer. Ich konnte sie abschütteln, und als ich an Bob Siiriläs Bett vorüberging, rief er mich beim Namen und befahl mir, mich auf seinen Bettrand zu setzen.

Es kam mir gerade gelegen, mich setzen zu können. Also setzte ich mich so an das Fussende des Bettes, dass ich nicht gegen Siiriläs Füsse drückte. Ich fragte, ob Siirilä aus Ala-järvi stamme, und er gab zu, aus dieser Gemeinde in die weite Welt hinausgegangen zu sein. Ich richtete ihm schöne Grüsse vom Vorplatz des Gebäudes des Schutzkorps von Alajärvi aus, wo ich mich auf meiner «Strasse ins Paradies» ausgeruht hatte.

Wir sprachen dort im Krankenhaus von Amerika und wurden gute Bekannte, beinahe Verwandte, weil wir beide aus Ostbottnien stammten und beide auch den amerikani-schen Kontinent gesehen hatten, obwohl wir beide keine sehr angenehmen Erinnerungen daran hatten.

Siirilä gab mir eine Adresse, die ich gleich aufsuchen solle, gleich nachdem ich das Krankenhaus verlassen hätte. Ich bräuchte dort nur zu sagen, man solle mich in Siiriläs Zimmer wohnen lassen, bis ich in Petroskoi oder sonstwo im Gebiet der Autonomen Sowjetrepublik Karelien eine Wohnung gefunden hätte oder bis Siirilä genesen sei und in seine Bude zurückkehren würde. Ich fragte, woran er leide. Ich vermutete die Tuberkulose, nachdem ich gehört hatte, wie Siirilä die Nächte hindurch hustete. Ich hatte kei-ne grosse Lust, mich im Zimmer eines Tuberkulösen ein-zuquartieren. Doch Siirilä versicherte, er habe nie an die-ser Krankheit gelitten, obwohl die Tuberkulose tatsächlich bisweilen Leute aus Alajärvi dahingerafft habe wie goldene Weizenähren in Nebraska.

Siirilä zog seine Decke zur Seite und zeigte seinen Ober-körper, der dick einbandagiert war. Er erzählte, er sei auf der Baustelle am Lenin-Prospekt vom dritten Stockwerk des Baugerüstes gestürzt. Dort würden eigens für die aus Amerika eingereisten Finnen neue Häuser erbaut, weil man die «Amerikaner» nicht in solch kümmerliche Wohnungen stecken könne, wie sie in Petroskoi sonst zur Verfügung stünden.

Siirilä erzählte, es würden insgesamt vier Häuser gebaut, aber erst das erste sei fertig, und vom Baugerüst des zweiten sei Siirilä gestürzt. Links sei die ganze Rippenreihe gebrochen, das Brustbein gespalten, und die Enden der Rippen hätten die Lunge aufgerissen. Nun lag Siirilä da, bis diese Verletzungen verheilt sein würden.

Siirilä hatte unter seiner Matratze einen Stift und Papier, und er schrieb mir die Adresse auf, die ich aufsuchen sollte. Er gab mir auch einen Brief mit, den ich dem Vorsitzenden der Hausgenossenschaft geben sollte.

Ich dankte Siirilä, faltete die Papiere zusammen und steckte sie in die Tasche des Morgenmantels. Ich hatte wieder genügend Kraft, um aufzustehen und zu meinem Bett zu gehen.

3.

Strang kam zwei Tage später und brachte mit, was er versprochen hatte. Er hatte alles dabei, was ich brauchte,
wenn ich das Krankenhaus verlassen würde, bis hin zur
Unterwäsche.

Ich bedankte mich herzlich bei Strang und versprach,
ihm alle Sachen zu bezahlen. Ich fragte, weshalb er mir
so sehr half und so gut zu mir war. Mir war nicht bewusst, dass wir in New York etwas anderes gewesen sei-
en als bloss Bekannte von der Baustelle. Strang sagte, er
helfe mir, weil er der Sprecher des Karelischen Technischen Dienstes in Nowaja Sampo sei. Er hatte irgendwoher einen Stuhl geholt und setzte sich neben mein
Bett. Wir redeten von allen Ereignissen in New York,
von Brooklyn und den Baustellen für die Wolkenkratzer, wo Strang gearbeitet hatte, als ich Amerika bereits
verlassen hatte.

Ich liess Strang für einen Augenblick allein und ging
zum Waschraum. Ich wusch mich, so gut es ging, und
trocknete mich in aller Ruhe mit dem Tuch des Krankenhauses. Ich war jedoch immer noch in so schlechtem
Zustand, dass ich, nachdem ich mich gewaschen und ge-
trocknet hatte, nackt auf die Bank im Waschraum setzen
musste, bis meine Kräfte zurückkehrten.

Dann zog ich den Morgenmantel über und ging zu meinem Bett. Ich zog alle Kleider an, die Strang mir gebracht
hatte, und er behauptete, ich sähe aus wie ein ganz neuer

Mensch, nachdem ich die Lumpen des Krankenhauses ausgezogen und die Kleidung eines Mannes angezogen hätte.

Dann kam eine Pflegerin, und ich erklärte ihr, ich ginge in die Welt hinaus. Die Pflegerin erschrak zutiefst und wollte es mir verbieten. Ich ginge auf keinen Fall irgendwohin, bevor die Ärzte dazu die Erlaubnis gäben. Ich behauptete, ich könne nicht auf die Ärzte warten und auch nicht auf sie hören, die Welt rufe. Die Pflegerin hatte keine Lust, sich meine Scherze anzuhören. Sie ging wütend weg und kam bald mit einem Arzt im Schlepptau wieder zurück. Der Arzt sprach Finnisch, aber mit karelischem Akzent. Ich verstand die Worte des Arztes dennoch und erklärte, es sei nutzlos, mich hier liegenzulassen, bis ich wundgelegen sei. Es kämen bestimmt noch kränkere Leute als ich ins Krankenhaus, die dieses Bett bräuchten. Der Arzt verbot mir, irgendwohin zu gehen. Ich befände mich in Behandlung und sei noch nicht genesen. Das Krankenhaus übernehme keine Verantwortung, wenn ich austräte, bevor die Behandlung abgeschlossen sei und man der Ansicht sei, ich sei vollständig genesen.

Ich sagte, es gehe mir schon besser und ich möge nicht mehr liegen. Der Arzt fragte, woher ich die Kleider bekommen hätte. Er erinnerte sich, dass ich nur einige Fetzen von Unterwäsche getragen hätte, als man mich ins Krankenhaus gebracht habe. Ich sagte, ich hätte die Kleider von Strang bekommen.

Strang erhob sich und sagte, der Karelische Technische Dienst übernehme die volle Verantwortung für mich. Wenn ich nicht ausserhalb des Krankenhauses leben könne, werde er mich höchstpersönlich wieder ins Krankenhaus bringen. Der Arzt fragte, ob Strang ein Arzt sei und wo auf der Welt er Medizin studiert habe. Strang sagte, er habe Wolkenkratzer gebaut. Das verlieh ihm nach der Meinung des Arztes keine hinreichende Kompetenz, um den Zustand von Kranken zu beurteilen.

Ich fragte, ob der Arzt mir dennoch eine Bestätigung geben könne, dass ich das Krankenhaus mit seiner Erlaubnis verlassen hätte, oder ob ich es ohne Erlaubnis verlassen müsse. Der Arzt befahl mir zu warten und ging weg. Die Pflegerin, die uns am Fussende des Betts die ganze Zeit zugehört hatte, jammerte, ich hätte den Arzt wütend gemacht, einen grossen Herrn. Ich sagte, ich sei der Meinung gewesen, in Karelien gebe es gar keine Herren mehr, sondern alle Menschen seien hier gleichwertig. Die Pflegerin verstand nicht, was ich redete, und verwarf ihre Hände. Strang liess sie auf seinem Stuhl Platz nehmen und setzte sich selbst neben mich aufs Bett.

Es dauerte lange, bis der Arzt zurückkehrte. Er schnauzte als erstes die Pflegerin an, da er meinte, sie habe bestimmt Wichtigeres zu erledigen, als hier neben dem Bett zu sitzen. Die Pflegerin stand auf und verschwand eilig. Der Arzt gab mir ein mit der Maschine beschriebenes Papier mit einer Unterschrift in blauer Tinte, dem Namen des Arztes. Alles, selbst mein Name, war in russischen Buchstaben geschrieben. Ich verstand kein Wort, und der Arzt erklärte mir nicht, was er geschrieben hatte. Er ging, und ich blieb mit Strang am Bettrand sitzen.

Strang verstand ebenfalls nicht so viel Russisch, als dass er mir hätte sagen können, was auf dem Papier stand. Ich ging mit dem Papier zu Siirilä hinüber und zeigte ihm die Bestätigung, die mir der Arzt gegeben hatte. Siirilä verstand auch nicht so viel Russisch, aber im Bett neben ihm lag ein Mann, der sagte, er könne Finnisch und Russisch. Ich gab ihm das Papier und er las, was der Arzt geschrieben hatte: Ich hätte die Anschlussbehandlung verweigert und das Krankenhaus und sein Personal würden keine

Verantwortung über mich übernehmen, weil ich das Krankenhaus während der Behandlung verlassen hätte.

Ich sagte, ich sei nicht scharf auf die Verantwortung des Krankenhauses, ich hätte schliesslich die Verantwortung über mich selbst bis dahin auch getragen. Ich nahm die Bestätigung, bedankte mich beim Mann, der sie übersetzt hatte, verabschiedete mich von Siirilä und wünschte ihm gute, aber nicht zu schnelle Besserung, so dass ich ein Dach über dem Kopf für mich finden konnte, bevor Siirilä aus dem Krankenhaus entlassen würde.

Siirilä glaubte, er müsse noch mehrere Wochen im Krankenhaus bleiben, weil aus der Lunge, die von den Enden der Rippen aufgerissen worden sei, beim Husten immer noch Blut hochkomme. Die Ärzte könnten nicht mit Sicherheit sagen, wie lange die Heilung solcher innerer Verletzungen dauere.

Ich verabschiedete mich auch von den anderen im Krankensaal liegenden Männern, von denen ich allerdings niemanden näher kennengelernt hatte ausser Siirilä.

Wir verliessen das Krankenhaus, die Treppe hinunter zur Ebene der Kantine und von dort auf den Flur und zur Aussentreppe. Ich blieb auf der Treppe stehen und atmete zum ersten Mal seit einem Monat die frische Luft im Freien ein. Nach der Luft im Krankenhaus schmeckte sie in meinem Mund, als ob ich kühles, frisches Wasser aus einer Quelle im Wald getrunken hätte.

Der September neigte sich schon dem Ende zu. Die Luft war kühler geworden, und von der weiten Fläche des Onegasees wehte schon der Herbstwind. Nachdem ich einen Augenblick lang auf der Treppe stehengeblieben war, stützte ich mich an einem der Pfeiler des Treppenhauses ab, der vom Erdgeschoss bis auf die Höhe der Fenster im dritten Stock reichte. Auf der anderen Seite des Treppenhauses befand sich ein gleicher weisser Pfeiler. Strang drängte mich zu mehr Tempo, wir dürften nicht bei der Türschwelle des Krankenhauses stehenbleiben, weil das Personal womöglich käme, um mich zurück ins Krankenhaus zu holen, falls sie es sich anders überlegt hätten.

Wir stiegen die Treppe hinab zur Strasse. Strang ging voraus. Ich hatte ihm das Papier von Siirilä gegeben, auf dem die Adresse stand, und ebenso Siiriläs Brief für den Vorsitzenden der Hausgenossenschaft. Strang trieb mich an, munter weiterzugehen. Der Weg konnte nicht weit sein, aber das Verlassen des Bettes und das Gehen beanspruchte meine Kräfte so sehr, dass ich mich bald an einem Haus an der Seite der Strasse abstützen musste. Ich lehnte gegen die Wand und ruhte mich aus.

Ich sagte, ich bräuchte einen Gehstock, auf den ich mich stützen könne, so dass ich nicht mehr stehenbleiben müsse, um die Holzhäuser in Petroskoi aufrecht zu halten.

Strang brachte mich auf den Vorplatz eines Hauses. Dort gab es einen Kinderspielplatz und daneben eine gusseiserne Bank, auf die ich mich setzen konnte. Strang befahl mir, so lange dort zu warten, bis er für mich einen Gehstock oder eine andere Gehhilfe aufgetrieben hätte.

Ich brauchte lange dazusitzen. Ich glaubte schon, Strang sei fortgegangen und habe mich ganz allein hier auf dem Vorplatz eines unbekannten Hauses zurückgelassen und die Adresse von Siiriläs Wohnung mitgenommen. Aus dem Haus kamen zwei Frauen, die auf Russisch energisch irgendetwas von mir verlangten, aber ich konnte ihnen nicht antworten. Sie fuchtelten mit ihren Armen und deuteten an, ich müsse vom Vorplatz verschwinden. Das verstand ich und versuchte ihnen auf Finnisch zu erklären, dass ich auf meinen Kameraden warten würde, der gegangen sei, um für mich einen Gehstock oder eine sonstige Gehhilfe aufzutreiben. Ich zeigte ihnen die Bestätigung, die ich vom Arzt bekommen hatte. Sie drehten sie in ihren Händen hin und her, erklärten dann aber etwas, woraus ich schloss, dass keine von ihnen lesen konnte. Darüber wunderte ich mich ein wenig. Die Frauen holten aus dem Haus eine Decke, die sie um meine Beine wickelten. Aus dem Haus kamen auch andere Leute, und es gab ein grosses Gerede, als ich einem Lesekundigen das Papier des Arztes gegeben hatte. Kein einziger von den Leuten, die aus dem Haus gekommen waren, sprach Finnisch. Die Russen redeten viel und schnell miteinander, und die Frauen gaben den Männern energische Erklärungen ab. Ich befürchtete, dass die Männer beschliessen würden, mich ins Krankenhaus zurückzubringen, und verfluchte Strang, der wie vom Erdboden verschluckt war.

Dann kam Strang aber doch noch von der Strasse her. Er hatte einen Gehstock gefunden, den er mir jetzt gab, und half mir von der Bank auf die Beine. Wir verliessen den Vorplatz, und die Russen redeten miteinander weiter.

Mit dem Gehstock fühlte sich das Gehen sicherer an, und ich gelangte langsam, aber ohne anzuhalten bis zum Lenin-Prospekt. Die Adresse, die mir Siirilä gegeben hatte, befand sich an dieser Strasse, im ersten für die «Amerikaner» erbauten Haus. Das zweite Haus wurde daneben bereits gebaut. Strang und ich blieben einen Moment lang stehen, um das fertige Haus und die Baustelle zu betrachten.

4.

Das Haus hatte drei Geschosse. Ich hatte es schon gesehen, als wir auf der Strasse gestanden hatten. Auf Siiriläs Papier stand, seine Bude sei im zweiten Stockwerk. Die Treppe führte gleich von der Eingangstür nach links, wir stiegen sie hoch. Im zweiten Stockwerk stand eine stämmige Frau, die auf Finnisch fragte, was wir suchten. Ich fragte nach Bob Siiriläs Bude. Die Frau sagte, dass Siirilä im Kranken-haus liege und nicht so bald von dort zurückkehre. Strang erklärte, wir seien ebenfalls vom Krankenhaus gekommen, Siirilä habe mir seine Bude bis zu seiner eigenen Entlassung aus dem Krankenhaus versprochen.

Die Frau wagte es nicht, mich und Strang aufgrund dieser Worte in Siiriläs Bude zu lassen, weil sie uns nicht kannte und nicht wissen konnte, ob wir ehrliche Absichten hatten. Strang sagte, er kenne die Frau, und behauptete, sie müsste ihn auch kennen, weil er für den Karelischen Technischen Dienst arbeite. Was mich angehe, so könne die Frau nicht im Ernst an verbrecherische Absichten denken, ich könne mich ja kaum auf den Beinen halten, nachdem ich einen Monat lang im Krankenhaus gelegen hätte.

Strang fragte, ob die Frau im «Roten Karelien» nicht ge-lesen habe, wie man mich von meinem Zuhause in Finn-land entführt, geschlagen und getreten und schliesslich zur Grenze gebracht habe, wo ich aus den Händen meiner Quälgeister hätte nach Karelien fliehen können. Die Frau erinnerte sich daran, die Nachricht in der Zeitung gelesen zu haben, wagte es aber dennoch nicht, mir den Schlüssel zu Siiriläs Zimmer zu geben. Ich sagte, wir hätten auch einen von Siirilä geschriebenen Brief dabei, aber der sei für den Vorsitzenden der Hausgenossenschaft, Hölttä. Die Frau sagte, sie sei Hölttäs Frau, Hölttä selber sei bei der Arbeit in der Skifabrik. Ich gab ihr den Brief, sie las ihn langsam und sagte, sie hole mir den Schlüssel zu Siiriläs Zimmer.

Erst jetzt nannte ich meinen Namen und gab der Frau die Hand. Auch Strang gab ihr die Hand. Sie stellte sich als Auli vor, nannte aber keinen Familiennamen. Erst später wurde mir klar, dass die Frau nicht Hölttäs angetraute Ehefrau war, sondern dass sie in wilder Ehe zusammenlebten. Diese war aber, jedenfalls was Hölttä anging, eher lose.

Nachdem Auli mit dem Schlüssel zurückgekommen war, gingen wir zu Siiriläs Zimmer. Es war klein, in der Aussenwand gab es ein Fenster zum Innenhof, bei der Tür ein Garderobenbrett für Kleider. Daran hingen Kleider von Siirilä. Auf der anderen Seite der Tür befand sich ein Waschbecken mit fliessendem Wasser. Das demonstrierte uns Auli, indem sie das Wasser einen Moment lang fliessen liess.

An der einen Zimmerwand stand ein schmales Bett, vor dem Fenster ein Tisch mit zwei Stühlen ohne Rückenlehne.

Ich setzte mich an den Bettrand und sagte, ich hätte mich schon in grösseren Sälen bewegt. Die Frau meinte, das glaube sie, und auch Strang versicherte, wir beide hätten in unserem Leben schon grössere Felder betreten. Im Zimmer stank es nach abgestandener Luft. Auli öffnete das Fenster, und von draussen strömte sofort kühle, frische Luft ins Zimmer. Ich stand auf, um die frische Luft einzuatmen.

Auli fragte, ob ich gedächte, so lange in Siiriläs Bude zu wohnen, bis ich Hunger kriegen würde. Ich sagte, ich sei schon jetzt hungrig, und klagte über die magere Kost im Krankenhaus. Die Frau antwortete, sie koche für Hölttä, wenn er von der Arbeit komme, und dieses Essen reiche heute auch für mich, aber wenn ich auch in Zukunft bei ihnen essen wolle, müsse ich dies mit Hölttä absprechen und mich mit ihm über die Bezahlung einigen.

Ich fragte, wo Siirilä jeweils gegessen habe. Die Frau erzählte, die Männer würden mittags in der Kantine verpflegt, und Siirilä habe abends meist in der Stadt gegessen, im Speiselokal der Amerikaner, in das man nur mit einem amerikanischen Pass hineinkomme. Hölttä komme nicht vom neuen Kontinent, obwohl er im Amerikanerhaus wohnen dürfe. Sie würden nicht in dieses Speiselokal eingelassen, sondern sich zu Hause verpflegen. Auli glaubte, dass ich im Speiselokal der Amerikaner auch nichts zu suchen hätte, weil ich ganz ohne Pass nach Russland gekommen sei.

Ich kündigte an, zumindest an diesem Tag an Hölttäs Tisch zu essen. Da ich gänzlich ohne Geld sei, könne ich es mir nicht leisten, kostenloses Essen auszuschlagen. Strang versprach seinerseits, mir über den Technischen Dienst eine geeignete Arbeit zu verschaffen, mit der ich auch im Restaurant der Amerikaner essen dürfe. Mich könne man auch zu den aus Amerika Eingereisten zählen – wenn auch über einen Umweg –, weil die Winde von New York auf den Spitzen der Wolkenkratzer meine Haare zerzaust hatten.

Strang ging zusammen mit Hölttäs Frau weg. Die Frau versprach, sie werde anklopfen, wenn das Essen auf dem Tisch stünde. Bis dahin werde es aber noch einige Stunden dauern. Strang sagte, er werde wiederkommen, wenn ich meine Angelegenheiten geordnet hätte.

Ich blieb allein im Zimmer. Ich legte mich zum Schlafen ins Bett, und erst da bemerkte ich, wie müde ich von dem wenigen Gehen war, das Bett schwankte richtig unter mir und die Erde machte unerwartete Bewegungen, mit denen auch ich mitschwankte.

Ich hielt mich am Bettrand fest und hegte den Verdacht, ich sei womöglich doch zu früh aus dem Krankenhaus ausgetreten. Ich hatte geglaubt, ich werde ausserhalb des Krankenhauses zurechtkommen, könnte nach Finnland zurückkehren und davor so viel Geld zusammenkriegen, dass ich meine Reise würde bezahlen können. Aber jetzt, als ich im Bett lag und mich daran festhielt, kam mir das alles nicht mehr so einfach vor.

Allmählich hörte das Bett doch auf, sich zu bewegen, und stand still. Ich versuchte, etwas Schlaf zu kriegen, konnte aber nicht einschlafen. Ich hörte, wie die Männer von der Arbeit kamen, miteinander redeten und auf der Treppe und auf dem Flur umherschrien. Ich setzte mich auf und wartete darauf, dass Hölttäs Frau an die Tür klopfen würde. Dann rief sie durch die Tür hindurch, das Essen sei fertig und stehe auf dem Tisch.

Ich ging auf dem Flur hinter Hölttäs Frau zu einer offenen Tür weiter hinten am Flur. Dabei deutete Auli auf die anderen Türen und nannte mir die Namen der Leute und Familien, die in diesen Zimmern wohnten. Es waren finnische Namen, aber ich kannte niemanden.

Hölttä bewohnte zwei Zimmer. Er sass schon am Tisch, der mitten im Zimmer stand, so dass man sich zu beiden Seiten an den Tisch setzen konnte. Durch die geöffnete Tür des zweiten Zimmers sah man ein gemachtes Bett. Hölttä forderte mich auf, mich zu setzen, gab mir die Hand und nannte seinen vollständigen Namen. Sein Vorname war Aarre. Ein zweiter Mann sass ebenfalls am Tisch. Er streckte mir seine Hand über den Tisch entgegen und stellte sich als Ekholm vor. Er arbeitete ebenfalls in der Skifabrik.

Auli begann, Suppe in die Teller zu giessen, und zerschnitt mit einem langen Messer ein Russenbrot. Als ich eine Brotschnitte in die Hand gedrückt bekam, suchte ich nach Butter, aber auf dem Tisch schien keine zu sein. Ekholm begann zu lachen, aber es war kein fröhliches Lachen. Er sagte, auch er vermisse hier im Arbeiterparadies die Butter auf dem Brot, nur selten habe sich welche auf sein Brot verirrt, obwohl er schon seit 1918 hier innerhalb der Mauern des Paradieses gelebt habe.

Auli bedauerte, dass in der Suppe nur wenige Zutaten schwammen. Sie habe schon wochenlang kein Fleisch kaufen können, und der getrocknete Fisch, den sie in die Suppe gelegt habe, sei irgendeine merkwürdige Sorte aus dem Polarmeer gewesen, von dem Auli nicht sicher gewesen sei, ob er für Menschen zum Verzehr geeignet sei.

Ich sagte, ich hätte einen Monat lang Krankenhauskost genossen, so dass mir wohl jedes beliebige Essen besser schmecken würde, aber als ich meinen Teller leergegessen hatte, musste auch ich zugeben, dass ich schon vor üppigeren Suppentöpfen hatte sitzen dürfen.

Während des Essens fragte Ekholm mich bis ins Detail über meine Reise nach Russland aus und über alle Menschen, die mich gefahren hatten.

5.

Nach dem Essen zündeten Hölttä und Ekholm Zigaretten an, und bald war das Zimmer so voller Rauch, dass man die Rückwand nicht mehr sah. Auli schloss die Tür zum Zimmer, räumte die Teller, Gläser und Löffel vom Tisch und ging zur Küche hinüber, um sie zu spülen. Sie sagte, sie werde das Waschwasser warmmachen, und verbot Hölttä wegzugehen, solange sie in der Küche wäre.

Ekholm versprach, Hölttä werde nirgendwohin gehen. Wenn er selbst gehe und mich mitnehme, so seien wir frei zu gehen, weil er Junggeselle sei und ich Strohwitwer. Aber Hölttä habe Auli ewige Treue geschworen, und wir würden Hölttä nicht dazu verleiten, dieses Versprechen in der Nacht von Nowaja Sampo zu brechen.

Auli ging nicht auf Ekholms Scherze ein, sondern ging mit dem Geschirr zur Küche. Ich stand auf, um ihr die Küchentür zu öffnen. Nachdem Auli in die Küche gegangen war, bat Hölttä mit leiser Stimme, Ekholm solle nicht mehr vom Brechen von ewigen Schwüren reden, weil Auli einen starken Verdacht hege, dass Hölttä ihr nicht treu geblieben sei.

Während Hölttä sprach, steckte Auli ihren Kopf aus der Küchentür und befahl Hölttä, so laut zu reden, dass sie es in der Küche hören könne. Ekholm begann von anderen Dingen zu reden. Er sagte, er habe Santeri Mäkelä aus Vimpeli kennengelernt, der in der Skifabrik irgendetwas zu besorgen gehabt habe, und sie hätten miteinander über meine Abschiebung über die Grenze gesprochen. Santeri Mäkelä habe erzählt, er kenne mich von den Zeiten in Calumet her, wir hätten dort gemeinsam auf Copper Island in Michigan nach Erz geschürft.

Ich sagte, ich könne mich an Mäkelä erinnern, obwohl ich nicht lange unter Tage geblieben sei, und auch daran, dass Santeri Mäkelä schon vor dem Krieg nach Finnland gekommen sei, er sei Parlamentarier der Sozialdemokraten gewesen und habe dann zur Zeit des Aufstands im Volkskommissariat gewirkt, bis er 1918 über die Grenze habe flüchten müssen.

Wir redeten von Mäkelä, der ein guter Bekannter Ekholms war. Ekholm wusste, dass Mäkelä in Leningrad die Finnische Kommunistische Partei gegründet hatte, aber er sei davon wieder abgekommen und halte sich jetzt in Ingermanland als Hauswart über Wasser.

Ekholm wusste weiter, dass Mäkelä anfangs der 1920er-Jahre einen Brief nach Finnland geschrieben habe, in dem er Russland und die Organisation der Sowjets kritisiert habe. Den Brief habe man niemals nach Finnland weitergeleitet, wo ihn die Faschisten sonst zu Propagandazwecken verwendet hätten. Er sei sichergestellt worden und erschwere Mäkeläs Leben noch immer, weil dieser nun kein vertrauenswürdiger Kadermann mehr sei.

Ich sagte, ich hätte aus dem Krankenhaus einen Brief an meine Frau geschrieben und darin berichtet, wie man mich quer durch Finnland nach Nurmes und Kivivaara gefahren habe und wie ich nach Petroskoi ins Krankenhaus gekommen sei, wo man mich darauf behandelt habe. Aber von Kallonen hätte ich gehört, der Brief sei in Leningrad abgefangen worden und man habe darin geheime Nachrichten gefunden, Spionageinformationen für Finnland.

Ekholm und Hölttä rauchten die ganze Zeit und drehten sich Zigaretten aus Machorka. Sie erzählten, in der

Skifabrik dürfe man wegen der Feuergefahr nicht rauchen, und deshalb würden sie jetzt alles rauchen, was sie den Tag hindurch nicht hätten rauchen können. Das Ziehen an den selbstgedrehten Machorkazigaretten dämpfe auch das Hungergefühl, das nach Aulis magerer Fischbrühe noch bestehen geblieben sei, erklärte Hölttä.

Ekholm fragte nach meinem Brief, ob darin Nachrichten für Finnland gestanden hätten, entweder in Geheimschrift oder in unsichtbarer Tinte geschrieben. Ich war ganz verblüfft und fragte, woher ich seiner Meinung nach im Krankenhaus hätte unsichtbare Tinte finden sollen. Ekholm behauptete, Spione hätten solche Tinte bei sich, sie bekämen sie von denjenigen, die ihnen einen Spionageauftrag erteilten. Ich sagte, in meiner Unterhose und in meinem Unterhemd hätte ich keine Taschen, und ich hätte nur diese Kleidungsstücke getragen, als ich über die Grenze gelaufen sei.

Der dichte Qualm, der im Zimmer hing, und die Gedanken an den Brief, der in Leningrad geblieben war, begannen mich ganz schwindlig zu machen, und ich befürchtete, die dünne Brühe, die ich zu mir genommen hatte, erbrechen zu müssen, und ebenso die paar Brotscheiben, die mir Auli abgeschnitten hatte. Ich sagte, ich wolle mich ausruhen, und ging in der Küche vorbei, um mich bei der Hausfrau für das Abendessen zu bedanken.

Ekholm meinte, wir hätten noch viel zu besprechen. Sie könnten mir Ratschläge erteilen, wie ich einen Arbeitsplatz finden könne und wie ich mich im Leben hier besser zurechtfinden werde.

Ich sagte, ich würde nach Finnland zurückfahren, sobald meine Beine mich so gut tragen würden, dass ich bis zum Bahnhof von Petroskoi gehen könne. Sowohl Ekholm als auch Hölttä forderten mich auf, solche Reden bleiben zu lassen und an eine Rückkehr nach Finnland höchstens dann zu denken, wenn ich ganz allein im Dunkeln sei. Ich glaubte nicht, dass man einen Mann, den man gewaltsam nach Russland gebracht habe, gewaltsam in Russland behalten werde, aber sowohl Hölttä als auch Ekholm versicherten mir, ich hätte hier noch viel zu lernen.

Dennoch ging ich und legte mich in Siiriläs Bett, um zu schlafen. Ich wusste nicht, wie lange ich geschlafen hatte, als ich von einem Klopfen an der Tür aufgeweckt wurde. Im Halbschlaf glaubte ich zunächst, ich sei zu Hause und die Lapua-Männer seien gekommen, um mich zu entführen. Ich sprang aus dem Bett, wachte auf und erinnerte mich an alles.

Ich ging zur Tür und fragte, wer mit seinen Knöcheln dagegenhämmere. Strang forderte mich auf, die Tür zu öffnen, aber als ich sie geöffnet hatte, sah ich, dass er nicht allein war, sondern in Begleitung von Kallonen, der mich im Krankenhaus viele Male verhört hatte.

Kallonen kam ungebeten ins Zimmer, ging zum Tisch und blickte zum Fenster hinaus. Mir schien, er gab irgendein Zeichen, aber ich war nicht ganz sicher. Dann drehte er sich um, betrachtete das Zimmer, als ob er etwas suchen würde, gab es aber auf und setzte sich auf einen Stuhl.

Kallonen fragte, weshalb ich meinen Austritt aus dem Krankenhaus nicht gemeldet hätte, wie er es befohlen habe, und es auch schuldig geblieben sei, ihnen mitzuteilen, wo ich mich einquartiert hätte. Ich sagte, ich sei soeben erst hier eingezogen. Kallonen sagte, er wisse, dass ich bereits bei Hölttä gegessen und mich mit ihm betreffend einer Essgemeinschaft geeinigt hätte. Ich fragte, ob Kallonen auch wisse, was ich gegessen hätte. Er versicherte mir, er könne es herausfinden, wenn er wolle.

Strang war die ganze Zeit über draussen auf dem Flur bei der Tür stehengeblieben. Ich forderte ihn auf, einzutreten und sich wie zu Hause zu fühlen, da es auch die anderen taten. Kallonen sagte, er gehe jetzt, befahl mir aber, an unsere Abmachung zu denken, die wir im Krankenhaus getroffen hätten.

Ich konnte mich nicht daran erinnern, irgendeine Abmachung getroffen zu haben, bloss dass Kallonen mir verschiedene Anweisungen und Ratschläge gegeben hatte, ebenso Kallonens Freund, der nur Russisch gesprochen hatte. Kallonen stand auf und versicherte, er habe mir alle Ratschläge, die ich im Krankenhaus bekommen hätte, mit den besten Absichten erteilt. Er ging ohne Verabschiedung und schubste Strang, der bei der Tür stand, zur Seite, als er an ihm vorbeiging. Strang betrat das Zimmer, und ich zog hinter Kallonen die Tür zu.

Strang erzählte, Kallonen sei ins Büro des Karelischen Technischen Dienstes gestürmt und habe gebrüllt, Strang habe mir geholfen, ohne behördliche Erlaubnis aus dem Krankenhaus auszutreten, und niemand wisse, wohin ich gegangen sei. Vielleicht sei ich bereits nicht mehr in Petroskoi.

Kallonens russischer Kamerad habe Strang richtiggehend geschüttelt und nicht lockergelassen, bis Strang gesagt habe, er wisse, wohin ich gegangen sei. Der Russe sei auf der Strasse geblieben, als Kallonen und Strang das Amerikanerhaus betreten hätten. Auch Strang habe gesehen, wie Kallonen dem auf der Strasse Gebliebenen ein vereinbartes Zeichen aus dem Fenster meines Zimmers gegeben habe.

Strang begann mich zu fragen, wie es mir gehe, er fragte nach der Verpflegung bei Hölttäs Frau und ob ich die Kraft hätte, um im Speiselokal der Amerikaner etwas Anständiges essen zu gehen. Ich setzte mich auf den Stuhl, auf dem zuvor Kallonen gesessen hatte. Ich glaubte nicht, allzu viele Häuserblocks gehen zu können, und bat Strang, mich am folgenden Tag zu einem Besuch im Speiselokal abzuholen.

Strang blieb dennoch in meinem Zimmer sitzen und erzählte von den Angelegenheiten des Technischen Dienstes, die er überall in Karelien und Aunus bearbeitete. Ich sagte, ich hätte in Finnland in den Zeitungen gelesen, dass Leute, die nach Karelien reisten, aufgefordert würden, ihren amerikanischen Arbeitgebern Werkzeuge zu stehlen und diese nach Karelien zu bringen, wo Mangel an allem herrschte. Ich lachte über diese Vorstellung und fragte Strang, ob er eine in Amerika gestohlene Zange in der Tasche gehabt habe, als er angekommen sei, um die Sowjetunion aufzubauen.

Strang wurde ein wenig wütend über meine Worte und gab mir den Rat, nicht ganz alles zu glauben, was die Blätter der Faschisten schrieben: über Russland, die Sowjetunion, die Autonome Sozialistische Sowjetrepublik Karelien und schliesslich über die amerikanischen Finnen, die zuerst ihr Geburtsland Finnland verlassen hätten, um in Mangel und Not im kapitalistischen Amerika zu leben, bis sie Stalin in dieses Land gerufen habe, um den Arbeiterstaat aufzubauen, und ebenso Edvard Gylling, der der ganzen Welt beweisen wolle, dass ein sozialistischer Staat funktionieren könne.

Strang erzählte auch, dass aus Amerika ganze Schiffsladungen von Leuten ankämen, und diese Menschen hätten sehr wohl Maschinen und Werkzeuge dabei, sogar Autos und Traktoren, aber nichts davon sei gestohlen, sondern alles mit selbst verdienten amerikanischen Dollars bezahlt.

Ich forderte Strang auf, vom Bett aufzustehen und sich auf den Stuhl zu setzen, falls er länger bleiben wolle. Ich wolle mich nämlich hinlegen, bevor die Bude sich vor meinen Augen zu drehen begänne. Strang erschrak, stand auf und liess mich ins Bett. Er setzte sich nicht mehr, sondern ging zur Türöffnung. Bevor er ging, erzählte er aber doch noch, was der Karelische Technische Dienst in Amerika schon zustandegebracht habe, im Westen und in den Städten an der Ostküste bis nach New York. Die Menschen würden ihre Häuser und Wohnungen verkaufen und für das erhaltene Geld Waren einkaufen. Strang erzählte, in Amerika würden ganze Fabriken und Buchdruckereien verschifft. Die Finnen in Ontario hätten die Maschinen und Geräte einer Ziegelei aufgekauft, die schon im Schiff nach Leningrad unterwegs seien und bald in Karelien ankämen. Mit den Ziegelsteinen dieser Ziegelei werde man in Petroskoi und den anderen Städten Kareliens Hochhäuser bauen können, in denen es fliessendes Wasser und Klosette geben werde, wie in Amerika.

Das brachte mich auf den Gedanken, dass ich Hölttäs Frau gar nicht nach der Toilette gefragt hatte, und ich fragte Strang danach. Er zog eine Grimasse. Er wusste, dass sich die Toilette dieses Hauses noch draussen befand, ein langgezogenes Gebäude am Ende des Vorplatzes. Um den Weg dorthin zu finden, bräuchte ich von der Eingangstür aus bloss dem Gestank zu folgen.

Ich berichtete Strang, was Ekholm über Santeri Mäkelä erzählt habe und über den Brief, den dieser in den 1920er-Jahren nach Finnland geschrieben habe und der nie über die Grenze gelangt sei, und ich berichtete auch, was Kallonen über den Brief gesagt habe, den ich nach Hause geschrieben hätte. Ich fragte mich, ob mein Brief je in Kauhava angekommen sei oder ob er wirklich in Leningrad durch Spionageexperten untersucht werde, wie Kallonen behauptete.

Strang glaubte, dass mein Brief irgendwann ankommen werde, wenn ich nichts anderes geschrieben hätte, als dass ich nach Russland gebracht worden sei und noch lebte. Ich versuchte mich daran zu erinnern, was ich alles im Brief erwähnt hatte, aber ich wusste es nicht mehr genau, weil ich während des Schreibens noch hohes Fieber gehabt hatte und schwach gewesen war.

Als Strang endlich ging, war ich so erschöpft, dass ich nicht einmal mehr die Kraft hatte, um aufzustehen und den Riegel vor die Tür zu schieben. Ich blieb vollständig angekleidet auf dem Bett liegen. In der Nacht wachte ich auf, zog mich aus und schlüpfte wieder unter die Decke. Siiriläs Bett hatte keine Laken, wie ich es mich von zu Hause gewohnt war, und auch keinen Kissenüberzug. Ich lag in meiner Unterwäsche auf der Strohmatratze und deckte mich mit groben Decken zu.

Im Zimmer war es so kalt, dass ich in der Nacht viele Male schaudernd aufwachte. Am Ende stand ich auf und zog alle meine Kleider an. Ich untersuchte das Fenster, durch dessen Ritzen vom Onega her der Herbstwind zog, feucht und kühl, und ich hatte kein Mittel, um ihn am Eindringen zu hindern.

Ich sass lange in die Decken gewickelt am Bettrand. Am Ende kippte ich wieder in die liegende Stellung um, konnte aber doch nicht einschlafen. Der Schlaf liess auf sich warten, weil ich selbst vollständig angezogen fror und die Nacht mir viele Dinge in Erinnerung rief, die mich nicht schlafen liessen. Ich dachte an meine Familie zu Hause, wie sie wohl das Haus und den Hof besorgten, ich dachte an die Herbstsaat und das Herbstpflügen. Ich überlegte mir auch, wer das Brennholz für den Winter besorgen würde, falls ich noch mehrere Monate würde hier bleiben müssen, und wie ich nach Hause melden könne, dass ich am Leben sei, wenn alle meine Briefe in Leningrad von Spionageexperten untersucht würden.

Ich dachte an Kallonen und seinen Russisch sprechenden Kameraden, die mich nicht in Ruhe zu lassen schienen, mir aber auch keine Ratschläge gaben, wie ich mich selbst hier würde über Wasser halten können, wenn man mich nicht fortliess.

Noch im Übergang vom Wachzustand zum Schlaf versuchte ich daran zu denken, was Strang von den Angelegenheiten des Karelischen Technischen Dienstes erzählt hatte und von der Ziegelei, die auf den Wellen des Atlantiks nach Karelien glitt.

6.

Strang besuchte mich jeden Tag und fragte, ob ich am Tisch von Hölttäs Frau genug zu essen bekäme. Am Abend des dritten Tages hatte ich genug Kraft, um mit Strang in das Speiselokal zu gehen, das für diejenigen Erbauer Kareliens bestimmt war, die aus Amerika eingereist waren, und für die, deren Arbeit man für besonders wichtig hielt und die aus diesem Grund im Arbeiterstaat gleichberechtigter waren als die anderen.

Strang hatte erzählt, dass man in diesem Speiselokal robustere Kost als dünne Kohlsuppe und Kartoffelbrühe bekomme, weil man in Amerika nicht an solche Kost gewöhnt gewesen sei, sondern dort Steaks und in Schmalz gebratene Kartoffeln gegessen habe. Auch diejenigen, die wichtigere Arbeiten verrichteten, konnten ihre Arbeit nicht bloss mit Roggenbrot und Fischsuppe leisten.

Das erklärte mir Strang von neuem, während wir von Siiriläs Bude zum Speiselokal gingen. Er erzählte auch, dass das Essen in Karelien sich verbessern würde, sobald die Bauarbeiten ordentlich in Fahrt kämen, weil es in Karelien unermessliche Reichtümer gebe. Diese seien nun, anstatt bloss im anschwellenden Geldbeutel der Kapitalisten zu liegen, in die Hände derjenigen gelangt, die tatsächlich arbeiteten. Strang sprach von den Wäldern Kareliens, in denen mehr als genug Arbeit für die Gestellsäge und die Axt vorhanden sei und ebenso für die Trummsäge. Das Holz werde bereits nach Finnland verkauft, und man würde noch mehr davon verkaufen können, wenn die Forstarbeit erst richtig in Gang gebracht worden sei und auch das Flössen funktioniere.

Strang erwartete finnische Forstarbeiter aus Nord-Ontario, die auf dem Schiff nach Leningrad unterwegs waren. Sie waren es gewohnt, in Kanada Bäume zu fällen, und würden diese Arbeit auch hier verrichten. Strang berichtete, die Männer aus Ontario besässen kanadische Äxte, die für die Forstarbeit hundertmal besser geeignet seien als die Zwergäxte der Karelier. In der Maschinenfabrik von Onega werde man gleich mit der Herstellung solcher Äxte beginnen und sie in ganz Europa verkaufen, da es auf dem gesamten alten Kontinent keine so guten Forstäxte gebe wie die kanadischen.

Strang redete ausserdem von der Papierfabrik in Kontupohja, wo man das Holz Kareliens zu Papier veredle und in der ganzen Sowjetunion verkaufe, und bald werde es die Wahrheit sein, dass die *Prawda* in Moskau auf Papier aus Kontupohja gedruckt werde. Auch Arbeiter für die Papierfabrik würden in der nächsten Zeit anreisen, Finnen aus Soo in Kanada und aus Michigan in den Vereinigten Staaten, aus Kalamazoo County, und sie würden den gesamten Erfahrungsschatz mitbringen, den sie in den amerikanischen Papierfabriken erworben hätten.

Für die amerikanischen Finnen sei bereits ein grosses Forstkombinat in Matroosa in der Nähe von Prääsä gegründet worden. Dort würden die Finnen schon von den Häusern erwartet, und von dort kämen schon bald die Bäume für Kareliens Sägewerke und die Papierfabrik von Kontupohja.

Ich sagte, die Forstarbeit sei nicht mein Metier, ich hätte nur jeweils aus meinem eigenen Wald das Brennholz für den Winter geschlagen, und die selbst gefällten Bäume hätte ich Holzeinkäufern verkauft, die sie dann den Sägereien und Schaumans Fabrik in Pietarsaari geliefert hätten. Strang warnte mich davor, mit meinem Grundbesitz, meinem Wald, meinen Knechten und Mägden allzu sehr anzugeben, weil man gegenwärtig in Russland einen erbitterten Kampf gegen die Kulaken führe. Die Kulaken würden ihre Ländereien und Sklaven nicht aufgeben, um in Kolchosen zu ziehen, die zur sozialistischen Organisation gehören würden und die klügste Art seien, Brotgetreide und andere Lebensmittel, die das Land benötige, zu produzieren.

Während wir zum Speiselokal gingen, sah ich viele Holzhäuser, die in schlechtem Zustand waren, in denen aber dennoch Menschen wohnten. Ich sagte zu Strang, nachdem die Sowjets zehn Jahre lang an der Macht gewesen seien, scheine sich Petroskoi jedenfalls nicht entwickelt zu haben. Andererseits gab ich zu, die Stadt vor der Revolution nicht gesehen zu haben. Strang forderte mich auf zu zählen, wie viele hundert Jahre das Volk Russlands von der Ausbeuterklasse geknechtet worden sei. Solche Kluften habe man in zehn Jahren unmöglich überbrücken können.

Wir betraten das Speiselokal. Es befand sich in einem Steingebäude direkt am Ufer des Onegas. Man trat von der Stadtseite her ein, stieg dann eine Treppe hoch ins erste Stockwerk. Alle Fenster in der Seitenwand des Lokals gingen auf den See hinaus, so dass ich den See in seiner ganzen Pracht sah. Die Septembersonne strahlte auf den See und wurde von der ruhigen Wasseroberfläche reflektiert, in der sich die Wolken am Himmel und die weit entfernten Ufer spiegelten.

Strang erklärte der Wirtin des Speiselokals, wer ich sei. Sie zeigte sich misstrauisch, sie sei nicht sicher, ob ich berechtigt sei, in diesem Lokal zu essen, weil ich keine schriftliche Erlaubnis dazu besässe und weil ich über einen Umweg aus Amerika eingereist sei statt direkt. Ich hätte mich dazwischen zwanzig Jahre lang in Kauhava aufgehalten, wie Strang erklärt habe. Ich hätte auch keinen amerikanischen Pass vorweisen können, den man hier brauche, um das Essen serviert zu bekommen.

Strang bat die Wirtin abzuklären, ob ich hier zu essen bekommen könne, aber sie solle es für die folgenden Tage tun, da ich in Zukunft jeden Tag hier essen wolle. Heute jedoch solle die Wirtin mir ohne Papiere geben, was im Angebot sei, sozusagen als Willkommensmahlzeit.

Die Wirtin überlegte einen Augenblick und versprach dann, mir die Ration für diesen Tag zu bringen, aber am morgigen Tag würde ich ein Papier mitbringen müssen, auf dem schwarz auf weiss geschrieben sei, dass ich berechtigt sei, im Amerikanerlokal zu essen. Sie konnte mir nicht sagen, wo ich eine solche Genehmigung bekäme, aber sie schätzte, Strang wisse es, da er doch behaupte, er kümmere sich hier um die Angelegenheiten der aus Amerika eingereisten Arbeiter.

Wir setzten uns an einen Tisch am Fenster. Dort sassen bereits zwei Männer, die Strang kannte. Er erklärte den Männern, wer ich sei. Beide erwiderten, sie hätten im «Roten Karelien» von mir und meinem Schicksal gelesen.

Das Essen wurde gebracht. Die Wirtin selber trug es herbei und nannte das Gericht «Stuuvi». Es war ein Fleischeintopf, in dem grosse Steckrübenstücke und Kartoffeln schwammen.

«Amerikanisches Essen», sagte die Wirtin zu mir.

Ich hatte kein Fleisch auf meinem Teller mehr gesehen, seit ich von zu Hause weggebracht worden war, und ass meinen Teller leer, ohne dabei ein Wort zu sprechen. Die Männer am Tisch lachten über meinen Hunger und mein Schweigen. Sie sagten, auch in Kareliens Hungerland gebe es wundersame Oasen, wo der Honig ströme.

Ich wischte meinen Teller mit einem Brotstück sauber und sagte, ich bräuchte keinen Honig, aber mit einer dünnen Kartoffelbrühe könne der Mensch kein gutes Leben führen. Die Männer glaubten, auch in Karelien würde man zu den grossen Fleischtöpfen gelangen, wenn die Kameraden von Kanadas Forstbetrieben und den Weizenfeldern in der Prärie nur erst ankämen, um den Bolschewiken beizubringen, wie man es hinkriegte, dass die Bäume fielen, das Getreide auf den Feldern wuchs und aus den Fabrikkaminen Rauch aufstieg.

Der eine der Männer erzählte, sie seien aus der Stadt Cobalt in Nord-Ontario nach Karelien gereist, als sie es satt gehabt hätten, für Amerikas Kapitalisten Silber von den Wänden der Minen zu kratzen. Sie hätten ihre Häuser in Cobalt verkauft und seien nach Aunus gekommen, hätten in der Nähe der Stadt Land bekommen und dort einen eigenen Kolchos der Kanadafinnen gegründet, der mittlerweile als der beste in ganz Russland gelte. Man sagte, er produziere im Verhältnis zur Grundstücksfläche mehr Lebensmittel als jeder andere Kolchos in Russland.

Auch der andere Mann lobte den Kolchos sehr und sagte, er heisse «Säde», also «Lichtstrahl». Beide Männer wollten mich in Säde willkommen heissen, falls mir die landwirtschaftliche Arbeit zusage und ich in der Lage sei, solche zu verrichten, und falls mir einfaches, mit frischer Butter bestrichenes Roggenbrot schmecke.

Über Petroskoi sprachen sie auf eine solche Weise, dass Strang ängstlich um sich zu blicken begann, wie viele Ohren wohl die Aussagen der Männer hörten. Die Männer erklärten, in Cobalt sei zu Beginn des Jahrhunderts die reichste Silberader der Welt entdeckt worden, und innert zwanzig Jahren sei Cobalt eine fertig gebaute Stadt geworden, in der man alles bekomme, was der Mensch zum Leben brauche.

Die Häuser seien sauber, die Strassen fest, die Läden voller Lebensmittel und Kleider, während Petroskoi selbst nach dreihundert Jahren bloss ein Barackendorf sei. Die Männer glaubten dennoch, dass aus Petroskoi und ganz Karelien ein Paradies gemacht werden könne, wenn erst die Schiffe aus Amerika einträfen.

Ich fragte, wieso sie Cobalt verlassen hätten, und der eine erzählte, dass die reichste Silberader der Welt bald erschöpft sein werde, und die Minenarbeiter hätten zu anderen Minen in anderen Bergbaustädten aufbrechen müssen. Sie hingegen hätten sich für Karelien und den Kolchos Säde entschieden, der schon 1925 von Minenarbeitern aus Cobalt und ihren Familien gegründet worden sei. Damals habe man alles von Grund auf erbauen müssen, aber jetzt stehe man in Säde auf eigenen Füssen und könne zu seinem eigenen Wohl arbeiten. Aus diesem Grund glaubten die Männer, auch die Leute, die von anderen Orten jenseits des Atlantiks ankämen, würden hier vieles bewirken können, weil sie die Möglichkeit hätten, Arbeit zum Wohle der Arbeiterschaft zu verrichten, für das Florieren der Arbeiterschaft und nicht für die bodenlosen Taschen der Bourgeoisie.

Ich hörte den Männern gerne zu. Sie erzählten, sie seien nach Petroskoi gekommen, um auf dem Büro des Karelischen Technischen Dienstes die Mitteilung abzugeben, Säde nehme weitere Männer und Frauen auf, die sich auf landwirtschaftliche Arbeit verstünden. Auf dem Büro des Technischen Dienstes hätten sie auch gehört, dass man die Männer, die aus Amerika einreisten, in drei andere Kolchosen schicken wolle. Einer davon sei Hiilisuo in der Nähe von Petroskoi, der zweite im Norden, in Vonganperä bei Uhtua, und der dritte in der Nähe von Jessoila. Dieser hiess «Hopea», also «Silber».

Die Männer verliessen das Speiselokal vor Strang und mir, und sie luden mich ein, Säde zu besuchen, falls ich einmal in der Richtung von Aunus zu tun hätte.

Strang erzählte mir, nachdem die Männer gegangen waren, dass in den Schiffen, die in der nächsten Zeit aus Amerika ankämen, keine Leute seien, die nach Säde geschickt würden. Dieser Kolchos solle mit seinen eigenen Mitteln zurechtkommen. Es sei bereits beschlossen worden, dass die Leute auf den Schiffen in neue Kolchosen und Forstkombinate geschickt werden sollten. Man müsse Holz für die Sägereien und für Kontupohja kriegen.

7.

Am nächsten Morgen kam Strang beizeiten in meine Bude und sagte, er wolle mich zur Baustelle bringen, wo er für mich Arbeit besorgt habe. Er fragte, ob ich glaube, genug Kraft zu haben, um auf den Baugerüsten umherzuturnen, und freute sich, als ich versprach, es zu versuchen.

Ich war nur halb angezogen, und Strang begann mich zum Gehen anzutreiben. Wir gingen zu Hölttä. Dort gab es Tee und geschnittenes Brot, und Hölttäs Frau goss auch Strang Tee ein und forderte ihn auf, sich zu setzen. Strang behauptete aber, wir hätten jetzt keine Zeit, um im Sitzen Tee zu trinken. Er nahm eine Tasse Tee und ein Stück Brot und stellte sich kauend in die Türöffnung.

Ich setzte mich. Auli sagte, Hölttä sei schon gegangen, und fragte, ob ich zum Mittagessen käme. Strang antwortete, ich äße in der Kantine des Klubs der Bauarbeiter, weil ich zu einer Baustelle unterwegs sei, um dort mein Brot zu verdienen. Auli sah sich meine Klamotten an und holte aus dem Schrank einen alten gefütterten Mantel, den sie mich anprobieren liess. Sie meinte, ich sei nicht in der Lage, so eifrig zu arbeiten, dass ich mich im Septemberwind, der vom Onega her wehte, ohne gefütterten Mantel warm halten könne.

Ich nahm den Mantel und probierte ihn an. Er war an den Schultern zu klein und die Ärmel waren zu kurz für mich. Auli bedauerte, etwas Besseres sei für mich nicht im Angebot.

Als wir den Tee getrunken und die Scheiben des Russen-
brots die Kehle hinuntergekriegt hatten, gingen wir. Auf
der Strasse waren viele Leute unterwegs. Strang schritt
so energisch voran, dass ich ihm nur mit grosser Mühe
folgen konnte und ihn bald bitten musste, den Schritt etwas zu verlangsamen. Er blieb stehen und ging erst weiter, als ich wieder an seiner Seite war. Bald ging er wieder weit vor mir, und ich musste ihn bitten, mich nicht
zurückzulassen.

Strang ging von da an dauernd an meiner Seite und fragte von neuem, ob ich glaubte, auf der Baustelle arbeiten zu
können. Ich sagte, es hänge davon ab, welche Arbeit man
mir auf der Baustelle gebe. Ziegelsteine könne ich nicht
tragen, aber ich könne zum Beispiel aus dem Lager gegen
Quittung Werkzeuge austeilen. Strang sagte, er habe auf der
Baustelle erzählt, ich sei vom Fach, ein Zimmermann. Ich
glaubte, in mir stecke noch so viel Zimmermann, dass ich
in Petroskoi als einer vom Fach durchginge.

Wir gingen eine Viertelstunde, bis wir bei der Baustelle
ankamen. Dort ging Strang in eine Baracke und forderte
mich auf, ihm zu folgen. Die Baracke war aus Brettern mit
schadhaften Kanten zusammengenagelt. Drinnen brannte
elektrisches Licht, und in der Ecke glühte ein eiserner Ofen,
den ein alter Mann mit Scheiten fütterte.

Strang ignorierte den alten Mann, setzte sich nur auf die
Bank beim Fenster, und auch ich setzte mich. Bald fragte
ich, worauf wir denn warteten.

Strang sagte, wir würden auf Rouvinen warten. Ich fragte, ob Rouvinen hier auf der Baustelle der Boss sei. Strang
antwortete, nicht unter dieser Bezeichnung. Rouvinen habe
in Finnland die Berufsschule besucht und bei vielen Bauten
als Baumeister gewirkt, bevor er vor den Lapua-Männern
habe fliehen müssen. Die Partei habe ihn über Stockholm

nach Leningrad geschickt und von dort nach Petroskoi, um die Stadt aufzubauen, erklärte Strang.

Im selben Augenblick trat Rouvinen in die Baracke. Er war ein Mann in seinen Vierzigern, also in meinem Alter. In seinen Bewegungen war er drahtig und flink.

Rouvinen fragte, ob wir Kaffee bekommen hätten. Ich sagte, diese Substanz hätte ich zuletzt in Finnland zu mir genommen. Rouvinen forderte uns auf, uns selbst Kaffee einzuschenken, zeigte auf die Kaffeekanne am Rand des Ofens und auf die Tassen auf dem Tisch, die er mit seinem Daumen sauberwischte.

Wir schenkten uns eine Tasse voll ein, und Rouvinen brach mit seinem Messer für jeden von uns ein Zuckerstück vom Zuckerhut ab. Er sagte, er habe von Strang gehört, was ich in New York und in Finnland getrieben hätte und wie ich nach Karelien gekommen sei. Rouvinen versprach mir Arbeit, wenn sie mir auch an einem niedrigeren Bauwerk als der Spitze eines Wolkenkratzers zusage. Ich sagte, ich hätte zuletzt für meinen Nachbarn in Finnland eine Scheune gebaut. Rouvinen fragte, ob sie aus Brettern oder aus Bohlen gezimmert gewesen sei. Ich sagte, wir hätten sie aus Rundbohlen gebaut. Rouvinen fragte nach der Verkämmung. Ich erklärte, in unserer Gegend führe man die Scheunenecken gewöhnlich als Sattelecken aus. Rouvinen fragte, ob ich auch einen Schwalbenschwanz machen könne, und ich antwortete, auch solche Eckverbindungen hätte ich schon gemacht, aber für Scheunen seien diese in unserer Gegend nicht üblich.

Aufgrund meiner Worte glaubte Rouvinen, dass ich wirklich ein Zimmermann sei, und versprach, ich würde auf der Baustelle als Kamerad eines anderen Zimmermanns eingesetzt. Ich bedankte mich bei Rouvinen, trank meinen Kaffee langsam, um den Geschmack voll auszukosten, und dankte Rouvinen auch für den Kaffee. Er meinte, ich solle mir merken, dass er nur Kaffee ausgebe, wenn ein Mann seinen ersten Tag auf der Baustelle habe. Ansonsten würde ich mich mit Tee und meinem eigenen Proviant begnügen müssen, sofern mir Strang nicht eine Karte organisiere, mit der ich im Amerikanerladen Kaffee kaufen könne. Ich hatte schon von diesem Laden gehört, hatte aber nicht daran gedacht, dass ich eine Genehmigung dafür brauchen würde, da ich ja nach Finnland zurückkehren wollte.

Wir verliessen die Baracke. Rouvinen wollte mir zeigen, wo ich in Zukunft anpacken sollte. Ich fragte nach den Werkzeugen, und Rouvinen sagte, ich solle diese je nach Bedarf holen gehen. Diesen ersten Tag dürfe ich noch danebenstehen und versuchen, mich warmzuhalten, während ich zusah, wie man im Land der Sowjets arbeitete.

Wir gingen an Bretterstapeln vorbei zur Baustelle. Das Gebäude war schon bis zum dritten Stockwerk hochgezogen. Rouvinen erklärte, wie das Dach angeordnet werden sollte, weil das Haus zwei Seitenflügel besass, deren Dächer sauber auf dem Dach des Hauptteils sitzen sollten.

Strang hatte mir schon erzählt, dass hier Häuser für die Amerikaner erstellt würden, weil man sie nicht in gewöhnlichen Stadthäusern wohnen lassen wolle. Diese Häuser würden mit Zentralheizung und fliessendem warmem und kaltem Wasser ausgestattet, wie es die Amerikaner gewohnt waren, so dass sie in frostigen Winternächten ihr Geschäft nicht auf einem Aussenklo verrichten mussten, sondern ihren Hintern in einer warmen Toilette auf den hölzernen Ring einer Kloschüssel aus Porzellan setzen konnten.

Rouvinen erzählte mir von der Baustelle, als wir ins Erdgeschoss eintraten und die Treppe zu den oberen Geschossen hochstiegen. Während wir hochstiegen, nannte

Rouvinen mir die Namen der Männer, die uns entgegenka-
men, und er sagte mir auch, aus welchen Erdteilen sie eingereist seien: Da waren Männer aus Finnland und Amerika,
Russen dagegen gab es auf dieser Baustelle keinen einzigen.
Als ich danach fragte, sagte Rouvinen direkt, er wolle keine
russischen Arbeiter auf seinen Baustellen haben, weil sie
ihre Arbeit schlecht und langsam verrichteten.

Strang warnte Rouvinen vor solchen Reden. Sie entsprächen nicht der offiziellen Linie der Karelischen Sozialistischen Republik. Rouvinen sagte, er kenne nur eine offizielle
Linie auf seinen Baustellen, und die besage, dass man die
Arbeit gut und flink verrichten solle.

Von den Baugerüsten aus, die bis zu der Höhe des
obersten Geschosses reichten, wurde die Aussenverklei-
dung des dritten Geschosses schon befestigt, die Dach-
stühle befanden sich an ihrer Stelle und die Männer na-
gelten Dachbretter an. Rouvinen kommandierte mich
in diese Abteilung, nannte mir die Namen der Männer
und stellte mich ihnen vor. Sie unterbrachen ihre Arbeit
jedoch nicht, um mir die Hand zu geben. Rouvinen trieb
die Männer an, das Dach zuzuschlagen, bevor die Herbstregenfälle wirklich einsetzen würden. Sie fragten ihn nach
den Dachblechen. Auf diese hätten sie schon zwei Monate
lang gewartet, sagte Rouvinen. Er versprach, sich im weiten Russland höchstpersönlich auf die Suche nach Blechen
zu machen, wenn die Ware nicht bald geliefert würde. Er
sagte, er wisse, auf welche Weise man die Bleche kriegen
könne. Irgendwoher müsse eine ausreichende Menge an
Fleisch und Butter besorgt werden, die man auf dem Pult
des Direktors der Fabrik, aus der die Bleche kommen sollten, aufstapeln müsse.

Strang versicherte sich nochmals, ob die Männer Rouvinens Reden hören konnten, aber da waren keine anderen

Ohren als die unseren, die hörten, wie Rouvinen zufolge die kommunistische Organisation in Russland funktioniere.

Dann gingen Rouvinen und Strang. Rouvinen sagte zu den Männern im Weggehen, er habe mir erlaubt, an diesem ersten Tag nur zuzusehen und zu beobachten, wie die Arbeit hier verrichtet werde, aber morgen müsse ich anpacken. Die Männer sagten, ich sei ihnen keine grosse Hilfe, wenn ich nur herumstünde.

Ich hielt es nicht sehr lange aus, nur bei der Arbeit zuzusehen, und so holte ich von unten aus dem Barackenlager einen Hammer. Einen Beutel mit Nägeln erhielt ich jedoch nicht, und ich musste mir auf dem Dach Nägel in die Taschen meines gefütterten Mantels stopfen. Die Männer zogen die Bretterverkleidung des Dachs zum Giebel hoch, immer eine Bretterbreite auf einmal. Die Bretter hatten sehr unterschiedliche Längen, und man musste sie zwischen den Dachbalken einpassen, wie es gerade kam.

Ich sollte die Bretter zusägen, und ich begann sie so zuzuschneiden, dass möglichst wenig von der Ware verloren ging. Rouvinen kam am Vormittag noch einmal vorbei, um zu sehen, wie die Arbeit voranging. Er schätzte, dass ich nicht umsonst von meinen Erfahrungen im Holzbau gesprochen hätte und auch Strang nicht gelogen habe, als er gesagt habe, ich sei ein fähiger Zimmermann. Das wärmte mich in der Bise etwas auf.

Zur Essenszeit stiegen wir alle vom Dach hinunter, und auch die Männer, die in den unteren Geschossen arbeiteten, verliessen die Baustelle. Wir marschierten zur Kantine, die zum Berufsverband der Bauarbeiter gehörte und die auf Rechnung der Karelischen Sozialistischen Republik betrieben wurde.

Ich ass gut und viel, weil ich nicht sicher war, ob mir am Abend Einlass ins Amerikanerlokal gewährt würde, in das mich Strang geführt hatte, oder ob ich mich in Hölttäs Zimmer mit Aulis dünner Brühe würde begnügen müssen und mir der Magen schon vor dem nächsten Tag wieder knurren würde.

8.

Am Abend fragte ich Hölttä, wie das Haus, in dem wir wohnten, beheizt werde. Ich hatte in Siiriläs Bude in jeder einzelnen Nacht gefroren. Hölttä zeigte mir den Heizungsraum, wo man das Brennholz verbrennen würde, sobald es aus dem Forstkombinat geliefert worden sei. Die Lieferung war seit dem Mai ausstehend.

Im Keller erklärte mir Hölttä, wie die warme Luft von der Holzheizung im Heizungskeller über Leitungen in jedes Zimmer des Hauses geführt wurde, gab aber zu, dass ein grosser Teil der Wärme auf ihrem Weg entwich, um Petroskois Luft und das Wasser des Onegas zu erwärmen.

Ich fragte, wie Hölttä in seiner Wohnung warm genug habe, und erklärte, wie ich gefroren hätte, obwohl ich in meinen Kleidern geschlafen und den gefütterten Mantel von Auli zusätzlich über die Decke gebreitet hätte. Hölttä fragte zurück, was ich dächte, warum er als Bettgenossin eine so dicke Frau wie Auli gewählt habe. Sie heize ihm das Bett und das ganze Schlafzimmer auf. Hölttä forderte mich auf, mir ebenfalls eine lebendige Bettflasche zuzulegen. Solche würden in Nowaja Sampo frei umherlaufen. Was die Lieferung des Brennholzes angehe, gebe es keine Sicherheit bis zum ersten Schneefall. Ich sagte, ich hätte in Finnland eine gute Ehefrau zurückgelassen und würde nicht glauben, dass sie es guthiesse, wenn ich mir in Petroskoi eine Bettwärmerin zulegte.

Hölttä versicherte mir, die Grenze zwischen Finnland und der Karelischen Republik sei so dicht, dass keinerlei Informationen über meine ehelichen Fehltritte sie durchdringen könnten. Er versprach, er könne mich an Orte bringen, wo ich bestimmt eine gute Bettwärmerin fände, wenn ich nur sagen würde, ich sei in hinreichend kräftigem Zustand. Ich sagte, ich wolle lieber versuchen, mich selbst mit den Decken und dem Mantel warmzuhalten, weiterhin in meinen Kleidern schlafen und auf die Holzlieferung warten, als mir eine neue Frau fürs Bett zu suchen. Hölttä glaubte, ich würde meine Meinung noch ändern, und versprach, mir unverzüglich zu helfen, wenn ich Hilfe bräuchte.

Strang holte mich ab, um mit mir zum Amerikanerlokal zu gehen. Er erklärte, er hätte vom Büro des Karelischen Technischen Dienstes ein Papier bekommen, das bestätigte, ich sei aus Amerika eingereist und hätte das Recht, im Amerikanerlokal zu essen und Waren im Amerikanerladen zu kaufen, wo genug Waren vorrätig waren und die Preise günstig waren. Mit der Amerikanerkarte durfte ich sieben Kilo Fleisch im Monat kaufen, während die gewöhnlichen Einwohner Kareliens in den gewöhnlichen Läden nur ein Kilo kaufen durften, und das auch nur, falls Fleisch vorrätig war. Butter durfte ich anderthalb Kilo pro Monat kaufen, während es diese in den gewöhnlichen Läden überhaupt nicht zu kaufen gab. Ich fragte, mit welchem Geld man im Laden bezahle. Strang antwortete, man benötige russisches Geld.

Ich hatte keine Rubel, aber Strang zufolge hatten sich auf meinem Konto schon welche im Gegenwert von einem Arbeitstag angehäuft, und er habe von Rouvinen schon gehört, dass der Boss mich für genau solch einen Mann halte, den er auf seiner Baustelle brauchen könne und dem die Arbeit zusage und leicht von der Hand gehe. Auch Hölttä sah das Papier an, das ich vom Technischen Dienst erhalten hatte, und schätzte, auch er könnte ein solches gut gebrauchen. Strang versprach Hölttä den gleichen Wisch, sobald er nur einige Jahre Eisenerz von den Minenwänden auf Copper Island gekratzt oder auf den Spitzen der Wolkenkratzer in New York balanciert habe.

Hölttä blieb zurück, um auf Aulis Suppe zu warten, Strang und ich gingen zum Amerikanerlokal. Das Wetter war den ganzen Tag gut gewesen, schön und sonnig, wenn auch kühl, aber jetzt in der Abenddämmerung kamen vom Onega her niedrig hängende Wolkenfetzen, die Nieselregen mit sich brachten.

Wir versuchten, vor dem Wind geschützt zu gehen, aber das letzte Stück brauchten wir gegen den Wind und Regen zu gehen. Ich erzählte Strang, wie ich jede Nacht in meinem Quartier gefroren hätte, das man gemäss Hölttäs Aussagen nicht warmkriegen könne, bevor das Brennholz geliefert werde. Dieses sei schon seit dem Mai im Rückstand.

Strang sagte, er habe mir schon ein neues Zimmer gefunden, aber er habe es mir erst am folgenden Tag erzählen wollen, weil er schätzte, dass ich abends keine Lust mehr hätte, noch mit meinen ganzen Waren umzuziehen. Ich fragte, von welchen Waren er spreche. Ich besässe ja nichts ausser den Kleidern, die ich am Leib trüge, und selbst das Geld für diese würde ich Strang noch schulden. Wenn ich nachts nicht mehr würde frieren müssen, würde ich meine Sachen liebend gerne schon heute Abend in die neue Wohnung bringen.

Wir kamen durchnässt beim Speiselokal an. Strang versprach, er werde mir meine neue Bude gleich nach dem Essen zeigen. Im Speiselokal waren nur wenige Leute. Die Männer aus Säde waren nicht zu sehen. Wir setzten uns an einen freien Tisch, blieben aber nicht lange unter uns, bevor aus dem hinteren Teil des Raums ein Mann erschien und sich an unseren Tisch setzte, ohne um Erlaubnis zu fragen.

Wir assen karelischen Fleischeintopf, den die Wirtin an der Theke mit der Kelle über die Kartoffeln geschöpft hatte. Auch Brot hatten wir bekommen und richtige Butter darauf. Der Mann, der an unseren Tisch gekommen war, nannte seinen Namen nicht, aber Strang kannte ihn und sagte zu mir, er sei Nybacka aus Alahärmä. Nybacka sagte, im Lapuanjoki-Fluss sei viel Wasser nach Nykarleby geflossen, seit er zuletzt auf der Fähre von Liinamaa gestanden hätte.

Ich fragte, was für einen Umweg er nach seiner Abreise von Alahärmä gemacht habe. Strang erklärte, Nybacka habe auch in Cobalt gearbeitet, aber er habe nicht eingewilligt, nach Säde zu gehen, sondern sei in Petroskoi geblieben. Nybacka sagte, er habe schon in Finnland genug Misthaufen gewendet.

Von Kanada wollte Nybacka nicht mehr reden, es liege hinter ihm und sollte dort bleiben. Er fragte jedoch Strang, wann die Forstarbeit in Matroosa beginne. Ihn begann Petroskois Gestank schon anzuöden. Strang erklärte, im Klub der Bauarbeiter werde ein Willkommensfest für die Neuankömmlinge aus Amerika organisiert, und danach werde ein Teil von ihnen nach Matroosa gebracht, weil viele der Neuankömmlinge aus Kanada Forstarbeiter seien, die ausserdem ihre eigenen Werkzeuge bei sich hätten, mit denen sie in Kanada Bäume gefällt hätten, auch Motorsägen, die in Karelien noch niemand gesehen habe. Damit würden die karelischen Kiefern nun endlich zu fallen beginnen, versprach Strang.

Er versprach auch, es Nybacka sofort mitzuteilen, wenn die Abreise nach Matroosa stattfinden würde. Nun wurde das Schiff aus New York erwartet, auf dem sich Hunderte von Männern, Frauen und Kindern befanden, und für alle waren Quartiere und Arbeitsplätze zu finden, für die sie Amerika verlassen hatten.

Ich ass einen zweiten Teller karelischen Fleischeintopf, während Strang und Nybacka von der Abreise nach Matroosa sprachen. Als sie damit fertig zu sein schienen, fragte ich, was Matroosa eigentlich sei. Strang berichtete, dorthin seien die Matrosen verbannt worden, die vor zehn Jahren den Aufstand von Kronstadt durchgeführt hätten und am Leben geblieben seien, nachdem die Truppen der Roten Armee den Aufstand niedergeschlagen hätten. Der grösste Teil der Aufständischen sei hingerichtet worden. Ich fragte, ob Strang dies für einen geeigneten Ort für die Neuankömmlinge aus Amerika halte. Über den Aufstand und seine Niederschlagung war auch in Finnland viel geschrieben worden.

Nybacka meinte, ich bräuchte mich hier nicht an das Geschreibsel der Kapitalistenblätter zu erinnern, da in ihnen die Angelegenheiten der Sowjetunion ohnehin nie gelobt würden. Er blieb noch im Speiselokal sitzen, als Strang und ich zur Bude aufbrachen.

Draussen auf der Strasse begann mir auch Strang einen Vortrag darüber zu halten, dass es hier nicht ratsam sei, alles zu berichten, was man in den Kapitalistenblättern habe lesen können, weil die Nachrichten schnell die Runde machen würden und man bald versuchen würde herauszufinden, wer die Nachricht in Umlauf gebracht habe und mit welcher Absicht.

Wir kamen zu einem niedrigen Holzhaus in der Nähe der Kalininstrasse. Strang sagte, dort befinde sich mein neues Heim, beinahe am Flussufer. Wir hatten tatsächlich den Fluss überquert, aber man sah ihn von hier aus nicht. Das Haus schien in schlechtem Zustand zu sein, nur für die Fensterrahmen und Türen hatte die Farbe ausgereicht. Ich sagte, ich hätte schon in hübscheren Gutshäusern geschlafen.

9.

Wir gelangten von der Eingangstür zu einer Glasveranda, die kühl, aber trocken war. Von ihren Wänden hingen säuberlich geflochtene Zwiebelkränze. Strang klopfte mit der Faust an die nächste Tür. Von drinnen wurde etwas gerufen, was ich nicht verstand.

Wir traten ein, und die Wärme schlug uns gleich entgegen. In der Stube befand sich eine Frau mit einem Kopftuch. Sie reichte uns die Hand, nannte ihren Namen und hiess uns willkommen. Aus der Tür an der Rückwand der Stube kam ein grosser Mann, dessen Körper so gekrümmt war, dass sich sein Kopf auf der Höhe der Eier befand. Auch er reichte uns die Hand und nannte seinen Namen: Einari Rantala.

Strang erzählte ihnen, er habe ihnen den Zimmerherrn mitgebracht, von dem die Rede gewesen sei. Er sagte, ich sei ein anständiger Mensch, der zur Arbeit gehe und nicht viel trinke. Einari Rantala fragte, ob ich einverstanden sei, Brennholz für das Haus zu hacken und ähnliche Arbeiten zu verrichten, zu denen er nicht mehr zu gebrauchen sei, seit der Rheumatismus seinen Rücken gekrümmt habe.

Ich versprach zu tun, was ich könne und was nötig sei. Die Hausherrin forderte mich auf, mich zu setzen. Ich sagte, ich wolle mir zuerst das Zimmer ansehen, und die Hausherrin führte mich und Strang die Treppe hoch zum Dachboden. Er war so niedrig, dass ich mit Ausnahme der Stelle unterhalb des Firstbalkens überall gebückt gehen musste.

Am einen Ende der Mansarde war eine kleine Kammer errichtet worden, in der ein kleiner blechverkleideter Ofen, ein Bett und ein Tisch standen. Ich sagte, das Zimmer sei besser als Siiriläs Bude, in der ich schon viele Nächte gefroren hätte. Die Frau versprach, ich könne das Zimmer so stark heizen, wie ich wolle. Das Brennholz sei im Schuppen vom Boden bis zur Decke aufgestapelt, aber ich müsse die Stammholzabschnitte zuerst für den Ofen passend zusägen und dann mit dem Beil spalten. Strang habe ja bereits, als er nach dem Zimmer gefragt habe, versprochen, dass ich mich um das Brennholz für das Haus kümmern würde. Ich bestätigte es. Die Frau fragte nach meinen Sachen, und ich antwortete, ich hätte alles dabei. Ich sei in meiner Unterwäsche aus Finnland hierher gekommen.

Wir standen alle drei im Zimmer, während wir diese Dinge regelten. Strang und ich standen in der Mitte aufrecht unter dem Firstbalken. Rantalas Frau konnte neben dem blechverkleideten Ofen aufrecht stehen. Sie strich mit der Hand über die Oberfläche des Ofens und erzählte, sie habe den Ofen am Nachmittag eingeheizt, so dass ihr neuer Untermieter im Zimmer warm genug hätte, um hier zu schlafen, falls er schon heute käme, obwohl Strang seine Ankunft erst für den nächsten Tag angekündigt habe. Sie sprach in langen Sätzen. Das Zimmer war warm, ich spähte aus dem Fenster hinter das Haus auf den Garten und den Schuppen, in dem sich das Brennholz befinden sollte.

Ich sagte, ich sei sehr zufrieden mit dem Zimmer, aber ich könne nicht sagen, wie lange ich es benötigen würde, weil ich nicht in Karelien bleiben wolle, sondern nach Hause zurückkehren würde, sobald es mir gelänge.

Wir kehrten ins Erdgeschoss zurück. Einari Rantala sass immer noch auf dem Stuhl, auf dem er sitzengeblieben war, als wir nach oben gegangen waren, und wärmte sich an der

Seite des Backofens. Er gab an, er sei einst ein kräftiger Arbeiter gewesen, der mit Säge und Axt habe umgehen können, aber jetzt, da sein Rücken krumm geworden sei, tauge er nicht mehr zur Forstarbeit und müsse sein Brot in der lärmigen Maschinenhalle verdienen, bei schlechter Luft, grossem Lärm und schlechter Bezahlung, weil er kein gelernter Metallarbeiter sei.

Die Hausherrin machte Tee. Wir sassen in der Stube, und Einari erzählte, sie seien im Mai 1918 mit der grossen Auswanderungswelle vor der weissen Armee über die Grenze geflüchtet. Er ereiferte sich richtiggehend, als er erzählte, wie die letzten Züge Wyborg verliessen, als die Kanonen schon donnerten und die Geschosse auf die Stadt niedergingen. Damals hätten sie sich geschworen, bald zurückzukehren, aber sie hätten nun schon zwölf Jahre auf die Rückkehr gewartet und sie scheine sich immer mehr zu verzögern.

Die Hausherrin dagegen erinnerte sich nicht an Wyborg, nur an ihr Heim, das sie in Jämsä habe zurücklassen müssen. Ihr traten die Tränen in die Augen, als sie daran dachte, wer jetzt im Haus wohnen mochte. Sie hätten es unversehrt und mit dem ganzen Hausrat zurückgelassen, und Einari habe auf dem Tisch einen Zettel deponiert, mit dem er darum gebeten habe, das Haus nicht zu verwüsten, obwohl es sich um das Haus eines Rotgardisten handelte.

Die Frau fragte, ob ich die Gegend um Jämsä kennen würde, ob ich womöglich einmal dort gewesen sei und am Jämsänjoki-Fluss in der Nähe des Waldrandes ein rot gestrichenes Haus gesehen hätte.

Ich erwiderte, das Tal des Jämsänjoki-Flusses sei mir nicht vertraut, und Einari tadelte seine Frau für die dumme Frage. Rote Häuser gebe es am Jämsänjoki-Fluss in der Nähe des Waldrandes unzählige. Er sagte, er habe in den

Wäldern von Jämsä manche Kiefer und manche Fichte gefällt und für die Fabrikherren von Jämsä manche Birke zu
Brennholz gehackt, und im Sommer habe er jeweils Holz
vom Oberlauf des Flusses nach Päijänne geflösst. Es waren
wehmütige Reden, und die Wehmut wurde dadurch nicht
verringert, dass die Hausfrau Teetassen brachte, aber um
Verzeihung bat, weil sie keinen Zucker für den Tee hatte.
In Jämsä hatte es auch den gegeben.

Ich versprach, der Hausfrau Zucker zu besorgen, und
Strang versprach seinerseits, er werde bei seinem nächsten
Besuch echten Kaffee mitbringen, den er im Amerikanerladen kaufen dürfe. Strang ging, befahl mir aber, am Morgen
rechtzeitig zur Arbeit aufzustehen und mein Glück nicht
zu verschlafen.

Ich sagte, ich wolle im Schuppen Holz holen. Ich ging
und sägte und hackte im Licht der Petrollampe etwas
Brennholz zurecht und brachte je einen Armvoll ins Ober-
und Erdgeschoss. Erst als ich das Holz brachte, fiel mir ein,
dass ich mit Rantalas gar nicht über die Miete gesprochen
hatte. Ich fragte danach, und Einari Rantala sagte, dass wir
uns darüber bestimmt einigen würden. Ich jedoch hielt es
für besser, wenn wir uns gleich jetzt darüber einigten, damit wir es nicht später bereuten. Rantala hoffte, ich würde
ein langfristiger Mieter und auch Tischgenosse, sofern ich
dies wünschte. Elma würde aus den Zutaten, die ich im
Amerikanerladen kaufen dürfe, Essen kochen.

Ich sagte, ich wolle darüber nachdenken. Einari versprach, ich dürfe den ersten Monat gratis bei ihnen wohnen,
wenn ich mich nur um das Brennholz kümmern würde und
vom Laden gelegentlich Dinge mitbrächte, die sie nicht
kaufen dürften. Ich erwähnte nicht, dass ich glaubte, in einem Monat schon wieder zu Hause in Kauhava zu sein. Ich
ging ins Obergeschoss und machte im Zimmerofen Feuer,

indem ich Scheite hineinlegte und sie mit Hilfe von Birkenrinde anzündete. Dann sass ich lang vor dem Feuer und trocknete meine Kleider daran.

Spätabends rief die Hausherrin aus dem Erdgeschoss die Treppe zum Dachboden hinauf, ich hätte Besuch. Da hörte ich auf der Treppe schon Schritte. Ich öffnete die Tür, und Kallonen trat ein, während er Regenwasser von seinen Kleidern wischte. Er zog den Mantel aus und legte ihn über den Stuhl neben dem Zimmerofen, nachdem er mit der Hand geprüft hatte, wie heiss die Seite des Ofens war. Er zog auch das Jackett aus und hielt es gegen den Ofen.

Ich fragte ihn, was er wolle. Kallonen antwortete, er sei gekommen, um mich ausserdienstlich zu treffen, nachdem er gehört habe, dass ich die Arbeit auf Rouvinens Baustelle angetreten hätte und aus Siiriläs Bude ausgezogen sei. Wenn einem Mann in so kurzer Zeit so viel Gutes widerfahren sei, bestand für einen Freund wohl ein Grund, ihn zu beglückwünschen.

Ich sagte, ich hätte gar nicht gewusst, dass Kallonen mein Freund sei. Er ging aber nicht darauf ein, sondern sagte, es sei gut, dass ich zur Arbeit ginge, weil der sozialistische Staat keine Faulenzer durchfüttere. Es gebe keine Herren und keine Wucherer, aber er sei gekommen, um mich vor Rouvinen zu warnen, dessen Reden nicht der Linie der Partei entsprächen.

Ich begann nicht, Rouvinens Reden zu verteidigen, von denen Kallonen zu wissen schien. Kallonen fragte, ob auf Rouvinens Baustelle immer noch bloss Finnen beschäftigt seien oder ob inzwischen auch Russen zur Arbeit angenommen worden seien, wie man es von Rouvinen verlangt habe. Ich sagte, ich hätte nur einen Tag auf der Baustelle verbracht und hätte nicht jeden Arbeiter nach seiner Nationalität fragen können. Kallonen forderte mich auf, mich umzusehen und nachzufragen. Er versprach mir hundert Rubel für jeden Russen, den ich auf Rouvinens Baustelle finden würde. Ich sagte, hundert Rubel seien ein grosser Betrag, aber Kallonen war davon überzeugt, mir keinen einzigen Rubel bezahlen zu müssen.

Dann begann er, im Zimmer auf und ab zu gehen, aber nur unter dem Firstbalken, weil er sich nicht unter den Dachbrettern ducken wollte. Elma Rantala fragte von unten, ob wir Tee wollten. Ich antwortete, sie brauche sich keine Mühe zu machen, aber Kallonen stellte sich ans obere Ende der Treppe, um zu rufen, wir beide würden gerne welchen trinken.

Bald brachte Elma eine Kanne Tee und bedauerte auch Kallonen gegenüber, dass sie keinen Zucker bekommen hatte. Kallonen meinte, das sei ein geringer Mangel, wenn wir den Tee doch zumindest im freien Karelien trinken dürften. Elma erschrak ein wenig, pflichtete Kallonen bei und kehrte nach unten zurück. Kallonen kündigte an, mein Leben hier werde einfacher sein, wenn ich auf Rouvinens Reden auf der Baustelle und Rantalas Reden hier in meinem Quartier horchen würde. Kallonen wollte wissen, was in der Maschinenhalle gesprochen wurde und ob man dort eine Sabotage der Produktion plante. Ich fragte, ob Kallonen dafür verantwortlich sei. Er antwortete, er sei es indirekt. Ich glaubte allerdings nicht, dass Rantala irgendetwas über Sabotagepläne wisse, selbst wenn solche im Gange wären, und über Rouvinens Reden wusste Kallonen auch ohne mich Bescheid.

Ich wartete darauf, dass Kallonen ging, nachdem er seinen Tee ausgetrunken haben würde, aber er drehte die Tasse in seiner Hand hin und her, hob sie selten an seine Lippen unter dem Schnurrbart und goss sich aus der Kanne neuen Tee nach, sobald er die Tasse leergetrunken hatte.

Kallonen wollte hören, was ich in Amerika getrieben hätte, und obwohl ich ihm im Krankenhaus alles schon mehrere Male erzählt hatte, wurde ich ihn nicht mehr los, bevor ich ihm ein weiteres Mal alles über meine Reise erzählt hatte. Kallonen wollte von Matti Kurikka und dessen Gesinnungsgenossen hören, aber ich erinnerte mich nur schlecht an die Namen, und Kallonen wunderte sich, wie sie in nur zwanzig Jahren so vollkommen aus meinem Gedächtnis entschwunden sein konnten.

Auch von der Lapua-Bewegung und den Männern, die an meiner Entführung beteiligt gewesen waren, wollte er noch einmal dieselben Geschichten wie im Krankenhaus hören.

10.

Nach einer Woche kam Kallonen wieder spätabends vorbei, als ich schon schlafengehen wollte. Rantalas Frau rief von der Treppe, ich würde unten verlangt. Ich forderte sie auf, den Gast nach oben zu schicken. Kallonen kam mit einer Teekanne und Tassen. Er hatte auch den Zucker bekommen, den ich bei meinem ersten Besuch im Amerikanerladen für Rantalas besorgt hatte. Strang hatte mich dorthin geführt, mir bis zu meiner ersten Lohnzahlung Geld geliehen und eine abwehrende Handbewegung gemacht, als ich bedauerte, ihm schon das Geld für meine Kleider und das Essen schuldig zu sein.

Kallonen stellte die Tassen und die Kanne auf den Tisch, goss den Tee durch ein Sieb in die Tassen, setzte sich und forderte mich auf, Zucker in den Tee zu geben. Diesmal herrsche kein Mangel, und wir bräuchten am Zucker der Rantalas nicht zu sparen.

Ich sagte, ich hätte den Zucker im Amerikanerladen gekauft. Kallonen sagte, er wisse es. Er fragte, wer meiner Meinung nach meine Angelegenheiten derart organisiert habe, dass ich eine Karte für das Amerikanerlokal, einen Berechtigungsschein für den Laden und ein warmes Quartier in diesem Zimmer besässe. Ich sagte, Strang habe alles organisiert. Kallonen begann zu lachen. Strang hätte mir weder den Hauch einer Berechtigung noch das Zimmer verschaffen können, wenn es nicht von anderer Stelle gewollt gewesen wäre.

Ich begann, in der Gesellschaft von Kallonen meinen Tee zu trinken. Er fragte, ob ich auf der Baustelle auf die Reden Rouvinens und der anderen Männer gehorcht hätte, wie es vereinbart gewesen sei, und ob ich von Rantala gehört hätte, was in der Maschinenhalle vor sich gehe. Ich konnte mich nicht daran erinnern, Kallonen irgendetwas versprochen zu haben. Er hatte andere Erinnerungen an unsere letzte Zusammenkunft und hoffte, dass mein Erinnerungsvermögen schnellstmöglich zurückkehren würde.

Ich fragte, ob das eine Drohung sei. Kallonen versprach, dass ich die Angelegenheit lediglich für eine Drohung halten dürfe, solange ich täte, was befohlen worden sei. Obwohl auf meinem Berechtigungsschein kein Enddatum vermerkt sei, könne man jederzeit ein solches darauf setzen. Kallonen drohte, er könne gleich hier und jetzt am Tisch meines Quartiers schreiben, meine Berechtigungen hätten an diesem Datum geendet.

Ich bat ihn, so spät am Abend von angenehmeren Dingen zu reden, so dass ich deswegen keine schlaflosen Nächte hätte. Kallonen meinte, gerade in der Nacht sei es gut für mich, zu überlegen, was ich getan oder nicht getan hätte. Wir sassen für eine Weile wortlos da und tranken Tee.

Dann fragte ich nach den Finnen, die aus Amerika einreisen sollten. Kallonen fragte, ob sich darunter Bekannte von mir befänden und ob die Spionageorganisation der USA mir über diese Bekannten Botschaften gesandt hätte. Ich sagte, ich sei vor zwanzig Jahren aus den USA ausgereist. Kallonen behauptete, er wisse, dass in all diesen Jahren zwischen Finnland und Amerika Post hin und her gegangen sei.

Dadurch fiel mir mein eigener Brief wieder ein, den ich aus dem Krankenhaus nach Hause gesandt hatte und den Kallonen geöffnet und nach Leningrad befördert hatte. Ich fragte, ob der Brief schon von Leningrad weitergesandt worden sei, und wunderte mich, dass meine Familie in Finnland mir nicht geantwortet habe.

Kallonen wusste, dass ich diese Woche Siirilä im Krankenhaus besucht hatte, und wollte nun wissen, was Siirilä über die Pflege, die er im Krankenhaus bekommen habe, gesagt habe, ob er etwa behauptet habe, dass die Pflege in den Krankenhäusern in Amerika besser sei. Ich sagte, wir hätten die Pflege in den Krankenhäusern in Karelien und Amerika nicht miteinander verglichen.

Kallonen fragte, worüber wir gesprochen hätten. Ich versuchte mich daran zu erinnern. Dann fiel mir wieder ein, dass ich Siirilä von Rouvinens Baustelle erzählt hatte, auf der ich die Arbeit aufgenommen hatte. Kallonen fragte, weshalb und was ich von der Baustelle erzählt hätte, ob Rouvinen Siirilä etwa eine Nachricht gesandt habe und ob diese nur mündlich übermittelt oder auf Papier geschrieben gewesen sei. Ich fragte, von welcher Nachricht Kallonen spreche. Er versprach, es herauszufinden.

Kallonen schien darüber wütend zu sein, dass ich im Krankenhaus mit Bob Siirilä über die Angelegenheiten von Rouvinens Baustelle geredet hatte. Er stand auf, ging einen Moment lang im Zimmer auf und ab, setzte sich dann aber wieder und goss sich neuen Tee ein, mir jedoch nicht. Er klopfte mit den Knöcheln seiner Faust wortlos auf den Tisch, trank dann seinen Tee aus, stand auf und wollte gehen. Er befahl mir, daran zu denken, was wir vereinbart hätten. Ich hätte ihm versprochen zu erzählen, was Rouvinen und die aus Amerika eingereisten Arbeiter auf der Baustelle miteinander sprächen, und ganz besonders sollte ich mir einprägen, was Rouvinen über die russischen und karelischen Arbeiter im Vergleich zu den Finnen und den aus Amerika eingereisten sage. Auch auf Rantalas Reden sollte ich horchen und Kallonen erzählen, was ich von der Maschinenhalle hörte.

Als Kallonen gegangen war, brachte ich das Teegeschirr nach unten. Die Rantalas sassen dort im Dunkeln, um Licht zu sparen. Einari Rantala fragte, ob ich alles versprochen hätte, was Kallonen angeordnet habe. Ich sagte, ich hätte Kallonen nichts versprochen. Rantala glaubte, ich würde noch Versprechen abgeben müssen.

Auf dem Dachboden schürte ich die Glut im Ofen und wartete darauf, dass die bläulichen Flammen über dem verkohlten Holz nachliessen, bevor ich mit dem Blech die Luftzufuhr verringerte.

Am folgenden Tag wusste Strang bereits, dass ein Schiff aus Amerika in Leningrad angekommen war und die Finnen innert weniger Tage in Petroskoi sein würden. Ich erzählte von Kallonens Besuch. Nach Strangs Meinung lohnte es sich für mich nicht, Kallonens Reden allzu viel Beachtung zu schenken. Kallonen bilde sich ein, hier die gesamte Macht zu besitzen, aber die wirkliche Macht liege ganz woanders als im Haus der GPU.

Ich erzählte, Kallonen hätte mir aufgetragen, auf die Reden Rouvinens und der Männer auf der Baustelle zu horchen und davon zu berichten, und Rantala solle ich über die Gespräche der Männer in der Maschinenhalle ausfragen und es Kallonen sofort melden, falls ich irgendetwas von Sabotage hören sollte, damit die Produktion nicht sinke und sich der Aufbau des Sozialismus verlangsame. Strang behauptete, Kallonen verstehe vom Aufbau des Sozialismus nicht das Geringste.

Ich sagte, ich wolle nicht zu Kallonens Spitzel werden. Nach Strangs Meinung konnte ich Kallonen auch beliebige passende Geschichten erzählen, damit er zufrieden sei und seine Rapporte schreiben könne, die von ihm im Grossen

Haus verlangt würden. Strang hatte mir dieses Haus gezeigt, als wir durch die Stadt gegangen waren, und mich
davor gewarnt, in diesem Haus zu landen.

Auf Rouvinens Baustelle wurden Dachbretter befestigt,
ich sägte für vier Mann Bretter zu, die diese mit einem
Flaschenzug vom Erdboden hochhievten. Rouvinen kam
jeden Tag vorbei, um zu sehen, wie wir mit der Dachkon-
struktion vorankamen. Er lobte uns für die gute Arbeit,
als er die Kanten der stumpfen Verbindungen kontrollier-
te, verfluchte aber alle Fabriken Russlands, die es nicht
geschafft hatten, die bestellten Waren innerhalb der ver-
sprochenen Fristen zu liefern. Von den Dachblechen hatte
man nichts gehört, obwohl sie schon vor Urzeiten hätten
in Petroskoi sein sollen. Jetzt sollten aus Aunus Spengler
vorbeikommen, die dort Bleche für das Kulturhaus zu-
sammengeschweisst hatten, und Rouvinen besass nicht das
kleinste Stück Blech, das er den Spenglern abgeben konnte.
Rouvinen rief, er ginge bis nach Moskau und würde dort
höchstpersönlich vor Josef Wissarionowitsch treten und
mit den Fäusten auf den Tisch schlagen, falls die Spengler
kämen und er ihnen kein Blech für das Dach würde geben
können.

Rouvinen sprach so derb über das Land der Sowjets und
rühmte dagegen Finnland und Amerika, dass die Männer
zu lachen begannen. Auch ich lachte und sagte, dass Kallonen mir befohlen habe, mir alle Reden Rouvinens gegen
die Sowjetunion einzuprägen und davon zu berichten. Von
Rouvinens Reden soeben würde ich Kallonen in der Tat
viel zu berichten haben.

Rouvinen begann ebenfalls zu lachen und sagte, er ken-
ne Kallonen, und ich sei nicht der einzige Mensch auf dieser
Baustelle, der ihm über seine Reden und die der anderen
Männer Bericht erstatten sollte. Nach Rouvinens Meinung

sollte ich Kallonen auch erzählen, dass das Gebäude bald unter Dach war, die Dachbleche jedoch fehlten und die Regenfälle des Herbstes bereits die Dachbretter durchnässten. Bald würde darauf das Eis glänzen, und wenn der Winter käme, würde darauf eine dicke Schneeschicht liegen, die im Frühling schmelzen würde, und das Schmelzwasser würde ins Gebäude rinnen und alles ruinieren, was bis jetzt fertiggestellt worden sei. Rouvinen befahl mir, auch das Kallonen zu erzählen, und ich würde auch den Rest erzählen dürfen, weil er ein gläubiger Mensch sei und niemanden zum Lügen verlocken wolle.

Ich sagte, auch mir sei das Lügen zuwider, obwohl ich nicht gläubig sei, aber ich hätte in New York Matti Kurikka gehört und gelernt, was das Lügen in der Seele des Menschen anrichte und wie es die ganze Welt beeinflusse. Nach der Rückkehr in mein Heimatland hätte ich in meinem Haus auch Prediger von Pekka Ervast beherbergt, die umherreisten, um ähnliche geistige Ideen zu verbreiten, wie sie auch Matti Kurikka in Amerika verbreitet hatte.

Rouvinen erzählte, er habe Kurikka in Helsinki noch vor dessen Abreise nach Amerika gehört, aber damals hätten seine Predigten mehr Sozialismus als Christentum beinhaltet. Ich sagte, das Dach des Gebäudes, auf dem wir uns befänden, sei ein zu windiger Ort für solche Gespräche und es wäre besser, diese auf festem Boden zu führen, obwohl wir geistige Höhen anstrebten.

Nachdem Rouvinen gegangen war, fuhren wir mit der Befestigung der letzten Bretter auf den Dachstühlen fort. Die Männer meinten, ich brauche Kallonen nicht wortwörtlich zu berichten, was Rouvinen über die kommunistische Organisation in Russland denke. Sie sagten, wir müssten zu Rouvinen halten, weil auch dieser in allem zu uns halte.

11.

Einige Tage danach kommandierte uns Rouvinen gleich nach dem Mittag von der Baustelle und sagte, im Klub der Bauarbeiter beginne um zwei Uhr das Willkommensfest für die Neuankömmlinge aus Amerika. Er forderte uns auf, unsere Festkleidung anziehen zu gehen und zum Klub zu kommen, um die Gäste zu empfangen und die Ankunft der neuen Erbauer Kareliens zu feiern. Rouvinen sagte, er selbst werde ebenfalls zum Fest kommen, weil er dort die besten Arbeiter für seine Baustellen gewinnen könne, bevor die Kommissare des Karelischen Technischen Dienstes die Männer nach ihrem Gutdünken auf die Baustellen verteilten. Rouvinen forderte uns auf, beim Fest so viele Männer und Frauen wie möglich anzusprechen, um herauszufinden, ob es unter den Neuankömmlingen welche gab, die mit Hammer, Axt und Säge umgehen konnten.

Rouvinen befürchtete, dass zum Fest auch Interessenten von anderen Baustellen kämen, weil grosser Mangel an echten Arbeitern herrschte. Solche dagegen, die bloss gegen den Spaten lehnten, neben Wänden sassen und Wodkaflaschen kippten, fand man mit Leichtigkeit beliebig viele.

Ich sagte, Rouvinen rede genau das, was Kallonen zu hören wünsche. Wir verliessen die Baustelle, und Rouvinen ging mit uns. Er zeigte auf einzelne Entgegenkommende und erzählte, sie seien von den Beamten auf seine Baustellen geschickt worden, aber Rouvinen habe sie wieder von dort entfernen müssen, weil durch sie mehr Schaden als Nutzen entstanden sei. Ich liess Rouvinen und einige andere Männer ihren Weg fortsetzen und ging zu Rantalas Haus. Ich trat ein. Auch Einari und Elma Rantala waren zu Hause, und beide hatten schon bessere Kleider angezogen. Sie erzählten, alle Finnen der Maschinenhalle hätten für den Rest des Tages freibekommen, damit sie die Neuankömmlinge aus Amerika empfangen und mit ihnen den neuen Abschnitt in der Errichtung der Autonomen Sozialistischen Sowjetrepublik Karelien feiern könnten. Einari Rantala wusste, dass bei dem Fest Edvard Gylling persönlich als Redner auftreten werde, und die Hausfrau hatte dasselbe gehört.

Ich ging nach oben und zog mir die Hose und den Pullover über, die ich in der Vorwoche im Amerikanerladen gekauft hatte, damit ich nicht Tag und Nacht in denselben Kleidern umhergehen musste, die Strang mir ins Krankenhaus gebracht hatte. Diese Hosen und der Pullover waren nicht die Art Festkleidung, die ich in Amerika und in Finnland als Festkleidung getragen hatte, aber sie waren ganz und sauber und passten mir besser als die von Strang gekauften Kleider und der gefütterte Mantel, den ich von Auli Hölttä bekommen hatte.

Ich hatte mir auch Halbschuhe gekauft, die ich jetzt anzog, als Einari Rantala von unten rief, wir müssten gleich zum Klub gehen. Ich stieg nach unten und wir verliessen das Haus zu dritt.

Der Klub der Bauarbeiter war festlich beflaggt. An den Fahnenstangen hingen die Flaggen Kareliens, der Sowjetunion und Amerikas. Auf der Strasse waren schon viele Leute, und alle schienen zum Fest unterwegs zu sein. Wir stiegen in der Menge die Treppe hoch und gingen durch die ganz geöffneten Doppeltüren hinein in das Foyer des

Klubs. Dort gab es eine Garderobe, an der manche ihre Jacken und Mäntel deponierten. Ich jedoch trug unter dem Pullover nur ein Hemd ohne Kragen, so dass ich den Pullover nicht ausziehen konnte, obwohl es im grossen Saal des Klubs heiss war, da viele hundert Menschen dichtgedrängt darin sassen und standen.

Die Neuankömmlinge aus Amerika hatte man vorne auf dem erhöhten Podest platziert, so dass man die Amerikaner vom Saal aus gut sehen konnte.

Im Saal gab es keine freien Sitzplätze mehr. Ich blieb mit Rantalas zusammen im hinteren Bereich des Saals stehen, von wo aus man gut über die Köpfe der Sitzenden hinweg sah, aber Einari Rantala sagte, er werde nicht so lange stehen können, wie das Fest vermutlich dauern werde. Er begann mit den jungen Männern in der hintersten Reihe zu verhandeln, ob einer von ihnen seinen Sitzplatz an ihn und Elma verkaufen würde. Das Geschäft kam zustande und er gab zwei Männern Geld, die aufstanden und sich neben mich stellten. Sie amüsierten sich über Einari Rantala, der einen so krummen Rücken hatte, dass er nicht in einer gewöhnlichen Position sitzen konnte, weil sein Kopf dann zwischen die Knie zu liegen gekommen wäre. Er versuchte sich mit abenteuerlichen Verrenkungen so auf den Stuhl zu setzen, dass er die auf das Podest gebrachten Amerikaner sehen konnte. Schliesslich lag er mit seiner krummen Wirbelsäule auf dem Stuhl, sagte aber, er sehe nicht über die Leute hinweg, die vor ihm sässen. Elma erklärte ihm, was im Saal und auf dem Podest vor sich ging.

Ich verbot den jungen Männern, über Einari zu lachen. Sie sollten lieber beten, dass sie niemals ein solches Leiden träfe, und wenn es sie doch träfe, sollten sie zusehen, dass sie damit so tapfer leben konnten wie Einari Rantala. Die jungen Männer fragten, ob ich ein Prediger sei, der gekommen sei, um den Glauben zu verbreiten. Sie fragten, ob ich Pfarrer sei.

Ich sagte, ich könnte durchaus einer werden, ich würde zu verschiedenen Dingen taugen. Die Männer sagten, sie würden zur Karelischen Vereinigung der Atheisten gehören, deren Aufgabe es war, alles aus Petroskoi zu vertreiben, an dem der Geruch nach Glauben hafte. Sie mussten dennoch aufhören zu reden, als die Blaskapelle mit der Fanfare begann und die Flaggen der Sowjetunion, Kareliens, der Vereinigten Staaten und Kanadas in den Saal getragen wurden.

Alle Sitzenden erhoben sich, und ich konnte nicht sehen, wie die Flaggen zu beiden Seiten der Bühne an Ständern befestigt wurden. Als die Fanfare aber zu Ende war und die Menschen sich wieder setzten, sah ich, wie zwischen den Flaggen ein langer, dünner Mann, der auf einem Bein hinkte, zum Rednerpult schritt. Einari Rantala wandte sich zu mir um und sagte, bei dem Mann handle es sich um Edvard Gylling.

Gylling sprach lange. Er hiess nicht nur die aus Amerika eingereisten Genossen willkommen, um Karelien und die Sowjetunion aufzubauen, sondern sprach auch von der Arbeit, die der Karelische Technische Dienst in den Vereinigten Staaten und Kanada geleistet hatte, und davon, wie gross die Begeisterung auf dem amerikanischen Kontinent war, in den eigenen Staat der Arbeiter zu reisen, um sich ein besseres Leben aufzubauen. Hier brauche niemand Hunger zu leiden, an Strasseneecken einige Münzen von den Vorübergehenden zu erbetteln, seine Gesundheit in den Gasen und dem Staub der Minen zu ruinieren, in den winterlichen Wäldern zu frieren oder abends die Klagen seiner hungrigen Kinder anzuhören.

Gylling nannte auch viele Zahlen, die bestätigten, dass der Aufbau Kareliens vorankomme und dass Karelien bald andere Gebiete der Sowjetunion ernähren würde und ganz besonders Leningrad, die Wiege der Revolution. Gylling glaubte, dass die neuen aus Amerika angekommenen Kräfte die Produktionszahlen wieder auf ein neues Niveau heben würden, besonders in der Forstarbeit, die in Karelien allen, die sich darauf verstünden, offenstehe.

Als Gylling zu Ende gesprochen hatte, erhob sich die Menge im Saal und applaudierte lange. Die Neuankömmlinge aus Amerika standen auf der Bühne ebenfalls auf und applaudierten Edvard Gylling, der damals der Vorsitzende des Rats der Volkskommissariate in Karelien war. Später wurde er auch als der Kaiser von Karelien verschrien.

Die Neuankömmlinge aus Amerika stellten sich auf der Bühne in Reihen auf, so dass die Frauen in zwei Reihen vorne standen und die Männer in drei Reihen hinter ihnen. Die kleineren Kinder befanden sich vor ihren Müttern, aber die grösseren standen schon in den Reihen der Männer und Frauen. Ich zählte sie, es waren über hundert Menschen, und sie begannen auf Finnisch die Internationale zu singen. Es hörte sich schön an, obwohl ich immer der Meinung gewesen war, die Welt könne nicht mit Singen und Spielen zu Ende gebaut werden.

Die Menschen, die im Saal sassen, erhoben sich, als die Internationale ertönte, und sangen mit den Amerikanern mit. Während des Gesangs blieben sie die ganze Zeit stehen, und als das Lied zu Ende war, applaudierten alle, auch diejenigen, die auf der Bühne standen.

Dann setzte sich die Menge, und eine der Frauen, die aus Amerika eingereist waren, sprach ebenfalls lange und überbrachte Grüsse von den Genossen jenseits des Atlantiks, die dort unter der grossen Depression litten, die in der kapitalistischen Welt herrschte. Aus diesem Grund sei dort auch die Begeisterung für Karelien aufgekommen, und alle würden verstehen, dass in der Sowjetunion gerade der Wunschtraum realisiert werde, den die Arbeiter der ganzen Menschheitsgeschichte gehabt hätten, schon seit dem Bau der ägyptischen Pyramiden und der hängenden Gärten von Ninive, namentlich die Befreiung von der Sklavenarbeit.

Auch diese Rednerin erhielt kräftigen Beifall, als sie zu Ende gesprochen hatte, und viele Menschen im Saal erhoben sich zum Applaus. Ich befand mich zuhinterst im Saal auf einem Stehplatz, so dass ich mich nicht eigens zu erheben brauchte, um meine Zustimmung zu zeigen.

Einer der jungen Männer von der Karelischen Vereinigung der Atheisten schrie unter dem tosenden Applaus in mein Ohr und fragte, ob ich bemerkt hätte, wie anders und wie wahr die Reden Gyllings und der aus Amerika eingereisten Frau gewesen seien, verglichen mit dem Geplapper der Gläubigen und der Pfaffen. Ich antwortete ihm nicht, so dass er mir dasselbe erneut ins Ohr schrie. Er dachte, ich hätte nicht verstanden, was er gefragt habe. Ich legte eine Hand auf das Ohr und deutete mit der anderen an, ich hätte die Frage durchaus verstanden, antwortete aber auch dann nicht, als die Menschen sich setzten und es im Saal ruhig geworden war.

Die Neuankömmlinge aus Amerika begannen wieder zu singen, diesmal jedoch auf Englisch. Ich kannte das Lied aus meiner eigenen Zeit in Amerika. Als das Lied zu Ende war, wollte die Menge im Saal applaudieren, aber die Frau, die auf der Bühne den Gesang dirigiert hatte, zeigte mit der Hand an, dass sie ein zweites Lied sängen, und diejenigen, die schon zu applaudieren begonnen hatten, hörten damit auf.

12.

Das Programm war zu Ende, und man führte die Neuankömmlinge aus Amerika zu einem langen Tisch, der an der Seite des Festsaals gedeckt war. Wie es sich gehörte, setzten sich die Führungsleute der Republik Karelien mit ihnen an den Tisch, wir anderen jedoch durften danebenstehen und zusehen, was für Speisen den Weitgereisten angeboten wurden. Ich hörte viele sagen, sie hätten solches Essen noch nie gesehen, seit sie Finnland verlassen hätten.

Ich sah, dass auch Rouvinen sich an den Tisch gesetzt hatte und man ihn nicht von dort vertrieben hatte. Einari Rantala und Elma hingegen gingen nach Hause. Rantala sagte, er möge die Speisen nicht ansehen, die am langen Tisch verschlungen würden.

Rantalas kehrten dennoch bald zurück und versuchten ihre vorherigen Plätze wieder einzunehmen, aber sie waren schon anderweitig erobert worden, und Rantala blieb nichts anderes übrig, als mit seiner Frau hinten im Saal zu stehen, wo auch ich mich befand. Einari Rantala berichtete, bei der Eingangstür seien Wachen postiert worden, die niemanden aus dem Gebäude liessen, bevor die Gäste gegessen und getrunken hätten, weil man den Weitgereisten nicht das Bild vermitteln wolle, dass möglicherweise nicht alle ihre Ankunft schätzten.

Ich sah, dass es vorne im Saal leere Plätze gab, und forderte Rantalas auf, dorthin zu gehen. Ich ging zur Eingangstür, um zu sehen, was für Männer dort Wache standen, kehrte aber rasch wieder um, als ich auf den Stufen auch Kallonen bemerkte, mit dem ich nicht in ein Gespräch verwickelt werden wollte.

Ich kehrte in den Saal zurück, hielt mich ganz hinten bei den Fenstern auf und blickte hinaus in die Abenddämmerung. Der Mann neben mir sprach mich wie einen Bekannten an, fragte, wie es mir bei der Arbeit ergangen sei, ob ich die Genehmigung, das Amerikanerlokal zu besuchen, erhalten hätte und ob ich auch den Wisch bekommen hätte, mit dem ich im Laden der rechten Leute einkaufen könne.

Ich betrachtete den Mann genauer und erkannte ihn nun. Er war einer der Männer, die am ersten Abend im Amerikanerlokal gewesen waren, als Strang mich dorthin geführt hatte. Ich begrüsste ihn ebenfalls wie einen Bekannten und fragte, was die Männer des Kolchos Säde beim Willkommensfest für die Amerikaner verloren hätten. Er sagte, er sei gekommen, um zu sehen, ob sich unter den Neuankömmlingen Bekannte befänden, und wenn es keine gebe, würde er eben Unbekannte finden, die Lust hatten, nach Aunus zu kommen, um in Säde zu arbeiten.

Ich fragte, warum er nicht am Esstisch sitze, und erinnerte mich jetzt auch an seinen Namen, Kalle Lahti. Er erzählte, er habe aus Säde fast das ganze Essen mitgebracht, das am Tisch offeriert werde, aber zum Essen sei er nicht eingeladen worden. Wir beobachteten die Essenden, und ich sah, dass inzwischen auch Strang an die Futtertröge gelangt war. Am Tisch wurden auf kurze Ansprachen die Schnapsgläser erhoben.

Kalle Lahti fragte mich etwas, aber seine Frage ging im Getöse des Saals unter. Ich wandte mich zu ihm und hörte, wie er erneut fragte, ob ich nach Säde kommen wolle. Arbeit gebe es genug, ein Dach über dem Kopf und einen

Teller voller Essen auf dem Tisch. Aus der Kasse des Kolchos würden jedem zehn Rubel monatlich ausbezahlt.

Ich sagte, die Arbeit auf Rouvinens Baustelle habe sich gut angelassen, wir würden das Haus für die Neuankömmlinge aus Amerika errichten, von denen hier ganze Schiffsladungen erwartet würden, so dass Rouvinen in Petroskoi noch für Jahrzehnte genug zu bauen habe. Ich wollte Kalle Lahti hingegen nicht sagen, dass ich nach Finnland abreisen wollte, sobald der passende Moment kommen würde.

Kalle Lahti reichte mir die Hand und nannte mir seinen Namen, den ich bereits kannte. Er sagte, er sei der Erste Vorsitzende des Kolchos Säde, und der Mann, den ich im Speiselokal getroffen hätte, sei der Zweite Vorsitzende gewesen. In der Verwaltung des Kolchos seien sie gesamthaft zu dritt, erläuterte Lahti.

Er sprach von den Vorsitzenden von Säde und erzählte, wie im Kolchos auf allen Sektoren eine Führungstroika von jeweils drei Männern bestehe, die die Arbeiten planten und die Tätigkeiten zusammen mit den anderen Leuten des Kolchos organisierten. Der Bausektor werde ebenfalls von drei Männern geleitet, von denen Lahti einer sei, und der Landwirtschaftssektor werde von weiteren drei Männern geleitet. Mit der Leitung der Viehhaltung seien jedoch drei Frauen betraut.

Ich fragte, wer denn in Säde eigentlich arbeite, wenn schon in der Leitung so viele Leute tätig seien. Ich sagte, ich könne verstehen, weshalb Lahti hier mehr Leute für Säde suche. Lahti fasste meine Rede als Scherz auf und wollte dagegen halten, als sich Kallonen zwischen uns schob und zu fragen begann, was wir von Gyllings Rede und vom übrigen Programm gehalten hätten. Kalle Lahti antwortete, er sehne sich nach dem Esstisch, diese Programmnummer habe ihm am besten gefallen.

Kallonen sagte, er kenne Lahti und wisse, dass dieser im Speisesaal von Säde mit dem Daumen zollbreite Butterschichten auf sein Roggenbrot zu streichen pflege, und deshalb habe man ihn nicht an diesen Tisch hier gelassen, weil man in Petroskoi im Unterschied zu Säde allen Essern ihre Ration zukommen lasse und es hier nur selten Butter aufs Brot gebe.

Mich fragte Kallonen, ob Lahti schon versucht habe, mich für Säde zu rekrutieren, um dort im Misthaufen herumzustochern. Ich sagte, auch davon sei die Rede gewesen. Kallonen meinte, ich brauche gar nicht von Aunus zu träumen, ich sei Rouvinens Baustelle in Petroskoi zugewiesen worden und solle in Rantalas Haus wohnen bleiben. Kalle Lahti verstehe bestimmt auch, was eine solche Anordnung bedeute, meinte Kallonen. Er ging hin, um Lahtis Gesicht aus nächster Nähe zu betrachten, der aber wich nach hinten zurück und tauchte im Gewühl unter.

Kallonen sagte, er erwarte von mir bis Ende der Woche Aufschluss darüber, was auf Rouvinens Baustelle geredet worden sei und was man dort über die Neuankömmlinge aus Amerika sage, ob es unter ihnen Bekannte Rouvinens oder der anderen Arbeiter gegeben habe. Ich sagte, Rouvinen sitze am Tisch und trinke Schnaps, Kallonen könne jederzeit direkt mit Rouvinen sprechen gehen.

Kallonen ging, aber nicht zum Tisch, sondern zur Eingangstür. Im Gehen kündigte er an, die Kniffe der Lapua-Männer, die mich gejagt hätten, seien die Arbeit von blutigen Anfängern, verglichen mit dem, was ich hier erleben werde, wenn ich nicht am Samstagnachmittag nach der Arbeit bei ihm auftauchen würde.

Ich fragte, wo ich ihn sprechen könne. Kallonen wies mich an, zum Wartesaal des Bahnhofs zu kommen. Man würde mich von dort abholen. Ich sagte, ich wisse nicht, wo der Bahnhof sei. Kallonen meinte, ich hätte bis zum Samstag genug Zeit, um es herauszufinden.

Man liess uns erst spätabends aus dem Klub der Bauarbeiter, nachdem die Gäste gegessen und getrunken hatten und die Kapelle viele prächtige Märsche gespielt hatte.

Ich redete mit keinem der Neuankömmlinge aus Amerika, hörte jedoch, dass man mit ihnen über das Forstkombinat Matroosa sprach, wo auf sie Wohnungen und Speisesäle warteten und eine Schule für die Kinder. Ebenfalls rühmte man ihnen gegenüber die karelischen Wälder, und ihnen wurde versichert, sie könnten in diesen Wäldern ihren Unterhalt mit geringer Mühe verdienen, verglichen mit der Schufterei, die sie in der Wildnis von Ontario hätten verrichten müssen.

13.

Am nächsten Tag sprach ich mit Strang über Kallonen. Er war der Meinung, es sei das Beste, wenn ich am Samstag zum Bahnhof ginge und Kallonen keinen Grund böte, mich gewaltsam ins Grosse Haus holen zu lassen. Strang versprach, auch den Leuten im Technischen Dienst von mir zu berichten.

Am Samstag kam er zur Baustelle und berichtete Rouvinen von meinem Fall. Dieser begann zuerst, über Kallonen und die GPU zu schimpfen, die seiner Meinung nach nichts zu den Angelegenheiten der Baustelle zu sagen hätten. Dann aber begannen sie gemeinsam zu überlegen, was ich am besten tun solle, wenn Kallonen mich tatsächlich mit seinen Klauen gepackt habe und nicht mehr loslassen wolle.

Ich sagte, ich wolle zurück nach Finnland. Strang glaubte nicht, dass man mich gehen lasse, und auch Rouvinen glaubte es nicht. Wir standen auf dem Hausdach, und obwohl unser Gespräch mit dem Wind, der in die Richtung des Sees wehte, in den Wellen des Onegas unterging, senkte auch Rouvinen bereits die Stimme, wenn er über Kallonen und die GPU sprach. Sie kamen zum Schluss, es sei für mich das Klügste, das Treffen mit Kallonen wahrzunehmen, und denselben Rat hatten ihm schon die Leute vom Karelischen Technischen Dienst, denen Strang von der Sache erzählt hatte, erteilt.

Rouvinen versprach, ich dürfe vor dem Mittag von der Baustelle gehen, um vor dem Gang zum Bahnhof essen und die Kleider wechseln zu können. Ich sagte, ich würde über die Gespräche auf der Baustelle keinesfalls Auskunft geben und auch nicht über Einari Rantalas Geschichten. Auch den Männern der Lapua-Bewegung hätte ich keine Namen verraten, obwohl sie mich mit Stöcken geschlagen, in den Sumpf gestossen und mit Waffen bedroht hatten. Rouvinen forderte mich auf, sofort zur Bude zu kommen, nachdem ich aus Kallonens Klauen entkommen sei. Er und Strang würden mich dort erwarten. Rouvinen zahlte mir meinen Lohn direkt in die Hand.

Ich ging zu meinem Quartier und wechselte die Kleider. Dann ging ich auf dem Weg zum Bahnhof im Speiselokal vorbei und ass, weil ich nicht wusste, ob ich an diesem Tag noch etwas zu essen kriegen würde. Im Speiselokal blieb ich allein an meinem Tisch. Ich schätzte, dass viele schon wussten, dass ich oft mit Kallonen gesprochen hatte und auch jetzt unterwegs war, um Kallonen zu treffen.

Am Bahnhof waren Leute, die auf den Zug in Richtung Norden warteten, und auch ich hatte Lust, in diesen Zug einzusteigen und in Richtung Norden zu fahren, so weit die Schienen reichten. Bevor der Zug ankam, näherte sich mir ein unbekannter Mann, der meinen Namen nannte und mir befahl, ihm zu folgen.

Wir gingen vom Bahnhof zur Strasse und dann zu einem Auto, das am Strassenrand abgestellt war. Es war ein amerikanischer Ford. Hinter dem Lenkrad sass ein Mann. Der Mann, der mich abgeholt hatte, kommandierte mich auf die Rückbank und setzte sich neben mich.

Ich erzählte, ich hätte in einem gleichen Auto und auf die gleiche Weise auf der Rückbank neben meinen Entführern gesessen, als ich von Männern der Lapua-Bewegung nach Russland gebracht worden sei. Der Mann neben mir sagte dazu nichts. Ich fragte ihn nach seinem

Namen, aber er hielt es nicht für nötig, zu antworten. Ich fragte auch nach dem Namen des Fahrers, aber er behauptete, er spreche kein Finnisch. Ich versprach, er dürfe seinen Namen auch auf Russisch nennen, aber das verstand der Fahrer nicht oder wollte es nicht verstehen. Er fuhr los.

Ich erkannte, dass wir zum Grossen Haus fuhren, das Strang mir gezeigt hatte. Ich sagte zu meinem Begleiter, man habe mir empfohlen, mich von diesem Haus fernzu-halten. Er meinte jedoch, kein ehrlicher Mensch habe in diesem Haus etwas zu befürchten, wenn ich mich aber fürchtete, dorthin zu gehen, bedeute dies, dass ich einen Grund zur Furcht hätte, den man dort bestimmt ans Ta-geslicht bringen werde.

Das klang nicht gut. Der Fahrer fuhr von der Strasse weg auf den Hinterhof des Hauses, ich wurde aus dem Auto kommandiert und sollte zum Hintereingang des Hauses ge-hen. Ich befolgte die Anweisung, ging über den Hinterhof zum Eingang und hörte, dass mein Begleiter mir auf dem Fuss folgte. Ich blickte nicht hinter mich. Als ich dabei war, die Türfalle zu ergreifen, wurde die Tür von innen geöff-net und aufgehalten. Ich trat vor eine Treppe und erhielt von hinten die Anweisung, zum nächsten Stockwerk hoch-zusteigen. Der Mann, der die Tür aufgehalten hatte, stieg ebenfalls hinter mir die Treppe hoch. Hinter mir hörte ich die Schritte zweier Männer.

Wir kamen ins erste Obergeschoss, zu einem langen Flur, an dessen beiden Seiten sich Türen befanden. Mir wurde befohlen, nach links zu gehen, und nachdem ich eine gewisse Strecke gegangen war, befahl mir der Mann, der mein Begleiter gewesen war, vor einer Tür stehenzubleiben. Er trat nun neben mich, klopfte an, und als jemand von drinnen «Herein» rief, öffnete er die Tür und liess mich ins

Zimmer, blieb selber aber auf dem Flur zurück, ebenso der Mann, der die Eingangstür geöffnet hatte.

Im Zimmer befand sich Kallonen, der allein hinter dem Schreibtisch sass. Er erhob sich sofort, als ich im Zimmer war und sich die Tür hinter mir geschlossen hatte. Er reichte mir tatsächlich die Hand und forderte mich auf, mich in einen Lehnstuhl zu setzen, der an der Seite des Schreibtisches stand. Genau genommen befanden sich dort sogar zwei Lehnstühle, ein Tisch und dahinter ein blaues Sofa, auf das Kallonen sich selbst setzte. Auf dem Tisch standen eine Teekanne, Tassen und etwas Keksartiges auf einem Teller mit Blumendekor. Diese Kekse bot Kallonen mir an, nachdem er Tee in die Tassen gegossen hatte.

Kallonen sagte, er habe inzwischen aus Finnland alle Informationen bekommen und glaube, dass man mich 1918 unter Androhung von Waffengewalt in die Weisse Armee gezwungen habe. Obwohl ich keine Waffe in die Hand genommen hätte, wiege das Verbrechen dennoch so schwer, dass ich hier viele gute Arbeiten würde leisten müssen, um mich von dieser Sünde reinzuwaschen. Kallonen behauptete, dass es in der ganzen Autonomen Sozialistischen Sowjetrepublik Karelien keinen zweiten Menschen gebe, der in Finnland gegen die Rote Armee gekämpft habe.

Ich erwiderte, ich hätte nicht gekämpft, sondern in Tampere Leichen abtransportiert. Kallonen sagte, er wisse dies, und er wisse auch, dass ich als Gefangener der Weissen im Gefangenenlager von Seinäjoki gewesen sei, dass mich aber ausgerechnet ein deutscher Jäger dort herausgeholt habe, ein Schlachter der schlimmsten Sorte, dessen Arme bis zu den Schultern mit dem Blut der Genossen bedeckt gewesen seien. Mit solchen Leuten hätte ich nichts zu tun haben sollen.

Ich wollte meine Taten nicht erklären. Kallonen begann nun nach Rouvinen und seiner Baustelle und nach den Gesprächen der Männer zu fragen. Ich sagte, Kallonen kenne diese Gespräche auch ohne mich. Kallonen fragte, ob Rouvinen absichtlich die Baustelle sabotiere, weil der Winter bevorstehe, man aber das Dach offensichtlich nicht habe fertigstellen wollen. Ich erzählte, wie lange Rouvinen auf die Bleche gewartet habe. Auch die Spengler, die aus Aunus gekommen seien, habe er wieder fortschicken müssen, weil er ihnen keine Dachbleche habe vorweisen können.

Dann hörte Kallonen auf, mich über Rouvinen und die Baustelle auszufragen, und fragte stattdessen nach Strang, ob er in New York tatsächlich ein Mann der Arbeiterbewegung und ein Sozialist gewesen sei oder ob er nur nach Karelien gekommen sei, um dem Hunger und der Armut der kapitalistischen Welt zu entfliehen.

Ich sagte, ich hätte in den Jahren, in denen ich in Finnland gelebt hätte, kein Wort von Strang gehört, und das seien doch beinahe volle zwanzig Jahre gewesen. Kallonen behauptete, er wisse etwas anderes, nämlich dass ich in all diesen Jahren Briefe an Strang nach New York geschickt hätte und er seinerseits mir Briefe geschrieben habe. Ich fragte Kallonen, ob er verrückt sei. Er sagte, er wolle lieber verrückt sein, als von uns zum Narren gehalten zu werden. Wir würden es nicht schaffen, die sozialistische Aufbauarbeit hier zu sabotieren, auch wenn wir es noch so genau geplant hätten, bevor wir nach Karelien gekommen seien. Kallonen sagte, er passe hier Tag und Nacht auf.

14.

Kallonen befahl mir, meinen Tee zu trinken, stand auf und holte einen Brief vom Schreibtisch. Er brachte ihn mir und sagte, er sei mit meinem Namen ohne Adresse zum Volkskommissariat gelangt. Von dort habe man den Brief zu Kallonen ins Grosse Haus befördert, wo die Adressen aller Menschen bekannt seien. Kallonen schwenkte den Brief vor meinen Augen, und ich sah, dass er aufgerissen worden war.

Ich sagte es ihm und fragte, ob in der Republik Karelien das Briefgeheimnis nicht gelte. Kallonen behauptete, es gelte nicht für solche, die verdächtigt würden, Volksfeinde zu sein. Ich fragte, ob ich ein solcher sei. Kallonen begann zu lachen und erinnerte mich daran, dass ich im Bürgerkrieg auf der Seite der Schlachter gestanden hätte.

Ich hatte diese Dinge Kallonen schon so oft erklärt, dass ich nicht mehr davon sprechen wollte. Ich nahm den Brief, als Kallonen ihn mir reichte, fragte aber, bevor ich zu lesen begann, ob Kallonen oder die Polizeibeamten im Brief etwas gefunden hätten, das für sie von Interesse gewesen sei.

Kallonen sagte, er habe den Brief genau gelesen und verstanden, dass meine Frau mir zugeneigt sei, jedoch mit Hilfe der Bediensteten, Söhne und Töchter Haus und Hof zu besorgen vermöge. Kallonen schätzte, dass man mich in Finnland nicht benötige, weil meine Frau nichts von Liebe oder grosser Sehnsucht erwähnt habe, und obwohl meine Frau mir offensichtlich zugeneigt sei, könne man mit einer solchen Zuneigung ohne weiteres leben. Umso bedeutender seien im Brief das Haus, die Waren und die Felder. Meine Frau schreibe mehr von der Herbstsaat als von der Liebe, lachte Kallonen.

Nun nahm ich den Brief aus dem Umschlag und begann ihn zu lesen. Sofia schrieb, sie habe nichts mehr von mir gehört, seit man mich von zu Hause fortgebracht habe. Die Männer, die mich entführt hätten, habe man vor Gericht gebracht, aber man habe gegen alle Beteiligten angeblich nicht genug Beweise gefunden. Pentti Kosola sei gar nicht erst vor Gericht gebracht worden, obwohl Sofia und die ganze Hausgemeinschaft ausgesagt hätten, dass Pentti Kosola der Fahrer des Autos gewesen sei, in das man mich bei uns zu Hause gesteckt hatte, und dass Pentti Kosola mich auf dem Vorplatz meines eigenen Hauses mit dem Pistolenlauf gegen den Mund geschlagen habe. Sofia schrieb weiter, dass Ville Kosola eine Vorladung bekommen habe, ein gewisser Takkala aus Karstula und einige weitere, aber niemand würde glauben, dass meine Entführung eine Verurteilung zur Folge haben würde. Lapua habe gegenwärtig so starken Einfluss.

Ich las den Brief zu Ende und steckte ihn dann zurück in den Umschlag. Diesen steckte ich in die Brusttasche meines Pullovers. Kallonen fragte, ob er die Wahrheit gesagt habe. Ich antwortete, meine Frau habe wohl den Verdacht gehegt, dass hier alle Briefe aus dem Ausland gelesen würden, bevor man sie an ihr Ziel beförderte, und aus diesem Grund habe sie nüchtern und sachlich geschrieben, weil sie ihre Gefühle nicht vor fremden Lesern habe ausbreiten wollen.

Kallonen fragte, weshalb meine Frau glaube, in Karelien werde das Briefgeheimnis nicht gewahrt. Ob in unserem Haus etwa bürgerliche Blätter gelesen würden und wir an deren Lügen glaubten? Ich sagte, ich möge darüber nicht sprechen. Kallonen fragte, worüber ich denn sprechen wolle. Ich antwortete, ich sei auf seinen Befehl hierhergekommen und hätte erwartet, dass mir die Gesprächsthemen hier mitgeteilt würden. Kallonen sagte, es gebe genug zu besprechen, der Samstagnachmittag sei noch lang.

Ich wartete, bis Kallonen zu reden begann. Dann fragte er, was ich vom Fest für die Neuankömmlinge aus Amerika gehalten hätte. Ich erzählte, ich sei kein besonders begeisterter Festbruder und es genüge meiner Meinung nach, wenn man seine Arbeit anständig verrichte.

Kallonen behauptete, er wisse, dass ich auf meinen Feldern und in meinen Wäldern meine Knechte und Mägde hätte Sklavenarbeit verrichten lassen. Ich sei ein Kulak der schlimmsten Sorte, und gegen solche kenne man in der Sowjetunion überhaupt kein Erbarmen.

Ich versuchte zu sagen, dass man gegen mich auch in Finnland kein Erbarmen gekannt habe, wo man behauptet habe, ich sei ein Kommunist und ein Landesverräter, als ich die Sache des armen Volkes vertreten hätte. Jetzt in der Sowjetunion hingegen halte man mich für einen Kulaken, dessen Sünden schwer wögen. Ich sagte, für mich scheine es überhaupt keinen Ort auf der Welt zu geben.

Kallonen sagte, mein Platz sei im Straflager, wo man aus mir einen brauchbaren Bürger für die Sowjetunion machen werde. Es sei beschlossene Sache, mich nach Poventsa zu schicken. Dort werde die grösste Anstrengung des Arbeiterstaats seit seiner Gründung unternommen, nämlich der Bau eines Schiffskanals vom Onegasee bis zum Weissen Meer. Mit der Fertigstellung des Kanals werde die Sowjetunion der ganzen Welt demonstrieren, welch gewaltige Bauprojekte der Arbeiterstaat zu realisieren vermöge, um gleichzeitig aus Volksfeinden, Kulaken und anderen Verbrechern brauchbare Sowjetbürger zu machen.

Kallonen wollte sehen, was ich von diesem neuen Arbeitsplatz hielte, den Russland mir anbiete. Ich sagte nichts. Nach einiger Zeit begann Kallonen wieder zu sprechen und erklärte, dass man mir noch eine Möglichkeit geben werde, um zu sehen, ob ich in Karelien Arbeit leisten könne, die dem Land Nutzen bringe. Ich könne in Jessoila in einen Kolchos namens Hopea gehen und dort als gewöhnlicher Kolchosnik Arbeit verrichten, um meine Herrengesten und mein Kulakenwesen abzulegen, die ich in Finnland angenommen hätte.

Ich fragte, ob ich nach Hause schreiben und meine neue Adresse mitteilen dürfe. Kallonen sagte, dies sei unnötig. Tote würden keine Briefe schreiben. Ich fragte, ob man mich in Jessoila töten wolle, und wenn ja, auf welche Weise. Kallonen versprach, ich dürfe am Leben bleiben, wenn ich so leben würde, wie es sich in der Sowjetunion gehöre, und nicht auf die schiefe Bahn geriete.

Ich sagte, ich verstünde nicht, was Kallonen mit den Briefen eines Toten meine. Kallonen erklärte, er habe meiner Frau einen amtlichen Brief und eine Bescheinigung geschickt, dass ich im Krankenhaus in Petroskoi meinen Verletzungen erlegen sei, die ich bei meiner Ankunft in Petroskoi gehabt hätte. Die von den Misshandlungen stammenden Knochenbrüche und die übrigen Verletzungen hätten Entzündungen bewirkt, und mein Umherirren in der karelischen Wildnis, wobei ich nur meine Unterwäsche getragen hätte, habe meinen Zustand derart verschlimmert, dass man mein Leben nicht habe retten können.

Kallonen zeigte mir eine Kopie des Briefs, der nach Finnland an meine Frau gegangen war. Der Brief war vom Arzt, der mich im Krankenhaus behandelt hatte, unterzeichnet, ebenso die Kopie des Totenscheins. Der Totenschein trug den Stempel des Krankenhauses, den Stempel der Stadt Petroskoi und den Stempel der Autonomen Sozialistischen Sowjetrepublik Karelien.

Ich fragte, ob ich den Totenschein behalten dürfe, aber Kallonen lachte nur und meinte, er habe noch nie gehört, dass ein Toter für sich selbst einen Totenschein gewollt habe. Er befahl mir, nach Jessoila zu gehen, aber unter einem anderen Namen als demjenigen, unter dem ich nach Petroskoi gekommen sei.

Kallonen erhob sich vom Sofa und holte einen Personalausweis vom Schreibtisch. Auf dem Ausweis klebte meine Fotografie, darüber ein Stempel und darunter mein neuer Name.

Ich stand auf und sagte, ich wolle gehen. Kallonen hinderte mich nicht daran, fragte jedoch, ob ich begriffe, wem ich es zu verdanken hätte, dass ich als freier Mann aus diesem Haus gehen dürfe. Ich glaubte es zu begreifen, aber Kallonen befahl mir, häufig und genau über die Sache nachzudenken und mir zu merken, dass für diesen Dienst gelegentlich eine Gegenleistung verlangt werden würde.

15.

Ich verliess also das Grosse Haus unter einem neuen Namen. Ich blieb nicht vor dem Haus stehen, und es waren auch keine anderen Leute zu sehen. So ging ich eilig zu meiner Bude. Strang war schon da und trank unten mit Rantala und seiner Frau Tee. Sie erzählten, Rouvinen sei vom Warten müde geworden und nach Hause gegangen. Sie freuten sich, als sie mich sahen, und sagten, sie seien schon sicher gewesen, dass ich nicht mehr als freier Mann über Petroskois Strassen gehen würde.

Ich warf meinen neuen Pass auf den Tisch. Strang nahm ihn und betrachtete ihn einen Augenblick, reichte ihn dann wortlos Rantala, und dieser reichte ihn Elma. Erst Elma nannte meinen neuen Namen laut, als sie das Passbild betrachtete und mit meinem Gesicht verglich: Jussi Kari. Sie sagte, der Name sei gut und kurz, und alle Menschen, die mir in Russland begegneten, würden ihn aussprechen können.

Strang fragte, wozu ich einen neuen Pass benötigte. Ich sagte, was ich von Kallonen gehört hatte: Nach Finnland sei eine Meldung über meinen Tod mit einem amtlichen Totenschein gesandt worden, der mit der Unterschrift eines Arztes aus Petroskoi und drei Stempeln versehen gewesen sei.

Rantala behauptete, man werde mich niemals mehr in mein Heimatland zurücklassen. Aus der Sowjetunion lasse man niemanden ausreisen, der einmal den sowjetischen

Pass angenommen habe, da man zum Aufbau des Landes alle benötige. Ich erzählte auch, dass Kallonen mir mit der Arbeit am Kanal gedroht habe, mir dann aber aus irgendeinem Grund befohlen habe, nach Jessoila in den Kolchos zu gehen. Ausserdem sagte ich, Kallonen habe mir befohlen, mich daran zu erinnern, wessen Verdienst es sei, dass ich nicht schon längst unterwegs nach Poventsa sei.

Strang glaubte nicht, dass ich dafür Kallonen zu danken hätte, ich bräuchte mein Abendgebet vielmehr für die Männer des Technischen Dienstes zu sprechen. Sie hätten bei Edvard Gylling ein gutes Wort für mich eingelegt, der auch für meine Angelegenheit Zeit gefunden habe und dessen Wort hier viel Gewicht besitze.

Ich konnte keine besondere Ursache finden, dafür dankbar zu sein, dass man meinen Tod nach Finnland gemeldet und meinen Angehörigen einen amtlichen Totenschein geschickt hatte. Ich konnte mich auch nicht darüber freuen, dass man mich unter einem anderen Namen als Kolchosnik an einen merkwürdigen Ort namens Jessoila schickte, obwohl ich selbst nach Finnland hätte zurückkehren wollen, wo der Prozess gegen meine Entführer begonnen hatte.

Rantala glaubte nicht, dass man gegen die Männer der Lapua-Bewegung Strafen aussprechen würde, weil sie mich zur Grenze gefahren hätten, und er glaubte auch nicht, dass mein Leben in meiner Heimatgemeinde besser geschützt sei als in Jessoila. Auch Elma forderte mich auf, eilig meine Sachen zu packen und nach Jessoila abzureisen, bevor die Männer im Grossen Haus ihre Meinung änderten.

Ich sagte, ich wolle diese Nacht in Ruhe auf dem Dachboden von Rantalas schlafen und am nächsten Tag, der ein Sonntag war, an den neuen Ort reisen. So würde ich an einem Ruhetag nach Hopea kommen, und auch die Leute des Kolchos würden nicht auf den Feldern sein. Ich fragte, wie ich nach Jessoila gelangte. Nach Strangs Meinung bestand die einzige Möglichkeit darin, am Morgen zum Stadtrand zu gehen, um zu warten, bis ein Fahrzeug in die Richtung von Säämäjärvi fuhr.

Ich verliess das Haus der Rantalas den ganzen Abend nicht mehr. Als Strang gegangen war, zog ich meine Arbeitskleidung an und ging in den Holzschuppen. Ich sägte alle Stammholzabschnitte für den Ofen passend zu und spaltete das Brennholz mit dem Beil. Dafür brauchte ich den ganzen Abend. Einari Rantala kam in den Schuppen, als es schon dunkel war und ich im Licht der Petrollampe sägte. Rantala setzte sich und erzählte mir von den alten Zeiten in Finnland, in Jämsänkoski, wo er am Oberlauf der Flüsse Holz für die Papierfabrik von Patalankoski geschlagen und Fichten geschält hatte.

Rantala sass bei der Tür auf einem Birkenklotz und sah zu, wie die Säge sich durch das Holz frass. Er erzählte von der Zeit des Aufstands und davon, wie Sippolas Truppe in Jämsä gewütet und Menschen getötet habe. Er sei ihnen dennoch aus den Händen geschlüpft und habe ins rote Finnland und später nach Russland fliehen können.

Ich sagte, ich hätte Sippola gekannt, da er aus derselben Gemeinde wie ich stammte. Rantala sagte, er habe hier gelesen, dass Sippola nach Amerika geflohen sei, als man versucht habe, ihm wegen seiner Mordtaten den Prozess zu machen. Rantala erzählte so lange von der Zeit des Aufstands, bis ich mit dem Sägen der Stammholzabschnitte fertig war. Als es ans Spalten der Scheite ging, musste ich Rantala vom Spaltklotz wegschicken.

Ich schaffte es nicht, Rantalas ganzes Brennholz für den Winter an einem Abend zu spalten. Die Arme und der Rücken fühlten sich vom Sägen schon ganz kraftlos an. Ich ging in die Stube und versprach, einmal an einem Sonntag aus Jessoila hierher zu kommen, um die Klötze zu spalten, die ich diesmal nicht hätte spalten können. Ich versprach auch, die Scheite im Schuppen sauber aufzustapeln.

Elma hatte Tee gekocht und brachte aus dem Schrank gezuckerten Zwieback. Sie forderte mich auf, ihn in den Tee zu tauchen, und erklärte, ich sei für sie und Einari in den paar Wochen, die ich bei ihnen verbracht hätte, wie ein eigener Sohn geworden. Ich rechnete aus, dass Elma mich folglich als Zehnjährige hätte zur Welt bringen müssen. Dennoch sagte ich, dass ich Elma gerne für meine Mutter halten wolle, da Jussi Ketolas Mutter bereits gestorben sei. Jussi Kari hingegen könne Elmas Sohn sein.

Ich sass auf der Bank in der Stube und Elma trat hinter mich und nahm tatsächlich meinen Kopf in ihren Arm. Das amüsierte Einari, und er versprach, ich dürfe mich um Elma kümmern, wie ein Sohn sich um seine Mutter kümmere, wenn er selbst sich nicht mehr würde aufrechthalten können, sondern am Ende kopfvoran ins Grab fahren würde.

Ich trug noch Scheite in die Stube und in die Kammer auf dem Dachboden. Ich machte Feuer im Ofen und wachte über die Glut, so dass ich das Blech vor dem Schlafengehen schliessen konnte. Meine Sachen legte ich alle fein säuberlich auf dem Fussboden der Kammer zum Aufbruch bereit, bevor ich mich bis auf die Unterwäsche auszog und zu Bett ging.

Ich hatte mir gedacht, dass ich gut würde schlafen können, nachdem ich den ganzen Abend Holz zersägt und gespalten hatte. Der Schlaf liess jedoch lange auf sich warten, in meinem Geist kreisten verschiedene Gedanken, die einen Staudamm gegen den Strom des Schlafs bildeten.

Ich dachte darüber nach, was die Leute bei mir zu Hause wohl gedacht und gesagt hatten, als sie den Brief aus Petroskoi erhalten hatten. Meinen Tod hatte niemand anzweifeln können, da ein amtlicher Totenschein beigefügt gewesen war. Ich dachte auch daran, wie Sofia wohl meinen Tod ins finnische Zivilstandsregister gemeldet haben mochte und wie die Eigentumsverhältnisse am Haus organisiert worden waren. Auch andere Dinge rund um Haus und Hof bedachte ich, während der Schlaf auf sich warten liess.

Ich dachte auch an den nächsten Tag, wie ich nach Jessoila käme und wie die kommenden Tage in Hopea sein würden. Ich glaubte, dass ich mit der Arbeit ohne weiteres zurechtkommen würde, aber ich überlegte, wie man mich empfangen würde, weil Kallonen mich ja sicher nicht nach Jessoila sandte, ohne meine Ankunft dort zu melden.

Am Morgen wachte ich davon auf, dass Elma Rantala auf der Treppe zum Dachboden rief, es sei acht Uhr morgens. Ich zog meine besten Kleider an und ging nach unten. Das Teewasser im Samowar war schon heiss, und Einari Rantala sass vollständig angekleidet am Tischende und trank Tee. An meine Nase drang jedoch der Geruch von Kaffee, und als ich mich gesetzt hatte, brachte Elma mir vom Herd Kaffee in einer Kupferpfanne. Sie brach kleine Stücke vom Zuckerhut ab und liess sie in meinen Kaffee fallen, schnitt Scheiben vom Brotlaib ab und bestrich sie mit Butter.

Elma sagte, sie gebe mir auch die Lebensmittel nach Jessoila mit, die ich im Amerikanerladen gekauft und ihrer Haushaltung zur Verfügung gestellt hatte, den Kaffee, den Tee, die Butter, den Zucker und das Mehl. Ich trank Kaffee und blickte Elma wortlos an. Auch Einari war still. Ich sah, dass Elma abwartete, was ich zu den Lebensmitteln sagen würde, und ich wollte sie nicht lange auf die Folter spannen und erlöste sie gleich. Ich sagte, ich liesse alle Esswaren, die Kaffeebohnen und die Teeblätter zum Dank für ihre Fürsorge da. Ich sah die Erleichterung in Elmas Gesicht. Sie wand sich zuerst und weigerte sich, die Sachen anzunehmen, gab aber bald nach. Sie glaubte ausserdem, dass auch ich im Kolchos Hopea genug zu essen bekommen würde, und von Jessoila würde ich mit Leichtigkeit nach Petroskoi gelangen, weil ich den russischen Pass besässe, den mir Kallonen gegeben habe. In Petroskoi würde ich im Amerikanerladen kaufen können, was ich benötigte. Kallonen habe mir die Einkaufsberechtigung nicht entzogen. Ausserdem sei ich auch immer willkommen, um in ihrem Haus zu übernachten.

Ich bedankte mich, trank meinen Kaffee aus und ass mein Brot zu Ende. Ich holte meine Sachen vom Dachboden, verabschiedete mich von Rantalas und ging. Es war ein schöner Oktobermorgen, die Sonne schien vom blauen Himmel. Der vom Onega her wehende Wind hatte jedoch die Bäume schon ihrer Blätter beraubt, und die grauen Häuser von Petroskoi schienen die ganzen Regenfälle des Herbstes in ihre Wände aufgesogen zu haben. Rantalas hatten mir geraten, zur Strasse zu gehen, die nach Säämäjärvi führte, und ich ging mit meinen Sachen durch einsame Strassen. Obwohl die Sonne schien und der Morgen schön war, befand ich mich in düsterer Stimmung, weil ich unterwegs zu einem unbekannten Ort war, zu unbekannten Menschen. Für mich schien die Herbstsonne von einem sehr fahlen Himmel.

Ich brauchte durch die halbe Stadt zu gehen, bis ich bei der Strasse war, die nach Säämäjärvi führte. Ich fragte einige Frauen, die wohl auf dem Nachhauseweg von der Kirche waren, nach dem Weg. Sie blieben nicht stehen, um mir zu helfen, sondern gingen mit furchtsamem Blick weiter.

16.

Seit ich nach Petroskoi gekommen war, war ich kein einziges Mal ausserhalb der Stadt gewesen, und nun ging ich in Richtung Norden, wie es mir Strang und die Rantalas geraten hatten. Ich kam an die Abzweigung der Strasse nach Prääsä, aber mir war verboten worden, in diese Richtung zu gehen, und ich setzte meinen Weg noch einige Kilometer bis zur Strasse nach Säämäjärvi fort.

Ich setzte mich neben der Strasse auf die Erde, um auf Autos oder Pferdegespanne zu warten, mit denen ich hätte nach Jessoila gelangen können. Ich sass lange. Aus der Stadt kam während dieser Zeit ein Auto gefahren, aber dieses war unterwegs nach Norden, nach Kontupohja, und ich konnte nicht zusteigen, auch wenn die Männer und Frauen auf der Ladepritsche mich noch so sehr dazu aufforderten. Sie hatten in Petroskoi gefeiert, und das Fest war noch nicht zu Ende. Sie hätten es auf Räder gestellt und seien losgefahren, um das Fest nach Kontupohja zu bringen, sagten sie von der Pritsche herab.

Ich wartete auf das nächste Auto, aber es kam keines mehr. Es schien sinnlos, frierend am Strassenrand sitzenzubleiben, so dass ich beschloss, zu Fuss nach Jessoila zu gehen, obwohl ich nicht wusste, wie weit es bis dahin war. Ich begann, den Weg mit meinen Schritten auszumessen, zählte auf hundert Schritte und schätzte, wie weit ich mit diesen hundert Schritten gekommen war. Neben der Strasse verlief eine Stromleitung, und mir fiel ein, dass die Distanz zwischen den Strommasten in Finnland immer fünfzig Meter betrug. So hörte ich auf, meine Schritte zu zählen, und zählte stattdessen die Strommasten.

Beim Zählen geriet ich bald durcheinander und hörte mit dem Ausmessen der Distanz auf. Als der Weg über einen Fluss führte, blieb ich auf der Brücke stehen und betrachtete das Wasser auf beiden Seiten der Brücke. Der Fluss kam aus der Richtung von Finnland, und sein Wasser war sehr dunkel. Ich stieg zum Ufer hinab und wusch mein Gesicht und die Hände im Wasser des Flusses. Ich trank auch Wasser aus meiner hohlen Hand. Es schmeckte nach Sumpf und war so kalt, dass es sich an meinen Zähnen stechend anfühlte.

Ich blieb lange auf dem Brückengeländer sitzen und wartete auf irgendein Fahrzeug, mit dem ich hätte weiterfahren können. Als ich wieder weiterging, kam mir ein Lastwagen entgegen, aber ich gab ihm kein Haltzeichen, weil er in die falsche Richtung fuhr.

Nachdem ich von der Brücke losgegangen war, legte ich ungefähr zehn Kilometer zurück. Es war schon später Vormittag, die Sonne am südlichen Himmel stand schon an ihrem höchsten Punkt zu dieser Herbstzeit, als ich in ein kleines Dorf kam, dessen Häuser zu beiden Seiten der Strasse aufgereiht waren. Es waren graue karelische Häuser mit hellgestrichenen Fensterrahmen und gedeckten Treppen an der Seite der Häuser, die ins Obergeschoss führten. Mitten im Dorf stand ein schwarzes Auto, und daneben wartete ein Mann in meinem Alter. Ich wollte ihn schon nach einer Mitfahrgelegenheit fragen gehen, als er mich rief und fragte, ob ich etwa zu Fuss bis nach Hopea gehen wolle.

Ich sagte, eine Mitfahrgelegenheit sei mir auch recht. Der Mann kam mir entgegen und reichte mir die Hand. Er sagte, er sei der Vorsitzende des Kolchos Hopea. Er forderte mich auf, ins Auto zu steigen, und nannte seinen Namen mit fester und klarer Stimme: Helm. Seinen Vornamen nannte er nicht, erzählte aber, bevor er nach Kanada gefahren sei, habe er Helminen geheissen. Ich fragte ihn, wie er gewusst habe, dass er mir entgegenkommen solle. Helm antwortete, Kallonen habe aus Petroskoi angerufen und berichtet, dass ich zur Arbeit in Hopea vorgesehen sei. Ausserdem habe er ihm gesagt, um welche Zeit ich in Petroskoi losgegangen sei.

Ich fragte, was Kallonen sonst noch alles gesagt habe. Helm sagte, er habe gehört, ich sei in Petroskoi gestorben, aber im Haus der GPU unter einem anderen Namen auferstanden, und ich hätte damit die Wahrheit der Lehre der Auferstehung bewiesen, obwohl diese weder ein Bestandteil des Marxismus noch des Leninismus sei.

Helm fuhr nach Säämäjärvi, hielt aber im Dorf nicht an. Vor Jessoila bog er ab und fuhr vom See weg. Wir fuhren einige Kilometer den Saum eines bewaldeten Rückens entlang. Dann kamen wir ganz plötzlich auf offene Felder, wo Helm anhielt und wir auf die Strasse traten. Die Gebäude von Hopea standen mitten auf der Lichtung in einigen hundert Metern Entfernung, Gebäude, die neu aussahen. Das Feld war im Herbst gepflügt worden. Helm ging auf das Feld, und ich folgte ihm. Er nahm etwas frisch gepflügte Erde in seine Hand, roch daran und liess auch mich riechen. Er sagte, der Boden in Hopea sei gut, und wir würden hier gut leben können. Er hiess mich in Hopea willkommen.

Hopea

1.

Wir stiegen aus dem Auto und gingen zu einem grossen Gebäude, in dem sich, wie Helm erklärte, der Speisesaal des Kolchos befand. Dort esse man gemeinsam das Frühstück, das Mittag- und Abendessen und bespreche die Ereignisse des Tages, die des Vortags und des Folgetags.

Helm öffnete die Tür der Veranda und trat ein. Die Veranda war geräumig und an der Stirnwand und den Seitenwänden mit Fenstern mit kleinen Scheiben versehen. Helm ging von der Veranda in die Stube, also in den Speisesaal, einen langgezogenen Raum, ungefähr halb so lang wie das Gebäude selbst.

Im Speisesaal sassen essende Leute. Sie drehten sofort ihre Köpfe, als wir zur Tür eintraten. Männer und Frauen sassen an drei langen Tischen.

Helm blieb bei der Tür stehen und verlangte Ruhe, obwohl diese bei unserem Eintreten im Speisesaal ohnehin eingekehrt war. Helm fasste mir nun an die Schulter und stellte mich allen vor: Jussi Kari, in Petroskoi als Kind einer ehrbaren Mutter namens GPU geboren. Die Menschen begannen zu lachen. Helm versicherte, ich sei ein ganz anderer Mensch als Jussi Ketola, den die Männer der Lapua-Bewegung quer durch Finnland geschleift hätten und den Rouvinen zu einem Hungerlohn auf seiner Baustelle in Petroskoi habe frieren lassen. In Hopea sei ich Jussi Kari, und dank des Brotes, das aus Hopeas Weizen gebacken werde, würde ich sicherlich noch zu einem strammen Jungen werden.

Alle begannen zu applaudieren, und ich wusste nicht, was ich hätte sagen sollen. Ich hatte nicht daran gedacht, irgendwelche Reden zu halten. Helm führte mich an einen Tisch, wobei er immer noch die Hand auf meiner Schulter hielt. Am Tisch, der am weitesten von der Tür entfernt stand, forderte er die Sitzenden auf, mir Platz zu machen. Er liess mich so sitzen, dass ich durch die Fenster auf die Felder von Hopea und auf die Wälder hinter den Feldern sehen konnte. Ich sah, dass das Land auf dieser Seite der Häuser bereits bis dorthin, wo der Wald zum Geländerücken anstieg, gerodet und in Ackerland verwandelt worden war. Die Felder waren schon gepflügt worden, und mir schien, dass auf den Abschnitten, wo die Herbstsaat ausgebracht worden war, bereits die Jungpflanzen emporwuchsen.

Ich hatte nicht lange zu den Feldern hinausblicken können, als die Leute neben mir und mir gegenüber sich schon nach meiner Situation und der Situation in Finnland und Petroskoi zu erkundigen begannen. Jeder nannte mir ausserdem seinen Namen, und es waren so viele Namen, dass ich mir zunächst nur einzelne merken konnte.

Aus der Küche kam eine Frau, die mir ungebeten einen Teller mit Essen brachte. Der Mann neben mir erklärte, es sei in Hopea Brauch, sonntags Steaks zu essen. Ein solches lag auch auf meinem Teller, daneben Bratkartoffeln. Mir wurde Milch in mein Glas eingeschenkt, Brot angeboten und auf das Brot Butter oder Schmalz, je nachdem, was ich gewohnt sei.

Ich fragte, ob ich zu den Fleischtöpfen Ägyptens gekommen sei. Helm kam dies am Nachbartisch zu Ohren, an dem sein Platz zu sein schien, und er rief, in diesem Ägypten würden die fetten Jahre länger anhalten als nur

sieben Jahre. Helm glaubte, sie würden wenigstens sieben-
mal sieben Jahre andauern und auch dann noch nicht zu
Ende sein.

Der Mann zu meiner Rechten hatte sich als Hill vorgestellt. Er erzählte, es sei vereinbart, dass ich zur Baugruppe
stossen solle, weil ich in Petroskoi und in New York schon
Bauarbeiter gewesen sei. Das ganze Bauwesen in Hopea
wurde von Helm, Hill und Rinta-Nisula geleitet. Als Hill
Rinta-Nisulas Namen nannte, hob ein Mann in meinem Alter, der etwas weiter seitlich sass, seinen Arm und sagte, er
sei Rinta-Nisula.

Ich sagte, es sei nicht schwer zu erraten, aus welcher Region Rinta-Nisula stamme. Ich fragte nach seinem Vornamen.
Er zögerte einen Augenblick, bevor er ihn nannte: Kaino.
Hill sagte, der Name mache einen Menschen nicht schlecht,
sofern der Mensch den Namen nicht schlecht mache. Rin-
ta-Nisula fragte, ob der Name die Frau schlecht mache oder
ob es allenfalls die Frau sei, die den Namen schlecht mache.
Als viele zu lachen begannen und ich nicht verstand, wo-
rüber gelacht wurde, kam aus der Küche die Frau, die mein
Essen gebracht hatte. In einer Schüssel brachte sie mehr
Kartoffeln und in einer anderen gekochte Scheiben von
Steckrüben. Sie stellte die Schüsseln auf den Tisch.

Mir wurde gesagt, diese Frau heisse ebenfalls Kaino. Sie
stellte sich hinter Rinta-Nisula, legte die Hände auf seine
Schultern und sagte: «Zwei Kainos.»

Ich ass von meinem Steak und von allem anderen, was
mir aufgetischt worden war. Ich schätzte, dass die Verhält-
nisse hier in Hopea besser waren als in den Minenstädten
und Wäldern Kanadas. Hill stimmte zu, bat mich aber darum, es Aussenstehenden nicht weiterzusagen.

Wir assen lange und andächtig, zu Ehren des Sonntags,
wie Hill sagte. Als wir uns vom Tisch erhoben, brachte

mich Helm zu meiner Unterkunft. Ich nahm das Bündel, in dem sich meine Kleider befanden, und ging mit Helm mit. Wir verliessen den Speisesaal und gingen an der Seite des Vorplatzes nach rechts, wo die Wohnhäuser in einer Reihe standen. Während wir gingen, erklärte mir Helm die übrigen Gebäude, die Ställe für die Kühe, Pferde und Hühner, das Kornlager, die Wäscherei, die Scheunen, den Kartoffelkeller. Helm sagte, die Schmiede befinde sich getrennt von den anderen Gebäuden, weil der Schmied in der Esse mit Feuer hantiere und dieses mit dem Blasbalg schüre. Daher wolle man vermeiden, dass Funken auf die Schindeldächer flogen. Vom Schmied erzählte Helm ausserdem, dass er Arthur MacKay heisse und aus Kalifornien nach Hopea gekommen sei, ursprünglich jedoch aus Härmä stamme.

Es gab hier vier Wohnhäuser. Wir traten in das dritte ein. Dort gab es zuerst einen Flur, von dem Türen zu zwei Stuben führten. Helm zeigte mir beide, aber nur von der Türe aus. Ich sah, dass in beiden Stuben an der Rückwand Türen zu zwei Kammern führten. Helm erklärte, dies seien Wohnungen für Familien, ich jedoch hätte meine Familie in Finnland zurückgelassen und sei wieder zum Junggesellen geworden. Ich solle daher in die Dachmansarde steigen, weil im Haus der Junggesellen gegenwärtig kein Zimmer frei sei.

Ich glaubte, dass ich mit den Stufen zurechtkommen würde, sagte jedoch, ich wolle mich noch nicht als Junggesellen betrachten, obwohl man meiner Frau in Finnland einen Totenschein zugestellt hatte.

Wir stiegen die Treppe zum Dachboden hoch. Dieser war nicht ausgebaut, die Dachbalken und der Dachstuhl waren sichtbar. An beiden Enden des Estrichs lagen Kammern, deren Feuerstellen an die Kamine der Öfen der darunterliegenden Räume angeschlossen waren, so dass sich der Kamin zur Hälfte in der Kammer befand. Helm ging voran, klopfte gegen den Kamin und öffnete dann die Tür. Ich folgte ihm und zog die Tür zu. Die Kammer war warm, der blechverkleidete Ofen gar heiss. Helm sagte, die Bewohner des Erdgeschosses hätten mir Brennholz hinaufgetragen und die Kammer beheizt, gleich als sie gehört hätten, dass ich von Petroskoi aufgebrochen sei. Dies jedoch nur für diesmal, in Zukunft würde ich die Kammer selber beheizen und putzen müssen, da in Hopea niemand der Diener eines anderen sei.

Ich glaubte, ich würde zurechtkommen, und legte mein Kleiderbündel auf die Bank vor dem Tisch. Ich blickte aus dem Fenster auf die Felder von Hopea. Helm forderte mich auf, mich einzurichten und, falls ich wolle, anschliessend zum Speisesaal zurückzukehren, wo man zu Ehren des Sonntags lange über alles Mögliche diskutierte.

Nachdem Helm gegangen war, setzte ich mich auf die Bank zum Fenster, doch nur für einen Augenblick. Dann erhob ich mich und blickte in den Kasten und den Wandschrank. Sie befanden sich an der niedrigen Wand unter der Dachschräge. Die Neigung der Dachschräge war aber so gering, dass ich mich nicht bücken musste, um die Türen des Wandschranks zu öffnen. Beide waren leer, und ich legte das Kleiderbündel auf das Regal im Wandschrank.

Anschliessend legte ich mich angekleidet auf das Bett und liess die Stiefel vom Bettrand baumeln. Dann erhob ich mich, nahm die Decke vom Bett und faltete sie auf der Bank zusammen. Das Bett war mit weissen Laken bezogen, die Decke war mit einem Muster von amerikanischen Blumen bedruckt.

Ich ging zum Ofen und lehnte meinen Rücken gegen seine warme Seite. Ich atmete ein, so tief ich konnte, liess die Luft wieder aus meiner Lunge entweichen und hielt den Atem an. Ich fühlte mich ganz leer, und es befand sich kein bisschen Luft in mir. Ich versuchte, möglichst lange den Atem anzuhalten. Es fühlte sich an, als ob ich bis an mein Lebensende auf das Atmen verzichten könnte, und dann musste ich wieder Luft holen und in diese Welt zurückkehren.

Ich kehrte zum Speisesaal zurück. Draussen hatte bereits die Abenddämmerung eingesetzt.

2.

Fast alle, die dageblieben waren, als Helm mich in meine
Bude geführt hatte, befanden sich noch im Speisesaal.

Ich blieb einen Augenblick in der Türöffnung stehen
und sah, dass mein Platz neben Hill frei geblieben war. Ich
ging also zu meinem Platz und setzte mich. Das Getöse
der Stimmen verstummte nicht. Ich versuchte zu verstehen,
wovon gesprochen wurde, aber ich brauchte lange zuzuhören, bis ich begriff, dass das Gespräch sich darum drehte,
ob der Kolchos Hopea richtig, also nach der Lehre der Partei, aufgebaut war und geleitet wurde, oder ob man hier die
Arbeit nach den Lehren verrichtete, die Helm, Hill und die
anderen, die aus Kanada gekommen waren, von jenseits des
Atlantiks und aus der Stadt Cobalt mitgebracht hatten, nach
dem amerikanischen Sozialismus.

Als man mich dazu befragte, konnte ich nicht antworten
und versprach, den Sozialismus in Hopea zu untersuchen,
sobald ich meine Arbeit hier aufgenommen hätte und sehen
würde, wie man hier arbeitete und wie man den Lohn dafür
auszahlte.

Helm sagte mit fester Stimme, dass Hopea nicht kom-
munistisch, sondern sozialistisch sei, weil Christus nur im
Sozialismus miteinbezogen werden könne, während die
Kommunisten Christus gänzlich ablehnten. Ich erwartete, dass auf solche Worte Proteste folgten, aber hier schien
man Helms Reden gewohnt zu sein.

Obwohl ich in Amerika Matti Kurikka gehört hatte,

nachdem er nach New York gekommen war und dort von seiner Liebeslehre und der Brüderschaft der Menschen gepredigt hatte und davon, wie man den Sozialismus mit der Hilfe Christi aufbauen müsse, und obwohl ich nach meiner Rückkehr nach Finnland Prediger von Pekka Ervast in meinem Haus beherbergt hatte, die in Ostbottnien umherzogen, um von Ervasts Rosenkreuzertum zu sprechen, hatte ich noch nicht in Tat und Wahrheit gesehen, dass irgendwo ein solcher Sozialismus auf andere Weise als nur mit Worten errichtet worden wäre.

Helm sagte von seinem Tisch aus, dass man mich als vollwertiges Mitglied in Hopea aufgenommen habe und ich alles hören dürfe, was hier gesprochen werde, oder wahlweise meine Ohren verschliessen könne. Im Grossen Haus in Petroskoi wisse man, was hier gesprochen werde, worüber hier diskutiert werde, wie man hier den Kolchos aufbaue, und das wüssten auch die Männer der Führung der Republik Karelien, allen voran Edvard Gylling, nach dessen Meinung noch keine Theorie über den Aufbau der Gesellschaft vollkommen sei und man alle möglichen Versuche erlauben müsse. Hopea sei einer davon, der zumindest bisher ganz gut zu funktionieren scheine, sagte Helm.

Ich blieb den ganzen Abend im Speisesaal und verliess ihn erst mit den Letzten. Ich hörte die Diskussionen, die dort geführt wurden, und lachte über das, worüber dort gelacht wurde. In der Nacht schlief ich so gut wie noch nie, seit man mich von zu Hause fortgebracht hatte.

Niemand hatte mir am Abend gesagt, wann ich am Morgen auf der Baustelle sein sollte. Als ich aufwachte, war es noch ganz dunkel und in den anderen Häusern war noch kein Licht zu sehen. Ich hatte keine Uhr und wusste nicht, wie früh am Morgen es war. Ich wusch mein Gesicht mit dem Wasser, das jemand in einer grossen Emailkanne auf die Waschkommode gestellt hatte. Im Schrank der Kommode fand ich eine Waschschüssel, Seife und ein Tuch, das wie gemangelt aussah. Am unteren Rand des glatten Tuchs war mit rotem Faden der Name Hopea so eingestickt, dass von jedem Buchstaben ein feiner roter Strahl nach oben zeigte.

Ich machte mein Bett und sah, dass auch auf das Oberlaken der Name des Kolchos gestickt war, und von jedem Buchstaben des gestickten Namens Hopea zeigte ein roter Strahl der Hoffnung schief nach oben.

Als ich von unten Geräusche zu hören begann, ging ich die Treppe hinunter auf den Flur und durch die Veranda hinaus auf den Vorplatz. Es war ein kühler Morgen, am Himmel waren die Sterne noch nicht erloschen und auf den Feldern wehte ein frischer Wind in Richtung der Häuserreihe. Ich hatte zu wenig Kleider für diesen Oktobermorgen hinter Jessoila an, obwohl ich in Petroskoi noch in diesen Kleidern auf Rouvinens Baustelle auf dem Dach hatte arbeiten können.

Ich erinnerte mich, dass ich allerdings auch dort gefroren hatte, und ging nun munter zum Speisesaal, von dessen Fenster ich schon Licht sah. Unten an der Treppe wischte ich den Dreck von meinen Stiefeln an den dafür bestimmten Nadelzweigen ab. Auf der Treppe trat ich mit den Absätzen der Stiefel fest auf, damit man drinnen hörte, dass jemand die Stufen hochstieg.

Ich klopfte an die Tür des Speisesaals und trat ein. Im Speisesaal war niemand, und ich begriff, dass ich zu früh dran war. Aus der Küche kam eine Frau, von der ich mich erinnerte, dass sie am Abend zuvor im Speisesaal gegessen hatte. Ich konnte mich an ihren Namen nicht erinnern, obwohl sie ihn mir am Vorabend genannt hatte. Die Frau fragte, was mich mitten in der Nacht hierher trieb. Ich sagte, meine Uhr sei in Finnland geblieben und ich hätte keinen

Begriff davon, wie früh am Morgen es sei. Ich sei zum Speisesaal gekommen, um zu sehen, ob sich hier schon Leute versammelt hätten.

Die Frau sagte, es sei sechs Uhr. Die anderen Leute würden um sieben Uhr zum Frühstück kommen, mit Ausnahme derer, die zur Stallarbeit gegangen seien und schon gegessen hätten. Sie meinte, dass ich dennoch nicht draussen auf die anderen Leute zu warten brauche, sondern meinen Platz am Tisch schon einnehmen dürfe und sie mir einen Morgentee und dazu etwas zu beissen bringen würde, so dass ich bis zum eigentlichen Frühstück durchhielte.

Ich setzte mich ungefähr auf den Platz auf der langen Bank, wo ich am Vorabend gesessen hatte. Die Frau brachte mir aus der Küche Tee, und die andere Frau, die, wie ich mich erinnerte, Kaino hiess, brachte mir Brote, die bereits mit Butter bestrichen waren, und darauf hatte sie mir Streifen von kaltem Braten gelegt. Beide Frauen blieben einen Augenblick am Tisch sitzen, um mir beim Essen zuzusehen.

Ich versuchte zu hören, ob Kaino einmal den Namen der anderen Frau nannte, aber sie sprach sie nie beim Namen an. Sie vereinbarten bloss, wie sie das Frühstück an den Tisch bringen wollten und wie sie anschliessend das Geschirr wegräumen und waschen wollten. Sie sprachen nur von ihren eigenen Angelegenheiten, sahen aber mir beim Essen zu.

Ich sagte, ich dächte jeden Morgen an den Morgenkaffee, den ich zu Hause in Finnland bekommen hätte. Die Frau, deren Name mir immer noch nicht einfiel, ging zur Küche und holte mir eine Tasse Kaffee, verbot mir aber, es den anderen Leuten zu sagen, weil man hier vereinbart habe, dass nur am Sonntag Kaffee getrunken werde. Die Frauen hätten dennoch beschlossen, dass die Morgenschicht für sich selbst welchen kochen dürfe.

Die Frauen lachten, als ich den Kaffee trank und ihnen dankte. Lange liess ich die Tasse jedoch nicht stehen, ich trank den Kaffee aus und gab die Tasse Kaino zurück. Sie ging, um die Tasse in die Küche zu bringen, und verwirbelte beim Gehen mit ihrem Kopftuch die Luft im Speisesaal.

«Damit den anderen der Kaffeegeruch nicht auffällt», sagte sie.

Auch die andere Frau stand auf und ging zur Küche. Bei der Tür blickte sie nochmals zu mir zurück, erschrak aber, als sie bemerkte, dass ich ihr mit meinem Blick gefolgt war.

Ich sass allein im Speisesaal, bis auch andere Leute von Hopea hinzukamen. Zuerst kamen die Frauen von der Viehabteilung und die Männer, die mit ihnen bei der Stallarbeit gewesen waren und den Stallgeruch mit sich brachten, der mir vertraut war. Ich roch auch den süsslichen Geruch nach frisch gemolkener, warmer Milch, und wenn ich meine Augen schloss, war ich für einen Moment zu Hause in der Stube, wenn die Leute am Morgen vom Melken zurückgekommen waren. Aber als ich meine Augen wieder öffnete, bemerkte ich, dass ich noch immer im Speisesaal von Hopea in Jessoila war und nun auch andere Leute in den Saal strömten.

3.

Die Leute von Hopea nahmen dieselben Plätze ein, an denen sie am Vorabend gesessen hatten. Jeder schien hier seinen eigenen Platz zu haben. Hill trat neben mich und wünschte mir einen *good morning*. Ich antwortete auf dieselbe Art.

Hill fragte, ob ich die ganze Nacht im Speisesaal geblieben sei. Er war am Abend vor mir gegangen. Ich sagte, ich hätte die Nacht im Bett in meiner warmen Kammer geschlafen, und ich hätte gut geschlafen. Hill sah meine Kleider an und schätzte, ich würde bei der Arbeit wirklich kräftig schuften müssen, um mich warmzuhalten. An der Aussenwand von Hills Haus habe das Thermometer, das er aus Kanada mitgebracht habe, bloss 37.5 Grad angezeigt. Ich brauchte einen Augenblick, bis ich begriff, dass er von Grad Fahrenheit sprach, und fragte, wie viel das nach unserer Skala sei. Hill schätzte, dass es ungefähr drei Grad Celsius waren.

Als die Frauen aus der Küche Teekannen, Brot und Brotbeläge brachten, hörte ich, wie Hill die zweite Frau mit dem Namen Laina ansprach. Hill begann ihr zu erzählen, sie müsse hier in Hopea meine Ehefrau werden, weil ich für sie im passenden Alter und Junggeselle sei. Ich sagte zwar gleich, ich sei kein Junggeselle, ich hätte in Finnland eine angetraute Ehefrau und drei Kinder, aber Hill meinte, ich könne Laina gut zur Leihehefrau nehmen. Ich solle Laina als Lehen nehmen, erklärte Hill mit fester Stimme.

Laina meinte, Hill brauche für niemanden Lehensangelegenheiten zu organisieren, und auch ich war nicht bereit, gleich an meinem ersten Morgen in Hopea mit Hill Scherze zu treiben. Er wollte trotzdem nicht damit aufhören, nachdem er einmal begonnen hatte, und er dachte laut über meine Möglichkeiten in Lehensangelegenheiten nach, über die Pflichten des Lehensnehmers sowie darüber, wie ein Lehen zu behandeln war.

Ich versuchte, Hill dazu zu befragen, was für Bauarbeiten in Hopea gegenwärtig ausgeführt würden, aber Hill war nicht bereit, das Thema zu wechseln. Er meinte, Arbeitsangelegenheiten gehörten an den Arbeitsplatz.

Aus der Küche wurden nun Spiegeleier und gebratener Speck auf amerikanische Art gebracht und dicke Waffeln, die zweimal gebraten und vor dem zweiten Braten in Milch und Ei getaucht worden waren. Darüber war flüssiger Honig gegossen worden, und Hill erzählte mir, die Eier würden aus Hopeas eigenem Hühnerstall stammen und der Honig von Hopeas eigenen Bienenstöcken.

Ich war beinahe erschrocken über die Menge an Essen, die anderen jedoch assen mit gutem Appetit, was aus der Küche an die Tische gebracht wurde. Rinta-Nisula begann mir Erklärungen zu den Bienen abzugeben. Er fragte, ob ich mit den Bienen so vertraut sei, dass ich es wagte, die Honigwaben aus den Bienenstöcken zu holen. Ich sagte, ich hätte so etwas noch nie versucht und hätte auch in Hopea nicht vor, es zu versuchen.

Rinta-Nisula erzählte mir lange vom Leben der Bienen und der Bienenhaltung hier in Hopea. Von den Honigwaben werde nur ein Teil des Honigs entnommen, und den Bienen werde so viel gelassen, dass sie gut bis zum nächsten Jahr überwintern könnten. Als Winternahrung werde den Bienen kein Zucker gegeben, weil das Füttern von Zucker für sie nicht gesund sei, sie würden davon krank und geschwächt und ertrügen keine Krankheiten mehr. Rinta-Nisula erzählte, das Füttern von Zucker sei in Europa und auch in der Sowjetunion in Mode gekommen, aber dort verstehe man eben nichts von der Bienenhaltung.

Von beiden Seiten des Tischs wurde schon darum gebeten, Rinta-Nisula solle endlich aufhören, von den Bienen zu reden, aber er konnte nicht aufhören, bevor wir gegessen hatten und aus dem Speisesaal auf den Vorplatz kamen.

Hill brachte mich zu meinem Arbeitsplatz. Mit uns kam auch ein dritter Mann, der sich mir als Marttila vorstellte. Aus Kanada sei er unter dem Namen Martin eingereist, erzählte er. Er sei als Marttila aus Finnland ausgereist und habe in Kanada begonnen, Buchstaben aus seinem Namen zu streichen, bis er nach fünf Jahren die kanadische Staatsbürgerschaft unter dem Namen Martin erhalten habe. Als er nach Karelien aufgebrochen sei, habe er schon auf dem Schiff wieder damit begonnen, Buchstaben zu seinem Namen hinzuzufügen, habe in Leningrad einen Ausweis auf den Namen Marttila erhalten, die kanadische Staatsbürgerschaft aber behalten, weil er unter dem persönlichen Schutz des englischen Königs stehen wolle.

Während wir solche Dinge miteinander besprachen, gelangten wir zur Baustelle am Ende der Häuserreihe, wo gerade ein fünftes Haus hochgezogen wurde. Es war von der gleichen Bauweise wie die vier bestehenden, ein Gebäude mit zwei Stuben und vier Kammern, in dessen Dachboden an beiden Enden eine weitere Kammer sein sollte. Die Wände waren schon im Blockbau hochgezogen und das Dach mit Schindeln gedeckt. Das Gebäude hatte keinerlei Fenster und auch keine Türen, und als wir eintraten, sah ich, dass sowohl der Fussboden als auch der Zwischenboden fehlten. Der Zwischenboden war allerdings schon so weit fortgeschritten, dass die Stützbalken an schmiedeisernen Haltern befestigt waren, und ich glaubte, dass diese auch eine grosse Last zu tragen vermöchten, wenn der Zwischenboden fertig sein würde. Hill sagte, MacKay habe die Halter in seiner Werkstatt geschmiedet.

Man sei aber mit dem Zwischenboden und den Verkleidungen der Innenwände dennoch nicht vorangekommen, weil das zugesägte Bauholz ausgegangen sei und man erst neues sägen müsse.

Hill und Marttila gingen zur stationären Kreissäge, nachdem sie mir zuerst die ganze Baustelle gezeigt und mir erklärt hatten, was schon erledigt worden und was noch zu erledigen sei. Ich ging mit den Männern mit, alleine konnte ich nirgends anpacken.

4.

Wir sägten drei Tage lang Bretter und Planken aus Kiefern, die im vergangenen Winter gefällt worden waren und unter einem Unterstand hinter der Säge den Frühling und Sommer hindurch hatten trocknen können.

Helm kam zur Baustelle, als wir die Planken und Bretter unter das Dach ins Haus gebracht hatten und den Zwischenboden montierten. Er erzählte, er habe mit Männern aus Hiilisuo gesprochen und gehört, dass Hiilisuo hundert Kühe aus Finnland anschaffen wolle, sobald die Kaufgenehmigung aus Moskau gekommen sei. Helm meinte nun zu Marttila und Hill, dass man vielleicht auch für Hopea mit einer gleichen Genehmigung, wie sie Hiilisuo erteilt werde, Kühe aus Finnland kaufen könne. Für diese Tiere würde man jedoch einen neuen Viehstall bauen müssen.

Helm sprach im Speisesaal an mehreren Abenden von der Anschaffung der Kühe. Die Verantwortlichen kritisierten, Hopeas Viehstall sei schlecht gebaut und ungünstig für die Tiere. Helm und Hill wandten ein, dass sie davor keine anderen Bauarbeiten erledigt hätten, als Stützbalken in die Schachtwände in Cobalt zu setzen, Förderbänder zu montieren und Wände und Dächer für Giessereien aufzustellen. So gesehen sei das Stallgebäude in Hopea gut gelungen und verdiene Lob, behaupteten sie.

Die Verantwortlichen bemängelten, dass Helm, Hill und die anderen Bauleute zu wenig auf sie gehört hätten, als der Stall gebaut worden sei. Helm begann zu erzählen, dass man Hiilisuo einen Besuch abstatten solle, um sich den dortigen grossen Stall zum Vorbild zu nehmen. Er sprach auch davon, dass man für Hopea gemeinsam mit dem Kolchos Hiilisuo Tiere anschaffen solle.

Ich erzählte, dass ich in Finnland für meinen eigenen Hof einen Stall erbaut hätte. Dieser sei zwar nicht für hundert Kühe bestimmt gewesen, sondern nur für zwanzig, aber dennoch behauptete ich, ich verstünde mehr von der Konstruktion solcher Gebäude als Helm und Hill zusammen.

So wurde in der Sitzung des Kolchos beschlossen, dass Hill und ich nach Hiilisuo geschickt werden sollten, um den dortigen Stall auf Papier zu zeichnen und uns mit den Männern von Hiilisuo über den Viehkauf zu beraten. Auf der gleichen Reise sollten wir auch in Petroskoi vorbeigehen und im Amerikanerladen Waren einkaufen. Die Leute würden uns Einkaufslisten und Geld mitgeben. Helm warnte uns davor, in Petroskoi, das das heutige Sodom und Gomorra sei, vom Weg abzukommen. Wir müssten das Geld dort mit beiden Händen festhalten. Ich sagte, diesen Teil von Petroskoi würde ich nicht gut kennen. Helm meinte, ich bräuchte ihn gar nicht erst kennenzulernen.

Gleich am folgenden Tag, nachdem wir uns über unsere Reise geeinigt hatten, begannen die Leute uns Einkaufslisten zu bringen, und Hill sammelte die Listen in seiner Aktenmappe, die er jetzt auf sich trug, während wir den Zwischenboden im neuen Haus montierten und als Isolationsmaterial Sägemehl von der Säge mitbrachten, wo das Sägemehl trocknete.

Die frisch gesägten Bretter und Planken, die wir an den Befestigungspflöcken am Gebäude festschlugen, verströmten einen angenehmen Geruch. Auch das Sägemehl, das wir als Isolationsmaterial in den Zwischenboden einbrachten, verströmte diesen angenehmen Geruch, und das ganze

Gebäude verströmte ihn, so dass die Leute schnupperten und den guten Geruch rühmten, wenn sie uns ihre Einkaufslisten brachten. Sie gaben Hill ihre Rubel, und dieser vermerkte auf einem Blatt Papier alle Beträge, die er empfangen hatte, und steckte das Geld in einen Briefumschlag in seiner Aktenmappe. Auch für gemeinsame Waren hatten wir eine Liste und Geld aus der Kasse des Kolchos bekommen, und Helm warnte Hill davor, dieses Geld zu verlieren, weil in Hopea jeder Rubel kostbar sei.

Am frühen Morgen fuhren wir mit dem Ford-Pritschenwagen von Hopea los nach Petroskoi. Hill lenkte das Fahrzeug. Gleich nachdem wir in Hopea losgefahren waren, begann er davon zu reden, dass wir in Viitana die Hundehütte besuchen würden, aber wir würden nur einen Moment dort bleiben. Er fragte, ob ich wisse, was eine Hundehütte sei. Ich sagte, ich sei in Michigan auch schon mal in eine hineingeraten, aber ich hätte nicht gehört, dass der Karelische Technische Dienst sie aus Amerika auch hierhergebracht habe.

Wir fuhren auf schlechten Strassen nach Säämäjärvi, indem wir die Seeufer umgingen, und von dort nach Petroskoi. Hill erzählte, dass man die Hundehütte von Viitana hier «Kanadas Hilfe» nannte, weil sie von einem Mann und einer Frau unterhalten werde, die aus Kanada gekommen seien und schon in Sudbury eine Hundehütte gehabt hätten. Hill sprach während der ganzen Fahrt auf der Waldstrasse von Säämäjärvi nach Viitana so andächtig von der Hundehütte, dass ich daran zu zweifeln begann, ob wir an diesem Tag überhaupt noch nach Hiilisuo gelangen würden.

«Kanadas Hilfe» befand sich am östlichen Dorfrand von Viitana in einem alten Haus, das einzustürzen drohte. Der Vorplatz war verlassen. Hill wunderte sich, wo alle Leute seien. Er erklärte, gewöhnlich höre man die Musik und den

Lärm bis auf den Vorplatz hinaus, und auf dem Vorplatz kämen ständig Leute an, die «Kanadas Hilfe» benötigten.

Hill fuhr direkt vor die Treppe und wir stiegen aus. Es war ganz ruhig, irgendwo weiter entfernt im Dorf begannen die Hunde zu bellen. Hill stieg die Treppe hoch und versuchte durch die Eingangstür einzutreten. Sie war verschlossen. Hill spähte durch die Fenster und ging hinter das Haus.

Ich blieb neben dem Auto stehen, weil sich Hills Aktenmappe mit all dem Geld, das man uns gegeben hatte, in der Fahrerkabine befand. Ich sah Hill nicht mehr, als zwei Männer zu Fuss auf den Vorplatz kamen. Sie kamen auf das Auto zu und grüssten mich schon von weitem auf Russisch. Ich sagte, ich spräche kein Russisch. Einer von ihnen begann Karelisch zu sprechen und fragte, wer wir seien und was wir hier suchten.

Ich fragte, ob sie Polizeibeamte seien, obwohl ich an ihrer Kleidung erkannte, dass sie eher jenseits des Gesetzes standen. Einer von ihnen versuchte, die Tür des Autos zu öffnen, und ich musste ihn am Arm packen, weil er mein deutliches Verbot nicht zu verstehen schien. Ich packte mit meiner Hand oberhalb seines Ellbogens so fest zu, dass er auflachte und zur Seite rückte. Er fragte in klarem Finnisch, ob ich allein sei. Ich antwortete, mein Kamerad sei hinter dem Haus und komme gleich von dort zurück.

Der Mann, der Karelisch gesprochen hatte, versuchte auf der anderen Seite des Autos zur Fahrertür zu gelangen. Ich setzte mich auf meinen Platz in der Kabine und befahl dem Mann zu verschwinden, als er die Tür öffnete. Er sagte auf Russisch etwas, das ich nicht verstand. Es hörte sich jedoch nach einem Fluch an. Ich sah, dass Hill hinter der Hausecke hervorkam und einen Moment stehenblieb, um zu sehen, was beim Auto vor sich ging. Dann lief er eilig auf den Vorplatz und rief schon von weitem auf Finnisch und Englisch, wir hätten in «Kanadas Hilfe» ein Bier trinken wollen, aber die Wirtschaft scheine nicht mehr zu existieren.

Der Karelier, der zur Fahrerseite gekommen war, ging nun zu seinem Kameraden auf der anderen Seite des Autos. Ich hob vom Boden unterhalb der Sitzbank die Anlasskurbel auf und stieg aus. Hill war inzwischen schon vor die Männer getreten und fragte sie, wo die Akkordeonmusik hin sei, die in «Kanadas Hilfe» für gewöhnlich erklang. Der Mann, der Karelisch sprach, sagte, die «Hilfe» sei dichtgemacht und die Leute fortgebracht worden. Die Männer fragten nun, wohin wir gingen und ob sie mitfahren könnten. Hill fragte, ob sie aus dem Dorf Viitana seien. Sie antworteten, sie seien aus einem Dorf, aber nicht direkt aus Viitana.

Hill forderte mich auf, den Wagen anzukurbeln. Die Männer fragten, ob wir nach Petroskoi unterwegs seien. Hill sagte, wir führen überhaupt nicht in diese Richtung. Der Mann, der Finnisch sprach, erklärte, sie könnten auch nach Säämäjärvi mitfahren, sie hätten auch dort etwas zu erledigen.

Hill sagte direkt, dass keine der Richtungen, in denen die Männer etwas zu erledigen hatten, mit unserer Route übereinstimmte. Der Finne sagte, sie könnten mit uns mitfahren, egal wohin wir fuhren, da wir schon Freunde geworden seien und man Freunde schliesslich nicht im Stich lassen dürfe.

Hill überlegte einen Moment, sah sich um und sagte dann, auf der Pritsche gebe es Platz, falls den Männern eine solche Mitfahrgelegenheit recht sei. Die Männer stiegen auf die Pritsche und machten es sich dort mit dem Rücken zur Rückwand der Fahrerkabine bequem.

Ich kurbelte das Auto an und stieg ein. Hill sagte, er werde nicht auf Waldstrassen anhalten, selbst wenn die Männer mit der Brechstange gegen das Dach der Fahrerkabine schlügen. Aber wir würden die Männer vor Petroskoi loswerden müssen. So begriff ich, dass wir zuerst nach Petroskoi fahren würden und erst danach nach Hiilisuo.

5.

Wir fuhren von Viitana bis zur Wegverzweigung von Kontupohja, ohne anzuhalten. Von der Pritsche war kein Gerumpel zu hören, aber Hill hielt bei der Wegverzweigung an und befahl den Männern, von der Pritsche zu steigen. Sie fragten, warum wir sie ausserhalb der Stadt zurückliessen, warum sie nicht mit uns bis in die Stadt fahren könnten. Sie wären gerne in einem guten Amerikanerauto über den Lenin-Prospekt gefahren.

Hill sagte direkt, er wolle keine unbekannten Männer quer durch die Stadt fahren, weil er nicht wisse, in was für Angelegenheiten sie unterwegs seien. Der Mann, der Finnisch sprach, meinte, bei ihrer Reise gebe es nicht mehr zu verbergen als bei Hills und meiner Fahrt mit einem ausländischen Auto durch die karelische Wildnis.

Der Karelier stieg als erster von der Pritsche und ging zu Fuss in die Richtung der Stadt weiter, aber Hill fuhr nicht wieder los, bevor auch der zweite Mann von der Pritsche gestiegen und zu Fuss weitergegangen war. Dann setzte sich Hill wieder ans Lenkrad und fuhr los. Plötzlich erschrak er, wich aus und fluchte, als der Finne mitten auf die Strasse sprang, genau als wir zu dieser Stelle kamen. Hill konnte mit Mühe ausweichen, das Auto schleuderte einen Moment lang, blieb aber auf der Strasse.

Von der Wegverzweigung bis zur Stadt war es nicht mehr weit, wir kamen um die Mittagszeit in Petroskoi an. In der Stadt fuhr Hill direkt zur Bolschaja Podgornaja vor das

Restaurant Majakka und stellte das Auto auf der anderen Strassenseite, gegenüber dem Restaurant, ab. Er sagte, wir müssten nicht auf unser Bier verzichten, obwohl «Kanadas Hilfe» in Viitana geschlossen sei. Ich erwiderte, ich bliebe im Auto sitzen, bis Hill sein Bierglas geleert hätte, weil sich im Restaurant Leute aufhalten könnten, denen ich lieber nicht begegnen wolle.

Davon wollte Hill gar nichts hören. Ich sagte, ich wolle nicht auf Kallonen oder andere Leute aus dem Grossen Haus stossen. Hill behauptete, es sei mir nicht untersagt worden, mich in der Republik Karelien, zu der Petroskoi gehörte, frei zu bewegen.

Ich zog es vor, nicht ins Restaurant zu gehen, und sagte, wir seien unterwegs nach Hiilisuo und hätten Geld von Hopea dabei. Hill versprach, seine Aktenmappe mitzunehmen und sich im Restaurant daraufzusetzen, so dass niemand an das Geld gelangen könne. So beschloss ich, mit Hill mitzugehen, und stieg aus.

Die Strasse neigte sich zum Ufer des Onegas hinab. Auf der Fläche des Sees trieben heftige Herbstböen Wellen gegen die Uferbänke. Wir überquerten die Strasse, und vom Majakka hörte man Musik bis auf die Strasse hinaus. Hill lachte und sagte, Branders Brigade spiele einen Fox, so dass die Welt erzittere. Während wir die Stufen hochstiegen, steckte Hill sein Gebiss in die Tasche und sagte, er könne es sich nicht leisten, dieses gute, in Kanada hergestellte Gebiss zu verlieren.

An der Tür zur Gaststube blieb Hill gerade so lange stehen, dass ich ihn wieder einholte. Dann rief jemand an einem der hinteren Tische Hill beim Namen. Hill freute sich und ging quer durch den Saal. Ich folgte ihm. Von vielen Tischen wurde Hill auf Finnisch und «Finglisch» gegrüsst. Er erwiderte alle Grüsse.

Wir kamen zu dem Tisch, von dem Hill die erste Begrüssung zugerufen worden war. Dort sassen drei Männer und zwei Frauen, und Hill begrüsste sie alle mit einem herzlichen Händedruck. Er nahm einen Stuhl, setzte sich und forderte auch mich auf, mich zu setzen. Er erzählte mir, dass es Leute von Hiilisuo seien, was für uns ein grosses Glück sei, da wir so vielleicht gar nicht bis nach Hiilisuo würden fahren müssen, sondern alles über die Bauten und den Viehhandel von Hiilisuo direkt im Restaurant Majakka hören könnten. Das sei schliesslich ein angenehmerer Ort, um Dinge abzuklären, als die windigen Lichtungen von Hiilisuo. Er begann den Männern zu erklären, wir seien von Hopea geschickt worden, um abzuklären, was für ein Grossstall im Kolchos Hiilisuo gebaut worden sei.

Einer der Männer begann zu lachen und sagte, sie seien nicht von Hiilisuo nach Petroskoi gefahren, um Stallpläne zu zeichnen. Der älteste der Männer stellte sich mir vor. Er nannte seinen Namen: Joonas Harju. Ich nannte den Namen, der mir im Grossen Haus gegeben worden war.

Hill erzählte, Harju sei aus Amerika gekommen und habe einen Traktor, zwei Autos und ein Radiogerät nach Hiilisuo gebracht, statt beim Aufbau von Hopea mitzuhelfen, obwohl man ihn darum gebeten habe.

Harju fragte mich, von wo in Amerika ich nach Karelien gekommen sei. Ich erzählte, ich hätte seinerzeit auf Copper Island Erz von den Minenwänden gekratzt und dann in Manhattan in New York kleine Türmchen gebaut. Harju erzählte, er habe in Ashtabula in Ohio gelebt, von wo er hierher aufgebrochen sei. Er sei schon vor dem grossen Krieg nach Ohio gefahren.

Eine der beiden Frauen knüpfte an Harjus Rede an und begann sich nach Ashtabula zu erkundigen. Sie fragte, ob Harju wirklich in dieser Stadt gelebt habe oder ob er lüge, und ob er überhaupt wisse, in welchem Teil Amerikas diese Stadt liege. Harju ging überhaupt nicht auf die Fragen der Frau ein. Sie fragte weiter, ob Harju den finnischen Songwriter und Schriftsteller T-Bone Slim gekannt habe, der tatsächlich aus Ashtabula gekommen sei, anders als Harju, der nur behauptete, dort gewesen zu sein. Harju sagte, er habe T-Bone gekannt, noch bevor er ein Hobo geworden sei. Die Frau wurde wütend und behauptete, T-Bone Slim sei niemals ein Hobo gewesen, sondern habe sein Geld als Songwriter und Sänger verdient sowie mit den Geschichten, die er für den *Industrialist*, die *Industrial Workers* und andere Arbeiterzeitungen geschrieben habe.

Harju sagte, er habe Matti Huhta und dessen Familie, die Frau, drei Töchter und einen Sohn, gekannt, bevor Huhta ein Hobo geworden sei und den Künstlernamen T-Bone Slim angenommen habe, und er habe die Familie auch danach noch gekannt, als Huhta Ashtabula verlassen habe, um umherzuziehen.

Die Frau, die mit Harju diskutiert hatte, rief der Kapelle zu, sie solle *Lumberjack's Prayer* spielen, aber der Lärm im Saal war so laut, dass der Kapellmeister den Zuruf der Frau nicht hören konnte. Vielleicht ignorierte er ihn auch bloss. Einer der Männer von Hiilisuo sagte, Eileen sei schon ordentlich angetrunken. Eileen ging zum Orchesterpodest und gab einer Frau, die ein fünfreihiges Akkordeon spielte, Geld. Die Frau hob ihre Hand vom Bassregister, nahm das Geld entgegen und beugte sich auf ihrem Stuhl etwas nach vorne, so dass Eileen ihr ihren Wunsch ins Ohr schreien konnte.

Als Eileen an den Tisch zurückgekehrt war, sagte keiner der Männer, dass sie schon zu viel aus der Flasche, die auf dem Tisch stand, getrunken habe.

Erst jetzt kam ein Kellner an den Tisch, um zu fragen, was wir trinken wollten. Hill bestellte Bier. Gleichzeitig begann die Kapelle, das von Eileen gewünschte Stück zu spielen, das Gebet des Holzfällers, und ich drehte mich um, um zu sehen, wie sie es spielten.

Brander selbst war ein langer, fast zwei Meter grosser Mann und spielte in nach vorne gebeugter Haltung Geige. Dahinter schlug ein Schlagzeuger auf seine Trommeln ein. Die Akkordeonistin liess die Finger über die Knöpfe ihres Instruments gleiten, wobei sie eine Zigarette im Mund hielt. Eileen begann auf Englisch mit der Kapelle mitzusingen:

I pray, dear Lord, for Jesus' sake
Give us this day a T-Bone steak
Hallowed be thy Holy name
But don't forget to send the same.

Eileen fiel jedoch bald aus dem Takt der Kapelle, brach in Gelächter aus, fiel mir um den Hals, lehnte ihren Kopf gegen meine Brust und fragte, wie ich hiesse und warum ich eine so düstere Miene aufgesetzt hätte.

Ich riss mich von ihr los. Eileen versuchte, wieder in den Takt der Kapelle zu finden, aber diese hatte das Stück schon vorher zu Ende gespielt, und Eileen sang noch eine Strophe weiter, als die Kapelle schon aufgehört hatte. Eileen sang alleine, im Saal war es bereits einen Augenblick still, nachdem die Kapelle das Stück beendet hatte.

An den Nebentischen begann man zu lachen und zu applaudieren, und von überall her erklang Eileens Name. Sie stand auf, um sich zu verbeugen, setzte sich aber, als der Kellner mit unseren Biergläsern kam. Harju goss einen Schluck Wodka in jedes Schnapsglas, das auf dem Tisch stand.

Hill hob sein Bierglas, stiess damit gegen mein Bierglas und wünschte uns Glück bei unserem Vorhaben. Harju forderte den Kellner auf, auch uns Schnapsgläser zu bringen, und füllte sie dann mit Wodka auf. Er hob sein Glas und hiess uns in Hiilisuo willkommen. Im Majakka würde er jedenfalls keine Stallpläne auf das Papier kritzeln. Eileen begann Harju auf das Tanzparkett zu zerren, wo schon ein arges Gedränge herrschte, obwohl es erst Mittag war, aber sie kriegte Harju nicht vom Tisch hoch.

Hill sagte, wir würden nicht mehr lange im Majakka sitzenbleiben, sondern würden nach Hiilisuo losfahren, weil wir noch nichts gegessen hätten, seit wir den Frühstückstisch in Hopea verlassen hätten.

Harju versprach sofort, wir müssten das Majakka nicht hungrig verlassen, da dies ein Restaurant sei und in Restaurants auch anderes angeboten werde als Alkohol. Er ging zur Küche und kehrte von dort mit geheimnisvoller Miene zurück an den Tisch.

Die zweite Frau am Tisch hatte während dieser ganzen Zeit kein Wort gesprochen. Nun nahm sie mich bei der Hand und versuchte, mich auf die Tanzfläche zu zerren. Ich versuchte mich zur Wehr zu setzen, indem ich sagte, ich sei kein guter Tänzer, und seit ich zum letzten Mal auf einer Tanzfläche gestanden hätte, seien schon zwanzig Jahre vergangen.

Die Frau meinte, in diesem Fall sei es höchste Zeit, es wieder einmal zu versuchen. Ich befürchtete, die Kapelle werde einen Fox spielen, den ich noch nie getanzt hatte. Die Frau behauptete, sie werde ihn mir im Handumdrehen beibringen. Sie versprach, mir so viele Unterrichtsstunden zu geben, dass ich den Fox und auch alle anderen Tänze lernen würde.

Auf der Tanzfläche waren so viele Leute, dass man sich kaum bewegen konnte. Ich fragte die Frau nach ihrem Namen, und sie schrie mir über den Lärm der Kapelle ins Ohr: «Käti.»

Ich versprach, mir den Namen zu merken. Kathy führte mich den Rand entlang in der Nähe der Tische über die Tanzfläche, zerrte mich an den Händen umher, lachte und befahl mir, die Beine in dem Takt zu bewegen, den sie mir mit ihren Händen vorgab.

Ich versuchte zu sehen, wie sie mit ihren Beinen wirbelte, aber sie verbot es. Ich sollte den Takt von der Musik und nicht von ihrem Unterleib ablesen. Die Musik und der Tanzrhythmus gingen über das Ohr ins Blut, sagte sie.

Irgendwie schaffte ich es durch das erste Stück und versuchte an den Tisch zurückzukehren, aber Kathy blieb wie alle anderen auf der Tanzfläche stehen und liess mich nicht los. Inzwischen zeigte sie mir, wie ich die Beine bewegen sollte, und mir schien, dass das zweite Stück schon besser lief als das erste. Am Tisch lobte Kathy, ich würde schnell lernen. Sie versprach, sie werde mir auch andere Künste beibringen, die im Leben notwendig seien.

6.

Hill trank den Nachmittag hindurch so viel Bier und so viele Gläser Wodka, dass er nicht mehr zum Autofahren zu gebrauchen war. Er wollte gar nicht mehr von der Aktenmappe aufstehen, in der das Geld und die Einkaufslisten der Leute von Hopea waren. Hill vereinbarte mit Harju, dass wir mit Harjus Auto nach Hiilisuo gelangen würden, sobald die Männer nach Hiilisuo aufbrachen. Mir schien, dass Harju jedenfalls nicht weniger als Hill getrunken hatte, aber als ich zu ihm etwas vom Autofahren sagte, versicherte er, er hätte in seinem Leben noch niemals eine solche Menge getrunken, dass er nicht mehr in der Lage gewesen wäre, das Auto auf der Strasse zu halten.

Ich tanzte den Abend hindurch einige Tänze. Sowohl Eileen als auch Kathy führten mich zur Tanzfläche. Eileen mochte es nicht, als ich sie fragte, wie es Eileen gestern, auf Finnisch *eilen*, gegangen sei und wie es ihr morgen gehen werde. Sie wollte nicht, dass man mit ihrem Namen finnische Wortspiele durchführte. Ich bat um Verzeihung und erlangte sie, und Eileen drückte mich gegen ihre Brust, aber Kathy riss mich von Eileen weg und behauptete, ich hätte mich bereits ihr als Bräutigam versprochen.

Ich konnte mich nicht erinnern, so etwas versprochen zu haben, und ich trank auch den Wodka nicht, den Harju in mein Schnapsglas goss, obwohl beide Frauen das volle Glas an meine Lippen führten. Sie leerten das Glas am Ende selbst, als ich keinen Wodka mehr hinunterkippen wollte.

Branders Truppe spielte den ganzen Nachmittag und Abend, die Musiker machten einige Pausen und setzten sich dann an einen Seitentisch, an den jeweils Speisen und eine Wodkaflasche gebracht wurden. Sie leerten in jeder Pause eine Flasche.

Auch an unseren Tisch wurden am Nachmittag und später am Abend Speisen gebracht. Kathy ass von meinem Teller die besten Stücke, indem sie sie mit den Fingern zu ihrem Mund führte. Einige Stücke steckte sie auch zwischen meine Lippen. Am späteren Abend ging es auf der Tanzfläche so zu und her, dass man keinerlei Tanzfertigkeit mehr benötigte.

Ich war mit Kathy zusammen wieder einmal zur Tanzfläche gegangen, aber mitten im Stück führte sie mich aus dem Restaurant. Ich konnte mich ihr nicht widersetzen, als sie mich ohne Erklärungen auf den Flur hinaus und von dort die Treppe hinunter in den Hinterhof schleppte. Hinter dem Haus war es dunkel. Aus den Fenstern des Restaurants drang dennoch so viel Licht, dass man genug sah, um sich etwas weiter von den Holzstapeln entfernen zu können, bis zu der Aussenwand eines Schuppens. Dort blieb Kathy stehen, wandte mir den Rücken zu, beugte sich nach vorne, zog ihren Rock hoch, stütze sich an der Wand des Schuppens ab und spreizte ihre Beine. Im spärlichen Licht, das aus den Fenstern des Restaurants drang, schienen ihr Po und der untere Rücken hell auf, sie trug unter dem Rock keine Unterhose, und die Strümpfe waren mit Strumpfbändern an ihrem Mieder befestigt. Sie bat, ich solle mich beeilen, die Oktobernacht in Petroskoi sei nicht mehr sehr angenehm für derartige Betätigungen.

Ich richtete sie wieder auf, der Rock fiel hinunter. Sie fragte, ob ich nicht dazu tauge, die Rolle des Mannes auszufüllen. Ich antwortete, ich sei mehr für Romantik. Kathy klammerte sich an mich und wollte mich küssen. Ich führte sie zurück ins Restaurant. Während wir über den Hinterhof gingen, war sie schweigsam, aber am Tisch begann sie mich zu tadeln und hoffte, auch ich werde hier noch die *swoboda* lernen.

Eileen ging mit dem jüngeren Mann aus Hiilisuo nach draussen, und Kathy begann, Joonas Harju als Begleiter zwischen die Holzstapel und zur *swoboda* zu verlocken, die in der Republik Karelien allen Männern und Frauen zustehe. Harju lachte jedoch über Kathys *swoboda* und versicherte, er sei schon ein so alter und kranker Mann, dass er nicht die geringste Lust habe, noch mehr Krankheiten aufzulesen. Kathy wurde darüber ein wenig wütend und behauptete, sie sei ein gesundes Mädchen, beruhigte sich jedoch, als der dritte Mann aus Hiilisuo versprach, sich mit ihr zusammen den Mond anzusehen.

Sie gingen, noch bevor der jüngere Mann aus Hiilisuo und Eileen von draussen zurückgekehrt waren. Wir sassen nur noch zu dritt am Tisch, Hill, Harju und ich. Ich fragte, wie lange sich Harju das Leben hier in Petroskoi noch ansehen wolle. Er versprach, sofort aufzubrechen, sobald seine Truppe wieder beieinander sei. Auch Hill fragte etwas, aber seine Worte waren bereits schwierig zu verstehen, weil sein Gebiss in der Tasche war. Er hielt seine Aktenmappe, auf der er sass, nun mit beiden Händen fest.

Wir konnten aber nicht vor dem nächsten Tag aufbrechen, als das Restaurant schloss. Noch davor setzte sich Brander an unseren Tisch, nachdem er mit seiner Truppe zu Ende gespielt hatte, und Hill und Harju gaben ihm nach amerikanischer Sitte Geld.

Über die Rechnung wurde lange verhandelt. Die Frauen wollten nicht bezahlen, weil sie behaupteten, die Männer aus Hiilisuo hätten sie an ihren Tisch eingeladen, und der

Anteil von uns anderen war schwierig zu berechnen. Am Ende bezahlte Harju die ganze Rechnung, und wir konnten aufbrechen. Einen der Männer von Hiilisuo konnten wir jedoch nicht mitnehmen, da Kathy ihn zu ihren Freunden geschleppt hatte, wo sie ihre Bekanntschaft weiter vertiefen wollten. Den anderen Mann von Hiilisuo versuchte Eileen zu verlocken, mit ihr zu kommen, aber der Mann blieb hart. In Hiilisuo warteten seine Frau und Kinder. Eileen behauptete, sie wage es nicht, zu dieser Nachtzeit allein durch die Strassen Petroskois zu gehen. So schlug sie Harju vor, er solle sie mit dem Auto bis nach Hause bringen. Sie sagte ihm, an welcher Strasse sie wohnte, und kletterte mit mir und dem Mann von Hiilisuo auf die Pritsche, nachdem wir Hill neben Harju in die Fahrerkabine geschoben hatten.

Harju fuhr los. Auf der Pritsche versuchte der Mann von Hiilisuo, Eileen zu streicheln, er bekümmerte sich nicht um meine Anwesenheit und behauptete, dass Eileen von der Pritsche falle, wenn er sie nicht von beiden Seiten festhalte.

Ich versuchte mich warmzuhalten, drückte mich gegen Eileens Seite und bekümmerte mich nicht darum, dass sie sich in den Klauen des Mannes von Hiilisuo wand. Wir fuhren mit hoher Geschwindigkeit durch verlassene und finstere Strassen. An den Kreuzungen bog Harju so abrupt ab, dass Eileen, der Mann aus Hiilisuo und ich von einer Seite zur anderen geschleudert wurden.

Noch bevor wir am Ziel waren, küssten sich der Mann von Hiilisuo und Eileen bereits innig. Ich wagte es nicht, genauer hinzusehen, was sie sonst noch trieben. Harju hielt an, öffnete die Fahrertür und rief, Eileen sei am Ziel. Der Mann von Hiilisuo war der Meinung, man könne Eileen nicht allein auf den finsteren Vorplatz und ins finstere Treppenhaus lassen. Sie stiegen von der Pritsche, und ich hörte, wie der Mann von Hiilisuo Harju erklärte, dieser müsse so lange warten, wie das Begleiten einer Lady zu ihrer Wohnung dauere. Damit war Harju nicht einverstanden. Wer jetzt wegbleibe, dürfe auf eigene Faust von Petroskoi nach Hiilisuo zurückkehren, sagte Harju.

Der Mann von Hiilisuo dachte einen Moment darüber nach, ging dann aber mit Eileen zur Eingangstür des Hauses. Harju stieg aus und rief, man solle über den Morgen und seine Angelegenheiten jetzt und nicht erst am Morgen nachdenken. Noch sei es nicht zu spät, um wieder auf die Pritsche des Autos zu steigen. So liess der Mann von Hiilisuo Eileen auf der Treppe zurück und kehrte zum Auto zurück, stieg auf die Pritsche und setzte sich neben mich an die Rückwand der Fahrerkabine.

Harju fuhr los. Der Mann von Hiilisuo fragte mich, ob er meiner Meinung nach dumm gehandelt habe, indem er für die Nacht nicht bei Eileen geblieben sei, um somit erst morgen zusammen mit dem anderen Mann von Hiilisuo, Steve, nach Hiilisuo zurückzukehren. Er erklärte, wir hätten nur ein Leben zu leben, und in dieser Zeit sollten wir jede Gelegenheit zu einer Freude nutzen.

Dann begann sein Rausch nachzulassen, und er gelangte zur Sündenerkenntnis, begann mich zu fragen, was er seiner Frau sagen solle und wie er am Morgen seinen kleinen Kindern in die Augen sehen könne. Er streckte seine Hand dicht vor mein Gesicht und fragte, ob daran der Geruch einer fremden Frau hafte. Ich stiess die Hand fort und versuchte, mich auf der Pritsche warmzuhalten.

Harju hielt auf der Waldstrasse an, stieg aus und verrichtete sein Geschäft etwas abseits der Strasse. Auch Hill stieg aus. Ich stieg von der Pritsche und hüpfte auf und ab, um mich aufzuwärmen, aber der Mann von Hiilisuo verliess die Pritsche nicht. Als ich mich wieder auf die Pritsche gesetzt hatte, bemerkte ich, dass der Mann von Hiilisuo weinte. Er sagte, er sei ein schlechter Mensch, Ehemann und Vater. Ich machte keine Anstalten, ihn zu trösten. Er fragte, ob die Frauen in Petroskoi wohl Krankheiten hätten, die er jetzt nach Hiilisuo bringe. Ich blieb unbarmherzig und schätzte, dass sich Krankheiten in einer solchen *swoboda* sogar sehr gut ausbreiten konnten.

Ich hatte den Namen des Mannes von Hiilisuo mehrere Male gehört, konnte mich jetzt aber nicht mehr daran erinnern. Ich fragte ihn danach, und er beugte sich herüber, um mir die Hand zu reichen und seinen Namen zu nennen: Tim. Ich fragte ihn, ob er auch einen Familiennamen habe. Er meinte, ich brauche ihn nicht mit dem Familiennamen anzusprechen, nur mit dem Vornamen, der Tim laute. Ich sagte, das hätte ich bereits gehört. Er behauptete, wir könnten einander ohne weiteres beim Vornamen anreden, weil wir nähere Beziehungen zu derselben Frau geknüpft hätten. Ich erklärte, ich hätte mit keiner der beiden Frauen in näheren Beziehungen gestanden, aber Tim meinte, es genüge, dass ich die Möglichkeit dazu gehabt hätte.

Ich hatte keine Energie mehr, um zu versuchen, Tims Gedankengängen zu folgen. Ich zog den Pullover über meinen Kopf und versuchte aus meinen Kleidern eine Art Nest zu bilden, das mich für die restliche Fahrt warm halten sollte.

7.

Ich befand mich im Halbschlaf, als Harju in Hiilisuo anhielt und uns aufforderte, von der Pritsche zu steigen. Der Nachthimmel war gerade so hell, dass ich die Umrisse der Dächer der Gebäude, die Baumkronen und die Kamine der Getreidetrocknung ausmachen konnte.

Tim stieg als erster von der Pritsche. Er bat mich, am Morgen bei der Version zu bleiben, die wir vereinbart hatten, falls seine Frau fragte, was in Petroskoi geschehen sei. Ich konnte mich nicht daran erinnern, mit ihm etwas vereinbart zu haben, hatte aber keine Kraft mehr, um nachzufragen. Tim reichte mir die Hand und verschwand in der Finsternis. In jener Richtung begannen zwei Hunde wütend zu bellen, verstummten aber plötzlich gleichzeitig.

Hill stieg aus der Fahrerkabine. Er hatte sein Gebiss in den Mund gesteckt und sprach so, dass ich ihn wieder verstand. Wir würden die Nacht in Harjus Haus verbringen und am nächsten Tag die Situation von Hiilisuo untersuchen. Hill fragte, ob ich mit dem Auto von Hopea aus der Stadt nach Hiilisuo gefahren sei. Ich sagte, davon sei zu keiner Zeit die Rede gewesen. Hill untersuchte seine Tasche. Die Autoschlüssel waren noch da und er glaubte, dass man das Amerikanerauto ohne weiteres gegenüber dem Majakka stehenlassen könne. Falls es jemand stehlen sollte, werde man den Dieb schnell erwischen, weil es in ganz Karelien keinen zweiten solchen Wagen gebe. Seine Aktenmappe hielt Hill fest gegen die Brust gedrückt.

Harju führte uns über den Vorplatz und über ein Rasenfeld zu einem Haus. Er sagte, er wohne darin als Junggeselle, bat uns aber, trotzdem keinen Krach zu machen, weil im selben Haus noch weitere Personen wohnten, zwei Familien. Wir kamen zur Treppe. Hill wisperte, wir bräuchten keine unschuldigen Kinder aufzuwecken. Ich zählte sieben Stufen, dann gelangten wir ins nächste Stockwerk, auf eine Art Veranda. Ich spürte, dass wir auf einem Plankenboden in einem ungeheizten Raum gingen. Harju öffnete eine Tür, die nicht verriegelt war, und wir kamen in einen noch finstereren Raum, der ganz hell wurde, als Harju den Lichtschalter fand, mit dem er das Licht in der Deckenleuchte des Flurs anzündete.

Hill wunderte sich darüber, dass man in Hiilisuo bereits Strom hatte, obwohl erst im letzten Frühling die ersten Bewohner aus Amerika angekommen waren. Er hatte nie gehört, dass man vom Strom gesprochen hätte. Harju flüsterte, es gebe erst seit dem September Strom. Er öffnete eine der drei Türen auf dem Flur und zündete auch das Licht im dahinter liegenden Zimmer an. Ich kam als letzter und zog die Tür hinter mir zu, nachdem ich das Licht im Flur ausgemacht hatte.

Harjus erstes Zimmer war ein *sitting room*, wie er es nannte, und dahinter führte eine weitere Tür in einen *sleeping room*. Er versprach, wir dürften im *sitting room* schlafen, und holte aus der dahinter liegenden Kammer zwei Decken und Kissen. Harjus Sofa schien etwas kurz zu sein, und ich forderte Hill auf, darauf zu schlafen, während ich mir ein Nachtlager neben der Innenwand zurechtmachte. Dort, so schätzte ich, würde es am wenigsten Durchzug geben.

Hill zierte sich und verlangte, dass das Los über den Schlafplatz entscheiden sollte. Er bat Harju um Streichhölzer, mit denen wir das Los ziehen könnten. Ich sagte, ich hätte das Sofa Hill angeboten, ohne das Los zu ziehen, weil er älter sei und so kurz, dass er auf dem Sofa Platz habe. Hill wehrte sich und forderte mich auf, mich auf das Sofa zu legen, damit wir sähen, ob es für mich zu kurz sei. Wir sollten auch mit dem Rücken gegeneinander stehen, so dass Harju sehen konnte, wer von uns beiden länger sei.

Ich legte mich auf das Sofa, und meine Beine baumelten über die Armlehne. Ich sagte, ich würde lieber auf dem Fussboden schlafen. Harju sagte, er gehe schlafen, blickte auf seine Uhr und meinte, bis zum Frühstück blieben nur noch drei Stunden.

Harju löschte das Licht im Wohnzimmer und ging in sein Schlafzimmer. Wir legten uns schlafen, ich lag im Dunkeln und erwartete den Schlaf, während Hill sich Sorgen um das Auto machte, das in Petroskoi am Strassenrand zurückgeblieben war und auf Diebe und Vandalen geradezu einladend wirkte. Ich hatte keine Kraft mehr, um ihn zu beruhigen, der Schlaf kam über mich wie eine schwere Welle und riss alles mit.

Es fühlte sich an, als ob ich eben erst in die Tiefe geglitten sei, als ich bereits wieder von dort ins helle Licht zurückkehren musste, das an meine Augen drang. Ich öffnete meine Augen. Harju stand vollständig angekleidet mitten im Zimmer. Er hatte die Deckenleuchte angezündet und erklärte, wir müssten zum Frühstück in den Speisesaal gehen, noch bevor man das Essen von den Tischen räume. Ich blickte Harju an. Man sah ihm nicht an, dass er gestern im Majakka Bier und Wodka getrunken hatte, mitten in der Nacht mit dem Auto von Petroskoi nach Hiilisuo gefahren war und nur wenige Stunden hatte schlafen können.

Auch Hill stand auf, stützte sich auf die Armlehne des Sofas, ging zur Kommode, goss aus der darauf stehenden Wasserkaraffe Wasser in ein Glas und trank. Er trank drei

Gläser, bevor er fragte, ob ich auch ein Glas wolle. Ich stand bereits mit ausgestreckter Hand neben der Kommode, worauf ich ein Glas bekam. Harju amüsierte sich über die grosse Menge an Wasser, die wir tranken.

Wir gingen zum Speisesaal, draussen war es noch finster, aber über der Tür des Speisesaals brannte elektrisches Licht, und auch aus den Fenstern der Häuser, die um den zentralen Platz angeordnet waren, drang Licht.

Ich fühlte mich schwer. Ich versuchte mich an die Träume zu erinnern, die ich auf Harjus Fussboden geträumt hatte, konnte mich jedoch an keinen einzigen erinnern. Ich wusste nur, dass sich mir irgendetwas Schweres und Dumpfes gezeigt hatte, von dem mir eine Verstimmung geblieben war.

Die Tische im Speisesaal waren voll besetzt. Harju führte uns an seinen eigenen Tisch und schuf Platz für uns, indem er zwei jüngere Männer nach draussen an die Arbeit kommandierte, weil sie ihr Frühstück offensichtlich schon gegessen hatten und bloss am Tisch sitzengeblieben waren, um unnötig zu schwatzen. Harju meinte, unnötiges Schwatzen gehöre sich am Morgen nicht, dafür müsse der Abend genügen.

Die Männer erhoben sich lachend und erinnerten daran, dass das unnötige Schwatzen auch am Abend zu kurz gekommen sei, da sie vom Roden im Moor zurückgekommen und gleich in ihre Betten gesunken seien. Harju versicherte, die Arbeit sei ein Segen für die Menschen. Wenn man arbeite, bleibe man vor vielen Sünden verschont. Die Männer baten Harju vor dem Weggehen, allen von der gestrigen Fahrt nach Petroskoi zu erzählen und von den Sünden, die ihm in der Stadt unterlaufen waren. Harju wollte sich nicht mehr daran erinnern. Wir setzten uns an den Tisch und die Männer gingen.

Ich versuchte zu sehen, ob mein Reisegefährte der vergangenen Nacht auch zum Speisesaal gekommen war, aber ich sah Tim nicht. Uns wurde eine Kanne Tee gebracht, und heisses Wasser erhielten wir aus dem Samowar, der mitten auf dem Tisch stand. Hill rühmte seine Weisheit, dass er sein Gebiss beim Betreten des Majakka in seine Tasche gesteckt hatte. So konnte er nun das Roggenbrot von Hiilisuo gut kauen und brauchte das Gebiss nicht im Hinterhof des Majakka suchen zu gehen. Er sass wieder auf seiner Aktenmappe.

Die Leute gingen zur Arbeit. Wir blieben zu dritt im Speisesaal. Draussen begann der Tag zu dämmern. Ich setzte mich so hin, dass ich durch das Fenster nach draussen blicken konnte, zu den Hofgebäuden und dem Moor, das sich hinter dem Hof öffnete und das die Männer, wie ich erfahren hatte, rodeten und in Ackerland umwandelten. Mitten durch das Moor führte ein breiter Entwässerungsgraben. Dort waren die Männer bereits dabei, mit ihren Spaten die Entwässerungskanäle der Ackerabschnitte auszuheben.

8.

Harju zeigte uns alle Bauten in Hiilisuo, die bereits fertig
waren, und auch diejenigen, die sich noch im Bau befanden.
Er führte uns auf den Feldern, Weiden und im Moor, das
man zur Gewinnung von Grasland rodete und trockenleg-
te, umher.

Das Stallgebäude untersuchten wir genau und zeichne-
ten es auf ein Blatt Papier, das Hill in seiner Aktenmappe
hatte. Erst jetzt fiel es ihm ein, zu kontrollieren, ob das
Geld und die Einkaufslisten der Leute von Hopea noch da
waren.

Harju erzählte uns, dass auch Leute des Kolchos Kylväjä in Volga nach Hiilisuo gekommen seien. Kylväjä sei
schon anfangs der 1920er-Jahre von Amerikafinnen gegründet worden. Sie würden dort Weizen und Südfrüchte
produzieren. Im Sommer seien aus Volga zwanzig Finnen
nach Hiilisuo gekommen, um den Russen auch in Karelien
zu zeigen, dass Arbeit nicht bedeute, mit dem Hemd über
der Hose umherzugehen, wie dies die russischen Genossen
glaubten.

Ich sah mir die achtzig Kühe von Hiilisuo und die Heu-
schober an und fragte Harju, wie er glaubte, die Kühe mit
dem vorhandenen Heu bis zum Sommer, wenn auf den
Weiden wieder Gras wachse, durchfüttern zu können. Harju glaubte, man werde Heu kaufen können, wenn es knapp
werde, aber für die hundert Kühe, deren Kaufgenehmigung
man beantragt habe, würde das Grasland von Hiilisuo

nicht genügen. Daher müsse man einen weiteren Teil des Moors trockenlegen, und diese Arbeit sei bereits im Gang. Harju zeigte uns auch den Platz, wo die eigene Molkerei des Kolchos erbaut werden würde, sobald auf dem Land von Hiilisuo zweihundert Kühe weiden würden.

Am Nachmittag hatten wir alles gesehen, was wir hatten sehen wollen, das Mittagessen gegessen und den Nachmittagskaffee getrunken. Zum Mittagessen hatte sich uns auch Emil Niva angeschlossen, der mit Harju zusammen nach Finnland reisen sollte, um mehr Vieh, landwirtschaftliche Maschinen und Saatgut zu kaufen. In Karelien bekomme man nicht genug Saatgut, meinten Harju und Niva, und sie glaubten, dass das Saatgut, das aus südlicheren Gebieten Russlands geliefert werde, in Hiilisuo nicht gedeihen werde.

Harju brachte uns nach Petroskoi zurück. Ich sollte wieder auf der Pritsche sitzen und sass auch bereits da, als Harju doch noch beschloss, die Ford-Limousine zu nehmen, in der wir alle Platz fanden. Wir wechselten das Auto, und ich kurbelte den Wagen an, während Harju mit den Hebeln die Zündung regulierte und Hill daneben stand, um Ratschläge zu geben. Die Leute von Hiilisuo hatten sich auf dem Platz versammelt, um sich von uns zu verabschieden. Sie gaben uns Grüsse an ihre Bekannten in Hopea mit und baten uns, diese nicht zu vergessen. Wir alle, die von den Stürmen quer durch die Welt geschleudert worden seien, müssten zusammenhalten.

Ich schaffte es, den Motor zum Laufen zu bringen, und setzte mich auf die Rückbank. Harju fuhr durch das Tor des Kolchos hinaus. Darüber befanden sich in hölzernen Buchstaben geschrieben der Name Hiilisuo und ein roter Stern. Hill und Harju sprachen von der Abreise nach Finnland und davon, wie lange es dauern werde, bis Harju und Niva ein Visum für Finnland und die Genehmigung, dort Vieh, Getreide und Maschinen zu kaufen, erhalten würden. Harju glaubte, es werde nicht monatelang dauern, aber Hill hegte den Verdacht, dass die Mühlen in Moskau langsamer mahlten.

Wir gelangten von den Feldern und Mooren von Hiilisuo in Wälder, die aussahen, als ob sie noch nie eine Axt gesehen hätten. Dann kamen die offenen Felder, und in der Entfernung wurde die Fläche des Onegasees sichtbar. In der Stadt fuhr Harju vor das Majakka. Das Auto von Hopea stand an der anderen Strassenseite und schien unversehrt zu sein. Hill wollte uns im Majakka, aus dem schon die Klänge von Branders Truppe dröhnten, ein Bier offerieren.

Wir traten ein. Ich fragte, ob Hill sein Gebiss wieder in die Tasche stecken wolle. Er versprach, es diesmal im Mund zu behalten. Von einem Bier würden sie schon nicht verlorengehen, und länger würden wir nicht im Majakka bleiben.

Das Restaurant war bereits voll von Leuten. Von vielen Tischen rief man Harjus und Hills Namen, und wir fanden bald einen Platz. Hill sagte, er werde eine Runde offerieren, und der Kellner brachte die Biergläser flink an den Tisch. Der Mann von Hiilisuo, der in Petroskoi übernachtet hatte und der, wie ich mich erinnerte, Steve hiess, brachte aus dem hinteren Teil des Saals einen Stuhl und setzte sich ebenfalls zu uns an den Tisch. Er bat Harju um eine Mitfahrgelegenheit zurück nach Hiilisuo.

Als wir das Bier getrunken hatten, sagte Harju, nun werde er eine Runde offerieren, weil er nicht wolle, dass der Kolchos Hiilisuo hinter Hopea zurückstehen müsse.

Die Frauen vom Vorabend kamen in den Saal und steuerten auf unseren Tisch zu. Ich sagte zu Hill, es sei an der Zeit, den Bug des Fords nach Jessoila zu steuern. Hill stand auf, und wir gingen, obwohl Harju behauptete, Jessoila und der Kolchos Hopea würden uns nicht davonlaufen, auch wenn wir noch einige Stunden im Majakka sässen, um den Jazz von Branders Truppe zu hören.

Wir verabschiedeten uns und verliessen das Lokal. Kathy erwischte mich auf der Treppe und hielt mich am Arm fest. Sie bat mich, in Hopea nicht schlecht über sie zu reden, da sie dort viele Bekannte habe, Frauen und Männer. Ich versprach es ihr und ging über die Strasse zum Auto. Hill kurbelte es bereits an.

Wir setzten uns ins Auto. Kathy war inzwischen ins Restaurant zurückgekehrt. Hill liess den Motor an und fuhr los. Er erklärte, wir müssten zum Amerikanerladen fahren. Ich sagte, ich hätte es nicht vergessen.

Wir fuhren die Strasse hinunter zum Ufer des Onegas und die Uferstrasse entlang bis zur nächsten Kreuzung, von wo aus man wieder zur Stadt hinauf gelangte. Hill fragte, was für Geheimnisse Kathy und ich hätten. Ob wir etwa das nächste Treffen vereinbart hätten? Ich sagte, ich hätte mit der Frau nichts zu schaffen. Hill forderte mich auf, daran zu denken, dass ich Familienvater sei und, obschon meine Frau in der alten Heimat zurückgeblieben sei, hier nicht wie ein Junggeselle zu leben bräuchte.

Ich sah, dass er scherzte, und erzählte ihm, welcher Verlockung ich am Vorabend entronnen sei. Hill habe sich vor den Frauen nur dank des tiefen Rauschs retten können, in den er schon am frühen Abend gesunken sei.

Wir kamen zum Laden. Hill nahm seine Aktenmappe und holte die Einkaufslisten heraus. Im Laden reichte Hill den Verkäufern die Listen. Sie suchten für uns die Waren heraus und schrieben für jede Einkaufsliste je nachdem, wie viele Waren es gewesen waren, eine Rechnung. Während die Verkäufer die Waren heraussuchten und sie aus dem Hinterzimmer des Ladens holten, warteten wir auf Stühlen.

Die Verkäufer fragten nach dem Leben in Hopea und Hiilisuo. Sie wussten bereits, dass wir die vergangene Nacht in Hiilisuo verbracht hatten, und sie befragten uns auch zu unserem Besuch im Majakka. Hill antwortete etwas zögerlich, ich sprach gar nicht.

Kallonen und sein russischer Kamerad traten in dem Moment ein, als Hill die Rechnungen bezahlte. Kallonen sagte, er habe das Auto von Hopea erkannt, das die ganze Nacht und noch an diesem Morgen vor dem Majakka gestanden habe. Da das Auto nun verschwunden sei, habe er sicherstellen wollen, dass die rechtmässigen Besitzer des Wagens, die Leute von Hopea, damit weggefahren seien.

Der Russe fragte etwas auf Russisch, und Kallonen übersetzte es für uns auf Finnisch. Weshalb wir die Nacht in Hiilisuo verbracht hätten, obwohl wir in Hopea angegeben hätten, der Besuch im Kolchos Hiilisuo würde nur einen Tag dauern?

Hill sagte, wir seien im Majakka geblieben, um mit Bekannten, die wir dort angetroffen hätten, alte Erinnerungen aufzufrischen, bis wir rote Augen gehabt hätten. Kallonen verstand den Spass nicht, und als er ins Russische übersetzte, was Hill gesagt hatte, begann sich auch der Russe zu wundern, warum die Augen denn von den Erinnerungen rot geworden seien. Ich sagte, Hill habe einen Scherz gemacht, er sei eben ein Humorist. Kallonen übersetzte ins Russische, was ich gesagt hatte. Der Russe überlegte einen Moment, begann dann aber zu lachen, schlug Hill auf die Schulter und sagte etwas auf Russisch, was Kallonen nicht übersetzte.

Ich kaufte Mehl, Kaffee und Zucker und sagte zu Hill, ich wolle die Sachen zu Rantalas Haus bringen, als Dankeschön für Elmas gute Bewirtung. Kallonen meinte, es sei überflüssig, mich bei den Rantalas zu bedanken, ich sei ihnen nichts mehr schuldig.

Kallonen und der Russe wollten uns nicht helfen, die Waren zum Auto zu tragen, und Hill und ich brauchten mehrere Male zwischen dem Laden und dem Auto hin und her zu gehen, bis alle Waren unter der Plane auf der Pritsche waren und die Sachen für die Rantalas auf meinem Schoss in der Fahrerkabine. Kallonen verabschiedete sich vor dem Laden von uns. Er meinte, wir bräuchten nicht länger in Petroskoi zu bleiben, sondern würden besser nach Hopea zurückfahren, wo die Arbeit und die Glaubensbrüder schon auf uns warteten.

Ich fragte, von was für Glaubensbrüdern Kallonen spreche. Er sagte, er habe die Männer der Ideologie gemeint. Von denen – und von den Ideologien – gebe es in Hopea nur zu viele. Kallonen und der Russe gingen über die Strasse zu ihrem Auto, neben dem der Fahrer stand und rauchte.

Hill fuhr los. Er sagte, wir würden bei den Rantalas keine Wurzeln schlagen, ich solle die Sachen ins Haus bringen und umgehend zum Auto zurückkehren. Tatsächlich blieb er im Auto, als ich mit meinen Sachen zum Haus ging. Elma Rantala versuchte mich beinahe gewaltsam ins Haus zu schleppen, und auch Einari kam zur Tür, derart gekrümmt, dass seine Fingerknöchel zum Fussboden reichten. Er bat mich und Hill, alles über den Kolchos Hopea, die Menschen und das Leben dort zu erzählen.

Ich versprach, es ein andermal zu tun. Rantala sagte, man könne nie wissen, ob es ein anderes Mal geben werde. Ich jedoch behauptete, wir hätten noch viele gute Jahre vor uns. Als ich über den Vorplatz zum Auto ging, bereute ich, dies laut ausgesprochen zu haben.

9.

Wir kamen spätabends nach Hopea zurück und trugen sämtliche in Petroskoi gekauften Waren zum Speisesaal. Die Leute hatten schon zu Abend gegessen, und viele waren zu ihren Häusern gegangen, kehrten aber zurück, als sie sahen, dass das Auto vor dem Speisesaal stand und Waren von der Pritsche des Wagens abgeladen wurden.

Hill und ich trugen die Einkäufe zu den Tischen des Speisesaals, und vor jeden Warenstapel legten wir die Einkaufsliste, die Rechnung und das übriggebliebene Geld.

Viele hatten keine Lust, mit ihren Waren zu ihren Häusern zurückzukehren, sondern blieben sitzen und fragten nach den Ereignissen in der Welt. Die Frauen, die Küchenschicht hatten, begannen Tee zu kochen und brachten ihn in Kannen an den Tisch, dazu süsse Brötchen, die am Vortag gebacken worden waren.

Eine der Frauen, die gerade in der Küchenschicht waren, wohnte in demselben Haus, auf dessen Dachboden sich mein Zimmer befand. Ich hatte einige Male am Morgen mit der Frau gesprochen, als sie ihr Kind in den Kinderhort des Kolchos brachte, ihren Namen jedoch hatte ich nie gehört. Als sie die Schüssel mit den Brötchen zu mir an den Tisch brachte, fragte ich nach ihrem Namen. Ich sagte, die Leute, die im selben Haus wohnten, müssten doch wenigstens die Namen ihrer Mitbewohner kennen.

Die Frau sagte, sie heisse Irina, ich solle sie aber Ira nennen, wie es hier alle täten. Sie sprach Karelisch, und ich

242

schätzte, dass sie keinen Umweg über Amerika gemacht hatte wie so viele andere in Hopea. Ira sagte, sie stamme aus Karelien, aber ihr Mann sei aus Finnland in die kanadischen Wälder gezogen und habe dort mit der Forstarbeit sein Brot verdient, bis er Stalins Ruf vernommen habe.

Hill, der neben mir sass, verbot Ira, mir hinterherzuträumen, weil er mich schon für Laina reserviert habe, aber nur als Lehen, ich hätte in Finnland eine Ehefrau und Kinder. Ira verwarf die Hände und sagte, sie träume keinem Mann hinterher, solche Träume habe sie schon lange auf dem steinigen Weg des Lebens hinter sich gelassen.

Ich trank Tee und ass von den Brötchen, die Ira gebracht hatte. Hill erzählte allen, wie erfolgreich unsere Reise nach Hiilisuo gewesen sei, breitete auf dem Tisch die Zeichnungen aus, die wir vom Stall und den übrigen Bauten gemacht hatten, und erklärte den Wasserturm, den die Leute von Hiilisuo auf dem ebenen Boden erstellt hatten, mitten in ihrem Dorf auf dem ehemaligen Moor, aber so hoch, dass der Wasserdruck für jedes Haus ausreichte. Hill erklärte auch, wie man das Wasser in den Wasserturm hinaufpumpte, nämlich mit elektrischem Strom, der aus Petroskoi nach Hiilisuo kam.

Viele begannen davon zu reden, man müsse auch nach Hopea Strom ziehen, auch hier müsse ein Wasserturm erbaut werden mit Leitungen in die Häuser und in die Wäscherei, in die Küche des Stalls und in den Waschraum der Sauna.

Einer fragte, warum wir für den Ausflug nach Hiilisuo zwei Tage gebraucht hätten. Man habe den Verdacht gehegt, wir seien womöglich im Majakka in Petroskoi oder in «Kanadas Hilfe» in Viitana hängengeblieben, um den Jazz von Branders Truppe zu hören, obwohl wir Hiilisuo hätten besichtigen sollen, um den Estrich des Pferdestalls und die Rückwände des Viehstalls zu studieren.

Hill wurde über solche Reden ganz aufgebracht und versicherte, wir hätten in Hiilisuo viel zu lernen gehabt und vieles hätten wir auch gar noch nicht untersuchen können. In Hiilisuo habe man schon viel zustandegebracht und man habe einen Vorsprung gegenüber Hopea, obwohl der grösste Teil der Mitglieder des Kolchos erst im Frühjahr angekommen sei. Aus den Vereinigten Staaten seien Leute nach Hiilisuo gekommen, die wirklich arbeiteten und die wüssten, was Arbeit heutzutage bedeute, während in Hopea Zeit mit Zweifeln verschwendet worden sei, ob die Arbeit nach den Theorien der Kommunisten, Lenin und Stalin zu verrichten sei oder ob man auch die Lehre Christi in den Sozialismus einbringen müsse.

Helm sagte, wir bräuchten die Tatsache, dass wir im Majakka gesessen hätten, gar nicht mit so grossen Namen wie Lenin, Stalin und Christus zu verteidigen, schliesslich habe uns niemand verboten, im Majakka ein Bier trinken zu gehen.

Hill rühmte nun, wir hätten gleich beim Betreten des Majakka Joonas Harju getroffen und von ihm schon in Petroskoi gute Hinweise erhalten, was wir in Hiilisuo untersuchen und was wir uns zum Vorbild nehmen sollten. Hill redete auch von den hundert Kühen, von denen Joonas Harju und Emil Niva glaubten, sie würden die Genehmigung erhalten, sie in Finnland kaufen zu dürfen.

So kamen wir davon, ohne weiter begründen zu müssen, warum wir einen ganzen Tag in Petroskoi verbracht hatten. Ausserdem waren die Leute zufrieden mit den Sachen, die wir aus der Stadt mitgebracht hatten, und sprachen über alles, was wir von Hiilisuo und dem Rest der Welt berichtet hatten.

Als die Frauen kamen, um das Geschirr abzuräumen, warnte mich Hill vor Ira, die verwitwet sei. Hill meinte, es sei nicht gut, eine Beziehung mit einer Witwe anzufangen, weil eine Witwe ihren verstorbenen Mann immer besser in Erinnerung halte, als er tatsächlich gewesen sei. Sie blende die schlechten Erinnerungen aus und liebe eine Traumvorstellung, mit der sie ihren neuen Mann vergleiche. Hill forderte mich vielmehr dazu auf, Laina zu wählen, die sich von ihrem Mann getrennt habe. Der Mann lebe jetzt mit seiner neuen Frau irgendwo in der Richtung von Petroskoi, und Laina habe über ihren Ex-Mann nichts Gutes zu sagen. Ich würde Laina immer lieb und teuer sein.

Ich sagte ein weiteres Mal, ich hätte nicht an Frauen gedacht, ich hätte eine Frau in Finnland und glaubte, einmal wieder zu ihr zurückzukehren. Die Frauen wandten ausserdem ein, Laina und Ira seien nicht einfach so zu nehmen und zu geben, sondern sie hätten in der Beziehungsfrage auch noch ein Wörtchen mitzureden.

Wir sprachen über die Arbeit des nächsten Tages. Als ich zur Bude ging, kam Ira gleichzeitig mit der anderen Frau, die in der Küche ebenfalls Tee gekocht und die Brötchen bereitgemacht hatte, zurück. Auch alle anderen Leute gingen schon in ihre Wohnungen, so dass Irina und ich am Ende zu zweit übrigblieben.

Wir stiegen die Treppe hoch und gingen von der Veranda auf den Flur. Mir schien, dass Ira einen Moment auf dem Flur wartete, bevor sie die Tür zur unteren Wohnung öffnete und ihre eigenen Räume betrat, aber ich war mir nicht ganz sicher. Wir wünschten einander eine gute Nacht und ein Wiedersehen am Morgen. Ira würde am Morgen wieder in der Küche arbeiten. Als wir vom Speisesaal zum Haus zurückkehrten, hatte Ira erzählt, dass in der unteren Wohnung noch eine andere Frau wohnte, die aber nichts aus dem Amerikanerladen bestellt habe, weil sie diesen Laden als einen Überrest der bürgerlichen Welt betrachte, in der die Menschen nicht gleichberechtigt behandelt würden.

Deshalb sei die Frau auch nicht in den Speisesaal gekommen, um die Leckereien zu bewundern, die wir mitgebracht hätten, sondern sei zurückgeblieben, um auf Iras Tochter aufzupassen. Die Frau würde die Tochter auch am Morgen in den Hort bringen, so dass Ira früh zur Küche gehen konnte.

Ich erinnerte mich, auch die zweite Frau aus der unteren Wohnung schon gesehen zu haben, aber sie war nicht stehengeblieben, um mit mir zu reden, obwohl wir uns begegnet waren. Hill hatte mir den Namen der Frau genannt, als wir nach Petroskoi gefahren waren. Sie hiess Ella.

Ich stieg die Treppe zum Dachstock hoch, als Ira in ihre Wohnung gegangen war. Jemand hatte im Ofen meiner Kammer Feuer gemacht und die Bleche geschlossen, so dass die Seite des Ofens warm war und dadurch die ganze Kammer.

10.

Am Morgen ging ich vor sieben Uhr zum Speisesaal. Auf dem Vorplatz lief mir Helm entgegen, der fragte, ob wir in Petroskoi Kallonen und andere Männer aus dem Grossen Haus gesehen hätten.

Ich sagte, Kallonen sei in den Laden gekommen, um uns zu sehen. Es gefiel Helm nicht, dass die Männer der GPU uns auf Schritt und Tritt überwachten. Als er aus Kanada abgereist sei, habe man ihm über die Situation in Karelien andere Informationen gegeben.

Ich erzählte ihm auch, dass wir Mitbringsel aus dem Laden bei den Rantalas vorbeigebracht hätten und Einari mitten am Tag zu Hause gewesen sei. Helm sagte, er habe gehört, dass Rantala aus der Fabrik entfernt worden sei, und weil das Haus für die Arbeiter der Fabrik bestimmt sei, würden die Rantalas auch aus der Wohnung ausziehen müssen. Den Rantalas war ein neuer Arbeitsplatz in irgendeinem Fischereikolchos hinter Sorokka zugewiesen worden, und Elma sollte dort Fische ausnehmen.

Helm wusste, dass Rantala nicht aus Kanada eingereist, sondern nach dem Aufstand der Roten nach Karelien geflohen war. Deshalb sei es für uns nicht hilfreich, zu viel nach Rantala zu fragen.

Diese Dinge besprachen wir, während wir auf dem Weg zum Speisesaal waren. Einige Leute sassen schon beim Frühstück. Ich setzte mich an meinen eigenen Platz neben Hill. Er erzählte gerade von den Männern, die sich in

Viitana auf dem Vorplatz von «Kanadas Hilfe» von uns hätten mitnehmen lassen, ihm aber so merkwürdig vorgekommen seien, dass wir sie vor Petroskoi bei der Wegverzweigung von Kontupohja zurückgelassen hätten. Viele dachten, die Männer seien Hobos gewesen, die auch in diesem Land unterwegs seien, obwohl anderes behauptet werde. Russland war gross, und die Beamten konnten nicht allen Vagabunden auf den Fersen bleiben.

Ira brachte das Essen an den Tisch. Nachdem sie zur Küche zurückgekehrt war, fragte ich Hill nach Iras Mann. Er glaubte, er brauche mir gar nichts von Ira zu erzählen, weil man in Hopea beschlossen habe, mich als Lehen an Laina zu geben, und dieses Lehen würde bei Laina bleiben, solange ich in Hopea bliebe. Hills Reden schafften es immer noch, die Leute zum Lachen zu bringen, und auch Laina lachte, obwohl sie sagte, dass die Leiter des Kolchos kein Recht hätten, über ihre Lehensangelegenheiten zu entscheiden.

Hill forderte mich auf, Ira selbst zu fragen, wie es ihr in ihrem Leben ergangen sei, aber die anderen, die am Tisch sassen, erklärten mir, Ira sei vor einem Jahr Witwe geworden, als Sjöblom dem Lungenleiden erlegen sei, das er in den Nickelbergwerken Kanadas und bei der Forstarbeit in der schrecklich frostigen Winterluft aufgelesen habe. In Kanada sei Sjöbloms Lunge noch gesund gewesen, und er sei immer noch gesund gewesen, als er nach Karelien gekommen sei, im Kolchos Säde gelebt und Ira in Aunus gefunden hatte. Erst nach Sjöbloms Tod war Ira nach Hopea gezogen.

Ich sagte, ich brauche Ira nicht mehr nach ihrem Mann zu fragen. Alles Nötige sei mir jetzt bekannt und dazu einiges Unnötige.

Hill, Marttila und ich arbeiteten bis zum Mittag bei der Säge. Am Vormittag brachte Ira uns Tee in einer grossen Kanne und setzte sich zu uns, während wir unter dem

Schutzdach der Säge Tee tranken und die Butterbrote assen, die Ira uns gebracht hatte.

Nachdem Ira gegangen war, erklärte Hill, man sehe schon von weitem, dass Ira geplant habe, mich als neuen Mann anstelle des an der Tuberkulose verstorbenen Sjöblom zu bekommen. Hill versprach jedoch, mich gegen die Angriffe der Frau zu verteidigen, weil Ira seiner Meinung nach nicht die richtige Lebenspartnerin für mich sei.

Hill berichtete, er habe vereinbart, dass Laina am Abend kontrollieren werde, wie warm meine Kammer sei und wie warm die Seite des Ofens sei. Ich war darüber ganz erstaunt und wunderte mich, ob Hill ein Kuppler sei. Er jedoch erschrak über dieses Wort und behauptete, er sei der Amor von Hopea, der die Pfeile zum richtigen Ort lenke, nämlich in die Herzen der Liebenden, und daran seien keine eigennützigen Wünsche geknüpft.

Ich war nicht sicher, ob ich über Hills Reden lachen sollte. Zur Mittagszeit sah ich Laina nicht im Speisesaal und konnte nicht nachfragen, ob Hill die Wahrheit gesagt hatte und ob Laina wirklich am Abend in meine Bude kommen würde, um mit der Hand über die Ofenwand zu streichen.

Als der Arbeitstag zu Ende war, gingen wir zur Sauna und badeten. Bis zum Abendessen blieb noch etwas Zeit, ich ging in meine Bude, trug einen Armvoll Scheite nach oben und stapelte sie neben dem Ofen auf. Ich betastete die Ofenwand mit der Seite meiner Hand und stellte sicher, dass das Feuer richtig erloschen sein würde, bevor ich zu Bett ging.

Ich war eingeschlafen und wachte auf, als man vom unteren Ende der Treppe nach mir rief. Ich setzte mich auf, zog die Schuhe an und stieg die Treppe hinunter. Ella, die mit Ira und ihrem Kind in derselben Wohnung lebte, bat mich zum Nachmittagstee. Bis zum Abendessen blieb immer noch Zeit, und ihrer Meinung nach fühlte sich das Tee-trinken nicht wie Teetrinken an, wenn man den Tee alleine trinken musste.

Ich fragte, wo Ira sei. Ella erzählte, sie sei schon zum Speisesaal gegangen, weil sie Küchenschicht habe. Wir gingen vom Flur in die Wohnung. Ella hatte den fertigen Tee auf den Tisch gestellt und gezuckerten Zwieback auf einen Teller mit Blumendekor gelegt. Ich fragte, woher Ella sich nach Hopea verirrt habe. Sie erzählte, sie sei vor fünf Jahren mit den ersten Auswanderern aus Cobalt nach Säde gekommen. Man habe ihnen damals das Land von Säde in Aunus zum Bewohnen und zum Roden überlassen, aber nach dem Tod von Iras Mann sei Ella mit ihr zusammen nach Hopea gezogen. Ich fragte nicht, weshalb.

Wir setzten uns an den Tisch und tranken Tee. Iras Tochter kam aus der Kammer herüber, und Ella holte auch für sie eine Tasse, schenkte ihr Tee ein und bot ihr Zwieback an. Ich hatte gehört, dass das Kind Mary genannt wurde, und schätzte sie auf fünf Jahre. Sie sagte, ihr Vater sei gestorben. Ich erwiderte, ich hätte davon gehört. Mary sagte, sie brauche keinen Vater, sie und ihre Mutter kämen ohne einen Mann ganz gut zurecht, da es in Hopea genug Männer gebe, die die Arbeiten eines Mannes erledigen könnten, auch wenn ihre Mutter keinen Mann habe.

Ella lachte, ich strich über Marys Haar und sagte, sie sei ein kluges Kind, das schon über alle möglichen Dinge in der Welt Bescheid wisse.

Ich fragte nach Ellas Mann. Mary sagte mit fester Stimme, Ella habe keinen Mann und brauche auch keinen, so wie auch Ira und sie selbst keinen bräuchten. Sie kämen zu dritt gut zurecht. Manchmal, wenn irgendeine schwere Kiste zu heben oder ein Kasten zu verschieben sei und sie es zu dritt nicht schaffen würden, rufe Ella Männer zu Hilfe. Einen Ehemann brauche man für solche Dinge nicht, erklärte Mary.

Als Mary den Tee getrunken und den Zwieback gegessen hatte, ging sie zurück in die Kammer, erklärte aber auf der Schwelle noch, was sie in der Kammer spiele, welches Spiel sie zuvor habe unterbrechen müssen.

Nachdem das Kind in die Kammer gegangen war, schloss Ella die Tür und bat mich, Ira in Frieden zu lassen, da sie die grosse Trauer noch nicht überwunden habe, in die sie der Tod ihres Mannes gestürzt habe. Ich sagte, ich hätte Iras Frieden nicht gestört und auch keine anderen Frauen in Hopea bedrängt, ich hätte in Finnland eine Familie und hätte nicht im Sinn gehabt, diese aufzugeben. Ella sagte, sie wisse, was für ein Leben die Familienväter hier in der *swoboda* führten. Sie habe schon gehört, dass ich in den Hinterhof des Majakka gegangen sei, um zwischen den Holzstapeln Krankheiten aufzulesen.

Ich begann zu lachen und wunderte mich, mit welchem Telegrafen die Ereignisse von Petroskoi schon nach Hopea geschwirrt seien. Ella meinte, ich brauche mir nicht vorzustellen, dass selbst die verborgensten Dinge nicht manchmal bekannt würden.

Ich begann Ella nicht zu erklären, was ich getan und seingelassen hatte, dankte für den Tee und stieg wieder in meine Kammer hoch, um mich hinzulegen.

11.

Nach dem Abendessen blieben wir im Speisesaal, um zu hören, was Helm über den Sozialismus und den Aufbau Hopeas zu sagen hatte. Als Helm seinen Vortrag beendet hatte, wollten auch andere das Wort ergreifen, und wir blieben lange im Speisesaal sitzen.

Einer erinnerte sich daran, wie gut sich die Arbeit in Kanada angelassen habe und wie das Gehalt ohne andere Ideologien als die Ideologie der Arbeit geflossen sei, und sie glaubten, dass sie immer noch in Kanada wären, wenn die Arbeit dort ausgereicht hätte. Sie glaubten, dass die Ideologie der Arbeit auch in Karelien ausreichend sei. Solange die Felder von Hopea genug Roggen und Gerste hervorbrächten, die Kornspeicher sich füllten und genug Korn als Steuern für den Staat vorhanden sei und obendrein welches zum Verkauf, werde niemand nach der Ideologie von Hopea fragen, sondern man werde uns den Kolchos in Ruhe aufbauen lassen. Es war schon vorbestimmt, wie gross der Teil der Ernte war, den man dem gemeinsamen Gebrauch zu überlassen hatte, und dieser Teil schien nicht allzu gross. Es würde noch Korn zum Verkauf übrigbleiben, nachdem der Anteil des Staates weggefallen sein würde. Alle begriffen, dass Steuern notwendig waren, ob im Land nun eine sozialistische oder eine kapitalistische Grundstimmung herrschte.

Helm sagte dennoch viele Male im Verlauf des Abends, der Mensch lebe nicht vom Brot allein, das wohl den Leib ernähre, aber man brauche auch Nahrung für die Seele und den Geist. Auch der Leib gehe ein und das Leben habe keinen Sinn, wenn der Seele und dem Geist keine Nahrung geboten werde. Aus diesem Grund dürften wir Christus in unserem Sozialismus nicht vergessen und seine himmlischen Heerscharen, die Heere von Engeln, die ständig anwesend seien.

Ich hörte zu, während Helm sprach, beobachtete aber die Mienen der Leute, ob sie Spott zeigten, wenn sie solche Worte hörten. Es schien, als ob Helm nicht zum ersten Mal solche Dinge zu den Leuten von Hopea spreche. Als später am Abend ein schwarz gekleideter Mann aus der Küche kam, von dem ich zu wissen glaubte, dass er in der Maschinenwerkstatt arbeitete, und das Abendmahl auszuteilen begann, ging der grösste Teil der Leute bei ihm vorbei, um das Abendmahl entgegenzunehmen.

Ich hatte noch nie mit dem Mann aus der Maschinenwerkstatt gesprochen und kannte seinen Namen noch nicht. Er trug jetzt anstelle eines Overalls einen schwarzen Sonntagsanzug, eine Krawatte und einen gestärkten Kragen, und er trug auf einem Tablett den Abendmahlkelch und einen Teller, auf dem sich das Brot befand. Er segnete das Brot und den Wein und rief dann die Gemeinde zum Mahl des Herrn.

Der Mann brach das Brot, teilte es aus und reichte allen Wein aus demselben Kelch. Für mich kam das alles so plötzlich, dass es mir unmöglich war, den Tisch zu verlassen. Ich erinnerte mich an meinen Konfirmandenunterricht und meinen einzigen Gang zum Abendmahl. Der Pfarrer hatte uns gewarnt, man dürfe den Leib und das Blut des Herrn nicht entgegennehmen, wenn man nicht dazu bereit sei. Wenn die Seele nicht rein sei und bereit, Christus zu empfangen, dürfe man nicht zum Abendmahl gehen. Einige der Mädchen hatten weinend darum gebeten, das

Abendmahl bei der Konfirmation nicht entgegennehmen zu müssen, weil sie sich noch prüfen wollten. Der Pfarrherr hatte dazu seine Erlaubnis gegeben.

Ich war damals zum Abendmahl gegangen und hatte keine besondere Wirkung verspürt. Seither hatte ich kein Brot und keinen Wein mehr aus der Hand eines Pfarrers empfangen.

Ungefähr ein Dutzend Männer und einige Frauen blieben an den Tischen sitzen, als der Mann von der Werkstatt das Abendmahl austeilte, aber auch auf den Gesichtern derer, die an den Tischen geblieben waren, sah ich keine Spur von Spott. Nach dem Abendmahl gingen alle zu ihren Häusern. Ich war eben erst in meinem Zimmer angekommen und überprüfte, ob im Ofen noch glühende Kohlen waren, als jemand anklopfte und eintrat. Es war Laina. Sie sagte, sie habe meine Nachricht bekommen, dass ich ihren Besuch wünsche. Ich fragte, wer ihr eine solche Nachricht übermittelt habe. Laina erzählte, es sei Hill gewesen.

Ich bot ihr einen Stuhl an und sagte, ich würde von unten Tee holen. Laina meinte, dies sei nicht nötig, sie habe während des Tages und am Abend im Speisesaal mehr als genug Tee getrunken. Tee sei ein Getränk, das die Gedanken in Gang bringe, und sie habe nach Hills Nachricht für den Rest des Tages genug nachzudenken gehabt.

Das Gespräch kam nicht recht voran, ich wusste nicht, was Hill Laina versprochen hatte, um sie dazu zu bewegen, in meine Bude zu kommen.

Laina erkundigte sich nach meiner Zeit in Amerika, und als ich erzählte, ich sei schon 1909 von dort in die alte Welt zurückgekehrt, begann sie zu lachen und sagte, sie sei im selben Jahr geboren. Ich hatte also die ganze Amerikareise schon vor ihrer Geburt unternommen. Ich rechnete aus, dass sie einundzwanzig Jahre alt war. Das fühlte sich nach wenig an.

Ich sagte, ich sei in Lainas Alter auf der anderen Seite der Welt gewesen, in New York. Laina erzählte, sie sei über New York hierher gekommen, habe aber keine Sehnsucht danach, auch nicht nach Cobalt oder einem anderen amerikanischen Ort dazwischen. Sie glaubte, sie werde ihr Glück in Karelien finden, wo man im Arbeiterstaat arbeiten dürfe.

Laina erzählte, ihr Vater und ihre Mutter seien in Kanada gestorben, und sie habe sich entschieden, mit ihren Nachbarn auf diese Seite des Atlantiks zurückzukehren, als Stalin gerufen habe. In Cobalt habe sie nichts besessen ausser den Gräbern auf dem Friedhof.

Laina erzählte, ihr Vater habe in der berühmten Mine von Lawson gearbeitet. Dort wurde in einer Silberader namens *Silver sidewalk* geschürft, die bis zur Erdoberfläche reichte und aus nahezu reinem Silber bestand. Ich sagte, ich hätte auf Copper Island davon reden gehört, von wo Männer aus Finnland nach Kanada aufgebrochen seien, um dort Silber und Gold zu schürfen, ich jedoch sei nach New York gefahren, weil mir die Bergwerksarbeit als menschenunwürdig vorgekommen sei, und auf Copper Island hätte ich mir geschworen, nie mehr unter Tage zu gehen.

Wir sprachen beide von unserem Leben, als wir dort in der Dachkammer sassen, und ich erzählte, wie sich mein Name in Petroskoi von Ketola zu Kari verändert habe und dass ich in Finnland eine Frau und Kinder hätte. Laina versicherte, sie sei nicht gekommen, um sich mir an die Stelle meiner Frau aufzudrängen, sie sei lediglich in meine Kammer gekommen, weil Hill ihr die Nachricht übermittelt habe, ich hätte sie in meine Kammer eingeladen. Sie begann richtiggehend zu weinen, als sie mich bat, nicht zu denken, sie biete sich mir an.

Ich sagte, Laina sei immer willkommen, um mich zu treffen und über die Dinge zu reden, die ihr Herz bedrückten. Wir seien beide einsam und verlassen in den Stürmen der Welt. Sie konnte nicht aufhören zu weinen und erzählte, sie habe zu lange allein hart gegen die ganze Welt bleiben müssen, habe ihre Geschwister begraben und am offenen Grab ihrer Eltern Kirchenlieder singen müssen, noch bevor sie fünfzehn geworden sei.

Ich nahm meinen Stuhl, setzte mich neben Laina und legte meine Hand auf ihre Schulter. Wir blieben lange so sitzen, bis Laina sich ausgeweint hatte, ihre Augen und Wangen abwischte und schon wieder lächelte und versprach, sie werde beim nächsten Mal nicht wieder als Heulsuse auftreten. Ich bat sie, immer in meine Kammer zu kommen, um zu weinen, wenn ihr nach Weinen zumute war, ob ich nun zu Hause sei oder nicht. Das amüsierte Laina schon wieder.

Nach Mitternacht ging Laina. Am nächsten Tag fragte mich Ella im Speisesaal, was ich in meiner Kammer mit Laina Gutes oder Schlechtes angestellt hätte, dass ich ihr sowohl Lachen als auch Weinen entlockt hätte. Ich meinte, auch für Ella wäre es gut, manchmal das Weinen zuzulassen, aber sie sagte, sie würde bestimmt nicht zu mir weinen kommen.

Ira sprach mit mir nicht über Lainas Besuch, aber Mary erklärte mir zwei Tage später auf dem Vorplatz, wie glücklich ihre Mutter und Ella seien, dass sie noch kein Mann so zum Weinen gebracht habe, wie ich Laina zum Weinen gebracht hätte. Mary meinte, kein Mann dürfe so schlecht zu Laina sein, dass sie weinen müsse, weil Laina einsam und verlassen sei.

Ich versuchte Mary zu erklären, dass Laina gerade über diese Einsamkeit geweint und sich an das Grab ihres Vaters, ihrer Mutter und ihrer kleinen Geschwister weit weg jenseits des Ozeans erinnert habe. Mary erinnerte sich daran, dass auch Irina am Grab von Marys Vater geweint hatte, und sie freute sich darüber, dass ich Laina nichts Schlechtes angetan hatte und sie in meinen Klauen nicht hatte leiden müssen, wie Ira und Ella behauptet hatten.

Das amüsierte mich, und ich nahm das Mädchen in den Arm und hob es hoch in die Luft. Mary wand sich so sehr, dass ich sie wieder auf dem Boden absetzen musste. Sie sagte, sie wolle nicht in meine Klauen, weil sie dann vielleicht auch würde weinen müssen. Ich brachte sie zurück ins Haus, öffnete die Tür vom Flur zur Wohnung, hob Mary über die Türschwelle in die Wohnung, klopfte ihr auf den Hintern und forderte sie auf, sich mehr von den Geschichten anzuhören, die Ira und Ella erzählten.

12.

Im Dezember erkältete ich mich auf der Baustelle böse, als ich Bretter von der Säge hinübertrug, schwitzte und in meinem nassen Hemd zu frieren begann. Ich war immer noch in keinem sehr guten Zustand nach meinem Umherirren in den Wäldern. Am Abend ging ich von der Sauna in meine Bude und fühlte, dass ich Fieber bekam.

Ich ging dennoch zum Speisesaal, um zu sehen, ob sich dort Leute versammelt hatten, um von den Angelegenheiten des Kolchos und der Weltlage, von der man am Radio hörte, zu reden. Während ich diese Reden hörte, stieg das Fieber weiter, und ich fühlte mich zunehmend unwohl.

Jemand bemerkte, dass ich fiebrig war, und sagte es den Frauen. Sie kamen herbei, um meine Stirn und Hände zu befühlen, und schickten mich sofort ins Bett in meiner Kammer. Man liess mich nicht dableiben, um zu hören, was nach dem Abendessen von den Angelegenheiten des Kolchos gesprochen wurde und davon, dass man aus Petroskoi angerufen und nach den Männern gefragt hatte, die wir im Oktober an der Wegverzweigung von Kontupohja abgeladen hatten.

Ich ging in die Dachkammer und zog die Kleider aus, um mich ins Bett zu legen. Hill und seine Frau kamen bald vorbei, um mir Sirup zu bringen, der aus Hopeas eigenen Johannisbeeren gekocht worden war. Hills Frau behauptete, dieser Sirup heile alle Krankheiten, auch den Herzschmerz, aber Hill gab mir zur Sicherheit auch ein fiebersenkendes

Pulver, das mich bis zum Morgen wieder auf die Beine bringen sollte. Hills Frau erschrak über diese Worte. Sie hatte ein Fieberthermometer dabei, das sie in meinen Mund steckte. Sie wartete und beobachtete von ganz nah, wie hoch die Säule des Thermometers stieg. Dann sagte sie, die Säule stehe schon auf neunundneunzig Grad und steige noch höher. Das bedeutete hohes Fieber. Das Thermometer stieg noch bis auf hundertundzwei Grad. Ich begriff zuerst gar nicht, dass Hills Frau ein amerikanisches Thermometer hatte, dessen Werte nicht gleich waren wie bei uns.

Ich fragte, wie viel hundertundzwei Grad in unseren Werten seien, aber darüber brauchte ich nach der Meinung von Hills Ehefrau jetzt nicht nachzudenken, ich brauchte bloss ruhig zu liegen und zu warten, bis die Medizin die Krankheit besiegte. Sie verbot mir, nur schon daran zu denken, zur Arbeit zurückzukehren, bevor nicht drei fieberfreie Tage vergangen seien.

Ich hatte den Lohn von Ende November noch nicht bekommen und machte mir Sorgen, was passieren würde, wenn ich ihn nicht bald abholen ginge. Dieser Gedanke kreiste in meinem Kopf und ich konnte ihn nicht loswerden, obschon mir sowohl Hill als auch seine Martta viele Male versicherten, mein Lohn werde mir nicht einfach auf den Strassen Kareliens davonlaufen, auch wenn ich noch so lange im Bett liegenbliebe. Er werde in der Kasse des Kolchos bleiben, und ich würde ihn von dort bekommen, sobald ich wieder gesund wäre, hundert Rubel im Monat wie jedes Mitglied des Kolchos.

Ich fragte, ob ich den Lohn für den ganzen Dezember bekommen könne, obwohl ich krank sei und nicht für meinen Lohn hätte arbeiten können. Hills sahen, dass ich vom Fieber durcheinander war und meine Gedanken nicht mehr ihre gewöhnlichen Wege gingen, sich anstauten, sich

im Kreis drehten und angeschwollen und seltsam heraus-
kamen. Sie gingen und liessen mich in meiner Kammer ru-
hen. Bald kam Hill mit einem Armvoll Brennholz zurück
und machte Feuer im Ofen, blieb aber nicht da, um es zu
überwachen. Ich lag im Bett und sah zu, wie die Flammen
den Raum durch die Klappen der Feuerkammer erhellten
und wie ihr Flackern an den Wänden und dem Dachtäfer
widerschien.

Ira kam am späteren Abend, brachte mir zu trinken und
kümmerte sich um den Ofen. Sie befühlte auch meine Stirn
und behauptete, das Fieber habe ein wenig nachgelassen. Sie
forderte mich aber auf, mich an den Gedanken zu gewöhnen, dass ich noch viele Tage würde im Bett liegen müssen.
Sie fragte, ob ich fröre. Als ich sagte, ich fröre, schätzte Ira,
dass das Fieber von Hills Pulver für einen Moment gesenkt
worden sei, in der Nacht aber wieder ansteigen werde.

Ich fragte, ob Ira unter die Decke kriechen könne, um
mir warm zu geben. Ira lachte und schätzte, ich könne noch
nicht ganz im Vorhof des Todes sein. Unter die Decke kroch
sie nicht, liess sich aber überzeugen, für einen Moment ihre
Hand auf meine Stirn zu legen.

Ich schlief und hatte wirre Träume, wobei ich nicht
wusste, ob ich wachte oder schlief. In meiner Kammer waren Pentti und Vihtori Kosola, die vom Ausjäten des Kommunismus sprachen. Auch meine Frau war da.

Am Morgen war ich ganz erschöpft. Als ich versuchte
aufzustehen, konnte ich meine Kleider nicht anziehen und
nicht zur Arbeit gehen. Ich bat Hill, Marttila und Rinta-Nisula um Verzeihung, als sie am Morgen in meiner Kammer
nachsahen, nachdem ich nicht im Speisesaal erschienen war.

Sie behaupteten, auf der Baustelle und beim Tragen der
Planken komme es auf einen Mann mehr oder weniger
nicht an. Hill sagte, er habe mit Laina ausgemacht, dass sie

mir das Frühstück und das Mittagessen bringen und sich um mich kümmern werde.

Laina erschien in der Tat bald, nachdem die Männer gegangen waren, und brachte mir aus dem Speisesaal etwas zu essen und den Morgentee. Sie bedauerte, dass der Tee während des Transports kalt geworden sei. Ich hatte keinen Appetit, obwohl Laina erzählte, Irina habe über meine Brote Käse gegeben, den die Frauen selbst am Ofen im Speisesaal geschmolzen hätten.

Laina setzte sich neben mein Bett, um zuzusehen, als ich Tee trank. Sie sagte, sie habe sich nicht zwischen mich und Ira drängen wollen, obwohl Hill es ihr aufgetragen habe. Daher sei sie seit dem Oktober auch nicht mehr in meine Kammer gekommen. Sich zwischen andere zu drängen sei wider ihre Natur, erklärte Laina.

Ich streichelte ihre Hand und sagte, sie solle nichts tun, was wider ihre Natur sei. Ella und Mary kamen zur Tür herein. Ella sagte, sie seien gekommen, um zu sehen, ob ich irgendetwas bräuchte, hätten nun aber bemerkt, dass ich alles hätte, was ich benötigte. Mary erklärte, Ella und Ira würden mich bestimmt so gut pflegen, dass Lainas Dienste nicht benötigt würden. Sie brauche sich also gar nicht dazwischenzudrängen.

Laina stand auf und versprach, das Geschirr wegzubringen, wenn sie mir das Mittagessen bringen würde. Ella schätzte, Irina würde mein Essen bringen, wenn sie zum Hort ging, um nach ihrem Kind zu sehen, und Laina würden die unnötigen Schritte erspart bleiben. Laina ging wortlos.

Ella nahm sich einen Stuhl und einen zweiten für Mary. Ella wunderte sich, dass ich alter Mann die Hand eines jungen Mädchens gestreichelt hatte und mit der Hand sogar an Lainas Arm nach oben geglitten war, als sie mit dem

Mädchen eingetreten war. Sie schätzte, ich könne nicht sehr krank sein, läge folglich unnötig im Bett und liesse mich aus purer Faulheit von den Frauen bedienen.

Ich sagte, ich möge nicht sprechen, und bat darum, in Ruhe liegen zu dürfen. Ella behauptete, bei Laina scheine auch nicht die Rede davon gewesen zu sein, in Ruhe zu liegen. Wohin überall meine Hände wohl noch gewandert wären, wenn nicht Ella und Mary gekommen wären, um Laina zu retten?

Ich forderte Ella auf, zu gehen und das Kind mitzunehmen. Sie brauche nicht vor dem Kind der Verbitterung einer alten Jungfer freien Lauf zu lassen. Ella fragte, was ich von ihrem Leben als alte Jungfer wisse, ob man ihr das etwa ansehe. Ich sagte, ich könne an ihr sogar den Geruch einer alten Jungfer riechen.

Ella ging und nahm das Kind mit.

13.

Irina kam am Mittag und brachte mir aus dem Speisesaal eine Kanne mit Suppe, die sie angeblich eigens für mich gekocht habe. Ich fragte nach Laina. Ira antwortete, Laina sei beschäftigt.

Das Fieber war hoch und ich konnte nicht vom Bett aufstehen. Ira stopfte Kissen unter meinen Kopf und konnte mich so weit aufrichten, dass sie mir Fleischbrühe einflössen konnte. Ich konnte nur einige Löffel davon essen. Das Unwohlsein kam in Form eines heftigen Magenkrampfs, aber ich schaffte es, die Suppe bei mir zu behalten. Ich lag einen Moment lang da und schnappte nach Luft, und als Ira versuchte, mit dem Füttern fortzufahren, hob ich meine Hand vor den Mund und drehte den Kopf zur Seite.

Irina tadelte mich und meinte, ich würde nie gesund, wenn ich nicht ässe. Ich seufzte, atmete tief durch und sagte, das Essen bleibe noch nicht in mir. Ira versuchte nicht mit Gewalt, mir den Löffel in den Mund zu stossen, sagte jedoch, sie wolle dieselbe Methode ausprobieren wie beim Füttern von Mary. Sie begann die Litanei von Jakob und seinen zwölf Söhnen aufzusagen, von denen Benjamin der jüngste war, und als sie ihn nannte, führte sie den Löffel zu meinen Lippen. Ich öffnete den Mund und schluckte, was auf dem Löffel war, aber als bei Josef der nächste Löffel folgte, öffnete ich den Mund nicht mehr, weil ich versuchen musste, Benjamins Portion im Magen zu behalten. Ich öffnete den Mund nicht mehr, obwohl Ira versuchte, ihn mit

Hilfe der folgenden Brüder, Asser und Gad, erneut zu öffnen. Sie gab auf, als sie meinen Mund nicht mehr aufkriegte.

Ira hatte auch Kaffee in einer Schnapsflasche mitgebracht, die sie in einen Wollstrumpf gesteckt hatte, um ihn warmzuhalten, aber ich hatte keine Lust auf Kaffee. Irina zeigte mir, wohin sie die Kaffeeflasche, die Tasse und ein Brötchen zum Kaffee steckte, für den Fall, dass ich später am Nachmittag Lust auf Kaffee kriegen würde.

Ira brachte auch mein Bett in Ordnung und ging den Nachttopf leeren, obwohl ich sie bat, das mir zu überlassen. Ich würde am Abend draussen mein Geschäft verrichten gehen und gleichzeitig den Nachttopf leeren. Ira wollte gar nichts davon wissen, dass ich wegen so etwas in die kalte Dezemberluft hinausgehen sollte.

So liess ich Ira alles tun, was sie wollte, und hinderte sie nicht daran, das Bett in Ordnung zu bringen und die Decken und Laken anzuheben, obwohl ich in meiner Unterwäsche darunterlag. Ira mass auch mein Fieber mit dem Thermometer, das Martta Hill auf dem Stuhl neben meinem Bett liegengelassen hatte, erschrak zuerst über das Ergebnis, das bis über hundert Grad stieg, beruhigte sich dann aber, als sie sich erinnerte, dass das Thermometer aus Amerika mitgebracht worden war. Sie versuchte sich zu erinnern, wie viel hundert Grad auf einem gewöhnlichen Fieberthermometer waren, wusste es jedoch nicht und versprach, im Speisesaal danach zu fragen.

Nachdem Ira gegangen war, glitt ich in einen fiebrigen Halbschlaf, aus dem ich aufschreckte, als ich glaubte, die Stimmen von Bekannten zu hören, aber nicht verstand, was diese mir sagen wollten.

Am Abend kamen Hill und seine Frau. Ich hatte immer noch hohes Fieber, Martta Hill mass es. Sie sagte, die Säule sei bis auf hundertundzwei Grad angestiegen. Hill verabreichte mir wieder ein Pulver, aber das Fieber liess sich damit nicht senken, und Hill behauptete, mit den Pulvern aus Kanada wäre mein Fieber bestimmt schon fort, aber das Pulver aus Petroskoi wirke nicht.

Als Ira mit dem Essen kam, blieben Hills da, um zuzusehen, wie ich gefüttert wurde. Martta Hill war der Meinung, Irina wäre eine gute Gattin für mich, aber Hill blieb dabei, ich solle mich an Laina halten, die jung sei und kein Kind als Belastung mitbringe. Martta wurde darüber richtiggehend wütend und fragte, was für eine Belastung ein Kind sei. Ihrer Meinung nach hatte Ira schon ein fertiges Kind und ich brauche mit Ira nicht erst die Mühe auf mich zu nehmen, ein Kind zu zeugen.

Ich bat die beiden, derlei Diskussionen in ihrer eigenen Kammer zu führen, ich wolle weder zu Ira noch zu Laina gehen, sondern bloss wieder gesund werden, um meine Arbeit wieder aufnehmen zu können und damit meinen Lebensunterhalt zu verdienen.

Mary kam alleine von unten in meine Kammer, und Hills begannen wieder darüber zu diskutieren, ob ein Kind ein Vorteil oder ein Nachteil sei. Martta hob Mary dicht vor Hills Augen und forderte ihn auf zuzugeben, dass ein Kind immer und für wen auch immer eine grosse Freude sei. Sie bat ihn, sich daran zu erinnern, was für eine Freude sie selbst an ihren Kindern gehabt hätten, die jetzt als Erwachsene so klug seien, dass sie in Kanada geblieben seien, um ihr Brot zu verdienen und für Hill Enkelkinder grosszuziehen, statt hierher in dieses gottvergessene Land zu kommen, um ihr kärgliches Auskommen zu finden.

Mary packte Hill am Schnurrbart, als ob sie ein Pferd an den Zügeln hielte, zog daran und lachte. Hill nahm das Kind in den Arm und gab zu, dass Mary eine grosse Freude für wen auch immer sei und bestimmt auch ein grosses Glück für mich, falls ich ihr Vater werden sollte.

Auch Ella stieg nun die Treppe zum Dachboden hoch und sagte, sie sei gekommen, um Mary zu holen, damit diese die Krankenruhe nicht störe. Martta Hill forderte Ella auf, zu bezeugen, dass Mary ein süsses Kind sei und ich ein guter Vater für sie wäre und Ira lange genug verwitwet gewesen sei.

Sie sprachen von meinen Angelegenheiten, als ob ich nicht im selben Raum gewesen wäre, aber ich war von meinem Fieber so erschöpft, dass ich dem Gespräch nicht richtig folgen konnte. Dennoch bemerkte ich, dass Ira nichts sagte, obwohl Ella behauptete, Ira brauche sich keinen Mann mehr aufzuhalsen, nachdem sie mit einem fertiggeworden sei. Mit dem Erziehen des Kindes zu einem anständigen Menschen habe Ira mehr als genug zu tun, sagte Ella.

Ich glitt in den Schlaf, und als ich aufschreckte, war die Kammer leer. Von unten war zu hören, wie Mary irgendetwas erklärte, was ich nicht verstand.

Ira kam am späten Abend nochmals vorbei, um zu sehen, wie es mir ging. Sie meinte, weder Hill noch Martta Hill noch Ella noch sonst jemand habe ein Recht, sich in ihre persönlichen Angelegenheiten einzumischen, sie würde ihre Angelegenheiten selber zur rechten Zeit regeln. Während sie noch in der Kammer war, sank mein Fieber ganz plötzlich und so schnell, dass ich glaubte, auf der Stelle zu sterben, ich klagte und stöhnte und versuchte tief einzuatmen, um nicht zu sterben. Ich hielt mich am Bettgestell fest, um nicht ins Finstere und Bodenlose zu stürzen, das auf jeder Seite der Kammer drohte. Ich hörte, wie Ira mit panischer Stimme fragte, was über mich gekommen sei, aber ich kriegte kein Wort heraus.

Dann schlug der Schweiss durch meine Unterwäsche und nässte die Laken, und die Finsternis um mich herum lichtete sich, so dass ich mit einem Mal wieder in einem hellen Raum war und Iras Gesicht ganz dicht vor meinem eigenen sah, als sie festzustellen versuchte, ob ich gerade dabei sei, meine Seele auszuhauchen. Sie befühlte mit ihrer Hand meine Stirn und meine Brust und sagte dann, das Fieber sei gesunken.

Ich war ganz nass vor Schweiss. Irina ging, kam aber bald mit einer Waschschüssel, Tüchern und frischer Unterwäsche zurück. Sie zog mich komplett aus, wusch mich überall mit einem nassen Tuch und trocknete mich mit einem grossen Leinentuch ab, an dessen Rand in lateinischen Buchstaben die Initialen IS eingestickt waren. Das blieb mir in Erinnerung.

Dann zog Ira mir saubere Unterwäsche an, die nicht mir gehörte, und half mir, mich neben dem Bett auf einen Stuhl zu setzen. Sie holte von unten frische Bettwäsche und bezog das Bett neu. Sie ging, nachdem ich zwischen die sauberen Laken geschlüpft war und sie mir nochmals die Temperatur gemessen hatte, die nun nicht mehr über hundert Grad betrug.

Ich blieb in der Kammer liegen und schlief zum ersten Mal seit meiner Erkrankung wieder bis zum Morgen durch.

14.

Ich war vom hohen Fieber so geschwächt, dass ich am Morgen nicht aufstehen konnte, und am Abend stieg das Fieber wieder an.

Helm und Hill sahen nach mir, und ich erzählte ihnen, dass ich in Petroskoi lange im Krankenhaus gelegen hätte, nachdem man mich am Tuulijärvi-See gefunden habe, weil ich mir eine Lungenentzündung zugezogen hätte, und die Ärzte in Petroskoi hätten bereits mit meinem Tod gerechnet.

Das Fieber stieg an vielen Abenden, und in den ersten Tagen ging es bis zum Morgen nicht zurück, und Helm, der mich nun jeden Morgen und Abend besuchte, begann davon zu sprechen, mich nach Petroskoi ins Krankenhaus zu bringen, da mit einer Lungenentzündung nicht zu spassen sei. Ich sagte, ich wolle nicht nach Petroskoi, genauso wenig wie ich die letzte Ölung benötigte. Ich lag Tag und Nacht im Bett. Helm nahm auch Martta Hill mit, und beide hörten meine Lunge ab, indem sie ihre Ohren gegen meine Brust pressten, aber sie waren sich nicht sicher, ob aus meiner Lunge rasselnde Geräusche zu hören seien, die auf eine Lungenentzündung hindeuteten. Ich hatte einen trockenen Husten, und wenn ich hustete oder mich zur Seite drehte, schmerzte meine Lunge. Martta Hill und Helm meinten auch, vielleicht hätte ich Tuberkulose, und sämtliches Geschirr, in dem mir Essen oder Tee gebracht werde, müsse sorgfältig gereinigt werden.

Am besten wäre es, wenn man für mich eigenes Geschirr verwenden würde.

Ich lag da und hörte diese Spekulationen zu meiner Krankheit. Ich hatte keine Kraft, um zu widersprechen, obwohl ich genau wusste, dass ich nicht an Tuberkulose litt. Ich hatte zeitlebens viele Tuberkulöse gesehen und ihren Husten gehört und wusste, dass mein Husten nicht der Husten eines Tuberkulösen war.

Tagsüber brachte mir immer Laina das Essen, wenn sie in der Küchenschicht eingeteilt war, aber sie blieb nie da, liess das Essen auf dem Stuhl neben einem Bett und ging fort, ohne mit mir zu sprechen. Einmal fragte ich sie, ob sie böse auf mich sei. Sie sagte, sie wolle sich nicht zwischen mich und Ira drängen, aber ich begriff, dass sie von meiner angeblichen Tuberkulose gehört hatte und sich vor einer Ansteckung fürchtete.

Irina brachte mir das Abendessen und blieb sitzen, während ich ass. Sie meinte, sie wolle überwachen, dass ich ordentlich ass, versuchte jedoch nicht mehr, mich mit Hilfe der Söhne Jakobs zu füttern. Als ich gegessen hatte, kam Ira zu mir, befühlte meine Wangen und die Muskeln an meinen Armen und meinte, ich hätte keine Tuberkulose, weil ich von Tag zu Tag kräftiger werde. Als sie ging, nahm sie das ganze Geschirr mit.

Ich blieb bis Weihnachten im Bett und konnte auch nicht an Hopeas Weihnachtsfest teilnehmen, das im Speisesaal gefeiert wurde, aber Rinta-Nisula brachte mir einen kleinen Weihnachtsbaum, den Mary und Irina schmücken kamen. Ich zog mich trotzdem an und ging am Nachmittag zur Weihnachtssauna, bei der Männer und Frauen getrennt an die Reihe kamen, und traf in der Sauna sämtliche Männer, die ich seit meiner Erkrankung nicht mehr gesehen hatte. Viele von ihnen hielten auf den Saunabänken dennoch

Abstand zu mir, weil sie den Verdacht hegten, die Tuberkulose könnte sich mit dem Dampf der Aufgüsse ausbreiten.

Ich blieb nicht lange auf der Saunabank, ging in den Waschraum und wusch mich zum ersten Mal selbst, seit ich krank geworden war.

Vom Saunabad und dem Gang zurück zu meiner Wohnung wurde ich dennoch so müde, dass ich mich ausziehen und ins Bett legen musste. Ira, Ella und Mary kamen, um mir frohe Weihnachten zu wünschen. Sie blieben eine Weile, und das Kind erzählte mir, was für ein Programm es im Speisesaal gegeben habe. Ich fragte nach dem Pfarrer aus der Werkstatt. Ella verwarf die Hände, aber Ira erzählte, dass der Pfarrer einen Weihnachtsgottesdienst gehalten habe. Sie gingen nach unten, und ich schlief ein.

Ich wachte auf, als Ira in meine Kammer zurückkehrte und wortlos unter meine Decke schlüpfte. Unter ihrem Nachthemd trug sie keine anderen Kleider. Sie sprach leise und in karelischer Sprache von Dingen, die sie nach dem Tod ihres Mannes bedrückt hatten. Ich hielt sie im Arm, liess sie reden, was sie zu reden hatte, und streichelte sie über dem Nachthemd und auch darunter.

Ich hörte, dass es für sie schwer gewesen war, in meine Kammer zu kommen, und sie war so verlegen, dass sie nicht aufhören konnte zu reden. Sie klammerte sich an mich, drückte sich gegen mich, suchte meinen Mund, zog mich auf sich, wiederholte meinen Namen und am Ende auch den Namen ihres verstorbenen Mannes und blieb dann auf dem Bett liegen. Durch das Dunkel hörte ich, wie Ira leise weinte, ich fühlte das Weinen an ihren Schultern, um die ich meinen Arm gelegt hatte. Als ich nachfragte, sagte sie, sie weine vor Freude und Trauer.

Am frühen Morgen, als ich aufwachte, war Ira nicht mehr im Bett. Ich setzte mich auf, die Wand des Ofens strahlte bis zum Bett Wärme aus. Ich ging zum Fenster und blickte hinaus. Der Himmel über Karelien hing voller Sterne. Einige Tage zuvor war Neumond gewesen, und jetzt war der Mond bloss eine schmale Sichel am Rand des Himmels. Im spärlichen Licht des Sternenhimmels sah ich, dass der Wind wehte und von den Feldern pulverigen Schnee mitbrachte, der an den Wänden der Gebäude Schneeverwehungen bildete. Ich sah auch, dass man den Schnee aus dem Frühwinter schon gegen die Wände der Häuser gehäuft hatte, damit er auf diese Weise Wärme spenden konnte.

15.

Am Morgen stand ich auf und kleidete mich an, dann ging ich zum Speisesaal zum Frühstück. Die Männer schaufelten den Schnee, den der Wind gebracht hatte, von den Gehwegen. Ich war noch schwach, ging langsam und musste einige Male stehenbleiben, bevor ich bei der Treppe zum Speisesaal ankam. Ich fror im zu kleinen gefütterten Mantel, den mir Auli Hölttä gegeben hatte.

Ella erwischte mich draussen auf dem Vorplatz. Sie war so zornig, dass sie richtiggehend fauchte, als sie fragte, wie es sein könne, dass ich am Morgen so schlecht ginge und versuchte, wie ein Rekonvaleszenter auszusehen, während ich nachts wie ein Stier gewütet hätte, so dass das ganze Haus gebebt habe. Ich schätzte, dass Ella eifersüchtig war, und versprach, für sie einen Mann aus dem Speisesaal zu gewinnen, wo für alte Jungfern Junggesellen zur Verfügung stünden. Ich selbst sei schon anderweitig versprochen.

Ella sagte dazu nichts, ging an mir vorbei und war lange vor mir beim Speisesaal. Sie sass an einem anderen Tisch, und obwohl am Weihnachtsmorgen kaum Leute im Speisesaal waren, setzte ich mich nicht an Ellas Tisch, sondern nahm meinen gewohnten Platz neben Hill ein.

Irina kam nach diesem Tag jede Nacht in die Dachkammer, nachdem sie Mary zu Bett gebracht hatte, und kehrte erst am frühen Morgen wieder nach unten zurück, weil sie in ihrer Kammer sein wollte, wenn das Kind aufwachte. Nachts horchte sie auf Geräusche von unten und befahl

272

mir, nicht zu sprechen, obwohl sie selbst lauter war. Sie horchte, ob das Kind weinte, und lief in vielen Nächten nach unten, weil sie glaubte, Mary weine und rufe im Schlaf nach ihrer Mutter.

Im Verlauf des Januars bat mich Ira, meiner Frau nach Finnland zu schreiben und vom Leben hier zu berichten. Ich sagte, man könne aus Karelien keine Briefe nach Finnland schreiben. Ich hätte im Herbst zu melden versucht, dass ich am Leben sei, aber der Brief sei in Leningrad abgefangen worden. Ira war ganz erstaunt. Sie wusste, dass viele ihrer Bekannten an ihre Verwandten in Finnland und Amerika schrieben. Sjöblom habe oft an seine alten Eltern nach Ostbottnien geschrieben, und auch Ira habe ihnen geschrieben, um von Sjöbloms Tod zu berichten.

Ira brachte mir Schreibmaterial. Ich schrieb an Sofia und berichtete ihr, ich sei in Karelien am Leben und bei guter Gesundheit, aber ich könne nicht nach Finnland zurückkehren. Ira gab den Brief Helm und dem Pfarrer mit, als diese sich aufmachten, um aus dem Amerikanerladen in Petroskoi Waren zu besorgen.

Der Brief kam eine Woche später in der Post zurück, und angefügt war ein Schreiben von Kallonen, demzufolge ich kein Recht hätte, ins Ausland zu schreiben, weil ich unter Verdacht stünde, geheime Kontakte nach Finnland und den Vereinigten Staaten zu unterhalten. Ira wollte lesen, was ich an Sofia geschrieben hatte, aber ich gab ihr den Brief nicht, sondern verbrannte ihn in der Feuerkammer des Ofens. Nach diesem Tag kam Ira nachts nicht mehr nach oben, nachdem ihr Kind eingeschlafen war, obwohl ich lange aufblieb und wartete.

Ich ging wieder auf die Baustelle zur Arbeit. Die Wände und das Dach waren inzwischen fertig, so dass die Winterstürme keinen Schnee mehr auf die Fussböden fegten, aber das unbeheizte Gebäude war im Winter ein kalter Arbeitsort, und Hill, Rinta-Nisula und Marttila warnten mich jeden Tag davor, mich wieder zu erkälten und die Lungenkrankheit aufzulesen. Sie sprachen immer von der Lungenkrankheit, wenn von meiner Erkrankung die Rede war.

Eines Abends gegen Ende Januar kam Ella nach oben, als ich von der Arbeit gekommen war und mich gewaschen hatte, aber noch nicht zum Nachtessen zum Speisesaal gegangen war. Ella ging in meiner Kammer umher, untersuchte die Fenster, indem sie die Hand an die Ritzen der Fensterrahmen hielt, spähte in die Feuerkammer des Ofens, schob das Blech hin und her, öffnete es ein wenig, hielt die Ketten des Blechs in der Hand und untersuchte sie wortlos.

Auch den Tisch untersuchte Ella, schwenkte ihn und brachte die zwei Stühle, die ich im Zimmer hatte, zum Knarren. Auf dem einen der beiden Stühle sass ich, aber Ella befahl mir aufzustehen, als sie die Stühle untersuchte. Sie befeuchtete einen Finger mit Speichel und zog mit dem Finger eine Linie über die Sitzfläche und die Rückenlehne des Stuhls und prüfte, ob ihr Finger vom Stuhl Farbe angenommen hatte. Sie setzte sich auch auf den Bettrand, liess das Bett schaukeln und sagte, sie wisse bereits, dass das Bett zur knarrenden Sorte gehöre.

Am Ende fragte ich, was für eine Untersuchung Ella in der Kammer halte und ob sie auch die Schränke und ihre Abdeckungen kontrollieren wolle. Ich hätte nämlich die Wäsche, die zur Wäscherei gehen sollte, zuunterst im Schrank auf einen Haufen geworfen. Ella stand vom Bett auf, öffnete die Schranktür, spähte hinein und setzte sich dann wieder auf den Stuhl neben dem Tisch. Sie sagte, sie habe genug von unserem Streit, aber auch davon, jede Nacht mehrmals aufzuwachen, um das Knarren des Bettes und des Fussbodens zu hören, und am frühen Morgen wieder aufzuwachen, wenn Ira versuchte, unbemerkt durch die Wohnung in ihre Kammer zu schleichen, wenn sie von ihrem Mann genug bekommen hatte oder mitten in der Nacht nach ihrem schlafenden Kind sehen wollte. Sie habe beschlossen, es wäre an der Zeit, dass ich nach unten umzöge und sie stattdessen als alte Jungfer in die Dachkammer ziehe.

Ich fragte, ob sie das alles ganz allein beschlossen habe. Ella erzählte, sie habe darüber zuerst mit Irina gesprochen, die nichts dagegen einzuwenden gehabt habe. Auch Helm, Hill und ganz Hopea seien derselben Meinung gewesen, Ellas Beschluss sei gut und förderlich für den Kolchos.

Mich amüsierte Ellas Ernst, mit dem sie die Sache anging. Ich sagte, ich wolle Ira persönlich fragen, was sie von Ellas Beschluss halte. Ich ging nach unten. Ira und Mary sassen auf dem Fussboden und spielten mit den Kühen, die jemand aus Fichtenzapfen für Mary gebastelt hatte. Als sie mich sah, stand Irina auf und strich mit den Händen über ihre Hüfte, wusste nicht, wo sie ihre Hände hätte halten sollen.

Ich sagte, ich hätte soeben gehört, was Ella geplant habe, und sei derselben Meinung. Wir könnten das alte Frauenzimmer nicht ständig mit dem Knarren des Bettes in der Dachkammer wachhalten und sie erneut wecken, wenn Ira nachts nach unten gehen müsse. Auch meiner Meinung nach sei es das Beste, wenn ich nach unten zöge und Ella nach oben, sagte ich.

Irina begann zu lachen und fragte, ob ich die Mühe eines Umzugs nur deshalb auf mich nehmen wolle, damit Ella nachts in Ruhe schlafen könne. Ich ging und umarmte sie und versicherte, ich hätte auch noch andere Gedanken. Ira fragte nach dem Brief. Ich sagte, ich hätte ihn verbrannt, nach Finnland würde man mich ja doch nicht mehr lassen und ich würde auch nicht dorthin schreiben können. Ich fragte Irina, während wir uns da auf dem Fussboden der Wohnung umschlungen hielten, ob sie mich nehmen wolle, um mit ihr im unteren Stockwerk zu wohnen, und ob sie mit mir die Stube und die Kammer in guten wie in schlechten Zeiten bewohnen wolle.

Irina versprach es. Mary stand auch vom Fussboden auf und kam zu unseren Beinen. Ihre Arme reichten nicht um die Beine von uns beiden, aber sie berührte uns beide an den Beinen und versprach, ebenfalls in guten wie in schlechten Zeiten zu uns zu halten. Ich hob Mary vom Fussboden hoch, Ira breitete ihre Arme aus und schloss uns beide fest in ihre Arme.

Ich setzte das Kind wieder auf dem Fussboden ab und setzte mich auf die Bank. Ella kam nach unten. Im Arm hielt sie meine wenigen Sachen. Sie liess sie vor mir auf den Fussboden fallen und bat mich, mich um meine Klamotten zu kümmern. Dann holte sie aus den Schränken und aus dem Bett ihre eigenen Sachen und häufte sie bei der Türöffnung der Stube auf. Sie setzte sich an den Tisch und bat Irina, daran zu denken, dass ich in Finnland eine Frau und Kinder hätte, so dass ich nicht ungebunden sei, sondern einer anderen Frau angehörte. Ich sei Ira nur geliehen, und dieses Lehen könne Ira jederzeit aufkündigen. Auch ich könne das Lehen aufkündigen und versuchen, nach Finnland zurückzukehren, warnte Ella. In meiner Gegenwart sagte sie zu Irina, sie dürfe niemals darauf vertrauen, dass ich in ihrem Leben etwas Dauerhaftes darstellen würde.

Ira setzte sich neben mich, nahm meine Hand und legte sie auf ihre eigene Hand, so dass die Handflächen gegeneinander gedrückt wurden. Sie versicherte Ella, wenn sie in ihrem Alter irgendetwas von der Welt gelernt habe, so sei es, dass nichts von Dauer sei.

16.

Von diesem Tag an schlief ich in der unteren Wohnung. Das geschah Ende Januar. Ich schlief in der Stube in dem Bett, in dem Ella vor ihrem Umzug in die Dachkammer geschlafen hatte, und Ira und Mary schliefen im Hinterzimmer, wie schon zuvor.

Ella kam abends oft nach unten, wenn wir nicht im Speisesaal waren, wo wir über die gemeinsamen Angelegenheiten Hopeas sprachen und uns über diese einigten, manchmal auch darüber abstimmten, oder wo Helm und der Mann von der Reparaturwerkstatt über den Sozialismus sprachen, in dem auch das Geistliche enthalten sein solle.

Ella wurde es langweilig, wenn sie allein in der Dachkammer sass, sie suchte unsere Gesellschaft zum Reden. Sie gestand Mary, sie vermisse sie so sehr, dass sie abends von der Dachkammer in die Stube kommen müsse. Mary hatte Mitleid mit Ella, weil sie alleine in der Dachkammer schlafen musste, und so nahm das Kind oft ihr Nachthemd und ihre Puppe und ging nach oben zu Ella ins Bett, damit Ella nicht alleine schlafen musste.

Ich fragte Mary, weshalb sie zu Ella nach oben gehe, obwohl auch ich in der Stube allein schliefe. Mary meinte, ich dürfe ins Hinterzimmer zu Ira ins Bett gehen. So brauche niemand von uns alleine zu schlafen, erklärte Mary. Und so wurde es gemacht.

Im Frühling, als Iras Schwangerschaft schon gut zu erkennen war, kam Strang aus Petroskoi, um das Neueste aus Nowaja Sampo zu erzählen, aber nachdem er Ira und mich in der Wohnung gesehen hatte, meinte er, ich hätte ihm mehr Neuigkeiten zu erzählen als er mir. Er bat mich dennoch, ihm zu zeigen, was wir während des Winters in Hopea fertiggekriegt hatten, und wir sahen uns gemeinsam die Bauten an, die schon errichtet worden waren, und ich zeigte ihm auch die Standorte der Bauten, die sich im Bau befanden oder erst als Pläne in den Köpfen Helms, Hills und der anderen Leiter des Kolchos existierten.

Wir gingen auch draussen auf den Feldern umher, auf denen der Schnee bereits geschmolzen war. Die Jungpflanzen der Herbstsaat standen schon grün und kräftig da. Als niemand zuhörte, übermittelte mir Strang einen Gruss: Ich müsse nach Petroskoi gehen, um Kallonen zu treffen, der mit mir sprechen wolle.

Strang wusste nicht, was Kallonen von mir wollte, glaubte aber nicht, dass es etwas Gutes sei. Strang sagte, die Leute aus dem Grossen Haus hätten ganz andere Vorstellungen von der Führung der Republik Karelien als Gylling und Rovio. Auch die Tätigkeiten des Technischen Dienstes würden Kallonen und den Leuten aus dem Grossen Haus nicht gefallen, weil sie fest daran glaubten, dass über den Technischen Dienst Spione und Saboteure in die Sowjetunion kamen, deren Bestimmung es sei, den Arbeiterstaat und dessen Aufbau zu zerstören.

Strang berichtete auch, in Hiilisuo seien im Winter achtzig Kühe an Hunger und an Krankheiten, die sie als Konsequenz des Hungers gekriegt hatten, verendet. Im Grossen Haus hege man den Verdacht, dass in Hiilisuo eine Gruppe von Saboteuren am Werk sei, die es zu erwischen gelte.

Ich sagte, ich hätte schon im Herbst gesehen, dass das Heu von Hiilisuo nicht ausreichen würde, um neunzig Kühe durch den Winter zu bringen, aber Joonas Harju sei damals überzeugt gewesen, in Karelien Heu kaufen zu können. Strang wusste, dass Harju im Winter in Karelien kein Heu gefunden hatte.

Strang blieb über Nacht. Wir richteten ihm unten in der Stube ein Lager ein. Ich selbst ging ins Hinterzimmer zu Ira, und Mary ging nach oben zu Ella, obwohl Strang vorschlug, Mary könne unten bei ihrer Mutter schlafen und er gehe in Ellas Kammer. Mary fragte Ella, was sie davon halte, aber sie liess Strang nicht in ihre Kammer. Sie sagte, die *swoboda* aus Petroskoi habe es noch nicht nach Jessoila und Hopea geschafft. Sie forderte Strang ausserdem auf, genau hinzusehen, wie es solchen Mädchen ergehe, die Vagabunden in ihre Kammer liessen. Irina werde im Oktober ein Kind zur Welt bringen, und der Vater des Kindes sei ein Familienvater, der jederzeit nach Finnland abreisen könne, wenn er nur genug Sehnsucht nach seiner Ehefrau kriege.

Irina setzte sich darauf neben mich, hängte ihren Arm bei mir ein und meinte, ich hätte in Finnland nichts mehr verloren und sie wolle mich nicht nach Finnland lassen. Mein Leben bestehe nun darin, Hopea und den Arbeiterstaat, also die Sowjetunion, aufzubauen.

Erst am Abend, als wir zu zweit in unserer Kammer waren, erzählte ich Ira, was für Grüsse mir Strang aus Petroskoi mitgebracht hatte. Ira erschrak und beschwor mich zu erzählen, ob mein Gewissen von etwas geplagt werde, aufgrund dessen die GPU mich verfolgen könnte. Sie behauptete, die Männer aus dem Grossen Haus würden keine Unschuldigen verhaften.

Ich sagte, ich sei nicht verhaftet worden, man habe mich lediglich gebeten, in Petroskoi bei Kallonen vorzusprechen. Irina meinte, eine solche Bitte sei vielmehr ein Befehl. Sie wunderte sich jedoch, dass Kallonen Strang beauftragt hatte, den Gruss und die Einladung zu übermitteln, statt direkt zu telefonieren.

Irina schlief in dieser Nacht schlecht und begann mich gleich am Morgen zu drängen, mit Strang nach Petroskoi zu fahren. Im Speisesaal erklärte ich die Angelegenheit Helm und Hill, und sie versprachen mir das Auto des Kolchos, sagten jedoch, ich dürfe nicht losfahren, bevor mir alle ihre Einkaufslisten und Geld gegeben hätten, damit ich im Amerikanerladen alles Nötige und Unnötige besorgen könne, was man in Jessoila oder Säämäjärvi nicht kriege.

Irina gab mir frische Unterwäsche und Proviant mit. Es fiel ihr schwer, das Weinen zurückzuhalten, als ich ins Auto stieg. Auch andere Leute von Hopea standen dabei, und ihretwegen wollte sich Irina nicht allzu innig von mir verabschieden, sondern stand lediglich bei der Treppe zum Speisesaal und wedelte mit ihren Händen hin und her. Dann aber konnte sie sich doch nicht mehr beherrschen und lief zum Auto, öffnete die Tür, packte mich am Hals und drückte ihre Wange gegen meinen Kopf. Ich versprach, am Abend wieder neben ihr zu liegen. Sie wollte meine Worte nur zu gerne glauben und seufzte vor Erleichterung. Ich zog die Autotür zu.

Auf der Zufahrtsstrasse fuhr ich von Hopea zur Strasse nach Säämäjärvi. Strang erzählte von Rouvinens Baustelle. Die Dachbleche seien erst im Frühling geliefert worden. Im Winter sei eine dicke Schneeschicht auf die Dachbretter gefallen. Im Frühling sei der Schnee geschmolzen, und das Schmelzwasser sei in das Gebäude geflossen. Rouvinen habe das Regierungsgebäude der Republik Karelien aufgesucht, um Gylling und den Kommissar der Bauindustrie zu beschimpfen, und habe einen offenen Brief für das «Rote Karelien» geschrieben, der aber nicht publiziert worden sei.

Ich fragte, ob meine Vorladung nach Petroskoi irgendetwas damit zu tun habe, was Rouvinen gesprochen oder geschrieben habe. Strang hielt das nicht für ausgeschlossen. Im Klub der Bauarbeiter war schon gesagt worden, Rouvinen sei ein Saboteur, der den Aufbau von Nowaja Sampo zur Perle Kareliens absichtlich ausbremste.

Wir kamen nach der Mittagszeit in Petroskoi an. Strang meinte, ich bräuchte nicht mit leerem Magen zum Grossen Haus zu gehen, weil einer, der dorthin gehe, sich niemals sicher sein könne, wann er wieder fortkomme.

Wir hatten beide die Genehmigung dabei, die uns erlaubte, das Dollarrestaurant zu besuchen. So gingen wir hinein, um unsere ostbottnische Fischsuppe zu löffeln. Strang glaubte, ich würde Kallonens Verhör mit der Kraft, die mir diese Fischsuppe spendete, durchstehen.

17.

Obwohl ich nichts zu verbergen hatte, ging ich etwas ängstlich zum Grossen Haus. Ich fragte nach Kallonen. Mir wurde befohlen zu warten. Ich setzte mich auf eine Bank auf dem Flur, andere Leute waren nicht da. Auf dem Flur gab es kein Fenster, so dass ich nicht nach draussen sah.

Ich überlegte, wie lange ich schon auf der Bank gesessen haben mochte. Ich war kurz nach der Mittagszeit, gleich nachdem ich mit Strang Fischsuppe gegessen hatte, ins Haus gekommen, und ich schätzte, dass ich zwei Stunden allein dagesessen hatte, ehe der Pförtner mich auf den Flur führte, an dem Kallonens Büro lag. Kallonen war nicht in seinem Büro. Der Pförter kommandierte mich auf den Stuhl vor dem Schreibtisch und setzte sich selbst auf einen Stuhl bei der Türöffnung. Er sprach nichts und antwortete auch nicht, als ich fragte, ob Kallonen heute noch an seinen Arbeitsplatz kommen werde.

Ich hatte mindestens eine Stunde wortlos mit dem Pförtner dagesessen, bevor Kallonen kam und den Pförtner fortschickte. Kallonen bat nicht um Verzeihung dafür, dass ich hatte warten müssen, erzählte jedoch, dass man mich deshalb in sein Büro gebracht habe, weil man Leute über den Flur habe bringen müssen, die ich nicht treffen sollte. Er setzte sich hinter den Schreibtisch, nahm Papiere aus der Schublade, überflog sie für einen kurzen Moment, legte die Papiere dann auf den Tisch und blickte mich lange wortlos an.

Dann fragte er nach Irina Sjöblom und dem Kind, das sie erwartete. Ich sagte, das Kind werde im Oktober zur Welt kommen. Kallonen gratulierte mir. Er wusste, dass ich in Finnland drei Kinder hatte, und er wusste auch ihr Alter. Er zählte die Namen der Kinder auf und erinnerte sich auch an den Namen meiner Frau, Sofia.

Kallonen rühmte seine Klugheit, dass er eine Nachricht über meinen Tod nach Finnland geschickt habe. Für mich sei es jetzt einfacher, hier als neuer Mensch unter einem neuen Namen zu leben, Kinder zu zeugen und sie zu solchen Sowjetbürgern grosszuziehen, wie sie die Partei wolle.

Ich fragte, ob mich Kallonen von Hopea nach Petrosawodsk habe kommen lassen, nur um mir das zu sagen. Er forderte mich auf zuzugeben, dass mein Leben als Jussi Kari einfacher sei als jenes als Jussi Ketola. Ich ging gar nicht darauf ein, blickte Kallonen nur wortlos an, bis er fragte, ob ich bereit sei, in einem Prozess gegen Rouvinen auszusagen.

Ich fragte, was Rouvinen denn vorgeworfen werde. Kallonen sagte, ich wisse bestimmt, was man Rouvinen vorwerfen könne: Sabotage bei der Arbeit, Behinderung des Arbeitsprozesses und Bevorzugung von Finnen auf Kosten der Russen und Karelier. Auch von Rouvinens antisowjetischen Reden gebe es viele Zeugnisse, sagte Kallonen weiter.

Ich behauptete, ich wisse davon nichts. Kallonen wunderte sich über meine Unwissenheit. Ich sei doch lange genug auf Rouvinens Baustelle gewesen, um zu verstehen, wie dort gearbeitet werde, und um gehört zu haben, was Rouvinen über die Karelier und Russen und die Arbeit in der sozialistischen Gesellschaft gesagt habe.

Ich entgegnete, Kallonen wisse über Rouvinen und dessen Angelegenheiten so gut Bescheid, dass er mich nicht als Zeugen für seinen Prozess benötige. Als Zeugen sollten diejenigen aussagen, die Kallonen die Informationen über Rouvinen geliefert hätten. Kallonen fragte, ob ich auf der Seite der Saboteure stünde. Ich behauptete, ich hätte nichts Derartiges auf Rouvinens Baustelle gesehen und könne deshalb gar nicht auf der Seite der Saboteure stehen. Kallonen behauptete, ich sei unter falschem Namen in Karelien, und bezichtigte mich der Bigamie. Ich erinnerte Kallonen daran, dass er höchstpersönlich der Taufpate gewesen sei, als ich meinen neuen Namen gekriegt hätte, und was meine zwei Ehen angehe, so gebe es ja womöglich sogar mehr als zwei davon.

Kallonen verstand nicht, was ich meinte, und fragte, ob ich auch in Finnland mehrere Ehefrauen hätte. Ich wollte es ihm nicht erklären und sagte, ich hätte bloss Spass gemacht. Kallonen behauptete, er verstehe Spass, aber seiner Meinung nach brauche man nur dann zu scherzen, wenn der richtige Moment dafür sei, und er glaube nicht, dass jetzt der richtige Moment dafür sei. Er gab mir ein fertig ausgefülltes Papier und befahl mir, es zu unterschreiben. Danach wäre ich ein freier Mensch und würde nach Hopea zurückkehren können, um dort noch mehr Kinder zu zeugen, oder ich würde gehen können, wohin auch immer im weiten Russland es mir beliebe.

Ich las das Papier zweimal durch und sagte dann, ich könne es nicht unterschreiben, weil ich nichts von den Dingen wisse, die darin geschrieben stünden. Kallonen fragte, ob ich behaupten wolle, er lüge. Alles, was auf dem Papier stehe, habe man von verschiedenen Seiten gehört und viele hätten diese Dinge bezeugt.

Ich schätzte, dass diese Aussagen ausreichten, um Rouvinen zu verurteilen. Meinen Namen benötige Kallonen dazu nicht. Kallonen behauptete, es wäre für mich gesünder, zu unterschreiben. Ich fragte, was er damit meine. Kallonen sagte, dass es in meiner Vergangenheit und auch Gegenwart viele interessante Fakten gebe. Ich fragte, welche. Er liess mich selber überlegen: In Amerika reich geworden zu sein könne man nicht gerade als Empfehlung für einen Bürger des Arbeiterstaates werten. Ich hielt dagegen, ich sei nicht der einzige, der gegangen sei, um von Amerikas Honig zu kosten, und erinnerte daran, dass die Leute vom Karelischen Technischen Dienst immer noch in New York und Toronto weibelten, um Finnen zu überzeugen, Amerika zu verlassen und nach Karelien zu ziehen. Ob für diese Leute der Besuch Amerikas ein Nachteil sei, infolgedessen sie keine anständigen Bürger für die Sowjetunion werden könnten?

Kallonen sagte, dass man jeden Ankömmling und seine Gründe, hierher zu kommen, untersuche, dass es gegenwärtig aber nicht darum gehe, über die Amerikafinnen zu plaudern. Über diese könne man ein andermal reden. Nun gehe es um Rouvinen, dessen Sabotagetätigkeit ein Ende gesetzt werden müsse und dessen Hetzreden unterbunden werden müssten.

Ich bat ihn darum, mich nicht in Rouvinens Angelegenheiten hineinzuziehen. Ich sei nur für sehr kurze Zeit auf der Baustelle in Petroskoi gewesen, und obwohl ich Rouvinens Reden gehört hätte, seien sie dieselben gewesen, die man auf jeder Baustelle hören könne, und sie seien nicht zur Schädigung der Macht der Sowjets geäussert worden, geschweige denn zu ihrem Sturz, wie in Kallonens Papier behauptet werde.

Kallonen fragte, ob ich Rouvinen Gesellschaft leisten wolle, wenn er zur Arbeit am Kanal nach Poventsa gehe. Ich fragte, was Kallonen mit dem von mir unterzeichneten Papier anstelle, wenn man sowieso beschlossen habe, Rouvinen zum Kanal zu schicken. Die Gerüchte, dass man einen Kanal vom Onegasee bis zum Weissen Meer bauen wolle, waren bis nach Hopea gedrungen, und man wusste in Hopea auch, dass aus der Ukraine schon Kulaken nach Poventsa und in andere Straflager gebracht wurden, um den Beginn der Bauarbeiten abzuwarten.

Kallonen glaubte, die Kanalarbeit am Weissen Meer wäre für Rouvinen ebenso wie für die Kulaken eine hervorragende Besserungsanstalt, zwei, drei Jahre bei der Kanalarbeit würde ihnen jegliches Verlangen nach Sabotage austreiben. Wenn ich in Hopea ähnliche Gedanken hegte, würde man auch meinen Schädel mit den Winden durchlüften müssen, die vom Weissen Meer her wehten und die Kanalarbeiten begleiteten.

Ich sagte, ich sei von den Männern der Lapua-Bewegung nach Karelien verschleppt worden. Für mich sei es schwierig zu verstehen, dass diese Verschleppung bis zum Weissen Meer fortgesetzt werden solle, aber ich sei eher dazu bereit, als ein unbegründetes Zeugnis gegen Rouvinen zu unterschreiben.

Kallonen wurde zornig und schickte mich fort. Ich fragte, ob ich frei sei, nach Hopea zurückzukehren. Kallonen befahl mir, aus seinen Augen zu verschwinden und mir zu merken, dass noch eine Zeit kommen werde, wenn ich froh wäre, meinen Namen unter Papiere setzen zu dürfen, mit denen Volksfeinde vom karelischen Erdboden ausgejätet würden.

Ich ging, bevor es Kallonen womöglich einfiel, seine Meinung zu ändern. Ich gelangte auf den Flur hinaus. Ein Pförtner oder Wachtposten wartete mit der Waffe an der Hüfte. Er hielt mich an und befahl mir zu warten. Ich blieb mitten auf dem Flur stehen. Der Wachtposten brüllte auf Finnisch, ich müsse aufrecht stehen. Ich behauptete, das Rückgrat eines Arbeiters könne nicht mehr gerader werden.

Der Wachtposten ging in Kallonens Büro, blieb aber nur einen Moment, und als er zurückgekehrt war, schickte er mich fort. Ich ging aus dem Haus, ohne zurückzublicken, und ging zum Amerikanerladen, vor dem ich den Ford von Hopea abgestellt hatte. Strang sass auf dem Trittbrett, kam mit in den Laden und half mir beim Tragen der Waren.

Ich erzählte Strang, was auf Kallonens Papier gestanden hatte. Strang hielt es für unnötigen Hochmut, dass ich das Papier nicht unterschrieben hatte. Kallonen besitze schon so viele unterschriebene Zeugnisse, dass meine Weigerung Rouvinen ohnehin nicht helfen könne. Ich fragte, ob Strang unterschrieben habe. Er behauptete, von ihm sei keine Zeugenaussage verlangt worden, aber alle wüssten, dass nichts Rouvinen zu retten vermöge, und daher sei es nutzlos, die Unterschrift zu verweigern. Diese Information habe Kallonen aus dem Grossen Haus in Umlauf gebracht, wo Rouvinen bereits sitze.

Ich befand mich in düsterer Stimmung, als ich von Petroskoi nach Hopea fuhr. Die Sonne stand an diesem Maiabend noch hoch am Himmel, und die Strasse nach Säämäjärvi hatte üble Frostschäden. Ich musste langsam und exakt fahren, die schadhaften Stellen umfahren, an denen der Lehm sich in wässerigen Pfützen an der Oberfläche der Strasse sammelte, und aufpassen, dass ich das Auto nicht in den Seitengraben lenkte.

Ich gelangte dennoch unversehrt nach Viitana und Säämäjärvi und kam schliesslich wieder in Hopea an. Ich trug die Waren, die ich in Petroskoi gekauft hatte, zum Tisch im Speisesaal. Ira lag in der Kammer noch wach, als ich ankam, aber Mary schlief bereits. Ira kam in die Stube, wir setzten uns an den Tisch und ich erzählte, was ich von Kallonen gehört hatte und was auf dem Papier gestanden hatte, das ich hätte unterschreiben sollen.

Irina erschrak sehr, als sie hörte, dass ich mich geweigert hatte, eine vorbereitete Zeugenaussage zu unterschreiben, und wollte sich nicht beruhigen, obwohl ich erzählte, Kallonen habe mich ohne weitere Drohungen aus dem Grossen Haus gehen lassen. Irina glaubte, dass Rouvinens Machenschaften etwas Kriminelles und Sowjetfeindliches enthalten haben mussten, weil die GPU keine Unschuldigen verhafte und die Justiz der Sowjetunion und der Republik Karelien keine Unschuldigen verurteile.

Ich erkannte, dass es für mich nutzlos war, Ira gegenüber noch weiter zu argumentieren. Ich trug das schlafende Kind auf das Bett in der Stube. Es wachte davon nicht auf, obwohl es im Schlaf sprach. Es war bereits Mitternacht, aber so hell, dass ich in der Kammer hätte das «Rote Karelien» lesen können, aber danach hatte ich kein Verlangen.

Im Bett sagte ich noch zu Ira, dass weder ein Tag noch ein Abend noch eine Nacht käme, an dem ich dazu bereit wäre, meinen Namen unter eine falsche Zeugenaussage zu setzen.

18.

Im Sommer konnte man im «Roten Karelien» von Rouvinens Prozess und dem Urteil lesen, das man wegen Sabotage und Bevorzugung von Finnen gegenüber Kareliern und Russen auf den Baustellen gegen ihn gefällt hatte. In Karelien durfte man keine Nationalität bevorzugen, weil wir alle gemeinsam die sozialistische Gesellschaft aufbauten, in der niemand Privilegien haben sollte.

Über Rouvinen war eine Strafe von zehn Jahren ausgesprochen worden, und in Petroskoi hiess es, dass er ins Straflager von Poventsa kommen sollte. Es war bereits bekannt, dass man Menschen aus ganz Russland dorthin brachte, obwohl man in den Zeitungen nichts davon las.

Kallonen kam im Herbst nach Hopea, als man den Weizen mit der selbstbindenden Mähmaschine schnitt, die Helm aus Kanada mitgebracht hatte, ebenso wie den Traktor, der die Erntemaschine zog. Helm fuhr den Fordson mit den Eisenrädern selbst, und auf dem Mähbinder sass Ahokas, der für die Landwirtschaftsangelegenheiten des Kolchos verantwortlich war. Die anderen Leute stellten die Garben zu Diemen zusammen, aber Irina war zu Hause. Mary half mir beim Aufstellen der Garben. Ich baute ihr aus einer Dieme ein Haus, in dem sie Hausfrau spielen konnte. Kallonen kam mit einem unbekannten Russen auf den Platz gefahren. Sie stellten das Auto vor dem Speisesaal ab und kamen zu Fuss zum Feld.

Ich sah, dass Kallonen von den Häusern her kam, unterbrach die Arbeit jedoch nicht, weil ich nicht glaubte, dass Kallonen etwas von mir wollte. Und tatsächlich gingen die Männer direkt zu Hill. Er war mit Martta zusammen auf dem nächsten Ackerabschnitt dabei, Diemen aufzustellen.

Helm und Ahokas hatten die Ankunft Kallonens und des Russen nicht bemerkt, weil sie gerade von den Häusern weggefahren waren, aber als sie am Ende des Ackerabschnittes gewendet hatten und wieder auf die Häuser zufuhren, sahen sie, dass Kallonen und der Russe Hill bereits vom Feld führten.

Helm hielt den Fordson an, sprang vom Sitz und lief los. Auch wir anderen unterbrachen die Arbeit und gingen zu den Häusern, zu denen Hill geführt wurde. Ich trug Mary im Arm und blieb hinter den anderen zurück.

Helm schaffte es zu Kallonen und dem Russen, noch bevor sie auf dem Platz waren, und auch andere Männer kamen nach. Kallonen, der Russe und Hill blieben stehen. Ich kam mit dem Kind näher, als Kallonen bereits erklärte, sie würden Hill nicht weiter fortbringen als bis zum Speisesaal. Ihre Absicht sei es, ihn zu der Situation Hopeas und zu Viitana zu befragen, aber auf dem Feld wolle man doch nicht lange Gespräche beginnen, sondern lieber im Speisesaal bei einer Tasse Tee. Der Russe sprach kurz mit fester Stimme. Uns wurde erklärt, er habe uns zurück aufs Feld und zur Arbeit kommandiert.

Ahokas sagte, wir wüssten auch ohne kommandiert zu werden, wann wir zu arbeiten hätten und wann wir Pause zu machen hätten. Kallonen und der Russe gingen zum Speisesaal, und Hill ging in der Mitte zwischen ihnen. Der Russe deutete mit der Hand an, dass man ihnen Platz machen solle, und die Männer gingen vor ihnen auseinander, aber als Helm ebenfalls zum Speisesaal schritt, folgten ihm die anderen.

Ich brachte Mary nach Hause. Irina hatte Kallonen erkannt und fragte, was er in Hopea wolle und wer sein Begleiter sei. Ich sagte, Kallonen wolle bloss mit Hill reden, aber alle seien zum Speisesaal gegangen. Ich liess Mary bei Ira zurück und ging zum Speisesaal zurück, wo sich schon alle Leute von Hopea versammelt hatten.

Ich kam in den Speisesaal und blieb bei der Türöffnung stehen, hinter den anderen, die bereits dort standen. Kallonen sprach weiter hinten im Saal im Stehen, der Russe sass daneben auf einem Stuhl.

Kallonen berichtete, in Matroosa seien zwei Spione verhaftet worden, aus Finnland eingereiste Saboteure, die Waffen und Sprengstoff bei sich gehabt hätten, und die Männer hätten gestanden, sie seien gekommen, um Edvard Gylling zu töten und das Gebäude des Exekutivkomitees der Republik Karelien zu sprengen.

Die Männer hätten in den Verhören gestanden, sie seien schon im letzten Herbst nach Karelien gekommen und hätten in Viitana auf einem Auto nach Hopea mitfahren können, wo sie den Herbst, Winter und Sommer hindurch gelebt hätten. Sie seien zusammen mit Männern von Hopea nach Petroskoi gefahren, wo man ihnen das Gebäude des Exekutivkomitees gezeigt und ermittelt habe, wo Gylling wohne, wie er sich in Petroskoi bewege und wie die Mitglieder des Exekutivkomitees vor Attentaten geschützt seien. Die Männer hätten erzählt, sie hätten auch die Ermordung der anderen Führungsleute der Republik Karelien geplant.

Als Kallonen zu Ende gesprochen hatte, stellte sich Helm neben ihn und sagte, er spreche für alle Mitglieder des Kolchos Hopea sowie als Vorsitzender des Kolchos. Hier wisse man nichts von den Männern, von denen Kallonen behaupte, sie hätten hier den Winter und Sommer hindurch gewohnt. Auch hätte hier niemand über so lange Zeit im Geheimen leben können.

Kallonen übersetzte Helms Worte ins Russische. Der Russe sprach zu Kallonen mit so leiser Stimme, dass es niemand hören konnte. Dieser sagte jetzt, die Männer hätten in den Verhören berichtet und mit ihrer Unterschrift bestätigt, was er uns gerade erklärt habe, und die Aussage zweier Zeugen könne man nicht für falsch erklären, bevor sie sich durch neue Zeugenaussagen als falsch erwiesen. Deshalb seien sie nun gekommen, um Hill nach Petroskoi zu bringen. Dort solle er die Männer identifizieren und bezeugen, dass sie in Hopea keinen Unterschlupf und keine Hilfe bekommen hätten.

Helm fragte, wie Hill in der Lage sein sollte, in Petroskoi die Geständnisse von Männern umzustossen, die von Kallonen und seinen Gehilfen im Grossen Haus mit Schlägen dazu gebracht worden seien, alles als Wahrheit wiederzugeben, was Kallonen in den Sinn gekommen sei.

Einige Männer riefen, Kalle Hill werde von Hopea nirgendwohin gehen, Kallonen solle die Männer lieber zu uns bringen, damit wir ihnen direkt in die Augen blicken und ihre Lügen durchschauen könnten.

Kallonen und der Russe sprachen nun lange miteinander auf Russisch. Dann sagte Kallonen, Hill werde entweder jetzt mit ihnen kommen oder später mit der Armee, die er bei Bedarf sofort aus den Kasernen von Petroskoi rufen könne, um Hill zu holen.

Jetzt erhob sich im Speisesaal ein lautes Geschrei, als Männer und Frauen riefen, sie hätten bei ihrer Abreise aus Amerika nicht geglaubt, dass man ihnen hier mit der Armee drohen würde. In Michigan auf Copper Island hätten Nationalgardisten auf sie geschossen, die gesandt worden seien, um die Bergarbeiterstreiks zu brechen, und in Kanada hätten berittene Polizisten auf die Umzüge der Streikenden geschossen, aber im eigenen Staat der Arbeiter dürfe Kallonen keine Arbeiter mit der Armee bedrohen.

Kallonen befahl Ruhe und wartete so lange, bis diese hergestellt war. Er versprach, die Spione aus Petroskoi nach Hopea zu bringen, damit sie zeigen konnten, wer ihnen hier Schutz, Essen und Unterkunft gewährt habe und wer mit ihnen nach Petroskoi gegangen sei, um das Leben Gyllings und der anderen führenden Männer auszuspionieren und zu ermitteln, wie man sie ermorden könne.

Das Geschrei begann von neuem, lauter als zuvor. Viele riefen, Gylling sei unser Beschützer, gegen den wir niemals unsere Hand erheben würden, er habe uns von jenseits des Ozeans hierher gerufen und uns ein besseres Leben versprochen. Es sei aussichtslos, in Hopea Menschen zu suchen, die ein Attentat gegen Gylling planen würden.

Der Russe erhob sich mitten in dem Lärm und verliess den Saal. Kallonen blieb allein mit uns im Speisesaal, aber lange fühlte auch er sich nicht mehr wohl. Beim Verlassen des Speisesaals rief er, er werde bald zurückkehren. Wir hiessen ihn jederzeit willkommen.

Wir gingen alle auf den Vorplatz des Speisesaals und sahen zu, wie Kallonen und der Russe vom Vorplatz auf die Strasse fuhren und hinter der Dreschscheune und dem Stall im Dunkel der Nacht verschwanden.

Wir gingen zurück auf die Felder, Helm fuhr wieder den Fordson, der den Mähbinder zog, und Ahokas sass auf dessen Sitz. Die Arbeit ging irgendwie voran, aber ich sah, dass Kallonens Besuch alle beschäftigte.

Am Abend kam ich mit Ira und Mary zum Speisesaal. Nach dem Essen wurde über Kallonens Besuch und seine Vorwürfe gesprochen. Helm fragte zweimal, ob jemand Männer aus Finnland gesehen und sie versteckt habe, aber niemand von uns wusste etwas von solchen Männern, und niemand glaubte, dass es möglich wäre, Männer den Winter hindurch in Hopea zu verstecken, ohne dass irgendjemand etwas davon mitbekäme.

Hill sagte, er wisse von keinem Neuankömmling aus Finnland ausser mir, der in Hopea den Winter hindurch gewohnt habe, und auch mich habe man gewaltsam nach Karelien gebracht. Ausserdem habe er gesehen, dass ich den Winter hindurch ganz andere Dinge als einen Mord geplant hätte.

Als wir alles besprochen hatten, gingen wir zu den Wohnungen. Irina und Ella konnten nicht schlafen, sondern sassen in der Stube und wunderten sich, was das für Männer sein mochten, denen Kallonen das Geständnis abgerungen habe, dass sie über ein halbes Jahr lang in Hopea versteckt worden seien.

Mary schlief schon, aber die Frauen sassen am Tisch in der Stube, tranken Tee und redeten. Auch ich sass am Tisch und hörte ihnen zu. Irina war sicher, dass jemand in Hopea den Finnen geholfen haben musste, und sie wunderte sich, wo man die Männer habe verbergen können, ohne dass jemand im Kolchos von ihnen erfahren habe. Auch Ella dachte an alle Gebäude des Kolchos, alle Winkel, alle Estriche in Pferde- und Kuhställen, und sie glaubte, viele Orte zu kennen, wo man einen Menschen über lange Zeit verborgen halten könne, wenn ihm jemand zu essen und zu trinken bringe und sich um die Wäsche kümmere. Sie hatten beide Schichten im Speisesaal und behaupteten, es wäre für Frauen, die Zugang zu den Brotstäben und Vorratskellern des Kolchos hätten, ein Leichtes, zwei Männer am Leben zu erhalten.

Ich glaubte ihre Worte nicht, meiner Meinung nach war es für zwei Männer nicht möglich, in Hopea über ein halbes Jahr lang zu wohnen, ohne dass sie von irgendwem gesehen wurden.

Ira war anderer Meinung. Sie behauptete, die GPU hätte keine Unschuldigen verhaftet. Ich fragte, ob Rouvinen ihrer Meinung nach schuldig oder unschuldig sei. Sie glaubte, Rouvinen sei der Verbrechen schuldig, die ihm zur Last gelegt worden seien und für die er verurteilt worden sei.

Ich wollte nicht mit Ira streiten. So liess ich die Frauen in der Stube weiterreden und ging ins Hinterzimmer, um mich schlafenzulegen. Mary schlief in Iras und meinem Bett und hatte sich so gedreht, dass ich sie verschieben musste, um im Bett Platz zu haben. Ich lag noch wach, als Ira schlafen kam, und wir versuchten, alle zusammen im Bett Platz zu finden.

Es war August und schon so dunkel, dass man in der Kammer ohne Licht nichts sehen konnte. Wir verschoben Mary und uns selbst, indem wir im Dunkeln tasteten.

19.

Kallonen kam eine Woche später wieder nach Hopea, und er brachte die beiden Männer mit, die gestanden hatten, den Winter hindurch in Hopea gewohnt zu haben. Kallonen kam mit einem Lastwagen, der von einem russischen Fahrer gelenkt wurde, die Gefangenen sassen auf der Pritsche, und vier Soldaten des Karelischen Jägerbataillons aus Petroskoi bewachten sie.

Bei uns war das Getreide schon geschnitten, die Garben standen in Diemen auf den Feldern, um auf das Dreschen zu warten. Es war ein schöner Augusttag und wir brachten Garben zur Dreschscheune, als Kallonens Auto auf den Platz direkt vor den Speisesaal rollte. Kallonen stieg aus der Fahrerkabine, kommandierte die Männer von der Pritsche hinunter und liess sie vor den Gewehren zum Speisesaal marschieren.

Hill, Helm und Ahokas eilten sogleich hin, wir anderen erst, nachdem wir unsere Fuhren abgeladen und die Pferde auf die Weide geführt hatten. Ich fuhr den Traktor, den Helm stehengelassen hatte, zur Dreschscheune, die Fuhre lud ich jedoch nicht ab.

Zuerst schaute ich in der Wohnung vorbei. Irina war mit Mary zusammen dort, weil die Frauen Ira nicht mehr zur schweren Feldarbeit mitgehen liessen. Sie hatte Kallonen und die bewaffneten Männer schon gesehen und fragte nach ihnen. Ich wusste nicht mehr als Ira, und wir gingen gemeinsam mit Mary zum Speisesaal.

Im Speisesaal sassen die beiden Gefangenen neben der Küchentür, die Männer mit den Gewehren standen zu ihrer Linken und ihrer Rechten. Es kamen Leute zum Speisesaal, für die Frauen wurden Stühle geholt, aber es gab nicht genug Sitzgelegenheiten für alle Männer, so dass viele an den Wänden entlang stehen mussten. Ich stand hinter Ira beim Tisch, und Mary sass auf Iras Schoss.

Kallonen begann und sagte, dass der Berg zum Propheten gekommen sei, weil der Prophet nicht habe zum Berg gehen wollen. Er befahl Helm und uns anderen, genau hinzusehen, ob die Gefangenen die Männer seien, die wir hier den Winter hindurch verborgen hätten und mit denen wir nach Petroskoi gefahren seien, um die Bewegungen Gyllings und der anderen führenden Männer auszuspionieren und Sabotageakte und Attentate zu planen.

Helm trat vor die Männer und betrachtete sie wortlos. Dann fragte er, wie die Männer derartige Lügen und haltlose Anschuldigungen über Hopea und seine Mitglieder hätten erzählen können, um den Inhalt ihrer Schmutzkübel über unsere sauberen Laken zu schütten. Der eine der Männer drehte den Kopf zur Seite und hob seine Haare an, so dass wir sein beinahe abgerissenes Ohr sehen konnten, das nur noch an einigen Hautfetzen hing. Der Mann sagte nichts, aber der andere sagte plötzlich mit fester und heller Stimme, er wolle sehen, was Helm alles zu gestehen bereit wäre, nachdem er drei Wochen lang in Petroskoi im Verhör gesessen habe.

Kallonen befahl dem Mann, den Mund zu halten, weil er nicht gefragt worden sei, jetzt seien die Leute von Hopea gefragt. Der Mann sagte, er rede jetzt, da auch andere Personen zuhörten, nicht nur die Bluthunde der GPU. Sie seien den Winter hindurch nicht einmal in die Nähe von Hopea gekommen, wie Kallonen genau wisse.

Der Mann, dem das Ohr abgeschlagen worden war, sagte nun zu uns allen, sie hätten beim karelischen Volksaufstand mitgemacht und in der Armee der Republik Uhtua bei den Truppen von Väinämöinen und Ilmarinen mitgekämpft, seien dann nach Finnland gegangen, hätten jetzt aber Jahre später wieder nach Hause nach Karelien zurückkehren wollen, da sie geglaubt hätten, die alten Geschichten seien hier inzwischen vergessen.

Helm fragte Kallonen, warum er Hopea in die Angelegenheiten dieser Männer hineinziehen wolle. Ob es der GPU nicht genüge, dass diese Männer beim karelischen Volksaufstand mitgemacht und den finnischen Faschisten geholfen hätten, die damals in Karelien eingedrungen seien?

Kallonen behauptete, er wisse, dass Hill und ich diese Männer von Viitana nach Petroskoi gefahren und ihnen von dort den Weg nach Matroosa gezeigt hätten, wo es aus Amerika eingereiste Spione gebe. Hill stand hinter dem Tisch an der Seitenwand zwischen den Fenstern und lehnte sich gegen die Wand. Er rief, diese Männer habe er letzten Herbst nicht im Auto mitfahren lassen. Hill forderte auch mich auf zu sagen, dass diese Männer nicht diejenigen seien, die wir damals an der Wegverzweigung von Kontupohja abgeladen hätten.

Alle drehten sich nun um, um mich sehen zu können. Ich sagte, ich sähe die Männer hier zum ersten Mal. Kallonen behauptete, ich löge ebenso wie Hill. Die Männer hätten gestanden, mit uns nach Matroosa mitgefahren zu sein, wo wir aus Kanada eingereiste Forstarbeiter getroffen und ihnen Nachrichten aus Finnland überbracht hätten.

Hill wurde sehr wütend und fragte, wo Kallonen alle diese haltlosen Anschuldigungen hernehme, die er als wahr ausgebe, obwohl er genauso gut wie wir wisse, dass wir auf jener Fahrt nach Petroskoi und Hiilisuo nicht in Matroosa vorbeigekommen seien.

Kallonen behauptete, er wisse alles über unsere Fahrt. Wir hätten eine illegale Kneipe in Viitana gesucht, hätten die nun festgenommenen Saboteure nach Matroosa zu Beratungen gefahren und von dort Nachrichten nach Petroskoi und Hiilisuo überbracht. Er meinte, für uns wäre es das Beste, alles zu erzählen, was wir von den Gefangenen wüssten, weil sie selbst schon alles erzählt hätten. Der Mann, der sein Ohr eingebüsst hatte, meinte daraufhin, er habe alles erzählt, wie es ihm befohlen worden war, nachdem man ihn mit Stöcken verprügelt und tagelang in einer engen Zelle habe stehenlassen. Seinen Kameraden habe man auf dieselbe Weise gepeinigt. Alle Geständnisse seien unter Folter aus ihnen herausgequetscht worden, sagte der Mann. Er begann, Karelisch zu sprechen und fragte, woher Kallonen die Befugnis habe, das karelische Volk zu quälen.

Kallonen sagte, es sei nutzlos für ihn und die Gefangenen, länger in Hopea zu bleiben, weil hier alle die aus Finnland gesandten Attentäter in Schutz zu nehmen schienen. Er befahl den Männern aufzustehen und sagte zu den Soldaten, die Gefangenen müssten nach Petroskoi zurückgebracht werden. Zwei Soldaten gingen vor den Gefangenen zur Tür hinaus, zwei gingen hinter ihnen her.

Kallonen blieb noch im Speisesaal. Er nahm Mary von Irinas Schoss, hob sie hoch in die Luft und lobte, sie sei ein schönes Mädchen. Er glaubte, mit der richtigen Erziehung werde aus Mary eine ordentliche Sowjetbürgerin werden, und hoffte, auch das ungeborene Kind werde ein ganzer Kerl werden, obwohl der Vater ein unsicherer Fall sei. Mary begann zu jammern, und Kallonen setzte sie zurück auf Iras Schoss und ging.

Wir blieben im Speisesaal, als Kallonen gegangen war, und niemand sagte auch nur ein Wort. Mary klagte, aber nur für einen Moment, dann war es ganz ruhig. Draussen krachte ein Schuss, diejenigen, die bei den Fenstern standen, versuchten, nach draussen zu spähen, aber niemand wagte es, zur Tür hinaus zu gehen.

Dann hörte man, wie der Lastwagen angelassen wurde und vom Platz rollte. Durch das Fenster des Speisesaals sah ich, wie das Auto auf den Feldweg in die Richtung von Säämäjärvi fuhr und in den Wäldern verschwand. Wir wagten uns erst nach draussen, als das Geräusch des Autos nicht mehr zu hören war. Der Mann, dessen Ohr in Petroskoi abgerissen worden war, lag neben der Treppe auf seinem Gesicht. Man hatte ihm in den Hinterkopf geschossen, und Teile seines Vorderkopfs und des Hirns waren über den Platz verstreut.

Niemand von uns wusste auf Anhieb, was mit dem Leichnam zu tun war. Es war allen klar, dass er tot war, weil ihm jetzt nebst dem Ohr auch ein Teil des Kopfs fehlte. Dann kehrte Helm in den Speisesaal zurück, brachte von dort ein Tischtuch mit und bedeckte den Mann damit. Erst da begannen einige zu schreien und zu weinen.

Ich sagte zu Ira, sie solle nach Hause gehen und Mary mitnehmen. Ich würde mit den Männern besprechen, was mit dem Leichnam zu tun sei.

20.

Helm sagte, wir würden den Leichnam begraben. Toivonen, der Mann von der Reparaturwerkstatt, der auch unser Pfarrer war, sollte die Abdankung leiten. Diese sollte menschenwürdig durchgeführt werden, obwohl das Ende des Mannes merkwürdig und unehrenhaft gewesen war.

Wir kamen aber nicht einmal dazu, den Leichnam in die Dreschscheune zu bringen, wo er bis zu seinem Begräbnis hätte bleiben sollen, als Kallonens Lastwagen bereits mit hoher Geschwindigkeit über den Feldweg auf den Platz gefahren kam. Die Soldaten sprangen ab und hoben den Leichnam auf die Pritsche des Autos. Sie wickelten ihn in das Tischtuch ein, mit dem Helm ihn bedeckt hatte. Dann fuhr das Auto vom Platz weg. Kallonen war nicht ausgestiegen. Wir standen wortlos vor dem Speisesaal und sahen zu, wie das Auto auf dem Feldweg davonfuhr. Es zog eine Staubwolke hinter sich her und verschwand wieder im Wald.

Hill holte einen Zinkeimer und einen Spaten aus dem Schuppen und sammelte vom Platz alles auf, was von dem Mann im Sand liegengeblieben war, und auch den ganzen blutigen Sand. Danach strich Hill den Sand auf dem Platz wieder glatt, so dass niemand mehr sehen konnte, dass dort eben noch ein Toter gelegen hatte.

Hill sagte, er werde den Inhalt des Eimers am Rand des Wacholdergestrüpps begraben, wo schon ein Friedhof mit einigen Gräbern bestand. Niemand begleitete Hill, als er zwischen den Feldern hindurch zum Wacholderhügel schritt.

Die Leute kehrten allmählich an die Arbeit zurück. Ich ging nach Hause, Ira war mit Mary dort und erschrak sogar darüber, dass ich in die Stube trat.

Ich setzte mich auf die Bank neben Ira und nahm Mary auf meine Knie. Die andere Hand legte ich auf Iras Schulter und zog sie an mich. Sie brach in Tränen aus und fragte, warum der Mann habe sterben müssen, obwohl er noch jung gewesen sei und noch viele Jahrzehnte hätte leben können. In diesen Jahrzehnten hätte bestimmt einiges an Trauer Platz gehabt, aber auch viele Freuden, und diese seien ihm alle mit einem einzigen Schuss entrissen worden.

Ich liess Mary auf meinen Knien auf und ab hopsen. Sie fragte, warum ihre Mutter weine. Irina drückte sich an meine Seite und beruhigte sich. Sie sagte, sie habe an die sozialistische Revolution geglaubt, für sie gekämpft und geglaubt, dass man aus Karelien einen besseren Ort zum Leben machen werde, nachdem man anstelle der Zarenherrschaft die Republik Karelien gekriegt habe, aber wo man Menschen wie Schlachtvieh abschiessen dürfe, da könne es kein besseres Leben geben.

Ich setzte Mary auf dem Fussboden ab und brachte Irina in die Kammer. Ich legte sie auf das Bett, sie begann wieder zu weinen, aber still, das Gesicht gegen die Wand gerichtet. Ich setzte mich auf den Bettrand und legte meine Hand auf Iras Schulter, und allmählich liess das Weinen nach, aber Ira wandte ihr Gesicht nicht mehr von der Wand ab.

Ich sagte, ich ginge aufs Feld und nähme Mary mit. Ira suchte meine Hand, drückte sie für einen Moment und liess sie dann los. Mary war in der Stube, und ich nahm sie mit, um Garben zur Dreschscheune zu bringen.

In der Nacht wachte ich auf und hörte, dass Ira wach lag, aber ich konnte sie nicht trösten. Nach dem harten Arbeitstag fiel ich sofort wieder in tiefen Schlaf.

Als der Roggen gedroschen war, wurden die Leute nach dem Abendessen im Speisesaal zusammengerufen. Wir mussten darüber reden, wie viel Roggen dem Staat abgeliefert werden müsse, wie viel danach noch zum Verkauf übrigbleibe und wohin man den Roggen am besten verkaufen solle. Die Frauen begannen jedoch zu fragen, ob Helm und die anderen Vorstandsmitglieder nicht Meldung über den Mord erstatten wollten, der auf dem Platz des Kolchos begangen worden sei. Kallonen habe dem Gefangenen mit der Pistole in den Kopf geschossen, der anschliessend vor unseren Augen tot im Sand gelegen habe.

Einige Frauen waren in der Wäscherei gewesen und hatten durch das Fenster der Wäscherei gesehen, wie Kallonen dem einen Gefangenen mit der Pistole in den Hinterkopf geschossen hatte, gleich als die Gefangenen über die Treppe auf den Platz gelangt waren. Die Frauen meinten, wir müssten den Mord melden, so dass Kallonen sich dafür würde verantworten müssen und verurteilt werden würde. Zu dieser Sache wurde von vielen das Wort verlangt, und Helm, der die Diskussion leitete, schrieb alle Wortmeldungen im Protokoll des Kolchos nieder, das man von allen Versammlungen anfertigte, damit die Beschlüsse nicht in Vergessenheit gerieten oder abgeändert wurden, nachdem man darüber geschlafen hatte.

Es wurde lange diskutiert. Helm, Hill und die anderen Vorstandsmitglieder waren der Meinung, wir bräuchten uns nicht in die Angelegenheiten der GPU und in Kallonens Machenschaften einzumischen, weil daraus nichts Gutes entstehe, aber viele der Frauen forderten, man müsse über den Mord in Petroskoi Meldung erstatten und Kallonen müsse dafür zur Rechenschaft gezogen werden, ansonsten würden wir niemals mit reinem Gewissen hier im neuen Land leben können.

Kalle Hill sprach lange und meinte, wir seien verrückt, falls wir glaubten, die Justiz der Republik Karelien werde sich in die Machenschaften der GPU einmischen, die aus Leningrad und Moskau gesteuert würden. Darauf antworteten jedoch Martta Hill und Maija Helm, sie seien nicht aus der Sklaverei in Kanada nach Karelien gekommen, bloss um neuerlich versklavt zu werden. Während sie in Kanada als Sklaven der Firmen und der Chefs gedient und die schmutzige Unterwäsche der Chefs und die Laken ihrer Ehefrauen zu einem Hungerlohn gewaschen hätten, seien sie in Karelien nicht mehr bereit, irgendwem als Sklaven zu dienen. Und wenn das Gewissen von irgendwem in Hopea nicht sage, dass die Erschiessung eines Menschen bestraft werden müsse, so sei der Platz dieser Person nicht in Hopea, sondern dort, wo man Verbrecher hätschelte und sich ihnen unterwarf.

Hill wurde sogar wütend auf seine eigene Ehefrau und fragte, ob denn sein Platz nicht hier an Marttas Seite sei. Martta Hill befahl ihm, nach Petroskoi zu verschwinden und sein Gewissen im Majakka abzutöten, wenn seiner Meinung nach die Ermordung eines Menschen auf dem Platz von Hopea etwa so bedeutsam war wie die Erschiessung eines tollwütigen Hundes.

Hill fragte, ob er Marttas Meinung zufolge nach Petroskoi gehen und seinen Kopf in die Schlinge legen solle, indem er Kallonen wegen der Tötung eines Menschen anzeige. Er glaubte nicht, dass der Mann, den Kallonen auf unserem Platz erschossen habe, der erste sei. Martta Hill sagte, dass die Erschiessungen nicht aufhören würden, wenn sich niemand dagegen wehrte.

So bildeten sich zwei Parteien, die eine wollte Zeugen nach Petroskoi schicken, um über den Mord Meldung zu erstatten, die andere jedoch wollte, dass wir stillhielten und unser gewohntes Leben hier in Hopea fortsetzten, weil aus der Sicht von Hopea gar nichts geschehen sei und alles zu einer ganz anderen Welt und Zeit gehöre und wir damit gar nichts zu tun hätten.

Wir diskutierten zwei Stunden lang und kamen zu keinem Ergebnis. Dann kündigte Helm an, wir würden abstimmen, um einen Entschluss herbeizuführen. Hill und viele andere meinten, über eine derartige Frage könne man nicht abstimmen, weil es hier um die Seele und die Existenz jedes einzelnen gehe und die Mehrheit nicht die Verantwortung dafür übernehmen könne. Die Frauen jedoch pochten auf die Abstimmung.

Wir stimmten also durch Handerheben ab. Helm zählte gemeinsam mit Martta Hill die Stimmen. Es ergab sich als klarer Beschluss, dass wir in Petroskoi melden sollten, dass Kallonen auf dem Platz des Kolchos Hopea einen Menschen ermordet habe.

21.

Nun wurde noch darüber abgestimmt, wer nach Petroskoi zu entsenden sei. Niemand der Männer wollte gehen, und am Ende riefen Martta Hill und Maija Helm zornig, sie seien durchaus bereit zu gehen, wenn alle Männer von Hopea solche Hasenfüsse seien, wie es den Anschein mache. Helm nahm den Entscheid sofort auf und schrieb ihn ins Protokoll. Nun wollten auch viele andere Frauen mitgehen und in Petroskoi fragen, ob man in Karelien zum Spass Menschen töten dürfe.

Ira wollte nicht mitgehen, sagte am Abend jedoch zu mir, dass sie mitgegangen wäre, wenn Mary nicht wäre und nicht noch das zweite Kind unterwegs wäre. Um der Kinder willen wolle sie ihren Namen nicht in den Büchern des Grossen Hauses haben.

Die Frauen gingen gleich am folgenden Abend. Martta Hill lenkte das Auto des Kolchos. Es war ein schöner Tag gegen Ende August, die Sonne schien warm und liess die Stoppelfelder golden aufleuchten. Die böse Welt schien weit weg zu sein. Beim Weggehen sagten die Frauen auf dem Platz, wir dürften nicht hier in unserer kleinen Welt bleiben und darauf hoffen, dass der Rest der Welt seinen geordneten Gang gehe, sondern wir müssten für all das kämpfen, was wir für richtig, ehrenhaft und erstrebenswert hielten. Sie fuhren los. Die Frauen, die auf der Pritsche sassen, sangen die Internationale, als das Auto vom Platz fuhr, und wir hörten sie noch immer singen, als das Auto über den

Feldweg rollte, zwischen den Äckern hindurch, von denen der Roggen schon geerntet worden war.

Am Abend kehrten die Frauen zurück. Gesang war nicht mehr zu hören. Wir hatten schon gegessen und die Leute waren zu ihren Wohnungen zurückgekehrt, als Martta Hill den Pritschenwagen auf Hopeas Platz lenkte und die Frauen aus dem Auto ausstiegen. Irina sah durch das Fenster, dass die Frauen in den Speisesaal gingen, holte Ella von oben, und sie gingen gemeinsam zum Speisesaal, um zu hören, was man in Petroskoi zur Ermordung eines Menschen gesagt habe. Ich sollte auf das Kind aufpassen, da ich ja nicht Mannes genug gewesen sei, um nach Petroskoi zu fahren, ebenso wenig wie die anderen Männer.

Mary blieb mit mir in der Stube, nachdem sie eine Weile nachgefragt hatte, ob sie auch zum Speisesaal gehen solle wie die anderen Frauen. Sie behauptete, sie wäre auch nach Petroskoi mitgefahren, wenn man sie mitgenommen hätte. Sie wusste alles darüber, wie Kallonen den Mann auf dem Platz erschossen hatte, und sie hatte auch alles darüber mitgekriegt, dass die Männer nicht hätten nach Petroskoi fahren wollen, um über die Erschiessung Meldung zu erstatten. Daher müsse sie auf der Seite der Frauen stehen, nicht auf der der Männer, meinte Mary. Ich konnte sie davon überzeugen, bei mir zu bleiben, indem ich sagte, nicht alle Frauen würden zum Speisesaal gehen, und es sehe aus, als ob auch die Männer gingen. Mary spielte mit ihrer aus Kanada mitgebrachten Puppe, die sie von Martta Hill bekommen hatte. Wenn sie die Puppe hinlegte, schloss diese die Augen, und wenn sie sie wieder aufstellte, öffnete sie die Augen und gab ein Geräusch wie eine miauende Katze von sich. Ich fragte, ob in der Puppe eine Katze stecke, aber Mary, die nicht wusste, dass kleine Kinder so sprachen, lachte mich aus.

Ira und Ella blieben so lange im Speisesaal, dass ich Mary in der Kammer zu Bett bringen musste. Während ich das schlafende Kind betrachtete, überkam mich Niedergeschlagenheit. Ich erinnerte mich, wie ich in Hirvijoki bei Kauhava meine eigenen schlafenden Kinder betrachtet hatte, als sie noch ganz klein gewesen waren. Bei einem schlafenden Kind sei der Schutzengel noch sichtbar, hatte Matti Kurikka gesagt. Ich erinnerte mich auch daran, wie wir um dieselbe Zeit im Herbst Roggen gedroschen hatten und wie es sich angefühlt hatte, mit der Hand tief in den vollen Kornspeicher einzutauchen. Ich sass da und überlegte, ob Sofia wohl das Korn von den Feldern geerntet und das Herbstgetreide ausgesät hatte.

Mary schlief, als Ira und Ella vom Speisesaal kamen. Wir setzten uns in die Stube, und Ella erzählte, was die Frauen, die nach Petroskoi gefahren waren, gesagt hatten. Sie hätten nicht mit Gylling sprechen können, weil dieser sich irgendwo im Norden befinde, um Karelien zu inspizieren, aber Rovio habe sie empfangen. Er sei sehr erschrocken, als er gehört habe, was auf Hopeas Platz geschehen sei, aber noch mehr sei er erschrocken, als er gehört habe, dass die Frauen verlangten, Kallonen vor Gericht zu bringen und des Mordes anzuklagen. Rovio habe den Frauen gleich gesagt, dass die GPU kein der Republik Karelien unterstelltes Organ sei und dass die Republik Karelien somit über sie keine Verfügungsgewalt habe, sondern sie arbeite nach den Anweisungen aus Moskau, und ihre Mitarbeiter könnten in Karelien nicht angezeigt werden.

Die Frauen hätten von Rovio verlangt, über Kallonens Mordtat in Moskau Meldung zu erstatten, weil dieser sein Leben nicht ungestraft weiterführen dürfe. Rovio habe die Frauen beruhigt, ihnen in seinem Büro Tee und Bagels angeboten, ihnen dann jedoch befohlen, in ein beliebiges Fahrzeug zu steigen, nach Hopea zurückzukehren und Stillschweigen zu bewahren über alles, was sie in Petroskoi irrtümlicherweise gesprochen hätten.

So waren die Frauen zurückgekehrt und hielten auch Rovio und alle Führungsleute der Republik Karelien für Hasenfüsse, mit Ausnahme von Edvard Gylling, dem man sofort über Kallonen Bericht erstatten müsse, sobald er aus dem Norden zurückgekehrt sei. Und wenn dieser Kallonen nicht zurechtrücken könne, seien die Frauen bereit, nach Moskau an Stalin zu schreiben, von dem man wisse, dass er die Arbeiter in Schutz nehme.

Auch Irina glaubte, dass Kallonen seine Strafe erhalten werde, wenn man Gylling über den Mord berichte und dieser nach Moskau an Berija Bericht erstatte, den höchsten Leiter der GPU und den höchsten Wächter über den reinen Kommunismus in der ganzen Sowjetunion, der jeden Tag unser aller Vater Stalin treffe.

Ich sagte, Stalin sei nicht mein Vater. Ich würde glauben, was Rovio gesprochen habe, ich würde hingegen nicht glauben, dass Gylling irgendetwas ausrichten könne. Die Frauen setzten ihre Hoffnung dennoch auf Gylling.

Helm, Kalle Hill und die übrigen Vorstandsmitglieder konnten den Frauen im Verlauf der nächsten Wochen die Köpfe dennoch so weit zurechtrücken, dass sie nicht mehr nach Petroskoi fuhren, um Gylling zu treffen und ihm Meldung über Kallonen zu erstatten.

Im Herbst kam Gylling in Hopea vorbei. Alle Leute waren im Speisesaal versammelt, um zu hören, was für eine Botschaft Gylling für uns hatte, was er zur Entwicklung der Republik Karelien sagte und dazu, welchen Beitrag zum Aufbau Kareliens er sich von uns erhoffte.

Maija Helm konnte sich daraufhin nicht zurückhalten, Gylling zu erzählen, was im August auf dem Platz von Hopea geschehen war. Gylling war der Fall bekannt, Kallonen hatte darüber einen Rapport an den Kommissar der Karelischen Republik für Innere Angelegenheiten gerichtet und geschrieben, die Reden der Männer hätten sich bezüglich dessen, was sie von Hopea gesagt hätten, als falsch herausgestellt. So hätten sie sich nicht, wie behauptet, den Winter hindurch im Kolchos Hopea versteckt gehalten. Dagegen sei bewiesen, dass die Männer bei den Truppen der Republik Uhtua gekämpft hätten und nun, Jahre später, mit einer Flagge der Republik Uhtua, Waffen und Sprengstoff über die Grenze gekommen seien. Ihre Aufgabe sei es gewesen, die in der Republik Karelien stationierte Armee auszuspionieren, Sabotageakte auszuführen sowie Gylling und die anderen Führungsleute zu töten. Aus diesen Gründen habe das Gericht die Männer zum Tode verurteilt und sie seien hingerichtet worden.

Gyllings Bericht brachte selbst die Frauen zum Verstummen, und keine von ihnen fragte nach, ob das Gericht den Mann dazu verurteilt habe, am Fuss der Treppe zu Hopeas Speisesaal hingerichtet zu werden.

Obwohl nicht mehr über die Sache gesprochen wurde, sah ich, dass sie viele beschäftigte. Ella und Irina sprachen manchmal in der Stube vor dem Zubettgehen davon. Nachdem sie den Mord eine Zeitlang gründlich durchgekaut hatten, begannen sie zu glauben, dass Kallonen richtig gehandelt und mit seiner Tat die Sowjetunion und die Republik Karelien geschützt habe. Obwohl Kallonen ihrer Meinung nach den Entschluss des Gerichts hätte abwarten und das Urteil woanders als in Hopea hätte vollziehen sollen, habe er nicht grundsätzlich falsch gehandelt, indem er den Spion und Saboteur erschossen habe, da der Aufbau des realen Sozialismus nicht mit Seidenhandschuhen zu leisten sei.

Ich erinnerte daran, dass Helm gesagt habe, man könne den realen Sozialismus nicht ohne Christus errichten. Ich behauptete, Christus könne bei einem solchen Aufbau des Sozialismus nicht beteiligt sein, bei dem man einem Menschen mit dem Nagan in den Hinterkopf schiesse. Die Frauen forderten mich auf, daran zu denken, wie die Kirchenleute zu allen Zeiten im Namen Christi gemordet und gefoltert hätten.

22.

Iras und mein Kind kam im Oktober zur Welt und war ein Junge. Ich schlug vor, ihn Pauli zu nennen, weil ich in Finnland einen Pauli hatte zurücklassen müssen, und so würde ich wenigstens einen Teil meines Jungen zurückbekommen. Ira nannte den Jungen Pawel, doch bei der Taufe gab ihm Toivonen von der Reparaturwerkstatt den Namen Pauli, streute Salz und Asche über den Kopf des Kindes und beträufelte es mit Wasser.

Ich zimmerte eine Wiege, als Pauli zur Welt gekommen war. Ira hatte mich sie nicht zimmern lassen, bevor man sah, dass das Kind am Leben bliebe. Die Wiege wurde im Verhältnis zur Breite allerdings zu lang, und Ella sagte, es erinnere an einen Sarg, den man auf ein Gestell gesetzt habe. Ira verbot Ella, Dinge zu sagen, die dem Kind Unglück bringen könnten.

Im November besuchte Strang Hopea und brachte Pauli Geschenke aus der Stadt. Er erzählte mir, durch Petroskoi würden Tag und Nacht Züge fahren, in deren Viehwaggons Kulaken und andere zur Kanalarbeit Verurteilte nach Poventsa gebracht würden.

Den Winter über bauten wir in Hopea weitere Nebengebäude, und ausserdem wurde der elektrische Strom von Jessoila zum Kolchos gezogen. Im «Roten Karelien» las ich, dass die Arbeit am Kanal zum Weissen Meer im Rekordtempo vorangehe, weil die Arbeiter die Leistungsfähigkeit der sozialistischen Sowjetunion unter Beweis stellen wollten.

Strang jedoch wusste zu berichten, man habe Hunderttausende von Arbeitern zur Arbeit am Kanal hergebracht, von denen den Winter hindurch fünfzigtausend gestorben seien, die man an der Seite des Kanals begraben habe. Die aus Amerika eingereisten Finnen hätten insgeheim schon davon zu sprechen begonnen, man solle nach der anderen Seite des Atlantiks zurückkehren, solange es noch möglich sei. Viele seien schon abgereist, wusste Strang.

Im Frühling begann die Feldarbeit wieder, ich eggte die Felder, die ich im Herbst gepflügt hatte, und säte das Frühlingsgetreide aus. Irina und Mary kamen tagsüber mit Pauli auf die Felder und brachten mir Verpflegung, setzten sich an den Ackerrand und sahen zu, wie ich mit der Egge über die Felder ging oder Hafer aussäte.

Ich ging im ganzen Jahr kein einziges Mal nach Petroskoi, obwohl viele von Hopea am ersten Mai am Umzug teilnahmen, der durch die Stadt führte. Die Leute von Hopea fuhren mit dem Auto im Umzug mit und hielten ein Transparent in die Höhe, auf dem der Sieg des Sozialismus in Aussicht gestellt wurde.

Marttila und Rinta-Nisula luden mich ein, mit ihnen in der Stadt Baseballspiele zu besuchen, die dort vom Juni an gespielt wurden. Die aus Amerika Eingereisten stellten in Karelien in jenem Jahr fünf Mannschaften, die alle in Petroskoi, Aunus und Sorokka gegeneinander spielten, aber ich wollte Hopea nicht verlassen, obwohl auch Ella und Irina mich in die Stadt locken wollten, als die Baseballmannschaften der Frauen gegeneinander spielten. Irina meinte, es wäre für mich gut, in Petroskoi die Luft der grossen Welt zu schnuppern, um hinter Jessoila nicht ganz zu verwildern.

Irina wusste, dass in Petroskoi anstelle des Amerikanerladens inzwischen ein Laden der Insnab eröffnet worden war, wo ebenfalls alle aus Amerika Eingereisten Waren einkaufen durften. Ira glaubte, dass ich mit meiner Karte auch bei der Insnab einkaufen dürfe. Ich fuhr deswegen aber doch nicht in die Stadt.

Ich ging auch im folgenden Winter nirgendwohin, als wir in Hopea nach den Plänen des Klubhauses von Hiilisuo ebenfalls ein Klubhaus bauten. Dort gab es ein Café, eine Bibliothek und einen Festsaal, wo man Feiern abhalten konnte. Im Saal fanden hundertfünfzig Menschen auf langen Holzbänken Platz.

Im Frühling war Pauli schon anderthalb Jahre alt, und ich nahm ihn mit, als ich die Felder bestellte. Ich versprach, aus Pauli einen Landmann zu machen, der alle Landarbeiten des Kolchos verrichten könne. Pauli sass auf der Egge, als wir vor der Aussaat über die Felder gingen, und ich liess ihn Gerstensamen auswerfen, als wir aussäten.

Im Sommer kam ein Künstler, der durch Karelien reiste, nach Hopea. Er malte mit Aquarellfarben viele Bilder von Hopea, er malte die Gebäude des Kolchos, die Menschen, die auf den Feldern arbeiteten, und den Fordson, den Helm mitgebracht hatte, mit Helm persönlich auf dem Sitz des Traktors. Der Name des Malers war Heinrich Vogeler. Er sprach Englisch und sagte, er sei Deutscher und in die Sowjetunion gekommen, weil er an den Aufbau der Sowjetunion glaube. Er hatte Bilder von vielen der grössten Erfolge beim Aufbau des Sozialismus gemalt, aber als ich ihn danach fragte, sagte er, den Bau des Weissmeerkanals wolle er nicht malen gehen.

Ich bat Vogeler, ein Bild von Irina, Mary und Pauli zu malen, und der Deutsche liess sie eines Tages für ihn Modell stehen. Die Kinder sassen auf Irinas Schoss, aber auf dem Bild malte Vogeler sie nicht in dieser Position, sondern so, dass Irina zuoberst stand und vor ihrem Unterleib Mary und Pauli dicht hintereinander, Mary aber höher oben. Das Bild gefiel mir sehr. Ich versuchte es Vogeler abzukaufen, aber der Deutsche verlangte nichts anderes dafür, als dass wir aus den Kindern gute Bürger für die Sowjetunion heranzögen. Ich fertigte in der Schreinerwerkstatt einen hölzernen Rahmen für das Bild, aber eine Glasscheibe bekam ich dafür nicht. Ich hängte das Bild an die Wand in der Stube und betrachtete es oft, und je öfter ich es betrachtete, desto besser gefiel es mir, obwohl Irina meinte, sie sehe gar nicht wie die von Vogeler gemalte Frau aus, und die Kinder hätten auf ihrem Schoss gesessen und nicht übereinander wie Holzscheite auf dem Stapel.

Als die übrigen Leute nach Petroskoi zum Sommerfest fuhren, blieb ich mit den Kindern in Hopea. Ich hörte den Bericht über das Fest zusammen mit den anderen, die im Kolchos geblieben waren, am Radio im Klubcafé: Die finnische Radiostation von Petroskoi übertrug das Turn- und Sportfest vollständig und auch den Umzug der ganzen Festgemeinde in ihren Sportkleidern durch die Stadt. Beim Radiohören fühlte es sich für mich so an, als ob ich selbst beim Sommerfest wäre, und das genügte mir.

Nach der Sendung über das Fest wurde ein Konzert des finnischen Sinfonieorchesters von Petroskoi gesendet, und ich hörte den Anfang davon. Mir war zu Ohren gekommen, dass die meisten der Orchestermusiker aus Amerika eingereist waren.

23.

Joonas Harju und Emil Niva kamen vom Kolchos Hiilisuo nach Hopea, um über die Anschaffung von Vieh in Finnland zu diskutieren. Sie kamen am Nachmittag mit dem Auto, das Harju aus Amerika mitgebracht und dem Kolchos geschenkt hatte, auf den Platz gefahren. Beide Männer trugen einen Anzug mit Weste und einen Filzhut. Sie hatten sich in Petroskoi im Majakka schon in Form getrunken. Zuerst gingen sie zu Eino Helms Wohnung, dann zur Essensglocke neben dem Wasserturm. Harju zog am Strick der Essensglocke und liess die Glocke so lange läuten, bis die Leute aus den Häusern und von der Arbeit auf den Platz strömten. Emil Niva dirigierte uns vom Platz zum Klubhaus, verbeugte sich und schlug mit den Armen um sich wie ein Verkehrspolizist.

Harju und Niva hatten so viel Feuerwasser genossen, dass sie im Klubhaus immer noch mehr als genug Feuer besassen. Harju sprach zuerst, Emil Niva stand neben ihm und betrachtete die Leute von Hopea, zwinkerte den Frauen zu, während Harju sprach, und gestikulierte zu Harjus Rede so, dass seine rechte Hand der Rede Schlagkraft verlieh.

Harju berichtete, die langersehnte Genehmigung aus Moskau, in Finnland Vieh zu kaufen und nach Hiilisuo zu bringen, sei jetzt eingetroffen, nach nicht einmal ganz zwei Jahren. Sobald Harju diese Worte gesagt hatte, lachte er aus vollem Hals, schlug sich mit der Hand auf die Schenkel und versicherte uns, die Erledigung einer so grossen Sache in so kurzer Zeit bezeuge, dass man in der Sowjetunion die Dinge mit etwas gutem Willen tatsächlich ins Rollen bringen könne.

Hiilisuo hatte die Genehmigung erhalten, hundert Kühe zu kaufen und nach Karelien zu bringen, aber Harju versprach, in derselben Fuhre auch für Hopea einige Dutzend Kälber mitzubringen. Er glaubte, die Grenzbeamten würden von der Schiebetür der Viehwaggons aus dieselbe Zahl an Tieren ermitteln, die auch in den Frachtpapieren vermerkt sei, wenn man zwischen die Blätter der Einfuhrgenehmigung säuberlich gefaltet eine ausreichende Menge an Tscherwonzen lege.

Wir konnten nicht umhin, über Harjus und Nivas Begeisterung zu lachen. Dann berechneten wir, wie viel Vieh die Felder Hopeas würden ernähren können, zusätzlich zu den Rindern, die wir schon besassen. Wir zogen eine Kollekte für die Kälber ein, gaben das Geld Harju, und Harju und Niva fuhren zurück nach Hiilisuo. Sie versprachen, unser Geld nicht im Majakka zu vertrinken, und kündigten an, sie würden in zwei Wochen nach Finnland reisen.

Nach diesem Tag sagte Irina mir jeden Tag, ich müsse Harju und Niva einen Brief nach Finnland mitgeben, ich müsse meiner Frau schreiben, ich sei am Leben und hätte hier eine neue Existenz, und der aus Petroskoi versandte Totenschein sei falsch gewesen. Irina bat mich, mich per Brief von meiner Frau zu trennen, so dass wir uns hier offiziell trauen lassen könnten.

Ich sagte, ich hätte im Verlauf dieser Jahre viele Erzählungen von Männern gehört, die ihren Angehörigen nach Finnland geschrieben hätten, deren Briefe jedoch von der GPU abgefangen worden seien. Ich glaubte nicht, dass es klug sei, Harju und Niva zu bitten, meinen Brief über die Grenze zu bringen.

Ira bat mich, Harju zu sagen, was er schreiben solle. Ich würde den Männern die Adresse meiner Frau geben, und Harju und Niva würden den Brief erst drüben in Finnland schreiben und zur Post bringen.

Ich lag im Bett, Ira lief zwischen der Stube und der Kammer hin und her und erklärte, was Harju für mich im Brief schreiben sollte. Ich wolle mich von Sofia trennen, würde hier mit einer neuen Frau zusammenleben und hätte mit ihr einen kleinen Jungen, und ich würde meiner Frau die Freiheit gewähren, sich wieder zu verheiraten, falls sie dies wolle.

Als ich wegen des Briefs Bedenken hatte, wurde Ira zornig und fragte, ob meine frühere Frau mir doch noch lieber sei als die neue, ob ich mir die Option offenlassen wolle, später wieder nach Finnland abzuschleichen, wenn die dortige Situation sich ändere und ich wieder zu meiner früheren Frau zurückkehren könne, um das Wunderland Karelien und alles, was ich in diesen Jahren aufgebaut hätte, hinter mir zu lassen. Ob ich Lust hätte, meine neue Familie hier ihrem Schicksal zu überlassen, fragte Ira.

Ich sagte, es wäre wohl das Beste, wenn Ira selbst Harju und Niva sage, was diese im Brief schreiben sollten. Ira liess sich dadurch aber nicht beruhigen, sondern fragte noch mehrere Male, ob ich eine Rückkehr nach Finnland planen würde, und als ich mit ihr nicht darüber reden wollte, verstummte sie vollends.

Ira sprach drei Tage lang nicht mit mir, hatte ihr Kopftuch fest unter dem Kinn verknotet und so tief in die Stirn gezogen, dass man ihre Augen nicht mehr sehen konnte. Ich sah nur den Mund, der fest zusammengepresst war, mit farblosen Lippen, und die Nase, die schräg nach unten zeigte. Ira legte sich abends spät schlafen, schwieg auch im Bett und lag auf dem Rücken; tagsüber sang sie den Kindern wehmütige Lieder auf Karelisch vor. Am dritten Tag rief ich nach Hiilisuo an und sagte zu Harju, ich käme zu ihm, um gewisse Dinge zu regeln. Ich bekam das Auto des Kolchos und fuhr gleich los.

In Hiilisuo bereiteten alle eifrig Harjus und Nivas Abreise nach Finnland vor, und für mich war es schwierig, einen passenden Moment zu finden, um Harju unter vier Augen zu sprechen und ihm mein Anliegen vorzutragen. Harju versprach, den Auftrag auszuführen, wenn er Gelegenheit dazu bekäme, befürchtete aber, in Finnland werde die Geheimpolizei ihm und Niva derart auf den Fersen sein, dass jeder von Harju verschickte Papierschnipsel unter dem Vergrösserungsglas gelesen werden würde, bevor er zu seinem Empfänger gelange. Ich sagte, ich hätte dieselben Bedenken gehabt, und bat Harju, in Finnland so vorzugehen, wie er es für das Beste hielt.

Ich verbrachte die Nacht in Hiilisuo. Mir wurde ein Bett im Haus der Junggesellen zugewiesen. Sie erzählten, man habe inzwischen so viel Moor trockengelegt und zu gutem Grasland gemacht, dass man hundert Kühe mit dem eigenen Heu ernähren könne und die Kühe nicht mehr an Hunger und Krankheiten sterben würden wie im Winter einunddreissig. Mir war schon tagsüber erzählt worden, der Landwirtschaftskommissar der Republik Karelien habe beschlossen, aus Hiilisuo einen Musterbetrieb zu machen, wo das karelische Landvolk in der Viehhaltung und Milchwirtschaft ausgebildet werden solle. Für diese Aufgabe habe man den Segen Edvard Gyllings erhalten, der die Entwicklung Hiilisuos ebenfalls für die wichtigste Aufgabe im landwirtschaftlichen Sektor der Republik Karelien halte.

Ich sagte in Hiilisuo nichts von den Kühen, die Harju und Niva für Hopea kaufen sollten und für die in Hopea Geld gesammelt worden war.

Es war schon viel Zeit vergangen, seit ich zuletzt alleine in einem fremden Bett geschlafen hatte, und so wurde ich in der Nacht immer wieder von den Geräuschen der schlafenden Männer aufgeweckt, wenn sie sich im Bett auf die andere Seite drehten, wenn sie dröhnend schnarchten oder wenn sie zur Toilette gingen.

In dieser Nacht hörte ich auch zum ersten Mal Männer vom Entschluss reden, der im Zentralkomitee der Kommunistischen Partei in Moskau getroffen worden war, dass die volksfeindlichen Elemente von der sozialistischen Aufbauarbeit auszuschliessen seien, und anfangs Juni habe man nach dem Entschluss des Leningrader Gebietskomitees mit den Säuberungen in Petroskoi und im ganzen Gebiet der Republik Karelien begonnen. Die Säuberungen würden von Leningrad aus organisiert, aber man dürfe nicht über sie sprechen. Man habe mit ihnen in Moskau begonnen, und sie hätten sich von dort in die ganze Sowjetunion ausgebreitet. Schon Hunderttausenden von Menschen habe man die Parteibücher weggenommen, wussten die Männer im Junggesellenhaus.

Am Morgen fragte ich Joonas Harju danach. Er glaubte nicht, dass die Säuberungen der Kommunistischen Partei diejenigen beträfen, die Stalin und Edvard Gylling persönlich aus Amerika herbeigerufen hätten. Ich sagte, mich habe niemand gerufen, ich sei ungerufen nach Karelien gelaufen. Harju hielt mich dennoch für einen der aus Amerika Eingereisten, obwohl ich auf meiner Reise hierher zwanzig Jahre in Finnland verbracht hatte. Ausserdem sei ich kein Mitglied der Kommunistischen Partei, erwähnte Harju.

Ich blieb nur für die Zeit des Frühstücks in Hiilisuo, obwohl Harju einen der Männer beauftragen wollte, mir zu zeigen, was man seit meinem letzten Besuch in Hiilisuo zustandegebracht habe. Ich versprach, ein andermal wiederzukommen, wenn Harju selbst Zeit haben würde, mir die Erfolge der sozialistischen Arbeit im Kolchos zu zeigen und über die Lage in Finnland zu berichten.

Am Abend war ich wieder in Hopea und erzählte Ira, was für Grüsse ich Joonas Harju für mein Heimatland mitgegeben hätte. Irina fragte, ob Finnland denn immer noch mein Heimatland sei, dachte aber diesmal nicht mehr tagelang über meine Aussage nach.

24.

Das Vieh kam aus Finnland mit der Eisenbahn über Leningrad, wo es die Männer von Hiilisuo abholten. Harju hatte sofort nach seiner Ankunft in Leningrad im Kolchos angerufen und Helfer angefordert, da man die finnischen Viehtreiber nicht nach Russland hatte einreisen lassen. Sie hatten stattdessen in Rajajoki zurückbleiben müssen, und Harju und Niva glaubten nicht, dass sie zu zweit in der Lage seien, die Tiere unversehrt nach Petroskoi zu bringen. Später, nachdem sie in Petroskoi angekommen waren, sagten sie, sie hätten befürchtet, die Russen würden das Vieh stehlen und schlachten.

Auch wir brachen sofort von Hopea auf, als man von Hiilisuo anrief und sagte, die Rinderherde sei am Bahnhof von Petroskoi angekommen und auch unsere Kälber seien dabei. Wir fuhren mit dem Lastwagen los. Fünf Männer sassen auf der Pritsche und zwei in der Fahrerkabine. Helm lenkte den Wagen, und Hill sass in der Fahrerkabine neben ihm.

Das Vieh befand sich noch in den Waggons, als wir in Petroskoi zum Güterbahnhof kamen, und die Männer von Hiilisuo waren bei den Waggons beschäftigt. Sie sagten, Harju und Niva seien ins Majakka gegangen, um ihre Kehle zu befeuchten und um den Kuhgestank aus dem Mund zu spülen. Von unseren Kälbern wussten die Männer von Hiilisuo nichts anderes, ausser dass sie ebenfalls unter die Herde gemischt waren.

Hill und Helm gingen zum Majakka, und wir durften anderthalb Stunden beim Güterbahnhof warten, bevor sie mit Harju und Niva im Schlepptau zurückkehrten. Während wir warteten, brachten wir den Kühen Wasser vom Wasserkran des Bahnhofs, obwohl die Bahnhofsangestellten uns daran zu hindern versuchten. Sämtliches Wasser am Bahnhof sei Eigentum der sowjetischen Eisenbahnen und damit könne nicht jeder Beliebige sein Vieh tränken. Das Wasser sei für die Lokomotiven und für die Bahnangestellten bestimmt, sagten sie.

Hill und Helm hatten schon im Majakka erfahren, in welchem Waggon sich unsere Kälber befanden. Wir hatten beim Warten alle Waggons durchsucht. Sämtliche hundertzwanzig Tiere, die Harju und Niva in Finnland gekauft hatten, waren Ayrshire-Rinder, eine gute, robuste Milchrasse. In Hiilisuo hatte man sich über diese Frage bereits vor Harjus und Nivas Abreise verständigt, und obwohl einige der Frauen von Hiilisuo lieber Ostfinnische Rinder gewollt hätten, hatte man beschlossen, Ayrshire-Rinder zu kaufen.

Hill und Helm begannen uns zu dem Waggon zu dirigieren, in dem sich die Kälber, die nach Hopea kommen sollten, befanden. Die Tiere für Hiilisuo wurden bereits im Herdenverband vom Güterbahnhof getrieben. Von Petroskoi nach Hiilisuo waren es kaum zehn Kilometer, so dass man die Tiere gut im Herdenverband über die Landstrasse treiben konnte. Zuerst mussten sie allerdings durch die Stadt getrieben werden, und die Erschütterungen und das Schaukeln der Eisenbahnfahrt hatten die Mägen der Tiere sehr mitgenommen. Noch im Herbst wurde davon erzählt, wie die Tiere flüssigen, grünen Kot auf die Strassen gespritzt hätten, auf ihren eigenen Ausscheidungen ausgerutscht und in den Mist gestürzt seien. Die Männer von Hiilisuo waren nicht dazugekommen, die Rinder zu reinigen oder deren Ausscheidungen wegzuspülen. Hundert Kühe nach Hiilisuo zu treiben, war mehr als genug Arbeit gewesen.

Wir mussten unsere zwanzig Kälber auf der Pritsche des Lastwagens nach Hopea transportieren, wo sechs Tiere auf einmal Platz hatten. Hill brauchte viermal zwischen Hopea und Petroskoi hin und her zu fahren, bevor alle Rinder und Männer in Hopea waren.

Ich hatte in Petroskoi Gelegenheit, Harju zu fragen, ob er in Finnland den Brief an meine Familie habe abschicken können. Harju sagte, er sei nicht dazugekommen, den Brief zu schreiben, und hätte es ohnehin nicht gewagt, ihn abzuschicken, da er sich sicher gewesen sei, dass die Geheimpolizei den Brief sofort abgefangen, gelesen und vielleicht vernichtet hätte. Stattdessen habe er meiner Frau aus Helsinki eine Postkarte geschickt, auf die er nur «Grüsse von Jussi» geschrieben habe.

Ich dachte, ob man nun möglicherweise glaubte, ich hielte mich in Helsinki auf, da die Postkarte in Helsinki abgestempelt war. Harju gab zu, dass es wohl kein sehr guter Gedanke gewesen sei, eine Postkarte zu senden, aber etwas Besseres sei ihm nicht eingefallen, da die Männer der Geheimpolizei ihm die ganze Zeit hinterhergeschlichen seien.

Ich sprach auch mit Niva, der sagte, dass die Lapua-Bewegung in Finnland verboten worden sei, genau wie im «Roten Karelien» geschrieben worden war. Niva wusste, dass auch alles, was im «Roten Karelien» über den faschistischen Aufstand von Mäntsälä geschrieben worden war, der Wahrheit entsprach, und namentlich wegen dieses Putschversuchs waren Kosola und die anderen führenden Männer zu Gefängnisstrafen verurteilt worden, wenn auch nur zu bedingten.

Als ich beim Güterbahnhof wartete, bis Hill die Rinder nach Hopea transportiert hatte, kam Strang zum Bahnhof und nahm mich beiseite. Er berichtete mit gedämpfter Stimme und mit ängstlichen Seitenblicken von den Verhaftungen, die in Petroskoi geschehen seien, vom Verschwinden von Bekannten im Grossen Haus und in Lagern. Er forderte mich auf, die Augen jeden einzelnen Tag offen zu halten.

In Hopea erzählte ich Irina, was Harju in Finnland zustandegekriegt und was für eine Nachricht er meiner Frau geschickt hatte. Nach Irinas Meinung hätte die Nachricht klarer sein dürfen. Meiner Frau hätte man schreiben sollen, ich sei am Leben und mir gehe es gut, ich hätte kein Heimweh nach Finnland und hätte hier eine gute Frau und gesunde Kinder. Ira machte sich jedoch keine Sorgen mehr wegen der Postkarte, die nach Kauhava gesandt worden war, als ich ihr erzählte, was Strang mir am Güterbahnhof von Petroskoi von den Verhaftungen und Verurteilungen berichtet hatte.

Als Ira die Kinder zu Bett gebracht hatte, rief sie Ella nach unten, und ich musste auch Ella erzählen, was ich in Petroskoi von Strang gehört hatte.

Ira kochte Tee. Wir blieben bis spät in der Nacht sitzen und überlegten uns, was auf uns zukommen mochte. Obwohl in den Zeitungen davon kein Wort geschrieben wurde, war die Information, dass in der Ukraine Millionen von Menschen verhungert und Hunderttausende ausserdem am Weissmeerkanal und in anderen Arbeitslagern vor Hunger und harter Arbeit gestorben seien, bis nach Hopea ins Hinterland von Jessoila gedrungen.

Ich erzählte von den Verhaftungen, von denen mir Strang erzählt hatte. Ella fand dazu nicht gleich etwas Positives zu sagen. Es dauerte dennoch nicht lange, bis sie wieder zu behaupten begann, die Partei nehme nicht unnötig Menschen fest und enthebe sie nicht unnötig ihrer Ämter, irgendeinen Grund gebe es dafür immer. Sie habe in der *Prawda* gelesen, die Kommunistische Partei der Sowjetunion verteidige sich jetzt unter der Führung Stalins mit allen Kräften gegen die Angriffe, die der Kapitalismus verübe, um den Arbeiter- und Bauernstaat von aussen und von innen zu zerschlagen.

Ella glaubte, die Säuberungen in Petroskoi seien ein Teil des Kampfes, mit dem die innere Gefahr abgewehrt werden sollte, und schaffte es, Ira auf ihre Seite zu ziehen. Stalin beging keine Fehler.

Ich konnte die Köpfe der Frauen alleine nicht einmal so weit zurechtrücken, dass sie zugegeben hätten, dass merkwürdige Dinge vor sich gingen. Als ich sie daran erinnerte, wie erbittert sie eine Anklage und Verurteilung Kallonens gefordert hatten, sagten sie, diese Angelegenheit sei inzwischen vollständig abgehandelt und klar. Diese Männer seien Saboteure und Spione gewesen, das Gericht habe sie zum Tod verurteilt, und obwohl Kallonen das Urteil an einem passenderen Ort hätte vollziehen dürfen, habe er mit der Erschiessung des Mannes kein Verbrechen begangen. Der Mann habe seine Taten und seine Absichten gestanden und sei dafür verurteilt worden.

Ich erinnerte die Frauen an das abgerissene Ohr und schätzte, der Mann müsse vor seiner Erschiessung sehr reumütig gewesen sein, dass er sich selbst grün und blau geschlagen und das Ohr vom Kopf gerissen habe. Ich sagte, ich würde nicht glauben, dass Kallonen und die Männer aus dem Grossen Haus in ihren Verhören Gewalt anwendeten.

Die Frauen wollten über eine so alte Geschichte nicht mit mir diskutieren und fragten nach den Menschen, die in Petroskoi ihrer Ämter enthoben und zum Straflager verurteilt worden seien. Als ich Namen aufzählte, wollten sie diese Menschen nicht verteidigen, sondern behaupteten bei jedem von ihnen, die Partei habe das Recht gehabt, die Person als Feind des Arbeiterstaats zu verdächtigen und zu verurteilen.

Zwei Jahre später, als Gylling aus Karelien entfernt und auch Rovio seiner Aufgaben enthoben, aus der Partei ausgeschlossen und wie Gylling nach Moskau geschickt worden war, viele finnische Kaderleute in Straflager geschickt worden waren und Russen an ihre Stelle getreten waren, wurde es selbst für Ella und Ira schwierig, an ihrem Glauben festzuhalten, dass die Partei und Stalin keine Fehler begingen.

Im Frühling vierunddreissig war Pauli schon zweieinhalb Jahre alt und ich nahm ihn zur Frühjahrssaat und den übrigen Frühjahrsarbeiten mit. Als die Jungpflanzen des Korns emporwuchsen, brachte ich dem Jungen bei, dass die Jungpflanze der Gerste sich nach rechts drehte und die des Weizens nach links, und erklärte ihm auch, woran sich die Jungpflanzen des Roggens und des Hafers erkennen liessen. Auch viele andere Dinge aus der Landwirtschaft, die ich wusste, brachte ich dem Jungen bei.

25.

Im folgenden Winter kamen aus Petroskoi Schauspieler des Finnischen Dramatheaters auf Skiern nach Hopea. Sie zogen umher, um das Kalevala aufzuführen, und sagten, sowohl in Karelien als auch in Finnland sei das ganze Jahr fünfunddreissig ein Jubeljahr, weil seit dem Erscheinen des alten Kalevala hundert Jahre vergangen seien. Die Darsteller führten aus dem Kalevala die Geschichte von Kullervo auf, und selbst Leute aus Säämäjärvi und Jessoila waren zum Klubhaus von Hopea gekommen, so dass im Festsaal nicht alle einen Sitzplatz fanden. Karelisches Landvolk stand an den Wänden und sass auf den Fensterbrettern.

Vor Beginn der Vorstellung erzählten die Schauspieler, sie würden glauben, die Geschichte von Kullervo berühre uns aus Amerika Eingereiste am meisten im Herzen, weil auf dieselbe Weise, wie Ilmarinens Frau einen Stein in Kullervos Brot eingebacken habe, auch in unser Brot in Amerika ein Stein eingebacken worden sei. Auch wir hätten wie Kullervo die Ketten der Sklaverei abgelegt.

Die Schauspieler blieben über Nacht in Hopea, und nach der Vorstellung sassen sie im Café des Klubhauses, wo auch die Leute des Kolchos noch miteinander sprachen. Irina brachte die Kinder zu Bett, aber ich blieb da und hörte zu, wie Helm und Toivonen zu den Schauspielern sagten, Kullervos Geschichte dürfe nicht als Symbol für den Kampf zwischen den Kapitalisten und der Arbeiterklasse aufgefasst werden, sondern als Symbol für das Geschehen in der geistigen Welt, für das auch Väinämöinen, Ilmarinen und Lemminkäinen stünden. Ich hatte von Ervasts Predigern ähnliche Aussagen gehört und auch Pekka Ervasts Buch «Der Schlüssel zum Kalevala» gelesen, aber ich war nicht sicher, ob es nötig war, dass Helm und Toivonen den Schauspielern von der geistigen Bedeutung des Kalevala erzählten. Helm und Toivonen diskutierten mit den Schauspielern lange über die Geschichte von Kullervo, die die Schauspieler ihrer Meinung nach so verändert hatten, dass sie besser auf den Marxismus und Leninismus übertragbar war. Helm holte aus der Bibliothek des Klubhauses das dicke, von Gallen-Kallela illustrierte Kalevala, das in Petroskoi für die Bibliothek des Kolchos angeschafft worden war, und zeigte den Schauspielern die Verse, über die er mit ihnen diskutiert hatte.

Der Sommer 1935 war für uns gut. Die Frühjahrssaat gedieh gut, und der im Herbst ausgesäte Roggen wuchs kräftig auf Hopeas Feldern. Pauli war im vergangenen Herbst drei Jahre alt geworden und wollte mich bei allen Arbeiten im Frühjahr und Sommer begleiten. Ich liess ihn an der Egge das Pferd lenken, als wir die Felder eggten, und nach den langen Tagen bei der Frühjahrssaat rühmten in der Sauna alle Männer Pauli und glaubten, aus ihm werde einmal ein Vorsitzender des Kolchos Hopea.

Ich wusch Pauli in der Sauna. Er war so klein, dass er noch im Wassereimer stehen konnte. Er wollte meinen Rücken schrubben, und ich fühlte, wie seine kleinen Hände eifrig über meine Schultern und Rückenmuskeln strichen. Nach der Sauna trug ich den Jungen jeweils in ein Leinentuch gewickelt nach Hause.

Im August, als das Getreide schon geschnitten wurde, kam Joonas Harju aus Hiilisuo und erzählte, die Leitung des

Kolchos und der Landwirtschaftsschule sei Russen übertragen worden. Harju, Niva und die anderen Verantwortlichen hätten bei der Führung des Kolchos nichts mehr zu sagen. Die Autos, die Harju aus Amerika mitgebracht habe, seien weggebracht und in Petroskoi russischen Parteimitgliedern zur Verfügung gestellt worden. Harju war zu Fuss nach Hopea gekommen und blieb zwei Tage lang.

Harju war noch immer in Hopea, als Eino Helm aus Petroskoi zurückkehrte, wo er an der fünften Vertreterkonferenz der karelischen Räte teilgenommen hatte. Es war ein Sonntag, nur die Leute, die sich um das Vieh kümmerten, und die Frauen, die Küchenschicht hatten, arbeiteten. Helm fuhr mit dem Auto auf den Platz, gerade als eine grosse Schar von uns draussen war, um sich von Harju zu verabschieden, der zu Fuss zurück nach Hiilisuo ging. Uns tat es leid, dass Harju zu Fuss gehen musste, obwohl er aus Amerika zwei Autos und einen Traktor mitgebracht hatte, aber Harju sah das Zufussgehen nicht als Strafe an. Er wollte die Nacht bei Bekannten in Viitana verbringen und die zweite Nacht in Petroskoi. Wenn er mit dem Auto gefahren wäre, hätte er seine Bekannten nicht gesehen, sagte Harju.

Helm fuhr dennoch auf den Platz, bevor Harju gegangen war. Helm bestellte uns alle ins Klubhaus, um uns die Neuigkeiten zu erzählen, und Harju kam mit. Es herrschte ein Durcheinander, während alle ihre Sitzplätze suchten, sich auf den Plätzen niederliessen und ihre Kinder herumkommandierten, bevor Helm zu sprechen beginnen konnte. Er berichtete uns von den Themen der Vertreterkonferenz, und während er sprach, war es im Klubhaus so ruhig, dass man selbst das Rascheln einer Wanze hätte hören können, wenn es zwischen den Dachbalken des Klubhauses Wanzen gegeben hätte. Selbst die Kinder waren so erschrocken über den Ernst der Erwachsenen, dass sie schwiegen.

Helm berichtete, der neue oberste Mann der Republik Karelien, Tschudow, habe eine mehrstündige Rede über den Zustand der Republik gehalten. Die politischen Fehler der früheren Parteispitze in Karelien und die schweren Mängel in der praktischen Arbeit seien zum Vorschein gekommen und erforderten nun strenge Massnahmen. Tschudow habe insbesondere Kustaa Rovio beschuldigt, der sich vor den Karren finnischer Nationalisten habe spannen lassen, und habe behauptet, sowohl Rovio als auch Gylling hätten die Frage nach der Bürgerschaft falsch verstanden, als sie versucht hätten, Karelien zu einem zweiten kapitalistischen Finnland für Finnen zu machen. Obwohl ihnen diese Fehler schon 1933 aufgezeigt worden seien, hätte sich nichts geändert, die Heranbildung der arbeitenden Schichten sei nicht im Geist des proletarischen Internationalismus und des Sowjetpatriotismus geleitet worden.

Tschudow habe ausserdem gewusst, dass sich unter die Parteimitarbeiter, die Kustaa Rovio ausgewählt habe, Spione und Klassenfeinde eingeschlichen hätten, deren Säuberung bereits im Gang sei.

Nach Tschudow habe Petr Irklis gesprochen, Schdanows Gehilfe, der aus Leningrad geschickt worden sei. Irklis habe offen gesagt, Arbeitskräfte aus dem Ausland zu holen sei ein Fehler Gyllings gewesen, weil man auch im Heimatland gute Arbeitskräfte hätte finden können, wenn man diese hier nur richtig und effizient eingesetzt hätte. In Petroskoi jedoch sei die Arbeit auf allen Baustellen und in allen Fabriken schlecht organisiert gewesen, und schuld daran sei die Leitung der Republik Karelien gewesen.

Auch habe Irklis behauptet, es sei ein Fehler gewesen, den aus Amerika Eingereisten und anderen Finnen Privilegien zu gewähren und gleichzeitig den Kareliern und Russen einen Tritt zu versetzen. Diese Rede habe grossen

Applaus geerntet. Helm sagte, den aus Amerika Eingereisten sei das Recht genommen worden, in den Läden der Insnab einzukaufen.

Irklis habe offen gesagt, dass Gylling auf den Weg des nationalistischen Chauvinismus abgeglitten sei, und unter Gyllings Führung habe ein kleiner Teil des Volkes die Macht an sich gerissen, nämlich die Finnen, die aber nur acht Prozent der karelischen Bevölkerung ausmachten. Der Russischunterricht an den Schulen sei vernachlässigt und das Finnische zur wichtigsten Sprache erhoben worden, obwohl doch bald die ganze Welt Russisch spreche.

Zum Schluss habe Irklis den Beschluss verkündet, der in Leningrad unter der Führung Schdanows gefasst worden sei, dass die gesamte Parteiführung Kareliens ausgewechselt werden müsse. Man habe der Rede kräftigen Beifall gespendet, die Anwesenden bei der Konferenz hätten sich erhoben, um zu applaudieren.

Gylling habe am letzten Tag der Vertreterkonferenz gesprochen und eingestanden, dass man die Gefahr des Nationalismus in Karelien nicht verstanden und ihr nicht genügend Aufmerksamkeit geschenkt habe. Helm berichtete, Gylling habe sich aber doch mannhaft verteidigt. Als Irklis Gylling vorgeworfen habe, er habe in seinem Büro Flüchtlinge aus Finnland sowie Immigranten aus Amerika empfangen, habe Gylling geantwortet, es sei seine Pflicht gewesen, alle zu empfangen, die zu ihm gewollt hätten. Er habe versucht, ihre Sorgen zu mindern, er habe sich ihre Berichte über die Organisation der Arbeit in den Forstkombinaten und Kolchosen angehört und sogar versucht, die Eheprobleme der Menschen zu lösen. Mit Spionage und dem Diebstahl des Eigentums der Republik Karelien hätten diese Treffen nichts zu tun gehabt, obwohl Irklis dies behauptet habe.

An Gyllings Stelle als Vorsitzender des Rats der Volkskommissare von Sowjet-Karelien sei dennoch Pawel Buschujew gewählt worden, den niemand von uns kannte. Helm berichtete, Buschujew sei ein Karelier aus Tver und ein Veteran der Revolution. Auch Petr Irklis sei ein hohes Amt zugewiesen worden, nämlich das des Sekretärs des Zentralkomitees. Irklis sei jetzt Kareliens oberster Herr. Als Rovio in diesem Amt gewesen sei, sei Gylling ihm übergeordnet gewesen, nun jedoch sei Irklis Buschujew übergeordnet, erklärte Helm uns.

Gylling habe gesagt, er gehe nach Moskau, um ein neues Amt anzutreten, aber allen war klar gewesen, dass Gylling ebenso wie Rovio aus Karelien vertrieben worden war.

Als Helm mit seiner Rede fertig war, fragten viele, wie die neue Zeit werde, die uns alle jetzt erwartete. Helm sagte offen, dass diejenigen, die ihren amerikanischen Pass nicht abgegeben und die sowjetische Staatsbürgerschaft angenommen hätten, sich nun genau überlegen sollten, ob es für sie einen Grund gebe, in Karelien zu bleiben. Der Aufbau des Arbeiterparadieses, in das sie Gylling und Stalin gerufen hätten, scheine nun vorbei zu sein.

Viele hatten gleich nach ihrer Ankunft in Russland den amerikanischen Pass abgegeben und richtiggehend darauf gespuckt. Nun jedoch sahen sie keine andere Möglichkeit, als in Hopea abzuwarten, was auf sie zukam. Manche meinten auch, man habe nun in Petroskoi die dortigen Tische abgewischt, auf denen es, wie man wohl wisse, vielerlei Abfall gegeben habe, aber der Tisch von Hopea sei sauber.

Darauf sprach Joonas Harju und erklärte, auch der Tisch von Hiilisuo sei sauber gewesen, solange man ihn ihm, Emil Niva und den anderen aus Amerika Eingereisten gelassen habe, nun aber würden ihn Fremde abwischen, die beim Aufbau von Hiilisuo nicht dabeigewesen seien und auch nicht beim Roden und Trockenlegen des Moors, und die Macht sei allein in ihren Händen. Diese Macht könne nicht mehr geteilt werden, da sie sie ganz für sich behielten, erklärte Harju.

Joonas Harju versicherte uns dennoch, unter Irklis' und Buschujews Führung würden die Dinge bald vor die Hunde gehen, und Harju glaubte nicht, dass in der Parteiführung in Moskau so dumme Menschen sässen, dass man dort nicht begreife, woher der Niedergang Kareliens rühre, und man werde die Führung Kareliens wieder Gylling, Rovio und den anderen übertragen, die Karelien zu einer Sowjetrepublik gemacht und dafür ihr Leben und ihre Gesundheit geopfert hätten. Harju glaubte, bessere Zeiten würden kommen, Russland sei gross und es werde seine Zeit dauern, bis die jetzt in Karelien begangenen Fehler in Moskau bekannt würden.

Helm sagte erneut, jeder, der nach Leningrad fahren wolle, um Abklärungen über eine Rückkehr nach Amerika zu treffen, dürfe dies ungehindert tun, und er meinte, man solle dies rasch tun. Helm habe nach der Konferenz in Petroskoi mit vielen Einwanderern aus Amerika und mit vielen aus Finnland eingereisten Finnen gesprochen, und alle seien der Meinung gewesen, jeder, der Russland verlassen könne, solle dies jetzt tun.

Es war schon spät, als Joonas Harju nach Säämäjärvi und Viitana aufbrach. Davor sah er sich auf der Weide noch die zwanzig Ayrshire-Kühe, die er aus Finnland mitgebracht hatte, und ihre Kälber an. Er tätschelte sie zwischen den Hörnern und gab ihnen frisches Heu zu fressen. Die Kühe blickten Harju ruhig an, als ob er ihnen vertraut wäre. Das bewegte Harju, und er behauptete, die Kühe könnten sich von der langen gemeinsamen Eisenbahnfahrt von Finnland über Leningrad nach Petroskoi an ihn erinnern.

Harju ging erst, nachdem es dunkel geworden war, aber er meinte, er kenne den Weg und habe noch nicht gelernt, sich in der Dunkelheit zu fürchten. Fast alle anderen Gründe, sich zu fürchten, seien ihm hier schon beigebracht worden, sagte er.

Ira und Ella hielten es nicht für falsch, dass man den finnischen Einwanderern aus Amerika das Recht genommen habe, in den Läden der Insnab einzukaufen. Ihrer Meinung nach gehörte die Insnab nicht zur sozialistischen Gesellschaft, in der alle gleichberechtigt waren und niemand das Recht haben sollte, jeden Monat die fünffache Menge an Fleisch, Mehl und anderen Lebensmitteln einzukaufen, und das zu einem Zehntel des Preises, den ein Karelier, Russe oder auch ein Finne in einem gewöhnlichen Laden bezahlte, wo es kein Fleisch mehr gab und man für Mehl stundenlang Schlange stehen musste. Ich wandte ein, man habe das Recht einzukaufen nur den finnischen Einwanderern aus Amerika entzogen. Die Mitglieder der kommunistischen Partei und viele andere hätten immer noch das Recht, in den Läden der Insnab einzukaufen. Uns hingegen betraf die Sache, da wir im Laden der Insnab in Petroskoi auch für Hopea viele Waren eingekauft hatten.

Ella sagte, es sei der Zweck Hopeas, so viele Lebensmittel zu produzieren, dass wir einen Teil davon dem Staat zum Verkauf an die Bürger abgeben könnten, und einen Teil davon würden wir den Menschen selbst verkaufen können. Jetzt, da wir mehr Kühe besässen, bekämen wir mehr als genug Fleisch von den Stierkälbern, aus der Milch würde man Käse herstellen, und Korn hätten wir ohnehin schon viel über den eigenen Bedarf hinaus. Ella meinte, letztlich sei es gut, dass die Läden der Insnab für die Amerikafinnen geschlossen worden seien, weil es keinen Grund gebe, diese besser zu behandeln als die anderen Erbauer des Sozialismus.

In Hopea wurde in der Folge jeden Tag von der Abreise nach Amerika gesprochen, aber nur Ahokas, Arthur MacKay und Marttila gingen tatsächlich nach Leningrad, um ein Gesuch zu stellen, nach Amerika ausreisen zu dürfen. Es wurden Erkundungen in Petroskoi eingezogen, und Kallonen kam deswegen nach Hopea, verhörte die Gesuchsteller und liess sie ein Papier unterzeichnen, mit dem sie bei ihrer Ehre und ihrem Gewissen versprachen, weder in Kanada noch an einem anderen Ort ausserhalb der Sowjetunion schlecht über die Sowjetunion und die dortigen Genossen zu reden. Alle drei unterzeichneten ein solches Papier gerne, und Ahokas versprach sogar, er werde nicht einmal in die Richtung Kareliens pissen, wenn er noch einmal über die Silberadern von Cobalt gehen dürfe.

Kallonen verhörte auch uns anderen und fragte, ob wir Lust hätten, Karelien zu verlassen. Wir versicherten, wir würden in Hopea bleiben und Arbeit zum Wohl Kareliens und der ganzen Sowjetunion leisten.

Auch mit mir redete Kallonen lange in unserer Stube, aus der er Irina und die Kinder fortgeschickt hatte. Kallonen behauptete, er wisse, dass Harju bei seinem Besuch in Finnland der finnischen Geheimpolizei eine Nachricht von mir überbracht und mir wiederum einen Brief gebracht habe, mit dem man mir neue Spionageaufträge in Karelien erteilt habe. Ich war zuerst erstaunt, erinnerte mich dann aber an Kallonens Methode, die zu Verhörenden mit haltlosen Anschuldigungen einzuschüchtern. Ich fragte, ob Kallonen verrückt sei. Kallonen begann zu schreien und versprach, er werde mir noch zeigen, wer von uns beiden verrückt sei und wie das Leben eines Verrückten in der Republik Karelien sei.

Ich sagte, ich hätte genug von der Welt gesehen, um mich nicht von Kallonen verrückt machen zu lassen. Kallonen verliess die Stube. Ella kam aus der Dachkammer nach unten und sagte, sie habe alles gehört. Sie habe auf dem Fussboden der Kammer gelegen, ein Trinkglas mit der Öffnung nach unten gegen die Dielen gehalten und ihr Ohr ans Glas gedrückt. Sie meinte, ich hätte einen bösen Fehler begangen, indem ich Kallonen und Kareliens neue Führung als verrückt bezeichnet hätte.

Ich konnte mich nicht erinnern, etwas über die neue Führung Kareliens gesagt zu haben. Ella jedoch meinte, man habe es zwischen den Zeilen herausgehört. Irina kam von draussen und sagte, sie sei sehr erschrocken, als Kallonen sie am Arm gepackt und so fest in den Schraubgriff genommen habe, dass sie bestimmt einen grossen blauen Fleck am Arm kriegen werde. Er habe ihr befohlen, schnell in die Stube zu gehen, um die letzten Momente des Glücks mit mir zu verbringen, denn im Wunderland Karelien habe der Kuckuck schon vor langer Zeit aufgehört, glückliche Jahre zu verkünden.

Ira fragte, was Kallonen zu mir gesagt habe. Ich erzählte, er habe behauptet, ich hätte Harju Spionageinformationen nach Finnland mitgegeben und von dort neue Anweisungen bekommen. Ira fragte, ob Kallonen die Wahrheit gesagt habe. Ich forderte sie auf, ein wenig nachzudenken, ob ich Harju wohl Spionageinformationen mitgegeben hätte und ob ich nach Harjus Rückkehr begonnen hätte, gemäss den Anweisungen aus Finnland zu spionieren, ob ich Sabotage betrieben und gemordet hätte.

Irina brachte die Kinder in die Kammer. Nachdem sie in die Stube zurückgekehrt war, begann sie zu weinen und sagte, sie wisse nicht mehr, was sie denken solle. Ich liess sie auf der Bank Platz nehmen und setzte mich neben sie. Ella setzte sich auf die andere Seite des Tischs. Ihrer Meinung nach half das Weinen jetzt nichts mehr, wir zwei mussten nach vorne blicken und zusammenhalten.

DER GROSSE HASS

1.

Die Furcht hielt im Winter 1936 in Hopea Einzug und liess sich dort nieder. Helm sprach im Klubhaus und zählte Menschen auf, die auch ich kannte, von deren Verhaftung er in Petroskoi gehört hatte. Man hatte sie nachts geholt, und danach hörte niemand jemals wieder von ihnen. Darunter waren Führungsleute, die Gylling ausgewählt hatte. Urho Usenius war fortgebracht worden, ebenfalls Otto Vilmi, Kalle Klemola und Felix Kellosalmi. Der Leiter der Kommunistischen Landwirtschaftlichen Hochschule, Väinö Kangas, war verhaftet worden, ebenso der Leiter des Forstkombinats Matroosa, Arvi Tikka.

Helm sagte, er habe auch gehört, dass Emil Niva wegen Spionage und Sabotage verurteilt worden sei. Im vergangenen Winter seien in Hiilisuo fünfundneunzig Kühe eingegangen, nachdem jemand Arsen in ihr Futter gemischt habe, und Ermittler aus Leningrad hätten nachgewiesen, dass Emil Niva ihnen das Gift gegeben habe. Ich glaubte jedoch nicht, dass Niva die Tiere, die er selbst aus Finnland eingeführt hatte, vergiftet hatte.

Helm berichtete weiter, Lauri Letonmäki habe sich kurz darauf das Leben genommen, nachdem Irklis die Fehler der Leitung Kareliens angeprangert habe und Gylling und Rovio aus Karelien entfernt worden seien. Ich kannte Letonmäki, der zur Zeit des Aufstands ein Mitglied von Manners Volkskommissariat gewesen und im Frühling achtzehn nach Russland gekommen war.

Aus Irklis' Mund hatte Helm gehört, der Kampf werde nun nicht gegen die finnische Sprache und gegen die Finnen geführt, sondern gegen den bürgerlichen Nationalismus der Finnen, den Edvard Gylling mit seiner Bande in Karelien vorangetrieben habe. Als deutliches Zeichen dafür hätten gemäss Irklis' Worten am vergangenen Mittsommertag in Petroskoi die Flaggen Finnlands und der Republik Uhtua geweht. Die Flaggen seien von Gylling bewusst gehisst worden, alle Finnen wüssten schliesslich genau, dass der Mittsommertag der Tag der finnischen Flagge sei.

Irklis habe behauptet, Gylling habe für den Fall, dass die Faschisten angreifen würden, den Anschluss der Karelischen Jägerbrigade an die finnische Armee geplant. Jenseits der Grenze werde offen darüber gesprochen, dass die Grenze Grossfinnlands zum Ural versetzt werden sollte. Nun sei die Jägerbrigade aufgehoben worden und an ihre Stelle sei die achtzehnte Infanteriedivision getreten, die mit dem Ehrenzeichen der Roten Fahne von Jaroslawl ausgezeichnet worden sei, und Teile der Jägerbrigade seien ihr angegliedert worden.

Die Besitzer eines amerikanischen Passes mussten einer nach dem anderen von Hopea nach Petroskoi fahren, um die Aufenthaltsbewilligung zu erneuern, und sie kehrten von dort immer verstörter zurück und berichteten, was sie dort von den Verhaftungen gehört hatten.

2.

Im folgenden Frühjahr mussten Ella und Laina im April nach Petroskoi fahren, um ihre Arbeits- und Aufenthalts-genehmigungen zu erneuern. Einmal im Jahr musste man neue Genehmigungen einholen, und bis anhin waren sie ohne Wartezeiten und Gespräche ausgestellt worden. Nun jedoch mussten die Frauen über Nacht in Petroskoi bleiben und sogar am folgenden Tag noch im Polizeigebäude war-ten. Ich blieb in Hopea, ich hatte den russischen Pass und die Bürgerschaft unter dem Namen, an den ich mich schon gewöhnt hatte. Ich war Jussi Kari.

Ich brachte Pauli an den Tagen, an denen ich keine Arbeit im Kolchos hatte, nicht zum Hort. Ella war noch in Petros-koi und Ira bei der Arbeit im Speisesaal, als Mary weinend von der Schule kam und berichtete, der Englischunterricht sei eingestellt worden. Stattdessen müssten alle Russisch lernen. Das kam Mary schwierig vor, der Lehrer war Russe und konnte kein Wort Finnisch oder wollte es nicht kön-nen, kam einmal in der Woche aus Petroskoi und blieb über Nacht nicht in Hopea.

Es war bekannt, dass man in Petroskoi plante, den Finnisch-unterricht in den Schulen Kareliens ganz zu verbieten. Ich versprach Mary, ihr abends Englischunterricht zu erteilen.

Irina kam erschrocken von der Arbeit. Mit ihr kam Ella, die mit Laina aus Petroskoi zurückgekehrt war. Ella er-zählte, sie seien in scharfe Verhöre geraten, und man habe ihnen befohlen, sofort die sowjetische Staatsbürgerschaft anzunehmen und den kanadischen Pass abzugeben, weil der kanadische Pass in Karelien nicht mehr anerkannt werde. Im Polizeigebäude habe man ihnen auch gesagt, man werde den Frauen mit einem Pass der Vereinigten Staaten oder Kanadas die Kinder wegnehmen und in Erziehungsanstalten bringen, weil nur Bürger der Sowjetunion das Recht hätten, neue Bürger für den Arbeiterstaat zu erziehen.

Ich sagte zu Irina, wir beide hätten den sowjetischen Pass und somit das Recht, Kinder für die Sowjetunion zu erziehen. Ella erzählte, Laina habe die Staatsbürgerschaft angenommen. Sie hatte schon zwei Kinder mit Rinta-Nisula.

Irina behauptete, man könnte uns Mary wegnehmen, weil ihr Vater aus Kanada gekommen sei, und Pauli, weil wir offiziell nicht verheiratet seien. Ich war ja offiziell immer noch mit meiner Ehefrau in Finnland verheiratet. Mich selber verfolgte die GPU die ganze Zeit, und wenn man mich wegen Spionage verhaftete, würde man bestimmt auch Pauli in eine Erziehungsanstalt stecken.

Ella hatte den sowjetischen Pass nicht angenommen und sagte, sie wolle gleich am nächsten Tag nach Leningrad fahren, um die Genehmigung einzuholen, das Land zu verlassen. So entsetzt war sie über die unverhohlene Verachtung, die man ihr im Polizeigebäude entgegengebracht habe, als man ihr die Aufenthalts- und Arbeitsbewilligung schliesslich abgestempelt habe.

Irina fragte, ob uns etwas geschehen könne, obwohl wir die sowjetische Staatsbürgerschaft und den Pass hätten. Ella wusste, dass man nun in Karelien nebst den Einwanderern aus Amerika auch andere gefangen nahm. Die Verhaftungen seien von Petr Irklis angeordnet, der nun der oberste Mann in Karelien sei.

Abends wagten wir es nicht mehr, uns im Klubhaus zu versammeln, um über die Situation Hopeas und über die

Geschehnisse in Karelien zu reden und Radio zu hören, weil diejenigen, die im Polizeigebäude in Petroskoi gewesen waren und mit der GPU zu tun gehabt hatten, den Verdacht hegten, dass man in Petroskoi alles über uns wisse und jedes Wort kenne, das den Menschen hier über die Lippen gekommen sei. Und nicht alle von diesen Worten waren für die Ohren der Männer der GPU bestimmt gewesen.

Ella ging nach Leningrad und erzählte bei ihrer Rückkehr, ihr Visumsantrag und die Meldung betreffend der Ausreise aus dem Land seien entgegengenommen worden und man habe ihr gesagt, ein kanadischer Bürger könne Russland verlassen, aber dazu werde ein Durchreisevisum für Finnland benötigt, weil die Reise durch Finnland nach Turku und von dort nach Schweden führe, wo die Schiffe nach Halifax ablegten. Ella begann schon von ihrem künftigen Leben in Kanada zu reden, von der Zugreise von Halifax nach Toronto, wo Verwandte von ihr wohnten, und sie schrieb ihrem Neffen nach Toronto und bat ihn, ihr postlagernd Geld zur Hauptpost von Helsinki zu schicken, so dass sie die Schiffstickets und das Zugticket von Halifax nach Toronto zahlen könne und in Kanada nicht vor Hunger sterben werde, nachdem sie dem Hungertod in Karelien entkommen sei.

Vor Mary und Pauli sprach Ella nie von Kanada. Sie erzählte uns erst dann von ihren Träumen, wenn die Kinder schliefen. Ganze Abende sassen wir in der Stube und tranken Tee. Ella sagte mit leiser Stimme, dass jetzt in Kanada schon Frühling sei, die Blumen in den Parks von Toronto blühten und bald auch die hohen Bäume in den Wäldern Ontarios in Blüte stehen würden. Ella erzählte, sie werde in Toronto eine Wohnung und Arbeit suchen. Ihr Bruder schrieb aus Toronto, das Geld sei nach Finnland abgegangen und würde in Helsinki auf Ella warten. In Kanada sei die Zeit günstig und Ella werde bei ihrer Ankunft eine Arbeitsstelle auswählen können.

Gegen Ende April kam Eino Helm auf meine Baustelle. Ich montierte mit Rinta-Nisula gerade die neue Fassadenverkleidung an einem der Lagergebäude. Helm wollte sein Anliegen aber nicht vor Rinta-Nisula besprechen, sondern führte mich beiseite.

Wir gingen von den Gebäuden zu den Feldern, auf denen der Schnee schon geschmolzen war, obwohl er in den Wäldern noch fleckenweise lag. Ich erinnere mich, dass die Sonne hell schien und von der Erde, die sich langsam erwärmte, weisslicher Dunst aufstieg, als ob über den Feldern Magermilch ausgegossen worden wäre.

Helm blieb nicht auf den Feldern, sondern ging vor mir weiter zum Wacholderhügel und blieb zwischen den Büschen mitten im Friedhof stehen. Ich betrachtete die Grabsteine, die nur auf einzelnen Gräbern standen. Vor den meisten Erdhügeln befanden sich bloss breite Bretterkreuze, auf denen die Namen, Geburts- und Todesdaten der Verstorbenen geschrieben standen. Wind und Regen hatten die ältesten Kreuze schon so ausgebleicht, dass man die Namen kaum erkennen konnte.

Auf dem Friedhof erzählte mir Helm, er habe die sowjetische Staatsbürgerschaft angenommen und den kanadischen Pass abgegeben, nachdem man ihm im Polizeigebäude damit gedroht habe, Kanadier hätten in Zukunft kein Recht mehr, in Karelien zu leben. Nachdem er den sowjetischen Pass angenommen habe, habe Helm sich trotzdem zu fürchten begonnen und schätzte, diese Furcht gehöre zum Russentum, weil die Russen schon seit den Zeiten Iwans des Schrecklichen immer in Furcht gelebt hätten. Diese Furcht liege auch auf Karelien wie ein Nebel oder ein Dunst, und wer sich als russischer Bürger in diesen Dunst begebe, kriege sofort seinen Anteil daran.

Ich sagte, ich verstünde nicht, was Helm mit «in Furcht leben» meine, ich würde mich nicht fürchten und ich könne ihm die Furcht auch nicht abnehmen. Eino Helm war in grosser Not, ich begriff aber, dass er nicht seinetwegen in Not war, sondern wegen der Leute von Hopea, die er aus Kanada mitgebracht hatte und denen er ein besseres Leben versprochen hatte als jenes in den Silberminen von Cobalt und in den Nickelwerken von Copper Cliff.

Helm hatte gehört, dass man aus Vonganperä hundert Forstarbeiter fortgebracht habe. Es wurde behauptet, sie seien alle hingerichtet worden. In der Skifabrik von Petroskoi seien dreissig finnische Einwanderer aus Amerika verhaftet worden. Die Hälfte der Musiker des Radiosinfonieorchesters von Petroskoi seien gefangen genommen und fortgebracht worden, und niemand kenne den Grund dafür, und die ganze Belegschaft der Oper sei verhaftet und zur Zwangsarbeit in den Kalkgruben von Ääninen fortgebracht worden. Helm begann zu lachen, als er erzählte, dass Katri Lampi, die bekannteste Sängerin der hiesigen Oper, ein Kostüm getragen und «Freies Russland», das bekannte Marschlied der finnischen Roten, gesungen habe, als das Schiff, das die Gefangenen zu den Kalkgruben bringen sollte, ausgelaufen sei. Dann jedoch schlug Helms Lachen in Weinen um.

Helm erzählte weinend, Dostojewski habe geschrieben, alles sei ganz einfach und werde gut, wenn jeder seinen Nächsten so liebe wie sich selbst. Das sei das einzige Gesetz, das man in die Gesetzbücher der Welt schreiben müsse, weinte Helm.

Ich erinnerte ihn daran, dass das die Lehre Christi sei. Helm wiederholte dort auf dem Wacholderhügel zwischen den Grabsteinen und Bretterkreuzen immer wieder weinend, wir müssten unseren Nächsten so lieben wie uns selbst.

Ich ergriff Helm am Arm und führte ihn zu den Gebäuden zurück. Er war ein so geschlagener Mann, dass er stolperte und tatsächlich hinfiel, und ich durfte ihm aufhelfen und von seinen Kleidern Lehm und Erde abwischen. Dennoch schien für uns die Sonne schön und verlieh dem dürren Gras auf den Weiden und Feldrändern einen goldenen Schimmer. Der Wind wehte warm aus südlicher Richtung, und die grossen Schwärme der Zugvögel flogen über unsere Köpfe hinweg nach Norden und verkündeten den Frühling.

Bevor wir zu den Gebäuden kamen, hielt mich Helm am Arm zurück und bat mich, nach Petroskoi zu fahren, um dort herauszufinden, was mit Hopea und den Leuten von Hopea geschehen sollte, da ich bereits mit Kallonen und den Männern der GPU vertraut sei.

Ich fragte, was Helm damit meinte, dass ich mit Kallonen vertraut sei. Er korrigierte seine Aussage. Er habe damit nicht sagen wollen, ich sei Kallonens Spitzel im Kolchos, sondern lediglich, dass ich mit den Männern der GPU Bekanntschaft gemacht hätte, weil man mich gewaltsam nach Russland gebracht habe. Über mich denke man anders als über diejenigen, die aus Amerika eingewandert oder nach dem Aufstand der Roten aus Finnland geflohen seien, und man habe seinerzeit auch in den Zeitungen über meinen Fall berichtet.

Ich fragte, wie Kallonen und seine Leute seiner Meinung nach über mich dächten. Helm versuchte es nochmals zu erklären: Weil man mich gewaltsam hierhergebracht habe und ich vor nichts geflohen sei, sei mein Gewissen rein und ich hätte die Katharsis bereits durchgemacht, die den anderen noch bevorstehe, dieses ernsthafte Festhalten an der Ideologie trotz der Bedrängnis, am Hügel von Golgatha. Ich verstand nicht recht, was Helm meinte, versprach aber, nach Petroskoi zu fahren, da Helm mich mehrmals darum bat.

Auf der Baustelle fragte Rinta-Nisula mit spöttischer Stimme, ob wir die Dinge nun besprochen hätten, die nicht für seine Ohren bestimmt gewesen seien. Ich sagte, es sei kein Geheimnis, und vor Eino Helm erzählte ich, dieser habe mich gebeten, nach Petroskoi zu fahren, um herauszufinden, was mit Hopea geschehen sollte, weil die meisten Mitglieder des Kolchos Einwanderer aus Amerika und Finnen seien. In Moskau sei die Posaune erschallt und es sei ein Siegel geöffnet worden, hinter dem sich die Anordnung befunden habe, Einwanderer aus dem Ausland hätten in der Republik Karelien keine Rechte mehr.

Rinta-Nisula sagte, er wisse das alles bereits, und Eino Helm hätte nicht bis zu den Grabhügeln gehen müssen, um mir diese Dinge einzuflüstern. Wohl seien die Ohren der Leichen verstopft und ihre Zunge am Gaumen angetrocknet, aber auch er singe nicht an unpassenden Orten.

Helm bat ihn um Entschuldigung und klagte, es sei in den letzten Jahren zur Gewohnheit für ihn geworden, alles nur noch unter vier Augen zu besprechen, nachdem Leute von ihren Arbeitsplätzen und aus den Kolchosen zu verschwinden begonnen hätten.

Ich bat Rinta-Nisula, mich nach Petroskoi zu begleiten, aber er wagte es nicht, dorthin zu fahren, nachdem er gehört hatte, ich wolle Kallonens Pläne in Erfahrung bringen. Helm ging, und ich blieb zurück, um die vertikal stehenden Bretter an die Fassade des Lagergebäudes zu nageln. Wir erledigten diese Arbeit wie vereinbart, obwohl Rinta-Nisula mit bitterer Stimme sagte, unter dem Dach dieses Gebäudes werde kein Heu von Hopea mehr gelagert werden.

Am Abend nach dem Essen erzählte ich Ira und Ella in der Wohnung, dass ich am folgenden Tag nach Petroskoi fahren wolle. Ella freute sich und zeigte mir eine Einladung, die sie aus Leningrad erhalten hatte. Sie wurde aufgefordert, auf dem finnischen Konsulat ihr Visum abzuholen. Sie beschloss, mit mir zusammen nach Petroskoi zu fahren, von wo sie mit dem Zug nach Leningrad gelangen würde.

Irina war hingegen nicht glücklich darüber, dass ich versprochen hatte, in die Höhle des Löwen zu gehen, und sie konnte sich auch nicht über Ellas Reise freuen, obwohl diese erklärte, sie verlasse das Land noch nicht, sondern hole in Leningrad bloss die Papiere, die es ihr erlaubten, nach Kanada zu reisen.

Irinas Unruhe übertrug sich auch auf die Kinder, und wir schafften es nicht, sie zu Bett zu bringen, bis Ella nach oben ging und Mary mitnahm. Sie planten bereits, Ella sollte Mary zu sich nach Toronto einladen, sobald diese alt genug dafür sei, nach Kanada zu reisen. Meine Englischkenntnisse hatten für Mary nicht mehr ausgereicht, und sie lernte jetzt mit Ellas Hilfe weiter.

Pauli, der im kommenden Herbst sieben Jahre alt werden sollte, schlief in der Stube. In der Kammer drückte sich Ira gegen mich und fragte, ob ich auch bestimmt aus Petroskoi zurückkehren werde und sie nicht verliesse. Ich fragte mich, wie sie auf die Idee komme, ich könnte sie und die Kinder verlassen.

Irina meinte, ich bräuchte Kallonen nur ein Wort zu sagen und bekäme gleich einen neuen Pass auf einen neuen Namen. Dann stünde mir die ganze Sowjetunion von Karelien bis Wladiwostok offen, und wenn ich alleine reisen würde, würde ich mich nur um mich selbst kümmern müssen.

Ich sagte, ich würde nicht allein bleiben, sondern Ira und die Kinder wären immer in meinen Gedanken und ich trüge für den ganzen Rest meines Lebens Sorge um sie, wenn ich auf diese Weise fortginge und alles zurückliesse. Irina sagte, ich wäre schon einmal fortgegangen und hätte meine vorherige Familie zurückgelassen. Ob ich diese denn die ganze Zeit mit mir trüge? Ich bejahte dies, obwohl ich nicht fortgegangen sei, man habe mich schliesslich gewaltsam von zu Hause fortgebracht. Irina freute sich nicht über diese Worte und fragte, wer mir lieber sei, jene dort in Finnland oder diese hier in Karelien.

Ich wollte keine für besser erklären als die andere und versuchte, einen Scherz darüber zu machen, indem ich sagte, jede von ihnen sei auf ihre Weise die beste. Aber auch dieser Scherz bereitete Ira nicht besonders viel Freude.

Wir schafften es irgendwie, die Nacht vorübergehen zu lassen. Gleich nach dem Morgenessen ging ich, aber man wagte es nicht, mir das Auto zu geben, sondern ich brauchte zu Fuss zu gehen und zu hoffen, während des Fussmarschs eine Mitfahrgelegenheit zu finden. Ella wollte nun nicht mehr mitkommen, da sie nicht zu Fuss gehen wollte.

Ich war allerdings erst bis zur Strasse nach Säämäjärvi marschiert, als Helm mit dem Pritschen-Ford von Hopea angefahren kam und sagte, er bringe mich zum Stadtrand von Petroskoi, nur in die Stadt wolle er nicht hineinfahren, weil man nicht sicher sein könne, was für Leute einem dort begegneten. Ella sass auf der Pritsche und wollte nicht in die Fahrerkabine. Helm war nun etwas mutiger als am Vortag auf dem Wacholderhügel. Er sagte, er glaube, dass unsere Situation in die Ordnung kommen werde, weil man bereits derart ausgedehnte Verhaftungen in Russland vornehme, dass Stalin und die Parteispitze zwangsläufig bald davon erfahren würden.

Helm glaubte, Stalin werde das Unrecht, das man in den Republiken begehe, korrigieren. Volksfeinde und Spione müsse man selbstverständlich verurteilen, aber wir seien keine solchen. Uns habe Gylling mit Stalins Genehmigung nach Karelien gerufen, und Stalin habe sein Versprechen nicht vergessen.

Ich glaubte jedoch nicht, dass es in Stalins Sozialismus Platz für Christus gebe, von dem Helm und Toivonen in den letzten Jahren so viel gesprochen hätten. Ich glaubte vielmehr, an Stalins Seite stehe der Antichrist, von dem ebenfalls die Rede gewesen sei. Helm begann darüber nachzudenken und war ganz still, als wir an Viitana vorbeifuhren und zum Stadtrand von Petroskoi gelangten, wo Eino Helm uns aussteigen liess.

3.

Wir gingen bis zum Bahnhof. Während wir durch die Strassen gingen, versprach Ella, sie würde in Toronto für uns alle einen Ort suchen, an den ich Irina und die Kinder bringen sollte, weil wir keine Möglichkeit hatten, weiterhin in Karelien zu leben. Sie glaubte, man werde mich aus der Sowjetunion ausreisen lassen, weil man mich gewaltsam hierher gebracht habe, und dass Irina und die Kinder mit mir kommen dürften, wenn Ira und ich unsere Beziehung registrieren liessen und offiziell ein Ehepaar sein würden. Ich stimmte zu, aber meine Gedanken waren ganz woanders als in Kanada und bei der Flucht aus Karelien.

Wir kamen zum Bahnhof und sahen nach, wann der nächste Zug nach Süden fuhr. Es blieb noch Zeit, und ich wollte nicht so lange warten, zumal Ella meinte, sie brauche keinen Begleiter, um in den Zug einzusteigen. Ich ging vom Bahnhof zum Haus am Lenin-Prospekt, wo ich im Herbst 1930 für kurze Zeit gewohnt hatte, nachdem ich aus dem Krankenhaus gekommen war. Auf dem Vorplatz waren Menschen, die mir merkwürdig vorkamen, und sie sprachen alle Russisch. Ich konnte inzwischen so viel Russisch, dass ich in der Lage war, nach Bob Siirilä zu fragen, von dem ich glaubte, dass er immer noch in diesem Haus wohnte.

Die Russen begannen sogleich, mir Dinge über Siirilä zu erklären, und ein Mann brachte mich ins Haus. Ich sagte, ich wisse, wo Siirilä wohne, aber ich verstand nicht, was der Russe über ihn erzählte.

Drinnen gingen wir ins Obergeschoss, und der Russe zeigte auf eine merkwürdige Tür und wiederholte immerzu Siiriläs Namen: «Sjirja, Sjirja», sagte er.

Ich klopfte an, und Siirilä bat mich herein. Ich liess den Russen auf dem Flur zurück. Im Zimmer lag Siirilä unter Decken, gekleidet in etwas, das wie das Nachthemd eines Krankenhauses aussah. Er freute sich, als er mich sah, und forderte mich auf, mich zu setzen. Seit unserem letzten Treffen waren Jahre vergangen.

Ich holte mir vom Tisch einen Stuhl und setzte mich neben das Bett. Siirilä fragte mich, was mich zu ihm geführt habe. Ich forderte ihn auf, zuerst zu erzählen, was einen so starken Mann wie ihn mitten im schönsten Frühling ins Bett geworfen habe.

Siirilä erzählte, er habe den ganzen Winter gelegen und an Krankheiten gelitten, die nach der Meinung der Ärzte gar nicht existierten, ihn jedoch so schwächten, dass er nicht einmal seine Schuhe selber anziehen könne und ins Schwitzen komme, wenn er nur schon die Hosen über seine Beine streifen müsse. Im Frühwinter habe er im Krankenhaus gelegen, dann jedoch habe man ihn für gesund erklärt und ihn zum Sterben in seine Bude gebracht, so sagte Siirilä. Ich glaubte nicht, dass der Tod so bald an seine Tür klopfen werde, aber Siirilä war überzeugt, er werde keine Schwalbe mehr sehen.

Ich fragte Siirilä nach der Situation der Finnen in Petroskoi und schätzte, er habe manches gehört, während er im Krankenhaus gelegen habe. Siirilä bejahte, die Geschichten würden sogar bis zum Lenin-Prospekt gelangen, und niemand könne die Ausbreitung der Informationen verhindern, da die Information in der heutigen Zeit nun einmal überall sei. Das Radio habe man ihm zwar weggenommen, aber das Buschtelefon funktioniere noch, sagte Siirilä.

Wir sprachen von den Verhaftungen, und Siirilä wusste dasselbe wie Helm und noch etwas mehr. Aber was mit Säde, Hopea und den anderen Kolchosen der Amerikafinnen geschehen sollte, wusste auch er nicht. Im «Roten Karelien» hatte er dasselbe wie wir gelesen: Die von Amerikafinnen gegründeten Kolchosen wären nicht produktiver als die gewöhnlichen Kolchosen von Russen und Kareliern, wenn auch die anderen ebenso gute Maschinen wie Säde, Hopea und Hiilisuo hätten. Es war auch geschrieben worden, die Erträge der Forstkombinate hätten überall in Russland die Ergebnisse des Kombinats Matroosa übertroffen, wenn man allen dieselben Werkzeuge zum Fällen und Transportieren des Holzes gegeben hätte wie die, über die Matroosa verfügte.

Ich fragte nach Strang. Siirilä schätzte, er arbeite jetzt in der Skifabrik, nachdem der Karelische Technische Dienst aufgehoben und dessen aus Kanada eingewanderte Leiter Oscar Corgan, Matti Tenhunen und Kalle Aronen verhaftet und fortgebracht worden seien. Siirilä glaubte, Strang wohne noch immer in einem der Dollarhäuser.

Siirilä wandte ein, es wäre das Beste, ich würde mich bei Leuten, die sich noch bewegen könnten, über die Situation in Petroskoi und in der Republik Karelien erkundigen statt bei ihm, der endgültig zum Liegen verdammt sei. Siirilä glaubte nicht, dass man schon alle Finnen festgenommen habe, aber er war nicht sicher, ob man ihnen die Wohnungen in den Dollarhäusern weggenommen und diese irgendwelchen Russen gegeben habe.

Ich ging. Unsere Verabschiedung dauerte nicht lange. Siirilä sagte, wir würden uns nicht mehr treffen. Er sollte recht behalten, denn noch vor dem Sommer war er eine Leiche.

Ich kam aus dem Zimmer auf den Flur und schloss die Tür hinter mir. Auf dem Vorplatz blieb ich stehen und atmete die frische Frühlingsluft ein. In Siiriläs Krankenzimmer war es muffig gewesen. Während ich auf dem Vorplatz stand, zählte ich die Fenster des Hauses, an deren Aussenseite keine kleinen Fische zum Trocknen aufgehängt waren. Daran erkannte ich, wie viele Finnen noch im Haus wohnten.

Der Russe, der mich zu Siiriläs Zimmer geführt hatte, trat ganz nah an mich heran und fragte mit leiser Stimme etwas, das ich nicht verstand. Er berührte mich am Ärmel und brachte mich zu einem Nebengebäude, aber ich riss mich los und ging vom Vorplatz auf die Strasse. Die Russen riefen mir irgendetwas hinterher. Ich blickte nicht zurück und hörte nicht auf sie.

Weil erst Mittagszeit war, überlegte ich mir, ins Dollarrestaurant essen zu gehen, obwohl ich gehört hatte, dort werde besonderen Männern kein besonderes Essen mehr serviert. Auf der anderen Strassenseite sah ich sogar, dass das Restaurant ganz geschlossen worden war. Die Türen waren verriegelt, die Fenster staub- und schmutzbedeckt. Ich ging zum Majakka, aber dieses war ebenfalls geschlossen worden. Erst als ich vor der Tür des Restaurants stand, erinnerte ich mich daran, dass ich von seiner Schliessung gehört hatte.

Schliesslich ging ich zurück zum Bahnhof und kaufte mir dort ein Glas Tee und ein Stück Brot, das mit Margarine bestrichen und mit kleinen Fischen aus einer Konservendose belegt war. Von den Fischen, die nach Rapsöl schmeckten, rann Öl über den Rand des Brotes. Ich sass im Bahnhofbuffet, trank den Tee und ass das Butterbrot. Ella war am Bahnhof nicht mehr zu sehen, und ich wunderte mich darüber, weil noch kein Zug nach Leningrad gefahren war.

Vom Bahnhof ging ich wieder zum Lenin-Prospekt und von dort zum Dollarhaus, wo Strang Siirilä zufolge wohnte. Der Hausmeister war Russe, aber er kannte Strang und sagte in einem Gemisch aus Karelisch, Russisch und Finnisch, dieser Mann sei jetzt nicht hier, weil dieser Mann bei der Arbeit sei, und dieser Mann werde zu Hause sein, wenn dieser Mann nicht mehr bei der Arbeit sein werde.

Ich fragte, ob ich im Haus auf Strang warten dürfe, weil ich keine Lust hätte, ziellos durch die Strassen zu irren. Der Hausmeister erschrak und erklärte, er wage es auf gar keinen Fall, mich in Strangs Wohnung zu lassen, da er mich nicht kenne und Strang, dieser Mann, nie von mir gesprochen und ihm nicht erlaubt habe, mich in die Wohnung dieses Mannes zu lassen, falls ich käme.

Ich versuchte zu erklären, ich wolle gar nicht unbedingt in Strangs Wohnung warten, sondern würde mich mit einem beliebigen Ort im Haus begnügen, wo ich ein Dach über dem Kopf und Wände um mich herum hätte und im Sitzen warten könnte, bis Strang von seiner Arbeit zurückkehrte.

Wir erklärten einander lange unsere Standpunkte, und mir schien, dass wir von unterschiedlichen Dingen redeten, aber am Ende begriff der Russe, was ich meinte, führte mich in die Sauna im Keller und sagte, ich könne auf der Bank im Waschraum sitzen oder mich auf die Sitzbank der Sauna legen, um auf Strang zu warten. Der Hausmeister war nicht sicher, ob ich begriff, was er meinte, setzte sich selbst auf die Bank und zeigte mir, wie ich dort sitzen könne. Daraufhin legte er sich auf die Saunabank und zeigte mir, wie ich dort liegen könne.

Die Sauna und der Waschraum waren feucht und rochen nach schimmligem Holz, aber ich legte mich auf die Saunabank. Ich konnte nicht schlafen, betrachtete die Muster der Bretter an der Saunadecke und versuchte, an keine schwierigen Dinge zu denken.

4.

Der Hausmeister brachte Strang gleich zur Sauna, als dieser von der Skifabrik gekommen war. Ich setzte mich auf der Saunabank auf, als ich hörte, wie jemand den Waschraum betrat. Strang öffnete die Tür zur Sauna, schien aber nicht erfreut, mich zu sehen.

Ich stieg von der Saunabank. Strang reichte mir die Hand und meinte, ich wäre besser an jeden beliebigen anderen Ort in der Welt gegangen als nach Petroskoi in die Höhle des Löwen. Hier könne man mich jederzeit verhaften, und ihn ebenfalls, allein aus dem Grund, dass er sich mit mir getroffen habe. Er zählte alle Leute von der Skifabrik auf, die man schon fortgebracht habe.

Wir gingen dennoch hoch ins zweite Stockwerk zu Strangs Zimmer. Um dorthin zu gelangen, mussten wir durch ein Zimmer gehen, in dem ein Russe mit seiner Frau und zwei Kindern wohnte. Strang erzählte, dass das Vorderzimmer dem Russen im letzten Winter gegeben worden sei und dass er den Verdacht hege, der Russe sei gar kein Russe, sondern ein Wepse, der beauftragt worden sei, auszuhorchen, was in Strangs Zimmer gesprochen werde.

Wir setzten uns an den Tisch. Strang bat mich, nichts über die Situation der Finnen oder der Einwanderer aus Amerika zu sagen, weil der Wepse bestimmt schon mit dem Ohr an der Wand horchte, um Kallonen und Soura zu berichten, was im Zimmer gesprochen worden sei.

Ich fragte, wer Soura sei, aber Strang hob den Finger an die Lippen. Die Frau des Russen fragte von hinter der Tür, ob wir Tee wollten, aber Strang antwortete, wir bräuchten nichts, wir würden gleich ausgehen.

Wir gingen. Ich sagte, ich hätte heute bloss ein Sardinenbrot und ein Glas Tee zu mir genommen. Strang versprach, sich zu überlegen, wo ich etwas zu essen kriegen könne.

Obwohl es schon Abend war, war es ganz hell und die Sonne stand noch über den Häusern, als wir das Haus verliessen. Ich fragte nach dem Majakka. Strang sagte, es sei endgültig geschlossen worden, weil man dort ein Leben geführt habe, das nicht zum sozialistischen Staat passe, und Negermusik gespielt habe, die ebenfalls nicht zur russischen Lebensweise gehöre.

Strang führte mich zum Klub der Bauarbeiter und hoffte, wir würden dort eingelassen, obwohl keiner von uns als Bauarbeiter tätig sei. Auf dem Weg zum Klub erzählte Strang von der Skifabrik, in die er geschickt worden war, nachdem der Karelische Technische Dienst sowohl hier als auch in Amerika aufgelöst worden war. Die Einwanderer aus Amerika in der Skifabrik erwarteten jede Nacht die Ankunft der Männer, die sie holen sollten.

Strang habe Briefe von einigen Leuten erhalten, die es geschafft hätten, aus Karelien auszureisen, und diese hätten geschrieben, Amerika habe sich schon aus der grossen Depression erhoben und es gebe für alle genug Arbeit und Dollars. Strang habe ebenfalls ein Gesuch gestellt, das Land verlassen zu dürfen. Während wir auf der Strasse gingen, sagte er, man müsse jetzt um jeden Preis aus Karelien ausreisen, wenn nötig unter Lebensgefahr. Jenseits des Atlantiks schreibe man aber in finnischen Kommunistenblättern trotzdem, mit den nach Karelien ausgewanderten Finnen stehe alles zum Besten.

Ich fragte nach Hopea und den anderen Kolchosen, die von Amerikafinnen gegründet worden waren. Strang fragte, ob ich das «Rote Karelien» nicht läse. Diese Kolchosen seien bloss ein Trick der finnischen Faschisten, über sie seien Spione eingeschleust worden, und die nach Karelien eingeführten Maschinen und Werkzeuge und die in Finnland gekauften Tiere seien mit Geld bezahlt worden, das man der Sowjetunion gestohlen habe und das Gylling insgeheim nach Finnland und Amerika geschickt habe.

Strang sagte, es sei die Absicht Irklis' und der neuen Führung der Republik Karelien, die aus Amerika eingewanderten Finnen zu vertreiben, und diejenigen, die nicht von selbst gingen, würden umgebracht.

Das war dicke Post. Wir kamen zum Klub der Bauarbeiter, wurden jedoch nicht eingelassen, da wir keine Mitgliederausweise hatten. Ohne einen Mitgliederausweis dürften wir nicht einmal die Luft im Innern des Klubs atmen, sagte der Portier. Es war Viljanen, ein Finne, der uns kannte. Er sagte, ihm sei es ganz recht, dass man den Einwanderern aus Amerika die Vorrechte weggenommen habe, weil sie diejenigen beleidigt hätten, die mit der Waffe in der Hand gegen die Kapitalisten und die Herren Finnlands gekämpft hätten. Die Einwanderer aus Amerika hätten geglaubt, alles besser zu wissen, was die Arbeit und das Leben angehe. Viljanen sagte, er habe in Ikaalinen mit Eino Rahja zusammen gekämpft, als man versucht habe, den Ring um Tampere zu durchbrechen, und er sei mit Eino Rahja unterwegs gewesen, als man die Truppen von General Judenitsch vor Petersburg geschlagen habe. Er habe die Einwanderer aus Amerika nicht gerne gesehen, die im Takt der Negermusik getanzt hätten und ihn bezüglich der Ideologie hätten belehren wollen.

Wir blieben im Flur stehen und hörten uns Viljanens Predigt zu Ende an. Vom Saal kam Kallonen, der sagte, er habe zugehört, wie wir hier in Ideologiefragen belehrt würden. Er lud uns in den Saal ein, wo wir Essen bekämen. Viljanen wandte ein, wir besässen keinen Mitgliederausweis für Bauarbeiter. Kallonen erwiderte, er habe auch keinen. Ob Viljanen ihn hinausschmeissen wolle?

Viljanen versicherte, er würde weder Kallonen noch Kallonens Gäste jemals nach dem Ausweis fragen. Kallonen brachte uns in den Saal und durch den Saal hindurch zum Speisesaal. Im Speisesaal befanden sich gegen zwanzig Leute. Kallonen ging vor uns her zu einem der Tische, an dem ein Mann sass, nannte diesem unsere Namen und sagte, wir seien Einwanderer aus Amerika, ich freilich über einen Umweg, und noch dazu sei ich gewaltsam nach Karelien gebracht worden. Kallonen sagte, der Mann sei Soura. Er sei ein Arbeiter, der aus Leningrad hierher gekommen sei und bereits Gelegenheit gehabt habe, seine Fähigkeiten in Karelien unter Beweis zu stellen.

Strang und ich konnten uns nicht unaufgefordert zu solchen Leuten an den Tisch setzen, so dass wir neben dem Tisch stehenblieben, bis Kallonen uns einlud, Platz zu nehmen. Er erzählte Soura, ich hätte in Karelien mein Glück gefunden und ich hielte ihn für verrückt. Ich sagte nichts dazu.

Soura fragte, ob ich Hopea verlassen hätte und aus diesem Grund in die Stadt gekommen sei. Ich sagte, ich sei gekommen, um Stadtluft zu atmen und um herauszufinden, in welche Richtung der Wind wehe. Ich fragte, ob Soura die Arbeitsplätze aller Menschen in Karelien im Kopf habe. Er antwortete, es seien in letzter Zeit noch andere Leute aus Hopea unterwegs gewesen. Ich verstand nicht, was er meinte.

Strang erzählte, wir seien nicht zum Klub gekommen, um zu essen, sondern bloss um zu sehen, ob sich hier Bekannte von uns aufhielten. Kallonen sagte, wir hätten nun

Bekannte getroffen, und verlangte, dass wir an ihrem Tisch assen. Wir würden erzählen können, was man unter den Amerikafinnen denke, nachdem der nationalistische Kurs der Finnen gestoppt worden sei und Gylling und Rovio es nicht geschafft hätten, die Republik Karelien an Finnland anzuschliessen, und der Karelische Technische Dienst keine Spione mehr ins Land bringe.

Ich sagte, ich wisse von derlei Dingen nichts. Strang wiederum sagte, er stelle in der Skifabrik Rohlinge her. Soura fragte mich, ob ich von Gyllings und Rovios Visionen gehört hätte, Grossfinnland bis zum Ural zu erweitern. Ich sagte, ich hätte in Hopea den Misthaufen gewendet, und dort habe man nichts von Grossfinnland erzählt.

Kallonen sagte zu Soura, ich hätte nicht eingewilligt, dem Grossen Haus zu berichten, was in Hopea gesprochen werde, oder Rapporte über Säde oder Hiilisuo abzugeben, mit denen wir zu tun hätten. Er habe mir sogar mit der Todesstrafe gedroht, aber ich hätte meine Freunde nicht verraten wollen, solange nichts Schlimmeres als der Tod drohe. Er forderte Soura auf nachzudenken, ob es etwas Schlimmeres als den Tod gebe, das man mir anbieten könne.

Daraufhin stand ich auf und sagte, ich würde nicht glauben, dass mir das Essen an diesem Tisch schmecke. Auch Strang stand auf, und wir gingen, ohne uns zu verabschieden. Viljanen sagte bei der Tür, er werde uns beim nächsten Mal ohne Mitgliederausweis in den Klub einlassen. Er habe nicht gewusst, dass wir Freunde von Kallonen seien. Strang versicherte Viljanen, bis zum nächsten Mal könne es dauern.

5.

Strang kannte ein Speiselokal an der Rantakatu, wo wir essen konnten, aber Leckerbissen konnte er mir keine versprechen.

Wir gingen zur Rantakatu. Das Speiselokal befand sich im Keller eines zweigeschossigen Holzhauses zur Hälfte unter dem Boden. Die Tür zur Strasse war verschlossen, als Strang sie zu öffnen versuchte, aber er wusste, dass es vom Hof her eine zweite Tür gab, die vielleicht offen wäre.

Wir gingen durch das Tor in den Hof, und die Nacht war schon so weit angebrochen, wie sie im Mai eben anbricht. Im Hof kam sofort ein Hund auf uns zu, knurrte und bellte, versuchte aber nicht, nach uns zu schnappen.

Ich redete beruhigend auf den Hund ein, er wurde in der Tat ruhig und freundlich und kam zu mir gelaufen, um an unseren Hosenbeinen zu schnuppern. Er wich aber zurück, als ich meine Hand senkte, um ihn daran schnuppern zu lassen. Zur Kellertür kam eine Frau, die mit fester Stimme auf Finnisch fragte, wer wir seien und ob wir den Hund getötet hätten, so dass er aufgehört habe zu bellen.

Strang erzählte, wer wir seien, und sagte, wir bräuchten etwas zu essen. Die Frau fragte, ob wir Geld hätten. Strang antwortete, wir hätten mehr Geld, als die Frau im Bordell in Montreal je gesehen habe. Die Frau brach in Gelächter aus und sagte, sie erkenne Strang an seinem Akzent, den er sich in den Staaten in den feinsten Kreisen New Yorks angeeignet habe und den selbst der Kommunismus nicht habe ausbügeln können. Wir traten ein, der Hund kam hinter mir her bis zur Tür, blieb aber dort, als die Frau es ihm befahl. Strang erzählte, wer ich sei, und forderte die Frau auf hinzuhören, ob es in meiner Sprache ebenfalls noch Spuren von der Zeit gebe, als Strang und ich gemeinsam in einer hohen Stellung in Manhattan tätig gewesen seien, namentlich an der Spitze von Wolkenkratzern. Strang redete die Frau mit Ida an, und sie meinte, ich solle sie ebenfalls so anreden.

Ida brachte uns von der Tür den Kellergang entlang zu den beiden Räumen auf der Strassenseite. In beiden sassen Leute und tranken. Im hinteren Raum wurde Ida verlangt, die sich umgehend dorthin begab. Strang und ich blieben bei der Türöffnung des vorderen Raums stehen. Im Keller war es düster, wir konnten die Gesichter der Leute an den Tischen nicht deutlich erkennen.

Ida kam darauf zur Tür des hinteren Raums und rief uns dorthin. Wir gingen zwischen den Tischen hindurch, irgendein Betrunkener ergriff meine Hand und nannte meinen Namen. Ich blieb stehen, um ihn mir anzusehen. Zuerst erkannte ich den Mann nicht, dann fiel mir jedoch ein, dass es der Pförtner war, der mich seinerzeit im Gebäude der GPU stundenlang auf Kallonen hatte warten lassen. Wir hatten damals wortlos dagesessen, nun jedoch bat mich der Pförtner, ich solle es ihm nicht übel nehmen. Er habe damals lediglich sein Amt versehen, nun habe er aber kein Amt mehr zu versehen, weil hinter seinem Tisch im Grossen Haus ein Russe sitze.

Ich riss meine Hand los und ging weiter. Strang sass schon am Tisch und erklärte Ida, ich hätte den ganzen Tag keinen Krümel zu essen gekriegt und würde vor Hunger sterben, sofern es noch möglich sei, dass jemand in der Autonomen Sozialistischen Sowjetrepublik Karelien vor Hunger sterbe, nachdem die Zerstörungsarbeit der bürgerlichen Elemente aufgedeckt, Sabotageakte verhindert und Spione aufgehängt worden seien und neue Besen die Republik führten, die den ganzen Stall der Republik sauber gekehrt hätten, die Böden, die Stützbalken, Wände und Dächer.

Ida versprach nachzusehen, ob es im Kasten noch etwas Essbares gebe, womit man eine solche Schande verhindern könne, dass ein Erbauer des Sozialismus mitten in der fruchtbaren Aufbauarbeit vor Hunger sterbe. Bald kehrte sie zurück und brachte eine Flasche Wodka, zwei Gläser, einige Salzgurken und ein Stück Brot mit. Sie versprach, mehr Essen sei unterwegs.

Strang goss beide Gläser voll, hob sein Glas und trank es leer, biss ein Stück vom Brot und von einer Salzgurke ab und kaute darauf herum. Er war über das Zusammentreffen mit Kallonen und Soura so wütend, dass sich gar kein Gespräch einstellen wollte. Er goss sich ein zweites Glas voll. Ich wagte es nicht, auf nüchternen Magen Wodka zu trinken. Ich führte das Glas an meine Lippen, liess den Wodka aber lediglich meine Lippen und die Zungenspitze befeuchten. Strang trank auch das zweite Glas leer und sagte, es gehe ihm schon etwas besser. Er sagte, Soura sei ein aus Leningrad gesandter Mörder und Folterer, der bei den Verhaftungen im Gebiet von Leningrad mitgewirkt habe, bei denen Tausende in Straflager gebracht oder vor Hinrichtungskommandos gestellt worden seien. Auch hier habe man Gerüchte über Souras Ankunft hören können, aber erst jetzt habe Strang mit eigenen Augen gesehen, dass der Scharfrichter in die Stadt gekommen sei.

Strang hörte auf zu sprechen, als Ida zwei Teller mit Suppe brachte, die sie als Borschtsch bezeichnete. Im düsteren Raum erkannte ich die Farbe der Suppe nicht recht, und als ich mit dem Löffel darin rührte, fand ich keine

Fleischstücke. Als Ida mehr Brot brachte, sah sie, dass ich versuchte, in der Suppe Fleischstücke zu angeln, und gestand ein, dass dieses Unterfangen aussichtslos war. Es sei auch aussichtslos, auf eine Schüssel mit Smetana zu warten, diese Zeiten seien schon lange vorbei.

Ich fragte, ob Ida in Montreal wirklich in einem Bordell gewesen sei und was sie dazu gebracht habe, den Sommer Québecs gegen den kalten Wind vom Onega einzutauschen. Ida meinte, ich solle Strangs Worte nicht glauben, sie sei Dienstmädchen bei den Millionären in Montreal gewesen, habe aber die Nase davon voll gehabt, die Reichen zu bedienen, und sei aufgebrochen, um in Karelien die Freiheit zu finden. Sie klagte, jetzt bringe sie den Trunkenbolden in Petroskoi Bier und Wodka.

Ich stillte meinen Hunger mit der dünnen Suppe. Sie schmeckte nach Kohl, und im Mund spürte ich Gemüsestücke, die ich für Steck- oder Speiserüben hielt. Randen schmeckte ich jedoch nicht. Wir assen schweigend, an den Nachbartischen wurde auf Finnisch und Russisch gelärmt.

Ich trank ein Glas Wodka. Strang füllte mein Glas wieder auf und trank sein eigenes zum dritten Mal leer. Er erzählte, er werde im Herbst in New York sein, wenn das Wetter kühler werde und die Parkbäume in Brooklyn die Herbstfarben angenommen hätten. Er war ganz gerührt, als er sich daran erinnerte, wie gut wir es in Manhattan und Brooklyn gehabt hätten und wie wir das finnische Mittsommerfest im Park von Mont Morris in Harlem gefeiert hätten, den die Finnen «Pusupuisto», Park der Küsse, nannten.

Ich bat Strang, die Vereinigten Staaten von Amerika etwas leiser zu rühmen. Ich glaubte, dass es in Petroskoi gegenwärtig nicht sehr gesund sei, Amerika zu rühmen. Strang sagte, er werde niemals aufhören, die Wahrheit zu sagen, egal was für ein Scharfrichter aus Moskau oder Leningrad hierher geschickt worden sei, um Finnen zu töten.

Ich hatte von keinen Tötungen gelesen. Man hatte nur vom Ausschluss aus der Partei gesprochen und davon, dass die schlimmsten Parteischurken in Straflager geschickt würden. Strang lachte laut und versprach mir, ich würde noch Tötungen sehen, sollte ich in Karelien bleiben. Er forderte mich auf, auf direktem Weg nach Finnland zu reisen, ohne einen Umweg über Hopea zu machen.

Ich sagte, Strang sei schon betrunken, und bat ihn, leiser und von weniger bedeutenden Dingen zu reden. Er goss sein Glas voll und trank. Ich sagte, es sei das vierte Glas gewesen. Er fragte, wie lange ich noch seine Wodkagläser zählen wolle. Ich versprach, noch einige Gläser zu zählen, dann aber wolle ich nach Hopea zurückkehren, wo mich die Leute des Kolchos erwarteten. Strang wollte gar nichts davon hören, dass ich die Stadt in dieser Nacht verlassen wolle. Wir hätten gerade erst angefangen, unsere Erinnerungen an Amerika aufzufrischen.

Ich sagte, wir hätten uns in den Jahren, die wir in Karelien verbracht hätten, schon oft an die wichtigsten Dinge erinnert. Strang jedoch meinte, wir hätten einander noch nie unsere geheimsten Dinge verraten, diejenigen, die jeder in den tiefsten Abgründen seiner Seele verberge und nur vor seinem besten Freund ans Tageslicht bringe. Strang fragte, ob ich sein bester Freund sei, und als ich versicherte, er sei es, war er ganz gerührt und drückte mir die Schulter mit fester Hand.

Ich sagte, es sei für mich nutzlos, noch länger in der Stadt zu bleiben, um den Rausch meines besten Freundes mitanzusehen. Ich rief nach Ida und wollte bezahlen. Strang wollte gar nichts davon hören, dass ich mein weniges Geld, das ich in Hopea verdient hätte, vergeudete, um ihm Speis und

Trank zu bezahlen. Ich hätte mich um meine Frau und zwei Kinder zu kümmern, denen Strang nicht das Brot wegnehmen wolle. Er verbot Ida strikt, die Rubel von mir anzunehmen, die ich mit körperlicher Arbeit auf den Feldern und in den Wäldern von Hopea verdient hätte.

Ich versprach Ida, Strang nach Hause zu bringen, damit er ihr nicht zur Last falle. Ida sagte, sie wisse meine Opferbereitschaft zu schätzen, in Anbetracht dessen, dass Strang zu diesem Zeitpunkt schon die ganze Wodkaflasche geleert hatte. Strang bezahlte, was Ida verlangte, und überliess ihr das Kleingeld. Im Hof bellte uns der Hund nicht mehr an, kam aber auch nicht in unsere Nähe, obwohl Strang lange versuchte, ihn zu sich zu locken. Strang sagte, er sei immer ein Hundefreund gewesen und die Hunde seien immer seine Freunde gewesen, mit Ausnahme von Bluthunden vom Schlag Souras und Kallonens. Er sagte, er habe viele Menschen gehasst und viele Menschen hätten ihn gehasst, bloss ich hätte ihn weder in New York noch hier gehasst. Aber andererseits sei ich vielleicht gar kein Mensch, sondern ein halber Engel. Strang lachte, als er dies gesagt hatte, und pisste gegen den Zaun, während er sich an den Pfeilern des Tors abstützte.

Wir kamen auf die Rantakatu. Strang lief in die falsche Richtung los, und ich brauchte ihn am Arm zu packen und zum Lenin-Prospekt zu führen.

Es waren keine Leute mehr unterwegs. Beim *Amerikanskij gorodok* verlangte Strang, ich solle zum Schlafen in sein Zimmer kommen und nicht mitten in der Nacht zu Fuss nach Hopea aufbrechen. Ich solle am Morgen beim Kolchos anrufen, und sie würden mich mit dem Auto abholen kommen.

Wir gingen ins Obergeschoss und durch das Zimmer der Russen in Strangs Kammer. Strang befahl dem Russen, aufzuwachen und mit dem Belauschen zu beginnen. Bei dem, was wir bald miteinander besprechen würden, könne gut etwas dabei sein, das der Russe sofort im Grossen Haus melden müsse, weil er kein Russe sei, sondern ein Wepse. Ich liess ihn aber nicht seine Predigt im Zimmer des Russen fortsetzen, sondern führte ihn mit fester Hand aus dem Zimmer. Der Russe, seine Frau und die Kinder lagen ganz unbeweglich unter ihren Decken.

In seiner Kammer wollte Strang nichts davon hören, dass sein bester Freund auf dem Fussboden schlafen müsse und er selbst im einzigen Bett des Zimmers. Er machte einen solchen Lärm wegen der Schlafordnung, dass ich mich angekleidet aufs Bett legte und zusah, wie Strang es sich unter dem Tisch auf dem Fussboden bequem machte. Von dort rief er dem Wepsen zu. Er hatte einige Sätze auf Wepsisch gelernt und wiederholte diese bis zum Einschlafen.

Ich lag immer noch wach, als Strang bereits lautstark schnarchend schlief. Auf der Seite der Russen war die Stimme der Frau zu hören, die für einen Augenblick schnell und gehässig sprach, aber das Gespräch endete nach einer kurzen Erwiderung des Mannes. Danach hörte man nur noch die Geräusche des arbeitenden Holzhauses, das Knarren der Balken und das Geräusch des Windes im Dach. Irgendwo im Obergeschoss ging noch eine Tür, und darauf schlief ich ein, als ob diese Tür sich zu meiner Traumwelt geöffnet hätte.

6.

Am Morgen ging Strang nicht zur Skifabrik, um Rohlinge zu fertigen. Er behauptete, sie würden schon für die gesamte Sommer- und Herbstproduktion ausreichen, und danach werde die Skifabrik von Petroskoi ohne ihn auskommen müssen.

Als ich aufbrach, kam Strang mit. Er schätzte, es werde ihm gut tun, die Winde von Säämäjärvi die Kälte aus seinem Kopf blasen zu lassen. Ich versuchte ihn zu überreden, zur Skifabrik zu gehen, aber er lachte nur, als ich behauptete, sein Fortbleiben von der Arbeit werde ihn in der Fabrik in Verruf bringen. Er erwiderte, dort seien alle schon lang in Verruf geraten. Als man in den Zeitungen begonnen habe, über die Einwanderer aus Amerika zu schreiben, sie nähmen hier den ehrlichen Leuten das Brot weg, und nachdem die Schuld an der Not und dem Mangel den Amerikafinnen zugewiesen worden sei, habe sich mancher daran erinnert, dass Strang als Mitarbeiter des Karelischen Technischen Dienstes aus New York gekommen sei. Strang habe sich manches über die Waren, die er bei der Insnab eingekauft habe, und über die Beefsteaks, die er im Dollarrestaurant gegessen habe, anhören dürfen, nachdem der Karelische Technische Dienst aufgelöst und dessen Führungsleute ins Straflager gebracht worden seien. Strang wollte mit mir nach Hopea kommen. Er wollte Gesichter freundlicher Menschen sehen.

Bei der Wegverzweigung von Kontupohja erhielten wir eine Mitfahrgelegenheit auf der Pritsche eines Lastwagens bis nach Säämäjärvi, und von dort gingen wir nach Hopea. Dort kamen wir am Nachmittag an. Die Leute waren bei der Feldarbeit. Hill fuhr den Traktor, hinter dem die von Säde ausgeliehene Sämaschine rollte. Darauf sass Eino Helm persönlich. Als er uns gesehen hatte, rief er Hill zu, er solle anhalten. Sie kamen beide auf uns zu und wollten gleich dort auf dem windigen Acker hören, was man mir in Petroskoi erzählt habe. Ich erzählte von Soura, der aus Leningrad gekommen sei, und von Kallonen, der allen Einwanderern aus Amerika den Ratschlag gegeben habe, ihren Stolz aufzugeben.

Strang sagte direkt, all jene, die das amerikanische oder kanadische Bürgerrecht hätten, sollten ein Durchreisevisum für Finnland beantragen und das Land verlassen. Helm sagte, sie würden dennoch zuerst die Gerste aussäen, und forderte uns auf, am Abend im Speisesaal allen zu erzählen, was für Töne die Posaunen von Petroskoi bliesen. Sie gingen zurück zum Traktor und zur Sämaschine. Die anderen Leute waren auf dem Feld damit beschäftigt, die Spuren der Egge einzuebnen und mit dem Rechen Erde über die Samen zu schütten. Sie alle hatten die Arbeit sofort unterbrochen, als Hill den Traktor angehalten hatte, und uns zugesehen, während wir miteinander sprachen. Als der Traktor sich wieder in Bewegung setzte, nahmen auch sie die Arbeit wieder auf.

Ich nahm Strang zu uns nach Hause mit. Er klagte über Durst, und ich bot ihm gegen dieses Leiden Wasser aus dem Brunnen an. Er bat um eine bessere Medizin, aber ich besass zu Hause keine, die gegen Strangs Leiden geholfen hätte.

Wir sassen in der Stube, Strang trank Wasser und zog Grimassen. Pauli kam angelaufen und fiel mir um den Hals. Er sagte, er habe vom Hort aus gesehen, dass ich zurückgekehrt sei, und habe vom Lehrer die Erlaubnis bekommen, nach Hause zu laufen. Irina kam aus dem Speisesaal, wo sie bei ihrer Schicht gewesen war, und erschrak über Strang, der mit dem Rücken zur Tür sass. Als sie ihn erkannte, beruhigte sie sich.

Ira fragte nach Ella. Ich sagte, ich hätte sie am Bahnhof zurückgelassen. Ella habe eine Fahrkarte für den Zug nach Leningrad bekommen und sei dort geblieben, um auf den Zug zu warten. Ira sagte, man habe aus Petroskoi angerufen. Jemand habe Kallonen und einen unbekannten Mann gesehen, die Ella beim Bahnhof zu einem Auto geführt hätten.

Strang war überzeugt davon, Kallonen werde Ella nicht nach Leningrad lassen, um ein Visum und eine Ausreisegenehmigung zu beantragen, sondern sie vor Gericht bringen, und Ella würden zehn Jahre im Straflager wegen Landesverrats blühen. Strang wusste, dass man selbst in Leningrad Menschen vor den Konsulaten Finnlands und Englands festgenommen hatte, als sie unterwegs gewesen waren, um die Ausreisepapiere zu beantragen. Die Männer der GPU bewachten die Strassen bei den Konsulaten und liessen die Leute nicht mehr in die Konsulate eintreten, und alle, die man festnahm, wurden zu jahrelangen Strafen in den Lagern verurteilt.

Strang erklärte, um an den Männern der GPU vorbeizukommen, habe er sich zwei verschiedene Ausweise beschafft. Auf dem einen Pass werde er als Finne bezeichnet und auf dem zweiten als Karelier, und ausserdem besitze er eine Bestätigung, dass er ein Mitarbeiter des Volkskommissariates der Republik Karelien sei. Falls man ihn auf der Strasse anhielte, würde er sagen, er sei im Auftrag des Volkskommissariates unterwegs zum Konsulat, um abzuklären, wie man die Auswanderung eindämmen könne.

Strang behauptete, sein Plan sei gut, aber nachdem er jetzt gehört hatte, dass man Ella schon in Petroskoi festgenommen hatte, beschloss er, von Hopea auf direktem Weg nach Leningrad zu fahren, ohne zuvor nach Petroskoi zu gehen. Er trug seine beiden Pässe und die Bestätigung seines Postens im Volkskommissariat immer bei sich.

Ira fragte, was ich für Ella zu unternehmen gedächte. Halm und die anderen Vorsitzenden von Hopea glaubten nicht, dass sie Ella noch aus Kallonens Klauen befreien konnten. Ich behauptete, meine Pranken kämen noch viel weniger gegen Kallonen an, und Strang warnte mich davor, es auch nur zu versuchen. Kallonen hatte die Genehmigung, jeden zum Verhör festzunehmen, der versuchte, aus Russland auszureisen. Strang glaubte, Ellas Abschiebung ins Straflager sei schon so gut wie sicher.

Ira bat, ich solle Mary nicht von Ella erzählen, weil Mary schon begonnen habe, auf einen Brief von Ella aus Toronto zu warten. Strang blieb nicht bis zur Versammlung des Kolchos am Abend, er glaubte, ich könne ganz gut ohne ihn von der Situation in Petroskoi erzählen. Wir verabschiedeten uns in der Stube voneinander. Ich gab Strang Proviant aus dem Vorratskasten. Er glaubte nicht, dass wir uns nochmals sähen, falls ich so verrückt wäre, in Hopea zu warten, bis Köpfe zu rollen begannen. Er verabschiedete sich auch von Irina und Pauli. Auch sie werde er nicht mehr sehen, meinte er.

Ich begleitete Strang für eine gewisse Strecke auf dem Weg, der durch die Felder hindurch verlief. Strang sprach von New York. Er plane, seine Zelte wieder in Brooklyn aufzuschlagen, wo viele Landsleute lebten. In ihrer Mitte werde er sich wie zu Hause fühlen. Strang nahm die Abkürzung durch die Wälder, und ich blieb so lange auf der Strasse stehen, bis er im Birkenwald verschwunden war.

Ich zog meine Arbeitskleidung an und ging auf das Feld. Pauli kam mit, wir lösten Eino Helm auf der Sämaschine

ab und rollten hinter Hills Traktor her, bis die Gerste ausgesät war. Pauli sagte, er wolle warten, bis die Gerste keime.
Er erinnerte sich noch daran, dass der Keimling der Gerste sich beim Wachsen nach rechts drehte. Ganz bis zum
Abend mochte Pauli nicht auf der Sämaschine sitzen, und
ich schickte ihn nach Hause, als Hill den Traktor am Ende
des Feldes wendete.

Am Abend erzählte ich im Speisesaal allen, was ich in
der Stadt gehört hatte. Man fragte mich nach Ella, aber ich
wusste nicht mehr, als dass sie mit der Fahrkarte in der
Handtasche auf den Zug Richtung Süden gewartet hatte,
nachdem ich sie zum Bahnhof gebracht hatte.

Niemand verlangte mehr, man müsse nach Petroskoi
fahren, um nach Ella zu fragen. Alle, die noch die kanadische Staatsbürgerschaft und den Pass besassen, sagten,
sie wollten gemeinsam nach Leningrad zum englischen
Konsulat fahren, damit der Konsul sie ausser Landes bringen könne, bevor Kallonen und Soura sie schnappten. Sie
wollten den Konsul ausserdem bitten, nach Ella zu fragen,
weil diese kanadische Staatsbürgerin sei und damit unter
dem Schutz des englischen Königs stehe, und der König
werde Ella nicht der GPU überlassen, wenn man es ihm
nur mitteilen würde.

Unter den Leuten von Hopea waren auch solche, die
die russische Staatsbürgerschaft angenommen hatten und
sagten, die Meinung der Menschen habe sich aber schnell
geändert. Jetzt rufe man schon den englischen König zu
Hilfe, obwohl noch nicht viele Jahre vergangen seien, seit
man auf der Überfahrt von Amerika an England vorbeige-
segelt sei. Damals hätten sie alle an Deck gestanden, die Internationale gesungen und die Faust gegen den englischen
König gereckt.

7.

Als im Sommer wieder das Sport- und Turnfest stattfand, wollte niemand mehr von Hopea nach Petroskoi zur Feier gehen, obwohl uns die Anordnung erreichte, man brauche vierzig Personen, die in der Gruppe von Kolchosarbeitern an der Parade teilnehmen würden. Petr Irklis würde die Parade abnehmen.

Helm und die anderen Vorstandsmitglieder beschlossen, dass das diesjährige Sommerfest des Kolchos am Ufer des Säämäjärvi-Sees gefeiert werden sollte, und man würde alle Leute des Kolchos mit den Autos dorthin fahren. Es war ein schöner Julitag und der See lag ruhig da, als wir am Rand des Dorfes Säämäjärvi ans Ufer kamen. Schon am Vortag waren Leute von uns dagewesen, um Zelte aufzustellen und Esstische aufzubauen.

Aus dem Dorf Säämäjärvi kamen karelische Landleute, um sich das Sommerfest des Kolchos anzusehen. Sie sagten, aus Petroskoi seien am Morgen fünf Lastwagen gekomen und man habe Einwohner aus ihrem Dorf, die an Irklis vorbeimarschieren sollten, auf den Pritschen der Autos nach Petroskoi gefahren, aber auf den Pritschen hätten nicht alle Dorfbewohner Platz gefunden. Sie hatten seit dem Frühling wenig zu essen gehabt und assen mit Genuss vom Proviant, den wir aus Hopea mitgebracht hatten. Sie hatten gehört, dass in Hopea Volksfeinde und Spione untergebracht seien, aber das tat ihrem Appetit keinen Abbruch.

Irina hatte von zu Hause zwei Decken mitgebracht, die wir jetzt im hohen Gras am Ufer ausbreiteten. Danach lagen wir auf den Decken, so dass wir nichts anderes von der Welt sahen als die Fläche des Sees und den Sandstrand am Ufer, von dem aus die Kinder in den See liefen. Ich ging nicht ins Wasser, aber Ira ging schwimmen und legte sich danach in ihrem nassen Badeanzug wieder neben mich.

Ich lag mit geschlossenen Augen da und hörte die Geräusche der Menschen und des Sees. Vom Dorf her hörte man den einen oder anderen Ruf und ein fröhliches Lachen, und als ich die Augen öffnete, ruderte auf dem See ein junger Bursche vorbei. Im Heck des Bootes sass ein alter Mann mit einem Hut auf dem Kopf und einer Pfeife im Mund.

Ich ging über den Sandstrand zur Wasserlinie und watete im flachen Wasser. Unter Wasser war der Sand glatt und fest, und kleine Fische schwammen weg, um im Schilf Schutz zu suchen, als ich etwas zur Seite watete. Pauli und Mary wollten mich dazu bringen, mich auszuziehen und ganz ins Wasser zu kommen, doch ich ging nicht. Sie wiederum wollten nicht aus dem Wasser kommen, um zu essen, obwohl Ira sie mehrmals rief. Bald gab Ira auf und meinte, dann sollten sie eben hungrig bleiben. Hungrig kamen sie denn auch aus dem Wasser, als wir schon an den langen Tischen gegessen und Malzbier getrunken hatten, das im Speisesaal für das Sommerfest gebraut worden war.

Auf der Rückfahrt sass Ira auf der Pritsche neben mir und meinte, dies sei das beste Sommerfest gewesen, an dem sie je teilgenommen habe, weil sie es mit den Kindern und mir habe verbringen können und keine Reden und keine Paraden gehalten worden seien.

Als wir nach Hopea zurückgekehrt waren, kehrte dennoch bei allen die Niedergeschlagenheit zurück, die in Hopea geherrscht hatte, seit Leute begonnen hatten, aus

Karelien zu verschwinden, und wir in den Zeitungen von all den trotzkistisch-faschistischen Zerstörungsakten hatten lesen können, die auf Veranlassung der vorherigen Führung Kareliens in den letzten Jahren begangen worden seien und für die die Spionageorganisation des Karelischen Technischen Dienstes aus den Vereinigten Staaten und anderen kapitalistischen Ländern Agenten nach Karelien eingeschleust habe.

Nach dem Fest erreichte uns eine schriftliche Ermahnung aus Petroskoi, weil zu wenige Leute aus Hopea an der Parade hatten teilnehmen wollen.

Gegen Ende Juli hörten wir, dass Petr Irklis wegen Spionage verhaftet und verurteilt worden sei, und glaubten so für den Rest des Sommers, dass die Situation in Karelien sich nun zum Besseren wenden werde.

8.

Die Autos kamen im September zur Zeit der Kartoffelernte am frühen Morgen. Ich wachte von den Geräuschen der Autokarawane auf, schon als die Autos von Säämäjärvi her über den Feldweg gefahren kamen. Ich stand auf und beobachtete durch das Fenster, wie die Autos auf den Platz fuhren und nebeneinander vor dem Speisesaal hielten.

Auch Irina wachte bei der Ankunft der Autos auf, und ich meine, dass davon alle in Hopea aufwachten, und falls jemand nicht von den Geräuschen der Autos aufgewacht war, wachte er auf, als die Pistolen auf dem Platz knallten.

Zu unserem Haus kamen zwei Bewaffnete. Sie schlugen an die Eingangstür und befahlen auf Russisch, die Tür zu öffnen. Bei uns im Obergeschoss wohnte Laitinen, ein kanadischer Staatsbürger, der nach Ellas Abreise aus dem Junggesellenhaus auf den Dachboden gezogen war. Er kam vollständig angekleidet nach unten und stammelte erschrocken, nun seien die Henker gekommen.

Ich trug nur meine Unterwäsche. Laitinen sagte, er habe die letzten drei Wochen voll angekleidet und bereit zum Aufbruch geschlafen, nachdem wir gehört hatten, dass Leute von Säde zu Verhören geholt worden waren. Ich hörte, wie Ira im Hinterzimmer versuchte, die Kinder zu beruhigen.

Ich rief nach draussen, die Tür sei offen. Die Bewaffneten traten mit den Gewehren an der Seite ein und befahlen uns, so viele Sachen einzupacken, wie wir für eine

Woche brauchten, aber nur Kleider, und dann zum Speisesaal zu kommen, wo der Transport organisiert werden sollte.

Ich ging in die Kammer und zog meine besten Kleider an. Ira kleidete in der Kammer die Kinder an. Mary war schon angezogen und half Pauli, sich die Stiefel über die Füsse zu ziehen. Das Mädchen war bereits zwölf Jahre alt. Der Junge stiess seine Schwester in die Seite und behauptete, er könne seine Schuhe selbst anziehen. Er erklärte, er werde in einem Monat sieben Jahre alt und könne die Stiefel über seine Füsse ziehen.

Ira suchte den Koffer, in den sie unsere Kleider und die der Kinder packte. Laitinen verliess die Stube. Er trug einen braunen Rucksack aus Leder, dessen Riemen gegen seine Schultern schlugen.

Ich nahm Pauli bei der Hand, in die andere Hand nahm ich den Koffer. Er wog nicht viel. Ira sagte, wir würden zusammenhalten, egal was uns zustiess. Sie forderte die Kinder auf, den Mut nicht zu verlieren. Sie verstanden nicht, wohin wir mitten in der Nacht gingen, und waren erschrocken über die Eile, die Schreie und die Männer mit den Gewehren, die bei der Stubentür standen.

Draussen war es ganz finster, der Herbsthimmel war bewölkt. Wir gingen im schwachen Licht der Autos zum Speisesaal. Die Motoren der Autos liefen und stanken, und die Kommandos der Soldaten und die gehetzten Reden und das Geschrei der Leute von Hopea übertönten selbst die Motorengeräusche.

Kallonen stand auf der Treppe zum Speisesaal und kommandierte die Kinder auf ein anderes Fahrzeug als die Erwachsenen, weil man den Kindern nichts weiter vorwarf, als zu konterrevolutionären Familien und trotzkistisch-faschistischen Eltern zu gehören.

Kallonen befahl, alle Kinder zu einem Lastwagen zu bringen, der mit laufendem Motor beim Wasserturm stand. Ich begleitete Pauli und konnte seine Hand nicht loslassen. Kallonen kam von der Treppe zu mir und fragte schreiend, ob ich kein Finnisch mehr verstünde, ob ich mit den Agenten aus den Vereinigten Staaten zu lange Englisch gesprochen hätte. Er zeigte mit der Hand auf das Auto, zu dem die Kinder gebracht werden sollten.

Irina begann zu weinen, aber Mary war tapfer und tröstete ihre Mutter. Sie versprach, sich um ihren Bruder zu kümmern, egal was geschähe. Ich hob beide Kinder auf die Pritsche des Autos. Darauf befand sich ein hölzerner Aufbau, in dem sich schon einige Kinder und zwei bewaffnete Männer befanden. Irina weinte, versuchte auf die Pritsche zu sehen, spähte über den Rand der Pritsche und rief die Kinder beim Namen. Ein Bewaffneter kam aus der Kabine und schlug Irinas Finger mit dem Gewehrlauf vom Rand der Pritsche. Ira jammerte, fiel neben dem Auto auf die Knie und hielt ihre Hände.

Ich half Ira hoch und begleitete sie dann zum Speisesaal, wo die Erwachsenen auf die Autos verladen wurden. Ich hob Ira auf die Pritsche und versuchte, selbst hinterherzuklettern, aber der Soldat, der auf der Pritsche stand, trat mich schmerzhaft in die Brust und befahl mir, auf die Pritsche des Autos, das die Männer transportierte, zu gehen. Ich rief Iras Namen und forderte sie auf, mutig und stark zu sein. In Petroskoi würde sich alles aufklären. In der Kabine auf der Pritsche weinten die Frauen.

Ich ging zur Treppe des Speisesaals. Kallonen stand wieder da. Ich fragte, wohin man uns bringe. Kallonen freute sich richtiggehend, als er mich sah, und versprach, in Petroskoi werde sich alles aufklären. Man werde die Spione von den ehrlichen Menschen unterscheiden können und die

Feinde der Revolution würden nun ihren Lohn bekommen. Die konterrevolutionäre Zelle, die sich in Hopea eingenistet habe, werde jetzt endgültig zerschlagen. Kallonen fragte, ob ich mich daran erinnerte, wie er mich gebeten habe, es ihm zu melden, wenn man in Hopea gegen die Sowjetunion und den Sozialismus rede und wenn ich erführe, dass hier Sabotage betrieben und Verbindungen nach Amerika und ins faschistische Finnland unterhalten würden. Nun werde nicht mehr darum gebeten, nun werde verlangt, sagte Kallonen.

Ich hörte, wie Pauli vom Wasserturm her gelaufen kam und meinen Namen rief. Ich wusste nicht, wie er von der Pritsche des Autos hinuntergelangt war, und lief dem Jungen entgegen, aber ich schaffte es nicht, ihn in meine Arme zu nehmen, denn sofort kam ein grosser Soldat und schlug das Kind mit dem Gewehrkolben auf den Kopf. Ich hörte das hässliche Krachen, als der Gewehrkolben die Schläfe des Jungen traf, und das Wimmern, das das Kind von sich gab, bevor es auf dem Platz in den Sand sank.

Ich versuchte, zum Kind zu gelangen, und kriegte es tatsächlich in meine Arme, bevor die Soldaten mich von Pauli losrissen. Kallonen kam, trat mich mit der Seite seines Stiefels und kommandierte mich zum Auto. Ich fragte, ob Kallonen und seine Leute überhaupt noch Menschen seien. Kallonen behauptete, aus dem Jungen wäre ohnehin nie ein anständiger Sowjetbürger geworden. Das habe er schon am Aussehen des Jungen erkannt. Aus diesem Grund sei der Tod des Jungen kein grosser Verlust für die Sowjetunion.

Als ich mich nicht von Pauli entfernen wollte, kamen die Soldaten, hoben mich auf die Pritsche des Autos und stiessen die fluchenden Männer auf der Pritsche mit ihren Gewehren nach hinten. Ich blieb am Rand der Pritsche liegen und blickte über den Rand zum Platz, auf dem der

Leichnam des Jungen lag. Zur Veranda des Speisesaals und in die Innenräume wurden nun Benzinkanister gebracht. Das Gebäude ging sofort in Flammen auf, als die Männer es verliessen. Auch andere Gebäude brannten schon, und im Flackern des Feuers sah ich, wie die Soldaten das freigelassene Vieh erschossen.

Die Autos setzten sich in Bewegung. Ich war ganz hinten auf der Pritsche, in der Kabine sassen die Männer so eng aufeinander, dass man sich nicht bewegen konnte, und zu beiden Seiten in den Ecken sassen Männer mit ihren Waffen an der Seite. Das Knallen der Gewehre war immer noch zu hören, als wir auf dem Feldweg in die Richtung von Säämäjärvi fuhren. Das Flackern des Feuers erhellte den Nachthimmel.

Die Männer, die im hinteren Teil der Kabine sassen, fragten, was in Hopea geschehe. Aus dem Dunkel der Kabine drangen Schreie und Flüche. Die Soldaten befahlen auf Russisch Ruhe und verboten den Männern zu sprechen. Während des Transportes sollte Ruhe herrschen. Neben mir am Rand der Pritsche sass Laitinen. Er rief, die Häuser stünden in Flammen und das Vieh werde getötet. Er schaffte es nicht, mehr zu rufen, bevor der Soldat, der in der Ecke sass, ihn mit dem Gewehrlauf gegen die Seite des Kopfs schlug und das Visier eine übel aussehende Wunde in Laitinens Wange hieb. Als man von verschiedenen Seiten der Pritsche Schreie hörte, standen die Soldaten auf und brachten das Gewehr in Anschlag. Ich sah, dass sich auf der Pritsche sogar vier Soldaten befanden, zwei vorne mit dem Rücken gegen die Fahrerkabine und zwei hinten. Einer der vorne stehenden Soldaten rief auf Finnisch, sie hätten die Anweisung, jeden zu erschiessen, der den Befehlen nicht Folge leiste. Er glaubte, man werde nicht allzu genau hinsehen, auch wenn die eine oder andere Kugel möglicherweise

Unschuldige treffen würde, wenn man auf der dichtgedrängten Pritsche würde schiessen müssen.

Es wurde still, das Knallen der Waffen aus der Richtung von Hopea klang weiter entfernt und hörte ganz auf, aber vom Flackern des Feuers war hoch am Nachthimmel immer noch ein roter Schimmer zu sehen, als wir auf Säämäjärvi zu fuhren. Obwohl das Getöse der Autokarawane, die Schüsse und die Flammen über Hopea bestimmt das ganze Dorf aufgeweckt haben mussten, war kein einziger Mensch zu sehen und in keinem einzigen Fenster brannte Licht.

Laitinen hielt seine Wange, von der Blut rann. Ich versuchte, die Wunde mit Stofffetzen zu stillen, die ich von Laitinens Hemdärmel riss. Laitinen hielt den Stoff gegen seine Wange gedrückt und flüsterte mir zu, unser aller Ende sei gekommen und wir würden Petroskoi nie mehr sehen, das Ziel unserer Fahrt sei bestimmt irgendeine Sandgrube zwischen Säämäjärvi und Viitana.

Laitinen erinnerte sich daran, wie die Soldaten der weissen Armee zur Zeit des Aufstands und danach viele Männer in Sandgruben erschossen hatten. Dort war es leicht, die Leichen zu bedecken, und man brauchte sich nicht mit dem Ausheben von Gräbern abzumühen. Man brauchte auf die Leichen bloss einen Teil der Wände der Sandgrube zu schütten. Er begann tatsächlich darüber nachzudenken, an welchen Stellen zwischen Säämäjärvi und Viitana sich Sandgruben befanden, die tief genug waren und genug steile Wände hatten, dass es mühelos gelänge, uns zu begraben. Er war enttäuscht, als die Autos vor Viitana nicht am Strassenrand hielten, und kurz darauf sahen wir, dass wir schon auf der Strasse von Kontupohja zur Stadt fuhren.

8.

Ich versuchte, von der Pritsche aus zu sehen, wohin man uns in der Stadt brachte, aber in der dunklen Nacht konnte ich es nicht ausmachen. Ich kannte Petroskoi nicht gut. Dann sah ich, dass die Autos zu den ehemaligen Kasernen des Petroskoier Bataillons der Karelischen Jägerbrigade fuhren. Ich wusste, dass die Brigade schon zwei Jahre zuvor durch die Infanteriedivision von Jaroslawl ersetzt worden war.

Das Auto fuhr rückwärts vor ein Lagergebäude aus Ziegelsteinen, und wir wurden von der Pritsche hinunter kommandiert. Es war ganz dunkel, auf dem ganzen Areal der Kaserne brannten nur wenige schummrige Lichter. Von der Treppe bis zum Auto standen Soldaten in Uniform mit den Waffen in den Händen, und wir wurden durch die Gasse der Soldaten ins Lagergebäude getrieben. Ich sah, dass auch die anderen Autos, mit denen man die Leute aus Hopea transportiert hatte, schon auf dem Vorplatz standen, aber ich konnte nicht stehenbleiben, um zu sehen, ob die Frauen und Kinder in dasselbe Gebäude gebracht wurden.

Im Lagergebäude gab es einen Flur, der mit Planken belegt war. An der Seite des Flurs führten Türen in die verschiedenen Lagerräume. Die bewaffneten Männer zeigten mit den Läufen ihrer Gewehre an, dass wir in den ersten Raum zu gehen hatten. Sie trugen mir unbekannte Uniformen und Gradabzeichen.

Der Raum, in den wir gestossen wurden, war ganz finster, die Fenster waren verhängt, und nachdem die Tür zum Flur zugeschlagen worden war, befanden wir uns in kompletter Finsternis. Ich blieb genau an der Stelle stehen, an der ich geblieben war, als die Tür geschlossen wurde, und versuchte nicht, mich zu bewegen. Jemand trat dicht an meine Seite, bat um Verzeihung, trat im selben Moment auf meinen Fuss und wich zur Seite. An der Stimme erkannte ich, dass es Hill war. Ich streckte meine Hand aus, so dass ich Hill ergreifen konnte, und bat ihn stehenzubleiben.

Eino Helm sagte von etwas weiter weg aus der Finsternis, wir alle sollten unsere Namen nennen, damit man wisse, wer alles hier sei, aber bevor irgendwer seinen Namen nennen konnte, wurde die Tür aufgestossen, und in dem wenigen Licht, das vom Flur kam, sah ich, dass die Männer mitten im Raum und an den Wänden entlang standen. Im Raum befanden sich keine Möbel. Einige Männer hatten auf den Fensterbrettern Platz genommen.

Auch entlang der Wand sassen einige Männer auf dem Fussboden und lehnten sich mit dem Rücken gegen die Wand. Man begann, noch mehr Männer vom Flur in den Raum zu stossen. Bald war es so eng, dass man nicht mehr auf dem Fussboden sitzen konnte, und Eino Helm bat alle, die auf dem Fussboden sassen, aufzustehen.

Ich ging zur Wand und liess denjenigen, die zuletzt angekommen waren, Platz bei der Türöffnung. Hill stand ebenfalls bei der Wand und sprach mit gedämpfter Stimme, wir bräuchten uns nicht zu viele Sorgen zu machen, nach den Gesetzen der Sowjetunion könne man keine Urteile vollstrecken, bevor nicht jeder einzelne Fall untersucht und vor Gericht verhandelt worden sei. Wir seien nicht in Gefahr, da unser Gewissen rein sei und wir der Spionage und anderer Verbrechen, gegen die in Karelien gekämpft werde, nicht schuldig seien.

Die Tür wurde wieder zugeschlagen, und wir befanden uns in der Dunkelheit. Dann hörte ich, dass man Leute über den Flur zu den weiter entfernten Lagerräumen trieb. Meine Augen begannen sich schon an die Dunkelheit zu gewöhnen, und ich erkannte die Männer, die in meiner Nähe standen.

Eino Helm begann nun, im Lagerraum Ordnung herzustellen. Er befahl, die Wände freizugeben, verschob Männer, die zuvor an den Wänden standen, mitten in den Raum und forderte dann die Männer, die am nächsten bei der Wand standen, dazu auf, sich mit der Seite gegen die Wand zu setzen. Er fragte nicht mehr nach den Namen der Männer, sondern nur, ob sich im Raum noch andere Männer als die aus Hopea befanden. Da es keine Männer gab, die von woanders hergebracht worden waren, ordnete Helm eine Zählung an, und stammelnd zählten wir, dass wir achtundfünfzig Männer in dem Raum waren.

Das waren nicht alle Männer von Hopea. Einige von ihnen mussten sich auch in den anderen Räumen befinden. Wir wussten auch nicht, wohin die Frauen und Kinder gebracht worden waren. Dass Pauli erschlagen und Ira und Mary fortgebracht worden waren, hatte mich mit solchem Schrecken erfüllt, dass ich nicht verstehen konnte, was Helm versuchte, als er die Sitzplätze die Wände entlang organisierte und erklärte, wie diejenigen, die schon hatten sitzen können, denjenigen, der am nächsten bei ihnen stand, an der Hand nehmen und zum Sitzplatz an der Wand ziehen sollten, so dass wir alle der Reihe nach einmal sitzen dürften. Ich stand da und hörte zu, als viele sich dagegen aussprachen. Sie sagten, sie würden schon sitzen und ein sitzender Mann nehme ihrer Meinung nach nicht mehr Platz am Fussboden ein als ein stehender. Manche riefen, Helm solle mit seiner unnötigen Organisiererei aufhören und diese Kallonen und seinen Soldaten überlassen. Es sei egal, wie wir sitzen oder stehen würden, es wäre sinnvoller, wenn wir Eimer anfordern würden, in die wir unser Geschäft verrichten könnten, falls wir länger in diesem Raum bleiben müssten. Wir seien nicht bei einem Festessen, bei dem die Sitzordnung wichtig sei, rief einer.

Auch ich versuchte mich zu setzen und zog die Beine ein, aber ich fand nicht genug Platz und stand wieder auf. Die Erinnerung an das im Sand liegende Kind trat so brutal vor meine Augen, dass mich die Übelkeit überkam und es mich im Hals würgte, aber ich musste alles in mir behalten, was in meinen Mund hochstieg. Diejenigen, die in meiner Nähe standen, riefen nach einem Eimer und baten mich, mich im dichtgedrängten Raum nicht zu übergeben. Aus dem Dunkel hörte man Flüche und Entschuldigungen, als jemand über die am Fussboden sitzenden Männer stolperte. Helm drängte sich bis zur Tür, schlug dagegen und verlangte auf Finnisch und Russisch nach Eimern, brauchte aber lange zu schlagen und zu rufen, bis sich die Tür öffnete und einige Eimer neben die Tür gestellt wurden. Helm begann, die Reihenfolge für den Gang zum Eimer zu organisieren. Er fragte, wem es übel geworden sei, und meinte, der Betreffende solle zur Tür kommen, um sich zu übergeben. Ich hatte meine Übelkeit unterdrückt und wollte nicht mehr zum Eimer gehen, um sie nochmals hervorzulocken.

Es begann zu dämmern, und das Licht drang durch die Ritzen an den verdunkelten Fenstern. Ich weiss nicht, wie lange wir im Raum gewesen waren, als die Tür sich öffnete und wir auf den Flur geholt wurden. Es war schon heller Tag, durch die Fenster des Flurs drang Tageslicht, das nach dem langen Stehen in der Dunkelheit in den Augen schmerzte. Auf der Fensterseite der Wand standen Soldaten mit dem Gewehr im Anschlag.

Auf dem Flur befanden sich keine Leute, die aus den anderen Räumen geholt worden waren, und wir kriegten eine Art Kolonne zustande. Von draussen näherten sich ein unbekannter Offizier und zwei Unteroffiziere. Sie blieben für einen Moment in der Türöffnung stehen. Dann setzte sich der Offizier in Bewegung. Er hielt einen Nagan offen in der Hand. Er marschierte die ganze Kolonne von einem Ende zum anderen ab, blickte jedem, der in der Kolonne stand, ins Gesicht, und zu jedem einzelnen sagte er auf Russisch: «Schurke».

Die Unteroffiziere folgten dem Offizier auf den Fersen, und auch sie hielten Waffen offen in den Händen. Nachdem der Offizier ans Ende der Kolonne gelangt war, kehrte er zurück zur Mitte des Flurs, zeigte mit der Hand «bis hier» und sagte etwas auf Russisch, das ich nicht hörte. Die Soldaten begannen sofort, die Hälfte der Kolonne auf dem Flur vorwärts zu stossen, wir anderen wurden zurück in den Raum getrieben, aus dem wir gekommen waren.

Im Raum gab es nun so viel Platz, dass wir uns auf dem Steinboden hinlegen konnten, nachdem wir die ganze Nacht und den Vormittag hatten stehen müssen. Ich konnte nicht schlafen, ich hörte den Lärm vom Flur, als man Menschen aus den Räumen auf den Flur und zurück trieb. Ich glaubte, die Stimmen von Frauen zu hören, aber ich konnte sie nicht verstehen, obwohl ich zur Tür ging und versuchte, Iras Stimme auszumachen.

Laitinen lag neben mir, die Wunde an seiner Wange hatte schon lange zu bluten aufgehört, schmerzte jedoch. Laitinen war sich sicher, dass an diesem Morgen unser letzter Tag angebrochen sei. Auch Helm und Hill waren im Raum geblieben, sie diskutierten darüber, wie lange man uns nach den Gesetzen der Sowjetunion festhalten dürfe, ohne uns vor Gericht zu bringen. Sie diskutierten so eifrig darüber, dass sie von verschiedenen Seiten aufgefordert wurden zu schweigen. Man habe mit den Gesetzen der Sowjetunion bereits Bekanntschaft gemacht, rief so mancher Mann.

Am Nachmittag wurde in unserem Raum die Deckenleuchte angezündet, und ein Soldat stellte einen Topf Suppe mitten in den Raum. Dann brachte er die Eimer, die bis zum Rand gefüllt waren, fort.

Wir hatten zu der Suppe keine Löffel oder Teller bekommen. Im Topf befand sich eine hölzerne Schöpfkelle, mit der wir der Reihe nach je zwei Kellen voll assen. Dank dieser Einteilung blieb noch Suppe übrig, und einige Männer bekamen aus dem Topf noch eine dritte Kelle voll. Ich konnte nichts essen und reihte mich nicht in die Schlange ein, die Helm zum Essenfassen organisiert hatte.

Ich wartete darauf, dass jemand uns aufklärte, warum mein Kind getötet worden war und weshalb wir nach Petroskoi gebracht und in diesen Raum gesperrt worden waren, aber den ganzen Nachmittag und Abend hindurch geschah nichts anderes, als dass ein Soldat den Topf und die Schöpfkelle holte und uns die geleerten Eimer zurückbrachte.

9.

In der Nacht bat Helm Toivonen, der bei uns in Hopea so etwas wie ein Pfarrer gewesen war, zu uns zu sprechen, um uns auf den Tod vorzubereiten, falls dieser uns bevorstand. Der Raum war ganz dunkel, und von irgendwo aus dem Dunkel begann Toivonen uns mit sachlicher Stimme davon zu berichten, was uns in den ersten Momenten erwartete, wenn wir die Schwelle des Todes überschreiten würden, was wir davon zu wissen brauchten, um uns nicht zu fürchten, sondern um die Freude zu empfinden, die in uns aufkommen würde, wenn wir das Licht sehen würden.

Toivonen predigte ähnliche Dinge wie die, die ich von Matti Kurikka im Versammlungsraum in Brooklyn gehört hatte, oder wie die, die Pekka Ervasts Prediger, die ich in meinem Haus beherbergt hatte, in Ostbottnien gesprochen hatten. Ich vermochte mich über Paulis Tod dennoch nicht zu freuen, obwohl der Junge gemäss Toivonens Worten schon seinem Leben nach dem Tode entgegenging, das bei einem so kleinen Kind nicht lange währte. Er würde bald wieder auf die Erde zurückkehren und mir womöglich wieder begegnen.

Ich dachte über Toivonens Worte nach. Am Morgen wurde dünner Tee und Brot gebracht, das so hart war, dass ich es im Tee einweichen musste, um mit den Zähnen ein Stück davon abbeissen zu können. Der Tee wurde in einem grossen Topf gebracht, er war schwarz und abgestanden und nicht mehr sehr warm, und er trieb einem den Schweiss auf die Stirn, wenn man ihn auf leeren Magen trank. Uns wurden keine Tassen gegeben, wir mussten den Tee aus der Schöpfkelle trinken und das Brot in den Topf tauchen.

Wir alle begannen zu fühlen, dass wir zu einer weiten Reise aufgebrochen waren, deren Ziel wir nicht kannten. Wir sprachen nicht mehr viel, Hill und Helm hatten aufgehört, über die Gesetze der Sowjetunion zu diskutieren. Nur Toivonen sprach leise mit den Männern, die mit ihm reden wollten.

Am Abend, als wir uns schon auf dem kühlen Fussboden schlafen gelegt hatten, ging das Licht im Raum an, die Tür wurde aufgetreten und drei Männer wurden bei ihrem Namen zum Verhör gerufen. Dies hielt uns andere lange wach, und wir warteten darauf, von den Männern, die aus dem Verhör zurückkehrten, zu hören, was uns vorgeworfen wurde. Die Männer kehrten dennoch nicht zurück, und vor dem Morgen ging das Licht wieder an, die Tür wurde geöffnet und drei weitere Männer wurden bei ihrem Namen auf den Flur hinausgerufen. Niemand von ihnen kehrte im Verlauf des Vormittags zurück.

Den Tag hindurch warteten wir darauf, dass jemand uns sagte, was man von uns wollte und wohin die sechs Männer von Hopea gebracht worden waren, aber in unseren Raum kam lediglich ein Soldat, der eine dünne Suppe brachte, und ein zweiter, der die Eimer hinaustrug.

Ich wurde in der folgenden Nacht hinausgerufen. Wir wurden nun bereits zu sechst von bewaffneten Männern fortgebracht. Wir marschierten zu einer Tür am Ende des Flurs und über den Vorplatz ins Kasernengebäude.

Die Verhörräume lagen im Keller der Kaserne, es waren Kellerabteile, in denen man Armeematerial aufbewahrt hatte, in die man jetzt aber einen Tisch und Stühle gebracht hatte. Ausserdem hatte man elektrisches Licht an die Decke montiert und eine Tischlampe aufgestellt. Dennoch roch es nach altem Armeematerial, nach Kartoffelkeller und nach Steckrüben, die im Sommer zu lange in der Wärme gestanden hatten und dann nach dem Beginn der Herbstregenfälle verfault waren.

Ich wurde in ein Abteil gestossen, hinter dessen Tisch Soura sass. Er erhob sich, um mir die Hand zu geben, und befahl mir, mich auf den Stuhl vor dem Tisch zu setzen. Ich fragte, wo die Frauen und Kinder seien. Soura forderte mich erneut auf, mich zu setzen, und sagte mir mit milder Stimme, ich hätte hier kein Recht, Fragen zu stellen, weil ich ein zum Tode verurteilter Gefangener sei, und man habe mich nur hierhergebracht, damit ich von ihm hörte, was das Gericht in meiner Sache beschlossen habe.

Ich verstummte ganz, ich war nicht auf ein Todesurteil gefasst, ohne zuvor zumindest verhört worden zu sein. Soura bat mich, dennoch den Aufbau der Sowjetunion noch einmal zu unterstützen, indem ich erzählte, was ich über den Spionagering wisse, der in Hopea, Säde und Hiilisuo betrieben worden sei und dessen Mitglieder aus Amerika nach Karelien geschickt worden seien. Mich habe Kallonen nach Hopea geschickt, um die Arbeit der Spione zu überwachen, aber vielen Zeugnissen zufolge hätte ich mich selbst den Spionen angeschlossen und viele Jahre lang als einer ihrer Anführer gewirkt. Man habe mich zum Tode verurteilt, und zwar für dieselben Verbrechen wie die anderen, die an der Tätigkeit des Spionagerings in den von Amerikanern gegründeten Kolchosen teilgenommen hatten.

Ich sagte, als erwachsener Mann brauche ich nicht auf Souras Reden zu antworten. Soura meinte, die Entscheidung darüber liege bei mir, aber in der Sowjetunion würde die Erinnerung an mich netter sein, wenn ich den Arbeiter- und Bauernstaat unterstützen würde, indem ich verriete, was ich über die Spione, die in Petroskoi operiert hätten, wisse. Martti Strang hätte ich auf jeden Fall bei einem Fluchtversuch unterstützt. Ich sagte, ich wisse nichts von Strangs Angelegenheiten.

Ich fragte erneut, wo die Frauen und Kinder seien. Soura sagte, man kümmere sich gut um die Kinder und sie würden zu rechten Sowjetbürgern erzogen. Die Konterrevolutionäre, die in Hopea gewirkt hätten, hätten es nicht geschafft, alle Kinder zu verziehen. Er hatte gehört, was mit Pauli geschehen war, und bedauerte, dass man das Kind habe töten müssen, weil aus ihm nie ein rechter Sowjetbürger geworden wäre. Was die Frauen betraf, sagte Soura, sie hätten ihr Urteil schon bekommen. Die Spioninnen unter ihnen seien zum Tode verurteilt worden.

Ich fragte, wozu mich Soura noch brauche. Er sagte nochmals, ich solle die Namen der Finnen verraten, die in Petroskoi als Verbindungsleute des Spionagerings von Hopea, Säde und Hiilisuo gedient hätten. Ich müsse alles über die Verbindungen Martti Strangs und des Karelischen Technischen Dienstes zu den Spionageorganisationen der Vereinigten Staaten und ihrem Wirken in Karelien erzählen.

Ich sagte, ich hätte nichts mit dem Karelischen Technischen Dienst oder seinen Führungsleuten zu tun, die meines Wissens ohnehin schon festgenommen worden seien. Ich sei nicht mit ihrer Hilfe nach Karelien gekommen, sondern hätte zum Transport die Lapua-Bewegung genutzt. Soura wollte Namen von dort hören, und ich zählte alle auf, an die ich mich erinnern konnte: Vihtori Kosola, Ville Kosola, Pentti Kosola, die Namen der Männer aus Kiuruvesi, Iisalmi und Nurmes. Soura notierte alles und fragte, was für Aufträge die Lapua-Bewegung mir gegeben habe. Ich sagte, ich hätte keine anderen Anweisungen erhalten, als nach Russland zu verschwinden und hier zu bleiben.

Während ich sprach, hörte ich, wie sich die Tür hinter mir öffnete und jemand hinter mir stehenblieb. Ich wandte mich nicht um und sprach zu Ende. Als ich zu Ende gesprochen hatte, sagte Kallonen hinter mir, Vihtori Kosola sei bereits tot, und schlug mich mit einem harten Gegenstand so heftig auf die Schulter, dass ich vor Schmerz aufstöhnte und auf den Fussboden auf meine Knie sank. Ich kam nicht hoch. Kallonen stand hinter dem Stuhl und hielt in der Hand das Stück eines zweizölligen Stahlrohrs, mit dem er mich geschlagen hatte. Er kommandierte mich auf den Stuhl. Nun sei das Spiel zu Ende und von mir würden jetzt wahre Aussagen verlangt, sagte Kallonen.

Ich setzte mich mühsam wieder hin. Kallonen blieb hinter mir stehen, und ich erwartete jederzeit den nächsten Schlag. Auch Kallonen fragte nach Strang. Ich schätzte, Kallonen und Soura wüssten mehr von Strangs Tätigkeiten als ich. Soura sagte, ihnen sei von dem Zeitpunkt an, als er von Hopea fortgegangen sei, jeder seiner Schritte bekannt. Der Mann befinde sich bei ihnen hinter Schloss und Riegel und habe ausgesagt, ich hätte Strangs Flucht nach Westen geplant und ihm sämtliche Spionageinformationen mitgegeben, die der Hopea-Ring im Verlauf dieses Jahres gesammelt habe.

Ich sagte, der Hopea-Ring habe im Verlauf dieses Jahres bloss Heu und Korn auf den Feldern des Kolchos gesammelt. Kallonen schlug mich erneut auf dieselbe Schulter, so heftig, dass ich mit dem Gesicht voran zu Boden fiel und liegenblieb. Ich prüfte mit der Hand, ob Kallonen mit seinem Schlag Knochen entzweigeschlagen hatte. Die Schulter schmerzte, ob ich sie berührte oder nicht.

Kallonen sagte, es sei vollkommen aussichtslos, wenn ich Strang zu decken versuchte, der seine Taten bereits gestanden hatte und als Spion zum Tode verurteilt werden würde. Ich fragte am Boden liegend, aus welchem Grund Kallonen mich dann noch weiter schlug. Kallonen befahl mir aufzustehen. Ich erhob mich mühsam, und Kallonen befahl mir, mit dem Gesicht zu Soura zu stehen.

Dieser reichte mir nun ein Papier, auf dem gemäss seinen Worten Strangs Geständnis stand und auch Strangs Bericht darüber, wie ich ihm geholfen hätte, indem ich dem Karelischen Technischen Dienst Spionageinformationen zur Verfügung gestellt hätte, der diese Informationen wiederum an Agenten in die Vereinigten Staaten geschickt habe. Der Bericht war in russischen Buchstaben geschrieben. Ich sagte, ich könne kein Russisch.

Soura behauptete, der Bericht sei nicht auf Russisch, sondern auf Karelisch geschrieben, das man neben dem Russischen zur zweiten Amtssprache der Republik Karelien erhoben hatte. Ich versuchte zu lesen, was auf dem Papier geschrieben stand, konnte es aber nicht entziffern. Soura nahm mir das Papier weg und begann es mir vorzulesen, stammelte jedoch so sehr, dass ich es immer noch nicht verstehen konnte.

Kallonen sagte darauf hinter mir, es sei unnötig, mir Strangs Geständnisse vorzulesen, ich würde Strangs Taten schliesslich genauso gut kennen wie er selbst. Soura sagte, Strang sei in Leningrad verhaftet worden, wo er Spionagematerial auf das englische Konsulat habe bringen wollen. Er habe einen auf einen falschen Namen ausgestellten Pass bei sich gehabt und eine gefälschte Bestätigung, er sei ein Mitarbeiter der Volkskommissariats der Republik Karelien.

Soura nahm nun vom Tisch ein zweites Papier, auf dem sich mein angebliches Geständnis befinden sollte. Er befahl mir, das Papier genau durchzulesen und zu unterschreiben.

Ich nahm das Papier in die Hand, setzte mich auf den Stuhl und versuchte, das in karelischer Sprache, aber russischen Buchstaben Geschriebene zu lesen, aber ich konnte nicht verstehen, was ich gestanden haben sollte.

Ich hatte einen Moment lang dagesessen, als Kallonen mir das Papier aus der Hand riss, es auf den Tisch legte und mir befahl, den Namen an die Stelle am unteren Rand zu kritzeln, wo sich zu diesem Zweck eine lange Linie befand und darunter mein Name, mit der Schreibmaschine in russischen Buchstaben geschrieben. Diesen hatte ich entziffern können. Ich sagte, ich könne nicht ein Geständnis unterschreiben, das ich nicht lesen könne.

Kallonen schrie, ob ich Bedenkzeit wolle. Man könne diese noch für einen Moment gewähren, und er würde sie mir organisieren. Er riss den Stuhl unter mir weg, so dass ich zu Boden fiel, aber ich erhob mich schnell wieder, als Kallonen mich bereits mit dem Rohrstück in die Seite schlug und mich wieder auf die Beine kommandierte. Er stiess mich auf den Flur hinaus und sagte etwas zu dem Soldaten, der auf dem Flur stand.

Der Soldat führte mich den Flur entlang tiefer in den Keller. Kallonen folgte uns. Dann öffnete der Wärter eine Tür und stiess mich in eine derart kleine Zelle, dass ich dort weder sitzen noch liegen konnte. Ich konnte mich nur stehend gegen die Wand lehnen.

Kallonen stand bei der Tür und fragte, ob ich mich an die Zeit erinnern könne, in der ich geprahlt hätte, ich hielte alles aus, weil man für mich nichts Schlimmeres als den Tod organisieren könne. Er forderte mich auf, über diese Worte nachzudenken und darüber, wie lange ich warten wolle, bis ich mein Geständnis über die Spionagetätigkeit Martti Strangs und des Karelischen

Technischen Dienstes und über den Spionagering von Hopea unterschriebe. Er habe nicht unendlich Zeit, um mit mir zu spielen, sagte Kallonen.

Ich konnte nicht mehr nach der Leiche von Pauli fragen, als Kallonen die Tür schloss und ich im Dunkeln stehenblieb.

10.

In zwei Nächten hintereinander holte mich der Soldat zum Verhör durch Kallonen und Soura, und sie fragten mich, ob ich bereit sei, mein Geständnis zu unterzeichnen, und als ich mich weigerte, wurde ich sofort zurück in die Zelle gebracht, in der ich nur stehen konnte.

In der dritten Nacht unterschrieb ich das Geständnis, das mir schon Wort für Wort erklärt worden war. Ich sei ein Verbindungsmann zwischen Strang und dem Spionagering von Hopea gewesen, hätte Informationen nach Petroskoi geliefert, die Strang dann über den Karelischen Technischen Dienst an den Geheimdienst der Vereinigten Staaten von Amerika übermittelt habe. Ungefähr so hatte ich es verstanden.

Soura und Kallonen waren beide im Verhörraum, als ich meinen Namen darunter setzte. Soura wunderte sich über meine Dummheit. Ich hätte so lange in meiner Zelle geschmort, um über die Unterschrift nachzudenken, obwohl ich gewusst hätte, dass schon viele Männer und Frauen von Hopea ein Geständnis über meine Spionagetätigkeit unterschrieben hätten und auch Martti Strang ein vollständiges Geständnis abgelegt habe. Kallonen fragte, wie sich meine Schulter und meine Seite anfühlten, die er drei Nächte hintereinander mit dem Stahlrohr geschlagen habe. Ob ich schon begriffe, dass er mir etwas Schlimmeres als den Tod organisieren könne, fragte Kallonen.

Ich war vom Stehen und Wachen so müde, dass ich auf dem Stuhl einschlief, auf dem ich für die Zeit der

Unterschrift sitzen durfte, und hatte keine Kraft, um zu antworten. Kallonen fragte, ob ich mich noch an meinen kleinen Jungen erinnern könne, aus dem kein Bürger der Sowjetunion habe werden können, weil ich ihm nicht die Möglichkeit dazu gegeben hätte. Ich kriegte kein Wort aus meinem Mund, der Soldat brachte mich auf den Flur, indem er mich unter den Schultern stützte, aber sowohl Kallonen als auch Soura versprachen, wir würden uns noch einmal wiedersehen. Sie wollten dabeisein, um zu sehen, wie der Spionagering von Hopea endgültig ausgemerzt werde. Ich hatte keine Kraft, auf diese Reden zu antworten. Alle meine Kraft brauchte ich, um mich aufrecht zu halten und meine Beine zu bewegen. Der Soldat brachte mich aus dem Keller hinauf. Im Treppenhaus musste ich mich mit einer Hand an der Wand stützen.

Wir gingen hinaus auf den Hof der Kaserne, und ich sah, dass es Nacht war. Es regnete, als wir über den Kasernenhof zu Gebäuden gingen, die aussahen wie Pferdeställe.

Der Wachsoldat stiess mich in die Finsternis. Ich blieb hinter der Tür zurück, als diese verriegelt wurde. Aus dem Dunkel hörte ich Bewegungen und Stimmen von Menschen. Jemand fragte, wer in den Raum gebracht worden sei. Ich nannte meinen Namen. Kalle Hill sagte ganz aus der Nähe, ich könne mich neben ihn legen, aber ich solle auf die anderen Männer von Hopea aufpassen, die am Boden lägen. Ich tastete mich vor, Hill gab mir flüsternd Anweisungen und ergriff schliesslich mein Bein. Ich setzte mich auf den Fussboden, machte für mich einen Platz in der Breite meines Rückens frei, legte mich hin und blieb ganz unbeweglich.

Darauf fragte ich, ob man etwas von den Frauen und Kindern wisse. Ich hatte nichts von ihnen gehört, seit wir von Hopea weggegangen waren. Hill fragte, in wessen

Klauen ich drei Tage lang gewesen sei, und ich erzählte, wie Soura und Kallonen mich nachts verhört hätten. Hill fragte, ob ich das Geständnis unterschrieben hätte, und ich war gezwungen zu berichten, dass ich am Ende meinen Namen auf das Papier gesetzt hätte, obwohl ich nicht alles verstanden hätte, was darauf geschrieben gewesen sei, und alles, was ich verstanden hätte, Lügen gewesen seien.

Hill und die anderen in der Nähe liegenden Männer beruhigten mich und sagten, alle, von denen eine Unterschrift verlangt worden sei, hätten sie geleistet. Ich hätte ganz unnötig drei Tage und Nächte ohne zu schlafen in der Zelle gestanden, weil Kallonen und die GPU schon die vollständigen Geständnisse vieler Männer besässen, dass ich ein Mitglied des Spionagerings von Hopea gewesen sei und dass man mich zu Spionageaufgaben aus Finnland geschickt habe. Meine ganze Entführung und meine Ankunft in Karelien seien nur inszeniert gewesen, aber dank der Aufmerksamkeit Kallonens und der GPU sei meine Spionagetätigkeit die ganze Zeit bekannt gewesen und man habe mich all diese Jahre im Auge behalten.

Ich fragte, ob auch Hill sein Geständnis unterzeichnet habe, und er bejahte dies. Das tröstete mich ein wenig. Ich war dennoch so müde, dass ich mitten in meiner Antwort einschlief, als Hill mich etwas fragte, woran ich mich nicht mehr erinnere.

Als ich aufwachte, wusste ich nicht, wo ich war, aber beim Versuch, mich auf dem harten Fussboden zu drehen, schmerzten die blauen Flecken von Kallonens Stahlrohr übel, und ich erinnerte mich, dass ich in Petroskois Kaserne auf dem Fussboden des Pferdestalls lag. Ich stand auf. Im Raum standen und sassen gegen fünfzig Männer. Es waren Männer, die von Hopea und Säde hierher gebracht worden waren, und auch Finnen, die ich in Hiilisuo gesehen hatte.

Durch die Fenster, die sich oben in den Wänden befanden, drang Licht in den Raum, es roch nach Pferden, obwohl die Trennwände der Pferdeboxen entfernt worden waren, so dass man einen einzigen grossen Raum erhalten hatte. Auf dem Zementboden sah man die Stellen auf beiden Seiten des Mittelgangs, an denen die Trennwände angebracht gewesen waren, davor die Gräben, in denen sich getrockneter Pferdemist befand.

Die neben mir Sitzenden fragten mich nach den Verhören, ob man mich geschlagen habe und ob ich das Geständnis unterzeichnet hätte. Ich erinnerte mich daran, dass ich alles schon erzählt hatte, war mir aber plötzlich nicht mehr sicher.

Neben mir sass Kalle Lahti aus Säde. Er erklärte, er habe gestanden, nachdem man ihn drei Tage und Nächte lang auf einem Hocker ohne Rückenlehne habe sitzen lassen, ihn angebrüllt habe, er solle wach bleiben, und eine helle Lampe dicht vor seinem Gesicht habe brennen lassen. Niemand habe ihn auch nur mit dem Finger berühren müssen, und doch sei er nach drei Tagen und Nächten bereit gewesen, alles zu gestehen, was den Anklägern in den Sinn gekommen sei, ihm vorzuwerfen. Auch Lahti war zum Tode verurteilt worden, wie wir alle. Hinter ihm lag ein breitschultriger, grauhaariger Mann mit dem Gesicht zur Wand, und ich hörte, dass Lahti leise mit ihm sprach und dieser schluchzend antwortete. Lahti erklärte mir, der Mann sei aus Säde und zum Tode verurteilt worden, aber er könne seinen Tod nicht akzeptieren und könne an nichts anderes mehr denken als an die Tatsache, diese Welt bald verlassen zu müssen.

Toivonen fragte mit so lauter Stimme, dass alle es hören konnten, ob es uns im Angesicht des Todes helfen würde, wenn er mit uns das Vaterunser spreche. Von irgendwo weiter hinten wurde gerufen, Beten werde uns nun auch nicht mehr helfen, aber als Toivonen fragte, ob sich im Stall jemand befinde, der nicht einmal beim Beten zuhören wolle, waren keine Rufe mehr zu hören.

Toivonen stand auf. Er hatte nur wenige Meter entfernt von mir gelegen. Er räusperte sich und erklärte, wir seien alle mit den besten Absichten gekommen, um Karelien aufzubauen, hätten unsere Arbeit und unsere Häuser, die wir jenseits des Atlantiks mit unserer Arbeit erworben hätten, zurückgelassen, hätten den Ruf Gyllings und Stalins gehört, wonach der Arbeiterstaat starke Hände und geschickte Bauarbeiter benötige, um den Kapitalisten zu zeigen, dass der Sozialismus der richtige Weg sei, um die Welt weiterzubringen.

Ein Sozialismus ohne Christus sei dennoch unmöglich gewesen und habe den Satan, den Teufel, an die Macht kommen lassen, und seine Macht sei jetzt in der Sowjetunion gross, sagte Toivonen.

Mir schien, dass alle genau zuhörten, als Toivonen sprach. Er erklärte uns allen zusammen, was der Tod und das Totenreich bedeute, das wir auf der anderen Seite der Schwelle vorfinden würden und das für uns kein Grund zur Furcht sei. Niemand gab Spottrufe von sich, und als Toivonen das Vaterunser zu sprechen begann, knieten sich viele auf den Boden und falteten die Hände.

Ich konnte mich nicht hinknien, faltete aber die Hände und hörte mir die Worte des Gebetes an, das Toivonen mit fester und klarer Stimme sprach, ohne dabei die Wachsoldaten zu fürchten.

11.

Ich schlief den ganzen Tag und die folgende Nacht, und als ich aufwachte, wusste ich nicht, ob es Tag oder Nacht war. Ich hörte Reden und Rufe, das Klirren von Geschirr und das Zuschlagen von Türen, aber die Geräusche vermochten mich nicht aus dem Traumland zu holen, in das ich tief versunken war.

Erst danach wachte ich vollständig auf und erhob mich. Von draussen hörte man Rufe und Geräusche von umherlaufenden Menschen und Schreie von Frauen. Es war noch ganz dunkel und ich wusste nicht, wie spät es war. Die Türen des Pferdestalls wurden aufgeschlagen und es wurde gebrüllt, wir hätten aufzustehen. Diejenigen, die am nächsten bei der Tür gestanden hatten, wurden gleich fortgezerrt, sobald sie auf die Beine gekommen waren.

Draussen brannte helles Licht, und als ich bis zur Schwelle gekommen war, sah ich, dass man an den Rändern des Hofs Scheinwerfer aufgestellt hatte und ihr Licht auf den Hof und zum Stallgebäude gerichtet worden war.

Draussen wurde uns befohlen, uns bis auf die Unterwäsche auszuziehen, und denjenigen, die ihre Oberkleider nicht schnell genug auszogen, machten die Soldaten mit Tritten und Schlägen mit dem Gewehrkolben Beine.

Männer in unbekannten Uniformen standen in zwei Reihen von der Tür des Pferdestalls bis zu den Lastwagen, und wir wurden gezwungen, zwischen den Reihen hindurchzugehen, gleich nachdem wir uns bis auf die Unterwäsche ausgezogen hatten. Es war ein kalter Morgen gegen Ende September.

Ich sah Kallonen und Soura, die hinter der linken Reihe mit einem mir unbekannten Mann standen, der einen langen, schwarzen Ledermantel trug und darüber einen Kommandogürtel mit Schulterriemen. Ich gelangte zum Lastwagen. Männer wurden auf die Pritsche geladen. Als ich versuchte, auf die Pritsche zu steigen, war sie schon voll, und man kommandierte mich auf das nächste Auto. Ein Soldat stiess mich auf dem Hof vorwärts.

Ich stieg auf die leere Pritsche. Ich ging bis zur Rückwand der Fahrerkabine und setzte mich. Bald kamen noch mehr Männer auf die Pritsche, aber ganz füllte sich die Pritsche nicht mehr. Neben mir sass Kalle Lahti von Säde und fragte, ob ich den Mann im Ledermantel gekannt hätte, der neben Kallonen und Soura gestanden habe, und antwortete sich selbst, ohne meine Antwort abzuwarten, der Mann sei Travin, der Kommandant des Sonderkommandos, und die Männer, die uns vorwärtsgetrieben hätten, seien die Männer von Travins Hinrichtungskommando. Lahti sagte, man bringe uns jetzt zum Schlachtplatz.

Vom hinteren Teil der Pritsche hörte man das Rufen und Kreischen von Frauen und das Lachen von Soldaten. Ich streckte mich aus und sah, dass die Soldaten den Frauen, die ebenfalls in ihrer Unterwäsche waren, auf die Pritsche halfen. Ich versuchte zu sehen, ob Ira sich unter den Frauen befand, und kroch auf der Pritsche nach hinten.

Ich rief Iras Namen und hörte, wie Ella antwortete, sie sässen beide auf der Pritsche. Als das Auto losfuhr, kroch und ging ich weiter über die vor mir sitzenden Männer, ohne mich um die Verwünschungen und Rufe zu kümmern, und gelangte dorthin, wo die Frauen sassen. Auf der Pritsche sass kein einziger Soldat, und die Rückwand des hölzernen Aufbaus war mit einer bis nach oben reichenden Holzplatte verschlossen, so dass man nicht nach draussen sah.

Im Inneren des Aufbaus war es ganz dunkel. Ich fragte nach Ira und Ella. Ella antwortete ganz in meiner Nähe. Ich fragte nach Irina. Ella sagte, sie sitze neben ihr. Ich tastete im Dunkeln und erwischte Ellas Hand. Sie führte meine Hand zu Irinas Schulter. Ich sagte Irinas Namen, aber sie antwortete nicht. Ella berichtete, die Soldaten hätten Ira misshandelt, zwischen ihren Beinen sei die ganze Division von Jaroslawl hindurchmarschiert. Danach habe Irina kein einziges Wort mehr gesprochen. Ich tastete nach Irinas Haaren. Sie waren so kurz geschnitten, dass ich nur noch Stoppeln auf dem Kopf und an den Schläfen fühlte, und als ich meine Hand über ihre Stirn zu den Wangen und zum Mund führte, fühlte ich, dass Irinas Augen im Dunkeln geöffnet waren, der Mund jedoch fest zusammengepresst.

Ich gelangte neben Ira und nahm sie in meine Arme, indem ich ihren Namen wiederholte. Sie war wie erstarrt, wehrte sich jedoch nicht, als ich sie an mich zog.

Ella erzählte, sie sei in Petroskoi gewesen, seit ich sie zum Bahnhof gebracht hätte, weiter sei sie auf ihrer Fahrt nach Leningrad nicht gekommen. Nach den Verhören sei sie in der Kaserne gefangengehalten worden und habe mitgekriegt, wie durch die Kaserne ein Strom von zum Tode verurteilten Finnen und Kareliern gegangen sei.

Kallonen habe Ella versprochen, sie dürfe mit den anderen Leuten von Hopea zusammen sterben, sobald wir alle verhört und verurteilt worden seien. Ella wusste, dass die Hinrichtungen in der Nähe von Petroskoi an einem Ort stattfanden, der Krasnyj Bor hiess. Travins Hinrichtungskommando sei vor einigen Wochen nach Petroskoi gekommen und habe dort begonnen, Menschen zu erschiessen.

Ich versuchte, Irina zum Sprechen zu bringen, aber sie kriegte kein Wort aus ihrem Mund, drückte sich nun dicht gegen mich und hielt sich an mir fest. Ich versprach, bis zum Ende bei ihr zu bleiben, egal wohin man uns brachte. Ira sprach kein Wort.

Wir waren ungefähr eine halbe Stunde gefahren, als ich hörte, dass das Auto auf eine schmalere Strasse abbog. Wurzeln und Baumstümpfe schüttelten das Auto und uns auf der Pritsche Sitzende durch. Dann hielt das Auto mit laufendem Motor an. Durch die Ritzen im Aufbau drang schon so viel Licht, dass ich erkannte, dass der Tag anbrach, und als die Heckklappe aufgeschlagen wurde, drang das Licht des Morgengrauens vollends in den Aufbau.

Ich stiess Irina ein wenig von mir weg, um ihr Gesicht zu sehen, aber sie drückte ihr Gesicht gegen mich. Die Soldaten befahlen uns auf Russisch, von der Pritsche zu steigen und eine Kolonne zu bilden. Die ersten Frauen am Rand der Pritsche gelangten hinunter, und Ella stieg ebenfalls hinab, ich jedoch hatte Schwierigkeiten, von der Pritsche hinabzusteigen, weil Irina immer noch ihre Arme um mich geschlungen hielt. Ich sprang mit Irina in den Armen von der Pritsche, wir stürzten auf die nasse Erde, und ein Soldat begann Ira von mir fortzureissen. Er trat ganz nah an mich heran, um zu brüllen, und ich bemerkte den starken Schnapsgeruch in seinem Atem. Ich stiess den Soldaten zur Seite, nahm Irina bei der Schulter und führte sie zur Kolonne, die hinter den Männern und Frauen, die mit den anderen Autos gekommen waren, gebildet wurde.

Hinter mir rief der Soldat etwas, um das ich mich nicht weiter kümmerte. In der Kolonne standen Irina und ich nebeneinander. Während wir dastanden, fragte sie plötzlich nach den Kindern. Ich sagte, ihnen gehe es gut. Mehr konnten wir nicht reden, als die Kolonne vorwärts kommandiert wurde und man uns tiefer in den Wald hinein führte.

Während ich im dunklen Wald umherstolperte, versuchte ich die Leute, die vor uns gingen, zu erkennen. Ich erkannte Leute von Hopea und Säde, und auch als ich hinter mich blickte, sah ich bekannte Gesichter. Viele Männer und Frauen weinten, während sie gingen, und stützten sich an den Kiefern. Manche klammerten sich so fest an die Kiefernstämme, dass die Soldaten die Menschen von den Bäumen losreissen und mit Fusstritten antreiben mussten.

Dann wurde uns befohlen anzuhalten. Wir blieben stehen und warteten. Wir waren alle in unserer Unterwäsche, litten Todesangst und froren so sehr, dass die Zähne des Unterkiefers gegen die des Oberkiefers schlugen. Wir konnten das Zähneklappern nicht kontrollieren. Bloss Irina in meinem Arm war erstarrt und unbeweglich.

Als man Schüsse zu hören begann, zählte ich zwanzig von ihnen. Dann wurde die Kolonne vorwärts kommandiert und wieder angehalten. Vorne begannen die Schüsse wieder zu knallen, und ich zählte wieder zwanzig. Wir wurden vorwärts kommandiert, und jetzt gelangten wir schon so tief in den Wald, dass wir sahen, wie diejenigen, die vor uns gingen, zum Rand eines ausgehobenen Grabs marschierten, und dass die soeben Erschossenen mit dem Gesicht nach oben auf dem Grund des tiefen Grabs lagen.

Diejenigen, die man zum Rand des Grabs gebracht hatte, wurden auf ihre Knie kommandiert, so dass das Grab sich hinter ihrem Rücken befand. Travin gab einen Befehl, und zwei Soldaten setzten sich an den beiden Enden der Reihe in Bewegung, schossen jedem der Knienden mit der Pistole in den Kopf, traten den Leichnam ins Grab und gingen zum nächsten Knienden.

Als die ganze Reihe erschossen und ins Grab getreten worden war, waren wir an der Reihe. Man kommandierte uns zum Rand des Grabs, vorbei an den Leichen der soeben Erschossenen, das Grab ging noch weiter in den Wald hinein, aber hier befanden sich auf seinem Grund noch keine Leichen.

Irina trat dicht an meine Seite. Neben ihr stand Kalle Hill. Ella war zu meiner Linken, und alle zwanzig, die jetzt am Rand des Grabs niederknieten, waren Leute, die man aus Hopea hergebracht hatte.

Travin kommandierte die Soldaten, die wieder an den Enden der Reihen begannen, die Menschen zu erschiessen. Ich drückte Iras Hand fest, sagte ihr Lebwohl und konnte auch Ella und Hill Lebwohl sagen. Als der Soldat Hill erschoss, sah ich, wie das kanadische Gebiss aus seinem Mund ins Heidekraut geschleudert wurde. Da kam Kallonen von hinten gelaufen und trat das Gebiss weiter weg.

Der Soldat erschoss Irina neben mir. Sie gab keinen Ton von sich und sank durch den Tritt ins Grab. Der Soldat trat vor mich, ich schloss meine Augen und wartete auf das helle Licht, von dem Toivonen uns gesagt hatte, wir würden dieses als erstes sehen, wenn wir die Schwelle des Todes überschritten hätten. Stattdessen fühlte ich jedoch, wie jemand mich an den Haaren nach vorne riss, so dass ich mit dem Gesicht voran ins Moos stürzte. Kallonen kommandierte mich hoch. Ich wollte nicht aufstehen. Kallonen zerrte mich an den Haaren nach weiter hinten, wo Soura und Travin standen, um die Erschiessungen mitzuverfolgen.

12.

Travin sagte auf Russisch dreimal mit zorniger Stimme zu Kallonen, er wolle, dass niemand am Leben bleibe. Die zum Tode Verurteilten hätten den Tod verdient. Ich lag auf der Erde, Kallonen trat mich in die Seite und kommandierte mich hoch. Er sagte zu Travin, er habe mir etwas Schlimmeres versprochen als den Tod.

Ich erhob mich mühsam. Kallonen und Soura tranken Schnaps aus der Flasche, die der Soldat, der zu Travin gekommen war, ihnen angeboten hatte. Auch Travin trank, mir jedoch boten sie nichts an. Sie leerten die Flasche zu dritt, und Travin schleuderte die Flasche hinter sich zwischen die Bäume.

Inzwischen liessen die Soldaten schon weitere Leute zum Rand des langen Grabs marschieren, in dem Irina, Ella und die anderen Leute von Hopea lagen. Ich sah, dass sich unter den zu Erschiessenden auch Kalle Lahti und der Mann von Säde, der den Tod so sehr gefürchtet hatte, befanden, und sie beide sahen mich an, als der Soldat seinen Schuss abgab. Ich hätte ihnen erklären wollen, dass mein Platz bereits inmitten der anderen Leute von Hopea am Grund des Grabs wäre, dass Kallonen mich aber nicht dorthin habe gehen lassen.

Kallonen zwang mich, alle Hinrichtungen der Finnen und Karelier, die an jenem Tag nach Krasnyj Bor gebracht worden waren, mitanzusehen. Darunter befanden sich Menschen aus Säde, Hiilisuo und Petroskoi, die ich kannte, und viele von ihnen sahen mich an, als der Soldat sie erschoss.

Ich konnte nicht auf die Blicke antworten, in denen ich immer dieselbe Frage las: Was ich getan hätte, um in die Reihe der Mörder zu gelangen. Als man Strang zur Hinrichtung führte, rief er mich beim Namen. Ich konnte seine Erschiessung nicht mitansehen und drehte meinen Kopf weg, aber Kallonen packte mich am Kopf und zwang mich, Strang genau in dem Augenblick anzusehen, als der Mann aus Travins Hinrichtungskommando mit der Pistole auf Strang zielte. Strang schloss seine Augen nicht, hielt sie auf mich gerichtet, als der Soldat seinen Schuss abgab. Das Blut schoss aus Strangs Hinterkopf, er fiel auf den Rücken ins Grab.

Soura erklärte mir, weshalb man die zu Erschiessenden mit dem Rücken gegen das Grab stehen liess, um auf den Schuss zu warten. Es war, damit kein Lebender auf die Toten springen konnte. Ich sagte, ich wolle nichts hören, aber da begann Kallonen zu erzählen, wie man die zu Erschiessenden sich zunächst mit dem Gesicht zum Grab habe aufstellen lassen und die Soldaten jedem in den Hinterkopf geschossen hätten. Darauf war jemand auf die Leichen gesprungen und hatte versucht, zum Schutz zwischen diese zu kriechen. Da hatte man mitten in die Leichen ballern müssen. Kallonen berichtete genau, wie es sich angefühlt hatte, auf den Grund des Grabs zu springen, auf den Erschossenen herumzutrampeln und zu versuchen, den Burschen, der ins Grab gesprungen war, unter den Leichen ausfindig zu machen; wie die Toten unter den Stiefeln weggeglitten waren und wie das Blut, das am Grund des Grabs in Strömen floss, gerochen hatte.

Ich sagte nochmals, ich wolle nichts hören. Kallonen sagte, neue Lösungen seien oft einfach, aber wirksam. Seit man die Vorgehensweise eingeführt habe, dass die Gefangenen sich mit dem Rücken zum Grab hinstellen sollten, sei niemand mehr zwischen die Leichen hinein gesprungen.

Das Grab, in das man Irina getreten hatte und in dem auch ich liegen sollte, wurde voll und man machte sich daran, es zu schliessen. Kallonen befahl mir, mit den Soldaten zusammen das Grab zuzudecken. Mir wurde eine Schaufel gegeben und ich schüttete Sand über die Toten. Während ich schaufelte, versuchte ich, ein gemeinsames Gebet für alle Ermordeten zu sprechen und ein eigenes Gebet für Irina, die hier in Karelien meine Frau gewesen war, nun aber am Grund des Grabs zwischen all den Leichen lag. Ich fand keine Worte, mit denen ich Irina und die anderen Toten hätte ins Leben nach dem Tode geleiten können.

Die Soldaten, mit denen ich das Grab zudeckte, waren dieselben, die die im Grab Liegenden erschossen hatten, und sie waren ordentlich betrunken. Sie prahlten mit ihren Taten und fragten mich, warum man mich vom Rand des Grabs zurück unter die Lebenden gezerrt habe. Ich sagte nichts und trank nichts aus den Wodkaflaschen, die sie mir anboten. Das Grab ging noch weiter in den Wald hinein, aber wir deckten nur den Abschnitt zu, in dem sich Leichen befanden. Als das Grab zugedeckt war, gab Travin den Männern das Kommando, sich zu sammeln. Sie bildeten rasch eine Viererkolonne und marschierten zu den Lastwagen zurück.

Kallonen und Soura waren aus Petroskoi mit Joonas Harjus Auto gekommen, das sie benutzten, als ob es ihr eigenes wäre. Mich jedoch kommandierten sie auf die Pritsche eines Lastwagens und befahlen dem Fahrer, mich zur Kaserne zurückzubringen. Mit mir zusammen wurde ein junger Mann auf die Pritsche geschickt, der uns bereits in Petroskoi bewacht hatte. Travins Männer fuhren in ihren eigenen Autos weg. Sie hatten alle einen ordentlichen Rausch, aber der Soldat, der mich bewachen sollte, war nüchtern und konnte das Weinen nicht unterdrücken, als wir zu zweit auf der Pritsche sassen und das Auto nach Petrosawodsk fuhr. Ich war nicht imstande, den Soldaten zu trösten, sass mit dem Rücken zur Fahrerkabine und versuchte, mich selbst beisammen zu halten, indem ich meine Arme um die Knie schlang und mich zu einem kleinen, dicht verschlossenen Paket zusammenkauerte, das die Welt nicht würde öffnen können.

Der Soldat weinte bis in die Stadt hinein. Dazwischen fragte er mich auf Russisch viele Dinge, aber ich verstand nur einige der Fragen und antwortete auf keine davon. Ich liess ihn fragen. Bei der Kaserne hörte er auf zu weinen, wischte seine Augen und Wangen am Ärmel seines Mantels ab, schneuzte seine Nase zwischen zwei Fingern auf die Pritsche des Lastwagens, rief dem Fahrer zu, er solle die rückseitige Tür öffnen, und sprang hinunter.

Auch ich stieg von der Pritsche hinab. Erst da bemerkte ich, dass ich in meiner Unterwäsche war und vom Regen troff.

Ich bat um Kleider, indem ich dem Fahrer und dem Soldaten meine Unterwäsche zeigte. Sie konnten mir nicht helfen und breiteten bedauernd die Arme aus. Der Soldat brachte mich zum Pferdestall, der jetzt leer stand. Alle Männer aus Hopea, Säde und Hiilisuo, die man dort hineingepfercht hatte, hatte man heute in Krasnyj Bor erschossen. Allein ich war noch übrig.

Ich setzte mich in die entfernteste Ecke und lehnte mich mit meiner Seite und meinem Kopf gegen die Wand. Ich sass ganz unbeweglich. Ich konnte weder weinen noch schreien, hielt mich selbst nur ruhig auf der Stelle. Ich klammerte mich nirgends an der Welt fest, war davon ganz losgelöst und hielt mich selbst mit meinen Armen beisammen.

Ich weiss nicht, wie lange ich dagesessen hatte, als zwei Soldaten in den Stall kamen. Der eine von ihnen näherte sich mir und warf mir Hosen, ein Hemd, einen Pullover und Schuhe zu, die mir schlecht sassen. Es waren nicht meine eigenen Kleider, und ich fragte, wo meine Kleider seien. Der Soldat sprach Karelisch. Er antwortete, ich hätte kein persönliches Eigentum, wie auch alle anderen in der Sowjetunion nicht. Alles sei unser gemeinsamer Besitz, und was mir gehöre, gehöre auch ihm. Diese Kleider und Schuhe hätten einst jemand anderem gehört, nun jedoch mir, weil ihr vorheriger Besitzer plötzlich verstorben sei. Er wiederholte dasselbe auf Russisch, und den anderen Soldaten amüsierten die Gesetze des Sozialismus, die sein karelischer Kamerad ihm erklärte. Mich amüsierten sie nicht, aber ich zog mir die Kleider und die Schuhe an. Ich ging mit den Soldaten mit, als derjenige, der Karelisch sprach, es mir befahl.

Wir gelangten in den Hof, aber ich wusste nicht, in welche Richtung ich von der Tür des Pferdestalls losmarschieren sollte. Ich blieb stehen, und die Soldaten stiessen mich mit dem Gewehrlauf in den Rücken, um mir die Richtung zu zeigen.

Die Soldaten befahlen mir, im Takt über den Kasernenhof zu marschieren. Sie gaben mir den Marschrhythmus vor, liessen mich aber in Ruhe, als ich nicht nach ihren Kommandos marschieren wollte. Der Soldat, der Karelisch sprach, versuchte zuerst, mit dem Gewehr über der Schulter vor mir zu marschieren, um mir ein Beispiel zu geben. Er gab den Takt auf Russisch vor. Der zweite Soldat, der hinter mir ging, konnte nicht umhin zu lachen, und auch er begann, den Marschrhythmus in russischen Zahlwörtern zu brüllen.

Wir gelangten über den weiten Hof zur Kaserne. Die Soldaten brachten mich zu einem Büro im ersten Stockwerk. Soura und Kallonen waren im Büro. Kallonen befahl den Soldaten, auf dem Flur Wache zu stehen. Man würde sie bald benötigen. Mir befahl er, in Achtungsstellung mitten im Büro zu stehen.

Kallonen fragte, wie sich mein Leben anfühle, seit er es mir geschenkt habe. Ich antwortete nicht. Soura brüllte, sie seien es gewohnt, auf alle Fragen eine Antwort zu kriegen. Mancher habe zuerst schweigend vor ihnen gestanden, bald jedoch gesungen wie der karelische goldene Kuckuck. Er kommandierte mich mit dem Gesicht zur Wand zur Tür.

Ich befolgte den Befehl und wartete ab, was Kallonen und Soura für mich noch einfiele. Sie waren von Krasnyj Bor noch schwer betrunken. Ich hörte, dass ein Stuhl verschoben wurden und einer der beiden hinter mich trat. Ich zog die Schultern ein, um den Schlag zu empfangen. Dicht hinter mir sagte Kallonen, er habe mich auch schon in besseren Kleidern gesehen. Ich beklagte mich nicht über meine Kleider, fragte stattdessen, was Kallonen in Hopea mit dem Leichnam meines kleinen Jungen gemacht habe. Kallonen schätzte, die Waldtiere hätten sich darum gekümmert, ebenso wie um das erschossene Vieh. In Jessoila sage man, gegenwärtig würden Wolfsrudel umherziehen.

Kallonen sagte, er werde mich jetzt zum Kolchos Hiilisuo schicken, wohin achtzig Stachanowiten kommandiert worden seien, um die Dinge in Ordnung zu bringen, nachdem die aus Amerika eingereisten Saboteure die so gut begonnene Aufbauarbeit zunichte gemacht hätten. Ich fragte, was ich in Hiilisuo tun solle. Kallonen befahl mir, die Arbeiten auszuführen, die mir dort aufgetragen würden. Ich fragte, ob ich die Stachanowiten ausspionieren und falsche Zeugnisse über sie an Kallonen und Soura liefern solle. Kallonen begann zu lachen. Er sagte, die Urteile der sowjetischen Justiz würden nicht auf falschen Zeugnissen beruhen und selbstverständlich fordere man von mir keine solchen. Er schicke mich nach Hiilisuo, um von den Stachanowiten den richtigen Sozialismus zu lernen und nicht das Gesäusel von Christus, das Hopea verdorben habe. Im Laufe der Jahre könne aus mir in Hiilisuo ein gesunder Trieb am Weinstock des Arbeiterstaates werden, sagte Kallonen.

Ich fragte Kallonen nicht, in welcher Einrichtung er seine Bibel gelesen habe. Kallonen sagte, er könne mir kein Auto geben, um nach Hiilisuo zu fahren, weil ich im Grunde ein zum Tode verurteilter Gefangener sei, und solche hätten in der Sowjetunion zu Fuss zu gehen. In Hiilisuo hätte ich mich beim Vorsitzenden des Kolchos zu melden.

Soura ging auf den Flur hinaus und befahl den Soldaten, mich nach Hiilisuo zu bringen und sich darum zu kümmern, dass ich dort bliebe. Der Soldat, der Karelisch sprach, fragte, ob sie zu Fuss bis nach Hiilisuo gehen müssten. Soura zufolge war der Weg nicht weit und er versprach, der Rückweg werde genau gleich weit sein. Er erzählte den Soldaten, er sei in den Truppen Toivo Antikainens auf dem langen Skimarsch gewesen, als die Männer des karelischen Bataillons die weissen Truppen, die von Finnland her angegriffen hätten, geschlagen hätten. Der Marsch sei am Ende über tausend Kilometer lang gewesen, und sie hätten die weissen Truppen in allen karelischen Dörfern, in die diese eingedrungen seien, bekämpft. Dieser lange Marsch sei schon fünfzehn Jahre her, aber die Erinnerung daran sei nicht verblasst, erklärte Soura.

Der karelische Soldat sagte, er würde jederzeit lieber tausend Kilometer mit den Langlaufskiern marschieren, als im herbstlichen Nieselregen nach Hiilisuo und zurück zu gehen. Kallonen befahl dem Soldat zu gehen, bevor Soura wütend werde. Dieser habe seit dem Abenteuer mit Antikainen keine guten Nerven mehr, sagte Kallonen.

Soura befahl mir, vorauszugehen und den Soldaten zu zeigen, wie ein ordentlicher Finne auf den Strassen Kareliens marschiere. Ich ging schnell los, die Soldaten folgten mir. Ich ging zum Kasernentor. Der Wachposten brachte seine Waffe in Anschlag und fragte, in welcher Sache ich unterwegs sei. Ich antwortete nicht. Meine Begleiter erklärten etwas und brachten den Wachposten dazu, den Schlagbaum zu öffnen.

Ich dachte über den Weg nach Hiilisuo nach und ging los. Die Stiefel, die ich von den Soldaten bekommen hatte, passten nicht und begannen gleich, an meinen Füssen zu reiben. Nachdem ich einen Kilometer gegangen war, fühlte ich, dass ich Blasen an den Füssen bekommen hatte. Ich kümmerte mich jedoch nicht darum. Die Schmerzen an den Füssen überdeckten die anderen Schmerzen, aber sie brachten sie nicht vollständig zum Verschwinden.

Ich marschierte so tüchtig, dass die Soldaten hinter mir zurückblieben, und der karelische Soldat lief zu mir und fragte, ob ich etwa die Absicht verfolgte, zu fliehen. Ich antwortete nicht und marschierte weiter. Der Soldat überholte mich, nahm das Gewehr von seinem Rücken, zeigte damit auf mich und befahl mir, langsamer zu gehen. Der russische Soldat trabte hinter mir her und bat mich anzuhalten.

Ich blieb stehen. Wir waren immer noch in Petroskoi. Die Soldaten kommandierten mich auf den Vorplatz eines Hauses an der Seite der Strasse und folgten mir. Sie suchten unter dem Vordach eines Nebengebäudes Schutz vor dem Regen, drehten sich Machorkazigaretten und boten auch mir davon an. Ich rauchte ihnen zuliebe eine Zigarette, obwohl ich kein Raucher war.

Jemand liess aus dem Haus einen Hund los. Der Hund griff uns laut bellend an und schnappte nach dem russischen Soldaten. Dieser schrie voller Angst auf und versteckte sich hinter mir und dem anderen Soldaten. Nun versuchte der Hund, mich anzugreifen, ich verbot es ihm und befahl ihm «Platz». Er gehorchte jedoch nicht und versuchte, mein Bein oberhalb des Knies zu schnappen. Ich hieb ihm mit der Faust leicht auf die Schnauze, der Hund war überrascht, setzte sich und wischte seine Schnauze mit den beiden Vorderpfoten ab. Ich befahl dem Hund, nach Hause zu gehen. Er ging nicht, versuchte jedoch nicht mehr, uns anzugreifen.

Aus dem Haus kam ein Russe, um zu fragen, wer wir seien. Der russische Soldat erklärte ihm etwas in der Richtung, sie seien in staatlichen Angelegenheiten unterwegs und würden einen zum Tode verurteilten Gefangenen begleiten, und niemand dürfe seine Hunde auf uns hetzen. Sie diskutierten auf Russisch, und ich verstand nicht sehr viel von ihren Gesprächen. Ich verstand gerade so viel, dass der Russe keinen zum Tode Verurteilten auf seinem Grundstück wollte, weil das Unglück bringe. Er legte den Hund bei der Treppe an die Kette und rief, wir sollten verschwinden oder er hole die Miliz.

Ich verliess den Vorplatz und die Soldaten folgten mir. Ich marschierte wieder tüchtig, ohne mich um meine schlecht sitzenden Stiefel und den strömenden Regen zu bekümmern. Die Soldaten gingen hinter mir her und versuchten nicht mehr, mich zu bremsen.

Während ich marschierte, kreisten in meinen Gedanken nur wenige Dinge, die nicht fortgehen wollten und Bilder an die Oberfläche holten. Ich erinnerte mich daran, wie der Soldat meinen kleinen Jungen mit dem Gewehrkolben erschlagen hatte, ich erinnerte mich an die Kiefernwälder von

Krasnyj Bor und an die Leichen, die in vielen Schichten im Grab lagen und zuunterst Ira, die meine Frau gewesen war. Die Soldaten sprachen mich auf dem Weg an und baten um irgendetwas, aber ich blieb nicht stehen, um ihnen zuzuhören. Ich marschierte weiter.

Am Nachmittag kamen wir in Hiilisuo an. Der Regen hatte aufgehört, aber der Herbstwind hatte die Kleider nicht zu trocknen vermocht. Auch die Soldaten waren nass und blieben in Hiilisuo, um ihre Mäntel und Stiefel zu trocknen.

Der Vorsitzende des Kolchos war ein Russe, und er sagte, er habe aus Petroskoi bereits eine Anweisung betreffend meiner Person erhalten. Der Soldat, der Karelisch sprach, übersetzte, was der Vorsitzende zu mir sagte. Der Vorsitzende glaubte, man werde aus mir in Hiilisuo einen anständigen Arbeiter machen können. Kallonen habe am Telefon Anweisungen gegeben, wie ich behandelt werden solle.

Der Vorsitzende versprach mir, mich zu meinem Arbeitsplatz zu bringen, und führte mich zum Schweinestall des Kolchos. Joonas Harju war ebenfalls dort. Der Vorsitzende meinte, wir würden einander bereits kennen.

FRÜHJAHR 1938

1.

Ich verbrachte den Winter im Schweinestall von Hiilisuo. Es waren zweihundert Schweine, und Joonas Harju und ich kümmerten uns um sie. Gleich am ersten Abend erzählte ich Harju, welche Männer und Frauen von Hiilisuo Travins Sonderkommando in Krasnyj Bor erschossen hatte.

Wir wohnten mit den Schweinen zusammen im Schweinestall, und Harju sagte oft, die Schweine seien die bessere Gesellschaft für uns als die Kommunisten, die die Rinder, die Harju und Niva in Finnland gekauft hätten, vergiftet hätten und die Leute von Hiilisuo, Hopea und Säde, die mit den besten Absichten gekommen seien, um die Sowjetunion aufzubauen, erschossen hätten.

Die Stachanowiten führten den Kolchos so schlecht, dass das Essen schon im Januar ausging. Wir mussten im Laufe des Frühjahrs viele Schweine schlachten. Die Leute des Kolchos benötigten viele Lebensmittel. Wir mussten dem Staat Fleisch abgeben, und für die Schweine gab es nicht genug Futter. Immer wenn wir Schweine schlachteten, erklärte Harju, wie gut sie in Hiilisuo über die Runden gekommen seien, bevor die Männer der GPU die Rinder vergiftet und die Leute umgebracht hätten und der Kolchos den Stachanowiten übergeben worden sei.

Gegen Ende Mai wurde Harju fortgebracht. Ihm wurde vorgeworfen, Rinder vergiftet und unnötig Schweine geschlachtet zu haben. Seit der Tötung der Rinder waren schon zwei Jahre vergangen, und Harju war diese Tat schon früher zur Last gelegt worden. Nun jedoch wurde behauptet, es seien neue Details bekannt geworden, die darauf hindeuteten, dass Harju tatsächlich der Schuldige sei. Auch die Schlachtung der Schweine wurde Harju zur Last gelegt.

Soura kam nach Hiilisuo und nahm Harju mit. Er versprach, Harju werde vor seinem Tod beide Sabotageakte gestehen. Harju meinte, er habe im Hafen von Ashtabula und auf den Grossen Seen härtere Typen als Soura gesehen. Er wisse, dass er sterben müsse, und möge sich nicht mehr beugen. Soura richtete mir Grüsse von Kallonen aus. Dieser hatte ihm aufgetragen zu fragen, ob ich nun glauben würde, dass es auf der Welt schlimmere Dinge als den Tod gebe.

Ich liess mich gar nicht erst auf ein Gespräch mit Soura ein. Ich sagte Joonas Harju Lebwohl und ging zurück zu den Schweinen. Dorthin konnte Soura mir nicht folgen, weil er den Gestank der Schweine nicht in seinen Kleidern haben wollte, um ihn nach Petroskoi mitzubringen.

An Harjus Stelle kam ein Wepse in den Schweinestall, der nicht im Schweinestall zu wohnen brauchte. Er hatte grosse Angst vor mir, weil man ihm gesagt hatte, ich sei ein Volksfeind und ein zum Tode verurteilter Verbrecher. Ich sah, dass der Wepse die ganze Zeit ein Messer griffbereit hielt, wenn er im Schweinestall war. Ich verstand das Wepsische nicht sehr gut, so dass ich mich hauptsächlich mit den Schweinen unterhielt, nachdem Harju fortgebracht worden war. Ich untersuchte das Verhalten der Schweine, das mir besser gefiel als das Verhalten der Stachanowiten.

Dennoch sprach ich beim Vorsitzenden des Kolchos vor, um bessere Schuhe und anständige Kleidung zu bekommen. Den ganzen Winter hatte ich die Lumpen und die schlecht sitzenden Stiefel getragen, die man mir in Petroskoi gegeben hatte. Ich deutete auf die Seiten meiner Stiefel, von denen sich die Sohlen lösten, obwohl ich sie mit Holznägeln, die ich aus Wacholderholz geschnitzt hatte, festgenagelt hatte.

Der Vorsitzende wollte mich schnell loswerden, weil ich den starken Gestank nach Schweinestall auch in seiner Wohnung verströmte. Er versprach, man werde mir passende Stiefel und unbeschädigte Kleider zum Schweinestall bringen, sobald man aus Petroskoi welche bekomme. Er vermass tatsächlich meine Füsse und die Breite meiner Schultern und schätzte meine Körpergrösse, damit er mir Kleider in der richtigen Grösse besorgen konnte.

Nach einer Woche brachte mir der Vorsitzende persönlich Stiefel, Hosen, saubere Unterwäsche und einen Pullover zum Schweinestall und forderte mich auf, daran zu denken, wer mein Wohltäter sei. Ich versprach, es mir zu merken.

Ich zog meine neuen Kleider nicht gleich an, sondern bewahrte sie im Dachstock des Heuschobers auf, wohin weder der Wepse noch sonst jemand ging. Als der Vorsitzende mich sah, fragte er, warum ich immer noch in den alten Lumpen und den ausgelatschten Stiefeln umherginge, obwohl er mir doch das Beste gebracht habe, was er in Petroskois Läden unter der Theke gefunden habe. Ich sagte, ich würde die Sauna am Samstag abwarten. Danach würde ich zum ersten Mal seit mehr als einem halben Jahr saubere Kleider anziehen. Der Vorsitzende versprach, mich am Samstag ansehen zu kommen und zu kontrollieren, ob er mich noch wiedererkenne.

Die Sauna von Hiilisuo war so gross, dass dort zwanzig Mann auf einmal baden konnten, aber ich ging zuletzt zur Sauna, als alle anderen schon gebadet hatten. Ich badete ordentlich, wusch mich sauber und rasierte mich mit dem Schlachtmesser, das ich versteckt und so scharf geschliffen hatte, dass es den Bart zu schneiden vermochte. Dann zog ich meine neuen Kleider und die neuen Stiefel an und kam aus der Sauna in den Hof von Hiilisuo. Es war ein schöner Abend gegen Ende Mai, es war sehr hell. Ich ging zum Speisesaal, wo die Leute nach der Sauna assen.

Der Vorsitzende rief etwas auf Russisch, und alle drehten sich zur Tür und applaudierten, als ich eintrat. Ihrer Meinung nach hatte ich während meines Aufenthalts in Hiilisuo eine Entwicklung in die richtige Richtung durchgemacht. Ich ass zum ersten Mal seit meiner Ankunft eine gemeinsame Mahlzeit im Speisesaal des Kolchos. Den Winter hindurch hatte man Joonas Harju und mich nicht in den Speisesaal gelassen.

Ich sass so lange im Speisesaal wie die anderen Leute und hörte mir die russische Sprache an, die ich in diesen Jahren so weit gelernt hatte, dass ich ungefähr begriff, wovon die Rede war. Niemand stellte mir Fragen, nachdem ich mich an den Tisch gesetzt und meine Mahlzeit bekommen hatte. Erst als wir den Speisesaal verliessen, fragte mich der Vorsitzende, ob ich in einem der Häuser von Hiilisuo wohnen und den Schweinestall verlassen wolle. Ich sagte, ich wolle mir die Sache überlegen, ich hätte mich an die Schweine gewöhnt.

Ich ging zum Schweinestall. Der Wepse kam abends nicht mehr dorthin, er schlief in einem der Häuser. Ich wartete auf meinem Schlafplatz, bis die Nacht vorübergegangen war. Ich schlief eine kurze Zeit, und als ich aufwachte, ging die Sonne schon auf. Ich schätzte, dass es ungefähr vier Uhr war.

Ich holte aus dem Dachstock des Heuschobers einen Rucksack, in den ich Proviant für meine Reise gepackt hatte, und ging vom Schweinestall zu den Feldern hinter den Gebäuden. Der Hund bellte nicht hinter mir her, als ich das

Grasland überquerte, das die aus Amerika eingereisten Finnen nutzbar gemacht hatten, und die Felder, auf denen einst Roggen, Gerste, Kartoffeln und Steckrüben gewachsen waren, auf denen man aber jetzt ebenso wie auf den Kohl- und Zwiebelfeldern und den Karottenbeeten bloss das Gras vom vergangenen Sommer sah. Nur auf dem Grasland schoss das neue Gras schon kräftig hervor und würde bald das Gras des vergangenen Sommers überdecken, das von den Stachanowiten nicht geschnitten worden war.

Das Moor war ganz trockengelegt worden, aber ich durchquerte es jetzt nicht, sondern eilte zur Nordseite, von wo es weniger weit war bis zum Wald. Ich schritt kräftig voran, ohne mich aber zu sehr zu beeilen, die neuen Stiefel schienen gut zu sitzen und meine Füsse nicht mehr wund zu reiben.

Als ich zum Wald gelangt war, blieb ich unter den Bäumen stehen und blickte zum ersten Mal, seit ich vom Schweinestall aufgebrochen war, zu den Gebäuden des Kolchos Hiilisuo zurück. Es war still, ich hörte nur das Rauschen in den Zweigen der Bäume und den Gesang der aufwachenden Vögel.

Ich ging weiter in westlicher Richtung durch das Gebiet von Säämäjärvi und Jessoila und orientierte mich an der Sonne.

Während ich ging, dachte ich an all die Jahre, die ich in Karelien verbracht hatte, und all die Menschen, die ich in Hopea gekannt hatte, an jeden einzelnen, und zuletzt an Irina, die von Travins Mördertruppe getötet worden war, und Mary, die man fortgebracht hatte, und Pauli, meinen kleinen Jungen, der keine sieben Jahre alt geworden war, bevor er hatte sterben müssen.

Ich hatte den Winter hindurch versucht, nicht an Irina und die Kinder zu denken, aber jetzt traf mich die

Erinnerung an sie so hart, dass ich mit dem Bauch voran ins Moos stürzte und mit dem Schlachtmesser ins Moos, in die Wurzeln der Bäume und in die Büsche stiess. Meine Hand glitt gegen die Klinge des Messers, und ich erhielt eine lange Schnittwunde in meiner Handfläche. Ich setzte mich auf, betrachtete die zerwühlte Erde, ohne gleich zu begreifen, wer das Moos herausgerissen und die Baumwurzeln entrindet hatte. Ich verband meine Wunde mit Tuch, das ich vom Saum meines sauberen Hemdes schnitt.

Die Sonne war schon so hoch gestiegen, dass es Morgen war. Ich ass Brot aus meinem Rucksack und trank Wasser aus einem Bach, der nach Osten floss.

Nachdem ich gegessen hatte, suchte ich wieder den Westen, legte mir den Rucksack über die Schulter und ging durch den Wald. Die offenen Stellen mied ich, und die zahlreichen moorigen Lichtungen umging ich durch den dichten Wald. Es war immer noch Morgen, als ich in Matroosa ankam. Ich ging auf der Südseite daran vorbei.

Harju hatte mir in Hiilisuo eine Karte von Petroskoi bis zur finnischen Grenze gezeichnet, so gut er sich erinnern konnte, mit Strassen, Dörfern und Seen. Als er seine Karte fertig gezeichnet hatte, hatte Harju gesagt, mit etwas Glück würde ich mit Hilfe der Karte tatsächlich auf Finnland stossen, das ja ein langgezogenes Land sei.

2.

Ich gelangte zum Suojujoki-Fluss, wollte aber die Strasse nach Prääsä nicht bei Tageslicht überqueren. Ich lag den Tag und Abend hindurch im Wald, ass von meinem Proviant und lauschte. Den Tag hindurch ging ich tiefer in den Wald hinein. Ich hatte keine Uhr, konnte mich aber gut daran erinnern, um welche Uhrzeit die Sonne um diese Zeit im Frühling unterging, und brach auf, als ich glaubte, Mitternacht sei vorüber.

Ich kam näher zur Strasse und ging so in westlicher Richtung weiter, dass sich die Strasse immer in meinem Blickfeld befand. Nur einzelne Autos fuhren nachts auf der Strasse, und wenn ich das Geräusch eines Autos hörte, blieb ich stehen und legte mich hinter die Bäume. Ich lag ganz unbeweglich da, bis das Auto vorbeigefahren war, und hielt meine Augen verborgen.

Vor Prääsä aus überquerte ich die Strasse und ging in den Wäldern zwischen der Strasse und dem Fluss an dem Ort vorbei. Vor der Strasse nach Kinnasvaara kehrte ich auf die südliche Seite der Strasse nach Aunus zurück und lag den Tag hindurch im Wald.

Ich schätzte, dass meine Flucht von Hiilisuo schon bemerkt worden war und man mich bald in den Wäldern zwischen Petroskoi und der finnischen Grenze suchen würde. Ich hatte mit Harju besprochen, dass es für mich das Beste wäre, auf direktem Weg von Prääsä durch die Landenge zwischen den Seen Soljärvi und Säämäjärvi zu gehen und südlich von Veskelys über den Brückenkopf Hyrsylä nach Finnland zu schleichen. Diese Route hatten viele gewählt, die in den letzten Jahren beschlossen hatten, aus Karelien zu flüchten.

Ich hatte dennoch eine gewisse Vorahnung, dass Kallonen gerade in der Landenge zwischen den beiden Seen seine Fischreusen und die GPU aufstellen würde, falls sie beginnen würden, mich zu jagen. Ich glaubte nicht, dass Kallonen mich aus Karelien fortgehen liesse.

Während ich Harjus Karte studierte, erkannte ich auch, dass ich, um zur Landenge zwischen den beiden Seen zu gelangen, über den Suojujoki-Fluss hätte schwimmen müssen. Das tat ich aber nur ungern, da ich zu Hause in Kauhava in Lehmlöchern hinter den Feldern schwimmen gelernt hatte und man mit solchen Schwimmkünsten keine starken Ströme in Russisch-Karelien überqueren konnte.

Ich hätte den Fluss auch auf der Strasse nach Kinnasvaara über eine Brücke überqueren können, aber über die Brücke wollte ich nicht gehen. Ich wusste, dass von Kinnasvaara eine Strasse nach Säämäjärvi führte, das nicht weit entfernt vom Kolchos Hopea war.

Ich überlegte den Tag hindurch, ob ich es wagen sollte, Hopea einen Besuch abzustatten, und bereits während ich überlegte, wusste ich, dass ich nicht einfach daran vorbeigehen konnte. In der Nacht ging ich im Wald an der Seite der Strasse nach Kinnasvaara bis zum Fluss und überquerte den Fluss über die Brücke, als es für eine Mainacht am wenigsten hell war. Das Dorf lag am Flussufer und schlief. Ein Hund kläffte hinter mir her, mochte aber seine Pflicht nicht für lange Zeit versehen. Gleich hinter dem Dorf entfernte ich mich wieder von der Strasse und zog weiter durch die Wälder. Ich war mit Irina vor Jahren einmal in Kinnasvaara gewesen, um ihre Verwandten zu besuchen, wollte diese aber jetzt nicht aufwecken.

Am Morgen kam ich am Rand der Felder von Hopea an. Im Kolchos schien alles noch so zu sein, wie es Kallonen und seine Soldaten vor über einem halben Jahr verlassen hatten. Die schwarzen Ruinen der Gebäude standen unberührt da, aber die Waldtiere hatten die Kadaver der Rinder, Schafe und Schweine gefressen und die Knochen im Wald verteilt.

Ich ging im Schutz des Waldes zum Wacholderhügel, wo der Friedhof lag, und sah, dass jemand im Herbst ein neues Grab ausgehoben und ein Bretterkreuz darauf gesteckt hatte, auf dem Pauli Karis Name, Geburts- und Todestag standen. Ich versuchte zu erraten, wer es gewagt hatte, nach Hopea zu kommen, um das Kind zu begraben.

Ich ging nicht bis zu den Ruinen des Kolchos, betrachtete sie nur von den Wacholdersträuchern des Friedhofs aus. Dann ging ich weiter in westlicher Richtung durch die Ländereien. Ich baute mir im Wald einen Unterstand aus Nadelzweigen, in dem ich den Tag hindurch lag.

In der folgenden Nacht ging ich von Jessoila zur Strasse, die nach Salmenniska führte, und überquerte sie. Ich wagte es jedoch nicht, es über die Landenge zwischen den Seen Säämäjärvi und Soljärvi nach Westen zu versuchen, sondern kehrte zur östlichen Seite der Strasse zurück und verbrachte den Tag in der Nähe des Dorfes Salmenniska im Wald. Ich sah den Suojujoki-Fluss, befand es aber nicht für ratsam, bei Tageslicht zu dessen Ufer zu gehen.

In der Nacht kehrte ich den Flusslauf entlang zum Dorf Kinnasvaara zurück und überquerte den Fluss am frühen Morgen über die Brücke, und diesmal bellten die Hunde nicht hinter mir her. Ich ging durch unbewohntes Gebiet weiter nach Westen. Den Tag verbrachte ich auf der südlichen Seite des Dorfes Salmenniska so tief im Wald, dass ich die Geräusche aus dem Dorf nicht hören konnte.

Die von Harju gezeichnete Karte endete auf der Südseite des Soljärvi-Sees, und in der folgenden Nacht ging ich so lange in westlicher Richtung weiter, bis die Sonne schon aufgegangen und der Morgen weit fortgeschritten war.

Den Tag hindurch blieb ich im Abhang des bewaldeten Geländerückens. Von einem Dorf am Flussufer hörte ich Geräusche, und auf der Strasse nach Süden fuhren Autos, aber es sah danach aus, dass keine Suchtruppen hinter mir her waren.

Allmählich ging mir der Proviant aus. Im Rucksack steckten nur noch einige Brotstücke, auf denen ich den Tag hindurch kaute. Dazu trank ich Wasser aus einer Quelle. Den Tag hindurch ging ich durch den Wald am Abhang und sah, dass es mehrere solcher Quellen gab. Weiter unten hatte ein Karelier ein zweizölliges Eisenrohr in die Flanke des Hügels geschlagen, aus dem das Wasser wie aus einem geöffneten Wasserkran floss. Das Wasser strömte als kleiner Bach den Abhang hinunter. Ich wusch meinem Kopf im eiskalten Wasser, das aus dem Rohr floss.

Am Abend, als die Geräusche aus dem Dorf verstummt waren und ich auf der Strasse keinen Verkehr mehr hören konnte, ging ich wieder weiter nach Westen. Ungefähr um Mitternacht gelangte ich zum Ufer eines kleinen Sees. An seinem nördlichen Ende sah ich zwei beinahe zusammengewachsene karelische Dörfer.

Ich beschloss, den See an seiner Südseite zu umgehen, aber dort berührte ich den Dorfrand, und die Hunde im Dorf begannen zu bellen. Ich entfernte mich eilig. Ich hörte Rufe von Männern und wartete ab, ob man die Hunde auf mich hetzte, aber das Gebell schien nicht näherzukommen und verstummte bald ganz. Auch die Stimmen der Menschen waren da bereits verebbt.

Ich gelangte zum südlichen Ende des Sees, ging weiter nach Westen und hoffte, dass ich die richtige Richtung erwischt hatte. Als am frühen Morgen die Sonne aufging, konnte ich mich daran orientieren und glaubte, dass ich tatsächlich auf dem richtigen Weg nach Finnland war.

Harju hatte mich vor Kopfgeldjägern gewarnt, die in den Wäldern an der Grenze umherstreiften, in der Hoffnung, Menschen, die versuchten, über die Grenze zu flüchten, erschiessen zu können. Auf Überläufer sei eine nicht geringe Prämie ausgesetzt worden. Obwohl Harju mir erklärt hatte, dass der Weg zur finnischen Grenze beim Brückenkopf von Hyrsylä am allerkürzesten war, wollte ich es weiter südlich zur Grenze versuchen.

Am frühen Morgen ging ich den Umweg über den Abhang eines hohen Geländerückens und überquerte an seinem Fuss einen kleinen Fluss über Baumstämme, die anscheinend von Anglern gefällt worden waren. Nah am anderen Ufer rutschte ich aus und fiel in den Fluss, aber ich glaubte, schon so nah an der Grenze zu sein, dass ich mich nicht darum bekümmerte, nass geworden zu sein. Nachdem ich ans andere Ufer gelangt war, ging ich im Erlenwäldchen etwa hundert Meter weiter, bevor ich stehenblieb, die Stiefel auszog und meine Fusslappen auswrang.

Der Morgen war schon so weit fortgeschritten, dass ich beschloss, den Tag hier im Erlenwäldchen zu verbringen, wo mich niemand sehen konnte. Ich liess meine Kleider trocknen und hörte in der Distanz Menschenstimmen und Hundegebell. Ich schätzte, dass dort ein grosses Dorf lag, und überlegte, wie ich in der Nacht daran vorbeigehen sollte.

Am Abend kamen Angler zum Fluss. Sie angelten im Fluss kleine Fische und brieten diese am Lagerfeuer. Ich hörte, wie die Männer am Lagerfeuer sprachen und einander am Flussufer auf Karelisch Dinge zuriefen, aber sie drangen vom Ufer nicht weiter ins Erlenwäldchen ein.

Als die Angler spätabends wieder ins Dorf zurückgekehrt waren, ging ich zu ihrem Lagerfeuer und versuchte, etwas zu essen zu finden, aber ich konnte bloss Fischgräten finden, von denen das Fleisch abgezogen und gegessen worden war. Ich war so hungrig, dass ich die Gräten in den Mund nahm und von ihnen den Geschmack nach gebratenem Fisch lutschte. Nach dieser Mahlzeit trank ich Wasser aus dem Fluss und ging weiter.

Ich umging das Dorf auf dessen südlicher Seite, kam dort jedoch zur Strasse und blieb lange an ihrer Seite im Gebüsch liegen, um zu sehen, ob auf der Strasse Leute unterwegs waren. Dann überquerte ich die Strasse eilig und verwischte meine Spuren. Ich glaube, dass es das Dorf Saarimäki war, auf dessen südlicher Seite ich in jener Nacht unterwegs war.

Vor Tagesanbruch gelangte ich zu einer zweiten Strasse, die ebenfalls von Norden nach Süden führte und gleich breit war wie die Strasse zum Dorf Saarimäki. Ich überquerte die Strasse, bevor der Tag vollständig angebrochen war, und verwischte meine Spuren am Strassenrand und auf der Strasse gut, weil ich glaubte, dass diese Strasse bereits zum Grenzposten der Russen führte, und keine Grenzwächter auf die Fersen kriegen wollte.

Ich verbrachte den Tag im Wald und versuchte zu hören, ob Grenzwächter im Gebiet bis zur Grenze unterwegs waren und ob man meinetwegen an der Grenze Netze ausgelegt hatte. Auf der Strasse hinter mir fuhr am Tag ein Lastwagen, aber ohne anzuhalten, und am Abend ging einige hundert Meter vor mir auf dem Pfad eine Patrouille mit gegeneinanderschlagenden Waffen vorüber. Es roch nach Machorka, und daran erkannte ich, dass ich in der Nähe der Pfade der russischen Grenzwächter sein musste.

Bevor ich weiterging, wartete ich, bis die Nacht angebrochen war. Ich kam zu einem Moor, das ich von da, wo ich den Tag hindurch gelegen hatte, nicht gesehen hatte, und musste dieses auf seiner Südseite umgehen, da ich nicht über das offene Moor gehen wollte. Am Rand des Moors ging ich durch niedrige Kiefern zu einem Gebiet mit Heidekraut, das hinter dem Moor begann, und sah die Grenzlinie nur zwanzig Meter vor mir. Es war bloss eine in den Wald geschlagene Schneise, aber breiter als eine gewöhnliche Waldschneise. Ich blieb lange im Schutz der Bäume stehen und horchte, ob Leute an der Grenzlinie unterwegs waren.

Ich hörte keine Geräusche und sah an der Grenze keinerlei Hindernisse. Ich ging los und schritt tüchtig, ohne anzuhalten, bis zur Grenzlinie und darüber. Als ich über das offene Gebiet ging, war ich auf Haltbefehle in russischer Sprache und auch auf Schüsse gefasst, und als ich über die Grenzlinie gelangt war, konnte ich nicht mehr gehen, ich begann zu rennen und rannte auf der finnischen Seite so weit in den Wald hinein, wie ich nur konnte.

So schnell vermochte ich nur einige hundert Meter weit zu rennen, dann sank ich auf meine Knie, stützte mich mit den Händen auf den finnischen Boden und atmete tief durch. Ich befand mich bereits am Rand eines finnischen Moors, war zwischen dem Sumpfporst auf meine Knie gesunken und hatte im Fallen seine Stengel und stark duftenden Blütenkelche abgebrochen.

Ich legte mich auf meine Seite und blieb einen Moment liegen, stand dann jedoch auf und ging weiter. Beim ersten Bach, den ich antraf, kniete ich nochmals hin und trank zuerst lange und begierig aus der hohlen Hand, dann jedoch tauchte ich meinen Mund tief ins klare Wasser Finnlands und löschte damit meinen Durst.

3.

Ich traf auf den Pfad, der nach Westen führte. Als ich eine halbe Stunde gegangen war, erschien vor mir ein offenes Feld mit Häusern und Nebengebäuden darauf. Ich ging über das offene Feld, ohne stehenzubleiben, gelangte zum Vorplatz des ersten Hauses und beruhigte den Hund, der von der Seite der Treppe bellend losstürmte.

Zur Eingangstür des Hauses ging man über eine gedeckte Treppe, die an der Stirnseite des Hauses angebracht war und bis zum Dachgeschoss führte. Ich stieg die Treppe hoch, klopfte an, und als ich von drinnen die Stimme eines Menschen hörte, trat ich in die düstere Stube ein. Ich blieb in der Türöffnung stehen. Am Tisch sass eine alte Frau. Ich grüsste auf Karelisch. Die Frau hiess mich in derselben Sprache willkommen.

Gleichzeitig kam ein Mann in meinem Alter aus der Kammer und zog den Gürtel seiner Hose an, blieb in der Türöffnung stehen und fragte, was ich wolle. Ich sagte, gerade jetzt wolle ich um etwas zu essen bitten, weil ich aus der Nähe von Petroskoi bis hierher gekommen sei und mein Proviant ausgegangen sei.

Der Hausherr forderte mich auf, mich zu setzen, und setzte sich selbst ebenfalls. Aus der Kammer kam eine Frau, jünger als ich, die mir etwas zu essen machte, nachdem der Hausherr erklärt hatte, in welcher Sache ich unterwegs sei. Er sagte mir, im Laufe der Jahre seien immer wieder Männer und auch einzelne Frauen aus dem Osten gekommen, und alle seien sie in ihrem Haus verpflegt worden. Huuhtanens Haus in Ignoila habe noch keiner hungrig verlassen müssen. Anhand der Reden des Hausherrn wurde mir klar, dass ich doch den Brückenkopf von Hyrsylä erwischt und die Grenze nördlich vom Dorf Hyrsylä überquert hatte.

Die alte Frau hatte die ganze Zeit wortlos am Tisch gesessen, fragte nun jedoch, wie das Leben des karelischen Volkes jenseits der Grenze sei. Diesseits der Grenze behaupte man, die Karelier würden wie Schlachtvieh abgestochen. Ich sagte, ich hätte solche Dinge ebenfalls gesehen.

Die Hausherrin brachte mir Brot und Fisch in Salzlake sowie Butter in einem hölzernen Gefäss. Sie schnitt mir vom Brot lange, dünne Stücke ab und strich richtige Butter darauf. Dazu gab sie mir Fisch aus einem Glas. Es fiel mir schwer, meine Hände im Zaum zu halten und das Brot nicht zu ergreifen, bevor die Frau es mir reichte. Ich versuchte, nicht zu begierig zu essen, kaute das Brot, behielt den Fisch im Mund und liess ihn auf meiner Zunge zergehen. Die Frau brachte ausserdem Dickmilch und goss mir davon ins Glas.

Dann fragte der Hausherr, wohin ich gehen wolle, nachdem ich es nun auf die finnische Seite geschafft hätte. Ich sagte, ich käme aus Ostbottnien und hätte vor, dorthin zurückzukehren, in mein Heimatdorf. Ich erzählte, wie ich auf die andere Seite der russischen Grenze gelangt war und wie lange ich in Karelien gelebt hatte, bevor ich wieder nach Finnland geflüchtet war.

Der Hausherr sagte, schon seit Jahren seien immer wieder reuige Erbauer des Sozialismus von drüben gekommen, andere Leute schon damals, als drüben die Sowjetunion die Macht ergriffen habe. Ich sagte, ich hätte es nicht gewagt, nach Finnland zurückzukehren, solange die Lapua-Bewegung noch aktiv gewesen sei.

Der Hausherr sagte, er habe allen, die von drüben gekommen seien, denselben Rat gegeben, dass sie sich am Grenzposten von Ignoila melden sollten, aber er habe nicht kontrolliert, ob der Rat befolgt worden sei. Diesen Rat gab er nun auch mir und behauptete, der Grenzposten sei das sicherste Tor nach Finnland.

Es war schon weit nach Mitternacht, als ich mit dem Essen fertig war und die Leute wieder schlafen gehen konnten. Mir boten sie ein Nachtlager auf der Bank in der Stube an, ich jedoch sagte, ich wolle lieber weitergehen, weil mich jeder weitere Kilometer beruhige, der zwischen mir und der russischen Grenze liege.

Der Hausherr zeigte mir den Weg zur Strasse und erklärte mir, wie ich auf der Strasse zum Grenzposten gelangen würde. Ich dankte, verabschiedete mich und bat um Verzeihung, dass ich kein Geld hätte, mit dem ich mein Essen bezahlen könne. Die Hausherrin schlug ihre Hände zusammen und rief aus, von ihrem Haus habe noch keiner hungrig weggehen müssen und man habe weder für das Essen noch für das Nachtlager Geld angenommen.

Ich kam über die Treppe hinunter auf den Vorplatz, der Morgen war warm und windstill. Der Hund lief hinter mir her, kehrte aber zurück, bevor ich zur Strasse kam, die von Hyrsylä nach Ignoila führte. Ich ging auf der Strasse in nördlicher Richtung, wie man es mir im Haus empfohlen hatte.

Die Strasse führte bald zu einem Moor, hinter dem sich sanft ein Birkenwäldchen erhob. Zur Linken erschienen eine weite Bucht und ein Fluss. Huuhtanen hatte gesagt, es sei der Suojujoki-Fluss, an dessen Ufer ich bei Prääsä gegangen war. Ich ging weiter und gelangte zu einem Kraftwerk. Unterhalb davon befand sich eine Seilfähre. Weil es erst früher Morgen war, war die Fähre unbedient. Ich ging hinunter zum Flussufer und setzte mich auf die Sitzbank des Kahns, um auf den Fährmann zu warten. Die Sonne wärmte schon, und ich war müde vom Gehen und von dem wenigen Schlaf. Ich schlief auf der Bank der Fähre ein und wachte erst auf, als der Fährmann mich wachrüttelte.

Ich begriff nicht gleich, wo ich war, und begann dann hastig zu erklären, woher ich käme und dass ich mich beim Grenzposten melden wolle. Der Fährmann sagte, er hätte gleich gesehen, woher ich käme, da meine Kleidung mit den Maschinen des Nachbarlandes genäht worden sei.

Der Fährmann zog den Kahn über den Fluss und liess mich nicht helfen, obwohl ich es ihm anbot, da am Zugseil gut zwei Stangen hintereinander Platz zu haben schienen. Der Fährmann forderte mich auf, mich zu setzen und auszuruhen, es sei noch ein gutes Stück zu gehen. Es war ein ruhiger und schöner Frühlingsmorgen, die Landschaft Kareliens diesseits der Grenze war in meinen Augen besonders schön.

Wir kamen am anderen Ufer an, und der Fährmann band den Kahn fest. Er empfahl mir, auf der Strasse weiterzugehen, bis ich zur nächsten Fähre am selben Fluss käme. Der Grenzposten liege auf der anderen Seite des Flusses. Der Fährmann der nächsten Fähre werde mir das Gebäude des Grenzpostens zeigen können.

Ich ging los. Es waren noch etwas über zehn Kilometer. Nach zwei Stunden war ich bei der Fähre.

Der Fährmann brachte mich hinüber und sagte, er werde mit mir zusammen zum Posten gehen, damit ich mich nicht verirren würde. Ich sah, dass er mir nicht traute. Wir gingen los. Der Fährmann stellte mir einige Fragen zum Leben jenseits der Grenze. Ich erzählte, ich sei vor fast acht Jahren als Entführungsopfer der Lapua-Bewegung dorthin geraten und hätte die folgenden Jahre in Petroskoi und in der Nähe von Jessoila gelebt. Der Fährmann kannte diese Orte, er erzählte, er sei als junger Mann in Petersburg, Moskau und den karelischen Dörfern gewesen, am Ende jedoch nach Ignoila zurückgekehrt, das seiner Meinung nach der beste Ort zum Leben sei. Von hier werde er niemals fortgehen, er habe bereits sein Grab auf dem Friedhof reserviert. Ich liess den Fährmann reden, da er nun einmal in Fahrt geraten war.

Wir kamen zum Posten. Der Fährmann ging mit grossem Getöse voran und rief, er bringe den Grenzwächtern ein Paket aus Russland, und die Wächter sollten das Paket kontrollieren, bevor man es an seinen endgültigen Bestimmungsort weiterbefördere.

Der Kommandant des Grenzpostens kam auf den Flur und gab dem Fährmann und mir die Hand. Er fragte, wer ich sei. Ich erklärte, ich sei nachts von Russland her über die Grenze gekommen.

Der Kommandant brachte mich in ein Büro und forderte mich auf, mich zu setzen. Er fragte mich nach meinem Namen. Ich sagte, ich sei Jussi Ketola, und erzählte, dass mich die Männer der Lapua-Bewegung im August dreissig von zu Hause entführt und über die Grenze abgeschoben hätten. Ich sagte auch, ich hätte gehört, dass die Entführer dafür bestraft worden seien.

Der Kommandant des Postens nannte seinen Namen nicht und fragte nach meinen Papieren. Ich sagte, sie seien mir im Herbst abgenommen worden, als die Leute von Hopea zur Erschiessung nach Krasnyj Bor gebracht worden seien.

Ein Verhörprotokoll wurde abgefasst. Der Kommandant zog als Zeugen einen Grenzwächter heran. Der Fährmann war inzwischen bereits an seinen Arbeitsplatz zurückgekehrt.

Ich erzählte im Verhör alles. Der Kommandant des Postens schrieb meinen Bericht Wort für Wort nieder und verlangte meine Unterschrift. Er sagte, er müsse mich nach Suojärvi in die Quarantäne schicken, weil man aus Russland Eingereiste nicht ins Land lasse, bevor eine Quarantäne von zwei Wochen um sei, damit keine Krankheiten aus Russland nach Finnland eingeschleppt würden.

Ein Grenzwächter wurde zu meinem Begleiter bestimmt, und der Kommandant forderte aus Suojärvi telefonisch ein Auto an. Ich wartete auf dem Posten zwei Stunden lang hinter verriegelter Tür auf das Auto. Als wir aufbrachen, händigte der Kommandant dem Grenzwächter das Verhörprotokoll aus. Der Grenzwächter setzte sich auf die Vorderbank neben den Fahrer. Ich sass auf der Rückbank und erzählte, ich hätte bei meinem letzten Aufenthalt in Finnland ebenfalls auf der Rückbank eines Autos gesessen, aber damals hätte ich zu meinen beiden Seiten bewaffnete Männer gehabt.

Der Grenzwächter konnte sich an meinen Fall erinnern und sagte, er kenne die Männer, die damals im Grenzposten von Kivivaara Dienst gehabt hätten, als ich dorthin gebracht worden sei.

4.

Wir kamen am Nachmittag in Suojärvi an. Der Grenzwächter überliess mich der Einheit Suojärvi der Geheimpolizei. Das Verhör begann sogleich, ich musste dieselben Dinge, die ich in Ignoila erzählt hatte und die im Verhörprotokoll niedergeschrieben worden waren, von neuem erzählen, beklagte mich jedoch nicht.

Ich bekam während des Verhörs zu essen, als ich sagte, ich hätte in den letzten Tagen nur wenig Proviant bei mir gehabt. Die Grenzwächter in Ignoila hatten mir bloss Wasser angeboten. Ich wurde von einem Ermittler namens Honkonen verhört. Den Namen des zweiten Mannes, der mich verhörte, weiss ich nicht mehr. Sie liessen von irgendwoher etwas zu essen bringen und assen mit mir zusammen.

Honkonen erklärte, in Suojärvi gebe es ein gutes Restaurant, das berühmte Seurahuone von Suojärvi, aber an einen so feinen Ort wolle er mich nicht zum Essen bringen, und man habe dort kein Essen bestellt.

Ich hatte so viele Jahre jenseits der Grenze verbracht, dass das Verhör am Ende drei Tage beanspruchte. Honkonen fragte genau und mehrere Male nach den Namen der Menschen, mit denen ich in Petroskoi und anderswo in Karelien zu tun gehabt hatte. Er kannte die Namen von Kallonen und Soura, von deren Machenschaften er schon von vielen, die von drüben gekommen waren, gehört hatte.

Mit seinen vielen Fragen versuchte Honkonen mich durcheinanderzubringen, so dass ich am Ende hätte gestehen sollen, dass man mich aus Petroskoi mit Spionageaufträgen nach Finnland geschickt habe, um Angelegenheiten der finnischen Armee zu erkunden und Kontakt zu finnischen Kommunisten aufzunehmen. Ich verlieh Honkonen gegenüber meiner Verwunderung Ausdruck, dass Kallonen mich im August dreissig genau auf dieselbe Weise verhört hatte, nachdem man mich von zu Hause über die Grenze abgeschoben hatte. Man halte mich auf beiden Seiten der Grenze für einen Spion und Informationsträger, obschon ich nichts anderes wolle, als in Ruhe in meinem Haus in Kauhava leben zu können.

Am dritten Tag sagte Honkonen schliesslich, aus Ostbottnien seien Informationen gekommen, aufgrund derer er glaube, dass ich tatsächlich Jussi Ketola sei, den die Lapua-Männer entführt hätten. Man habe mich für tot gehalten, weil aus Petroskoi ein offizieller Totenschein mit einer Erläuterung der Todesursache gekommen sei. Honkonen forderte mich nun auf zu erzählen, was ich im Sommer dreiunddreissig in Helsinki getrieben hätte, als ich meiner Frau von dort eine Postkarte geschickt hätte.

Ich sagte, Joonas Harju habe die Karte abgeschickt, als er in Finnland Vieh für die Kolchosen Hiilisuo und Hopea gekauft habe. Honkonen behauptete, ich löge, man habe mich in Helsinki gesehen.

Ich sagte, ich hätte gelesen, dass man einen Menschen in der katholischen Kirche heiligsprechen könne, wenn er zur selben Zeit an zwei hinreichend weit voneinander entfernten Orten gesehen worden sei. Wenn man mich im Sommer dreiunddreissig in Helsinki gesehen habe, obwohl ich den ganzen Sommer in Karelien verbracht hätte, könne man mich heiligsprechen. Doch dazu sei auch noch eine Wundertat nötig. Meine gelungene Flucht aus

Karelien hielt ich für eine solche. Zeugen dafür müsse Honkonen allerdings in den Massengräbern von Krasnyj Bor suchen, sagte ich.

Honkonen gab zu, er habe die Behauptung, man habe mich in Helsinki gesehen, nur als Köder eingeworfen. Er fragte nach Joonas Harju. Ich glaubte, es sei den Beamten bekannt gewesen, dass Harju und Niva in Finnland Vieh gekauft hätten, da die Tiere in Eisenbahnwaggons nach Russland gebracht worden seien und Harju und Niva kaum in der Lage gewesen wären, zweihundert Rinder im Geheimen zu kaufen und über die Grenze zu schaffen.

Honkonen wollte überprüfen, ob man auf dem Zollamt in Helsinki etwas über Harjus und Nivas Geschäfte wusste. Auch der zweite verhörende Ermittler entfernte sich. Ich legte mich inzwischen auf mein Bett in der Zelle, aus der ich mich nicht entfernen durfte.

Honkonen kehrte zurück, nachdem er einige Anrufe getätigt hatte, und musste mir zu seiner Verwunderung bestätigen, dass ich die Wahrheit gesprochen hatte. Er vermutete, man habe mir diese Masche in den russischen Spionageschulen beigebracht. Die wahren Fakten, die der Verhörende überprüfen konnte, überdeckten die Lügen, die er nicht überprüfen konnte.

Ich fragte, ob die Postkarte, die Joonas Harju im Sommer dreiunddreissig abgeschickt habe, bei der Geheimpolizei geblieben oder meiner Ehefrau zugestellt worden sei. Honkonen wollte nicht in Helsinki nachfragen, obwohl ich ihn darum bat. Seiner Meinung nach lohnte es sich nicht mehr, die Postkarte weiterzubefördern, falls sie als Beweisstück in Helsinki geblieben sei. Ich würde meiner Frau nun beliebig viele Postkarten und Briefe schreiben und darin von meinem Leben in Karelien berichten können, von meiner Frau und meinen Kindern, von meinem Lotterleben in

Petroskois Kneipen und Viitanas Hundehütten, weil mein Ausflug ins Gefängnis noch lange dauern werde.

Ich fragte, was man mir zur Last legen wolle. Das brauchte ich nach Honkonens Meinung gar nicht erst zu fragen. Eine Verurteilung wegen Spionage sei allein aufgrund dessen, was ich selbst gestanden hätte und was man über mich in Erfahrung gebracht habe, nachdem man meine Vergangenheit in Finnland überprüft habe, garantiert.

Ich sagte, es höre sich beinahe so an, als ob die Lapua-Bewegung in diesem Land immer noch an der Macht sei, wenn man einen Mann zu einer Haftstrafe verurteilen könne, dem es gelungen sei, nach Finnland zu fliehen, von wo er nach Russland abgeschoben worden sei.

Honkonen gab zu bedenken, man habe mich nicht hinter die Grenze gebracht, sondern ich sei selbst vom Posten in Kivivaara nach Russland gelaufen.

Ich erinnerte ihn daran, dass man mit verschiedenen Waffen hinter mir her geschossen hatte, mit Pistolen von Zivilpersonen und mit Gewehren von Grenzwächtern. Honkonen wunderte sich erneut darüber, dass ich für so lange Zeit in Karelien geblieben sei. Weshalb ich nicht gleich im Herbst dreissig zurückgekehrt sei? Er hatte schon so viele Male danach gefragt, dass ich es leid war, darauf zu antworten. Ich versuchte ruhig zu bleiben und erläuterte nochmals, ich hätte damals nicht einmal daran zu denken gewagt, nach Finnland zurückzukehren, wo Vihtori Kosolas Banden Menschen wie mich töteten und misshandelten, und in späteren Jahren sei eine Rückkehr aus anderen Gründen nicht mehr möglich gewesen.

Honkonen behauptete, ich hätte lieber in Karelien in wilder Ehe leben wollen, statt zu meiner angetrauten Ehefrau nach Finnland zurückzukehren. Ich ging auf derartige Vorwürfe gar nicht erst ein. Ich mochte Honkonen nicht mehr erzählen, wie Irina in Krasnyj Bor neben mir erschossen worden war. Ich sass wortlos da. Honkonen fragte, ob ich nicht antworten wolle. Ich sprach nichts. Honkonen sagte, das Verhör sei nun zu Ende und man werde mich nach Ablauf der Quarantäne nach Sortavala bringen, um die Erhebung der Anklage abzuwarten. Ich dürfe mich aus der Quarantäne in Suojärvi nicht entfernen und mit keinen Aussenstehenden in Kontakt treten. Ich hätte auch kein Recht, Briefe zu schreiben oder zu telefonieren. Ich hatte keine Kraft, um nachzufragen, aufgrund welcher Ansteckungsgefahr mir dies verboten war.

Honkonen und der zweite verhörende Ermittler brachten mich in den Raum, in dem ich meine Quarantäne absitzen sollte. Sie sagten, man werde mir das Essen durch die Klappe in der Tür geben und ich hätte das Geschirr immer durch dieselbe Klappe zurückzugeben. Um mein Geschäft zu verrichten, hatte ich einen Eimer in der Ecke des Raums. Honkonen versprach mir, der Eimer werde täglich geleert werden.

5.

Nach zwei Wochen brachte man mich von Suojärvi nach Sortavala zum dortigen Büro der Geheimpolizei, wo ich erneut verhört werden sollte.

Wir kamen so spät am Abend in Sortavala an, dass das Verhör nicht sofort aufgenommen wurde. Stattdessen wurde ich in eine fensterlose Zelle gesteckt, die nur über ein Bett und einen Tisch verfügte sowie einen Eimer neben der Tür, in den ich mein Geschäft verrichten konnte. Mir wurden wenigstens Kaffee und Butterbrote gebracht, und der Beamte, der Wache hielt, blieb bei mir, um mit mir zu reden, als er den Kaffee brachte. Er hatte mein Verhörprotokoll schon gelesen und wollte von den Hinrichtungen in Krasnyj Bor hören, von Kallonen, Soura und Travins Hinrichtungskommando. Er wusste, dass man in Krasnyj Bor und einer anderen Hinrichtungsstätte in der Nähe von Karhumäki den Herbst und Winter hindurch Finnen und Karelier hingerichtet hatte. Der Beamte wusste sogar den Namen des anderen Ortes, Sandarmoh, und er wusste ebenfalls, dass zusätzlich zu Travins Sonderkommando noch ein weiterer Vollstrecker namens Goldenberg nach Karelien gekommen sei, dessen Hinrichtungskommando sowohl in Karhumäki als auch in Petroskoi Menschen massakriert habe.

Der Beamte fragte auch nach Hopea und danach, wie man uns von dort weggebracht habe. Ich erzählte ihm alles, obwohl ich den verhörenden Ermittlern alles schon viele

Male erzählt hatte. Der Beamte sagte, im Herbst sei ein Mann namens Rinta-Nisula über die Grenze gekommen, der berichtet habe, er habe fliehen können, als die Leute von Hopea weggebracht worden seien. In der dunklen Nacht und mitten in all den Schüssen habe niemand bemerkt, wie Rinta-Nisula sich in den Feldern des Kolchos versteckt habe. Er habe erzählt, vor seinem Aufbruch von Hopea habe er einen kleinen Jungen begraben, der von einem Soldaten erschlagen worden sei. Als ich sagte, der Junge sei mein Sohn gewesen, liess der Beamte mich in Ruhe und ging. Dabei sagte er noch, er habe versucht herauszufinden, warum in Karelien Finnen und Karelier getötet würden wie Wanzen und warum im «Roten Karelien» geschrieben werde, die aus Amerika eingereisten Finnen seien Schmarotzer, die sich vom Blut des Arbeiterstaats ernähren würden. Er erzählte mir, in Deutschland würden gegenwärtig die Juden als Schmarotzer bezeichnet.

Dieser Beamte machte auf mich den Eindruck, ein denkender Mensch zu sein, der den Dingen auf den Grund gehen wollte. Ich konnte ihm jedoch nicht erklären, warum man in Karelien jetzt diese Massaker anrichtete. Ausserdem war es für mich sehr schwer, über diese Dinge zu reden, weil ich Irina und das Kind verloren hatte, die beide vor meinen Augen getötet worden waren.

Die Zelle bei der Geheimpolizei in Sortavala war ein ruhiger Ort, und ich vermisste die Fenster, durch die ich die Welt hätte betrachten können, nicht. Ich lag auf meiner Seite auf dem Bett und betrachtete den Tisch und den Stuhl, die sich vor meinen Augen befanden. Ich dachte darüber nach, wie der Schreiner die Tischbeine mit dem Rahmen der Tischplatte verbunden hatte, wie er mit dem Hohlbeitel Vertiefungen in die Tischbeine geschnitten hatte, in die die Enden der Rahmenbretter so genau passten, und womit er die Tischplatte am Rahmen und an den Tischbeinen befestigt hatte. Ich studierte auch die Tischschubladen, von denen zwei nebeneinander lagen, und die Griffe der beiden Schubladen, mit denen sie geöffnet werden konnten. Ich glaubte, dass der Schreiner die Schubladen mit Nut und Kamm gefertigt hatte, und ich musste vom Bett aufstehen und die Schubladen so weit aufziehen, dass ich an den Enden der Seitenbretter der Schubladen drei Zapfen und am Stirnbrett Vertiefungen dafür sah. An den Stirnseiten des Tisches befanden sich in der Mitte zwischen den Tischbeinen Querstäbe, und an jedem von ihnen hatte der Schreiner vier Längsstäbe angebracht. Ich überlegte, dass man die Längsstäbe hatte an den Querstäben anbringen müssen, bevor man die Tischplatte befestigt hatte. Die Tischplatte hatte man an den Vertiefungen ausrichten müssen, nachdem sie an ihren Platz gelegt worden war. Ich glaubte nicht, dass der Schreiner diese Arbeit alleine hatte bewältigen können.

Auch den Stuhl studierte ich lange, ich stellte ihn auf den Kopf und sah nach, ob man zu seiner Montage Holzstifte verwendet hatte. Auf diese Weise vertrieb ich mir die Zeit. Ich glaube, dass die Nacht schon weit fortgeschritten war, als ich einschlief.

Am Morgen wurde mir wieder Essen in die Zelle gebracht, aber nicht vom selben Beamten, der am Abend mit mir geredet hatte. Dann wurde ich zum Verhör geholt. In die Zelle kam ein Mann in Zivilkleidung, der sich mir als Koiranen vorstellte. Er gab mir die Hand, befahl mir mitzukommen und ging voraus. Wir gingen in einen Raum, an dessen Tür kein Name stand, aber Koiranen setzte sich hinter den Schreibtisch, als ob es sein eigener wäre, holte Papiere aus einer verschlossenen Schublade und las einen Augenblick darin, bevor er zu sprechen begann.

Koiranen sagte, dass man meinen Fall bei verschiedenen Stellen abgeklärt hatte, nachdem ich am Grenzposten von Ignoila aufgetaucht sei. Man hatte sich gewundert, was für ein Jussi Ketola das sein sollte, von dem man wusste, dass er tot war, der nun jedoch lebend in Finnland aufgetaucht sei.

Koiranen fragte, ob mir bekannt sei, dass aus Leningrad ein Gesuch gekommen sei, den sowjetischen Staatsbürger Jussi Kari auszuliefern. Da ich jedoch einen anderen Namen angegeben hätte, sei mein Fall untersucht worden und man glaube nun, dass ich der für tot erklärte Jussi Ketola sei.

Ich fragte, ob man mich an die Sowjetunion ausliefern wolle, wo die Todesstrafe auf mich warte. Koiranen sagte, Jussi Kari wäre vielleicht ausgeliefert worden, aber Ketola sei finnischer Staatsbürger und könne in Finnland bleiben, sofern er nicht zurück wolle.

Koiranen zog einige Blätter aus seinem Papierstapel und las vor, was in den Gerichtsprozessen geschehen war, in denen meine Entführer sich hatten verantworten müssen.

Koiranen las, dass Pentti Kosola und die Grenzwächter nicht angeklagt worden waren, obwohl ich nun in den Verhören ausgesagt hatte, die Grenzwächter hätten ebenfalls auf der Seite der Lapua-Männer gestanden und lieber die Erlaubnis gegeben, mich zu töten, als mich nach Ostbottnien zurückzulassen, während ich auf dem Posten von Kivivaara festgehalten worden war. Koiranen erläuterte, falls ich die Absicht hätte, Pentti Kosola oder den Hauptmann anzuzeigen, der nach meinen Aussagen damals in Kivivaara gewesen sei, so seien ihre Verbrechen schon verjährt, und es sei auch nutzlos, falls ich in den Kommunistenblättern mit meiner Entführung renommieren wolle.

Er legte die Papiere weg und sah mich an. Ich hatte keinen Grund, meine Augen von ihm abzuwenden. Ich blickte ihn an, sagte dann aber, ich hätte keine anderen Pläne, als nach Hause zu fahren und mein Leben ohne Kosolas, ohne die Lapua-Bewegung, ohne die Republik Karelien und ohne die Union der Sozialistischen Sowjetrepubliken zu leben.

Koiranen sagte, er glaube mir. Die Geheimpolizei habe keinen Grund mehr, mich weiter zu verhören.

Ich fragte, was er damit meine. Koiranen sagte, ich sei ein freier Mann, und deutete auf die Tür. Ich sagte, ich hätte kein Geld und bis nach Ostbottnien sei es ein weiter Weg. Koiranen meinte, es sei immerhin weniger weit als bis nach Sibirien. Er sagte, er werde mich nicht in seinen Armen nach Hause tragen. Ich erwiderte, das hätte ich auch nicht erwartet.

Darauf erklärte mir Koiranen, man könne mir als mittelloser Person eine Unterstützung zwecks Heimreise gewähren. Ich fragte, ob ich dazu einen Antrag stellen müsse. Koiranen sah mich kurz an und schrieb dann eine Zahlanweisung. Das Geld werde mir an der Kasse ausbezahlt, sagte er. Es werde bestimmt für die Fahrt mit der Eisenbahn vom Bahnhof Sortavala bis nach Kauhava ausreichen. Er forderte mich auf, die Bestätigung mitzunehmen, der zufolge ich mich unverzüglich beim Polizeivorsteher von Kauhava melden sollte.

Ich schätzte, ich würde zuerst zu Hause vorbeigehen, bevor ich beim Polizeivorsteher vorspräche. Koiranen sagte, er gebe mir dazu die mündliche Erlaubnis. Er versuchte einen Scherz zu machen und fragte, ob in Kauhava immer noch der berühmte hässliche Polizeivorsteher im Amt sei. Ich war nicht zu Scherzen aufgelegt und erwiderte, sie seien alle hässlich.

Ich nahm den Zettel aus Koiranens Hand und verliess die Büros der Geheimpolizei in Sortavala über einen kleinen Umweg zur Kasse.

6.

Der Zug, mit dem ich nach Kauhava fuhr, kam um elf Uhr abends am Bahnhof an. Es war noch hell, am Bahnhof waren einzelne Leute, um Ankommende abzuholen, mich jedoch holte niemand ab.

Ich hatte mich nicht rasiert, seit ich von Suojärvi aufgebrochen war, und auch meine Haare waren seit der Quarantäne nicht mehr geschnitten worden. Niemand erkannte mich am Bahnhof. Ich ging die Geleise entlang in die Richtung von Lauttamus, doch beim Bahnübergang bog ich nicht zum Dorf ab, sondern setzte den Weg die Geleise entlang bis zur Eisenbahnbrücke fort und überquerte den Fluss, indem ich über die Schwellen der Geleise ging. Zwischen den Schwellen hindurch sah ich das in der Tiefe strömende schwarze Wasser, dessen Anblick mir als Kind Angst gemacht hatte, aber inzwischen hatte ich schon weit schwärzere Dinge gesehen, und das Wasser machte mir keine Angst mehr.

Ich ging auf dem Pfad am Bahndamm bis zur Strasse und ging südlich des Flusses auf der Strasse bis zu den höher gelegenen Gebieten. Die Häuser von Passi standen immer noch in einer Reihe entlang der Strasse zum Friedhof, in der Nähe der Kirche verlief die Strasse dicht bei den Fassaden der Häuser. Die Menschen in den Häusern schliefen bereits, und hier bellten keine Hunde hinter mir her.

Ich ging an der Kirche vorbei. In Jylhä ging ich zur Brücke und betrachtete das Wasser des Flusses, blieb aber

452

nicht am Geländer stehen, sondern kehrte zur Strasse zurück und ging weiter. Meine Schritte fühlten sich leicht an und die Kilometer, die ich vom Bahnhof bis nach Hause zu gehen hatte, waren nicht der Rede wert. Ich blieb kein einziges Mal stehen, um mich auszuruhen. Die Strasse führte durch weite Kornfelder, und ich betrachtete die Jungpflanzen, die auf den Feldern emporwuchsen, und die geeggten Äcker, auf denen die Frühlingssaat ausgesät worden war.

Als ich nach Hause kam, kam der Hund aus seinem Verschlag gelaufen und begann zu bellen, hörte jedoch auf, als ich ihn beim Namen rief. Er war schon alt, senkte den Kopf vor mir zwischen die Pfoten, winselte und wedelte mit dem Schwanz, als ich ihn zwischen den Ohren kraulte und über seinen Rücken strich, indem ich seinen Namen wiederholte.

Dann trat ich ein. Der Hund kam mit, blieb aber bei der Treppe stehen. Die Eingangstür war offen, wie sie es immer gewesen war für den Fall, dass Christus in der Wildnis unterwegs wäre und um ein Nachtlager bäte. Als ich in die Stube trat, kam Sofia gerade im Nachthemd aus der Kammer und zog sich ein Tuch über die Schultern. Sie erkannte mich in der düsteren Stube nicht und fragte, wer ich sei und was ich wolle. Ich sagte, ich sei Jussi Ketola und würde aus diesem Haus stammen. Sofia machte Licht und trat dicht vor mich, betrachtete mich einen Augenblick und sagte dann: «Das ist ja Jussi, um Himmels willen.»

Sofia setzte sich auf die Bank am Fenster und brachte keine weiteren Worte heraus. Ich stand in meinen Russenklamotten, die ich in Hiilisuo bekommen hatte, mitten auf dem Fussboden meiner Stube und wusste nicht, wohin mit meinen Armen und Beinen.

Dann forderte mich Sofia auf, mich auf die Bank am Tisch zu setzen. Sie fragte, ob ich in den letzten Tagen etwas zu essen bekommen hätte. Ich war nicht hungrig, doch Sofia begann Kaffee zu kochen. Sie glaubte, dass wir eine ganze Weile noch nicht würden schlafen können.

Ich setzte mich auf die Bank, Sofia machte Feuer im Herd und setzte Kaffee auf. Sie sagte, sie habe immer daran geglaubt, dass ich noch am Leben sei. Die Todesanzeige aus Petroskoi habe sich für sie nicht richtig angefühlt. Ich fragte, ob sie im Jahr dreiunddreissig die Postkarte erhalten habe, die Joonas Harju aus Helsinki geschickt habe und auf der sich Grüsse von mir befunden hätten. Sofia hatte sie nicht erhalten, erinnerte sich aber daran, dass gerade in jenem Jahr zwei Männer der Geheimpolizei im Haus erschienen seien. Sie hätten Sofia gefragt, ob man aus der Sowjetunion oder von der verbotenen Kommunistischen Partei aus versucht habe, mit ihr Kontakt aufzunehmen und sie zu beauftragen, Informationen aus Finnland in die Sowjetunion zu schicken. Gerade als ob sie irgendwelche Informationen weiterzugeben gehabt hätte! Mit all den Arbeiten in Haus und Hof habe sie mehr als genug zu tun gehabt, nachdem der Hausherr fortgebracht worden sei. Das habe Sofia den Ermittlern gesagt, und danach seien sie nicht wiedergekommen.

Wir sassen da und tranken Kaffee. Sofia erzählte, der Gerichtsprozess der Entführer sei ein jämmerliches Trauerspiel gewesen. Man habe Ville Kosola und die anderen Entführer als Helden des Vaterlands dargestellt und mich als Kommunisten, der eine Gefahr für die Freiheit Finnlands darstelle. Ville Kosola und ein weiterer hätten für kurze Zeit im Gefängnis bleiben müssen und seien von dort als Helden zurückgekehrt.

Sofia zählte es allerdings zum Verdienst der Herren von Kauhava, dass Ville Kosola seines Amtes als Tierarzt enthoben worden sei. Der Pastor Rantanen sei dagegen immer noch Pfarrherr, die Entführungen habe er wenigstens aufgegeben, und die Lapua-Bewegung existiere nicht mehr.

Darauf erzählte ich, was mir zugestossen war, nachdem man mich auf dem Vorplatz in das von Pentti Kosola gelenkte Auto gestossen hatte. Ich erzählte alles ganz von Anfang an, ich erzählte von meinem Leben in Karelien, von meinen Erlebnissen in Petroskoi und Hopea, von den Schweinen in Hiilisuo, von Irina, Pauli und Mary und davon, was ihnen zugestossen war.

Als ich alles erzählt hatte, war der Tag schon angebrochen, und wir mussten bald zur Arbeit gehen. Ich fragte, auf welche Weise wir unser Leben fortsetzen sollten. Sofia setzte sich neben mich auf die Bank, hob meine Hand mit der Handfläche nach oben auf den Tisch und legte ihre Hand darauf, legte meine zweite Hand darauf und zuoberst ihre zweite Hand. Sie sagte, wir würden dort fortfahren, wo wir stehengeblieben seien.

Wir sassen immer noch so da, als ich sah, wie die Magd schon zum Stall ging, und auch Sofia wollte zu den Stallarbeiten gehen. Sie erzählte noch, Arvo sei in der Armee und Hilkka in Lapua an der Christlichen Volkshochschule, von wo sie am Sonntag nach Hause kommen würde. Pauli habe begonnen, im Dachstock des Schuppens zu schlafen, als es wieder wärmer geworden sei.

Ich fragte, ob im Stall Hilfe nötig sei. Sofia sagte, sie werde diesen Morgen alleine zurechtkommen, wie sie es an so vielen Tagen geschafft habe, aber ich dürfe mich um die Pferde kümmern, sobald ich bereit sei. Ich versprach es.

Nachdem Sofia gegangen war, blieb ich noch in der Stube sitzen. Ich betrachtete jeden Gegenstand, der sich in der

Stube befand, die Möbel, Gefässe und die an den Wänden aufgehängten Werkzeuge, den Brotstab und die Brote daran, und alles war mir noch vertraut. Sofia hatte beim Weggehen das Licht gelöscht. Darauf war das Dämmerlicht des Frühlingsmorgens in die Stube gedrungen. Bald wurde daraus helles Tageslicht.

Über Antium

**Der Antium Verlag, gegründet 2018, hat sich auf
Bücher von Schweizer Autoren sowie Übersetzungen aus dem
Finnischen und Italienischen spezialisiert.
Weitere Titel in Vorbereitung.**

Warum Antium?

Antium (heute Anzio) war in der Antike ein beliebter Badeort für
vornehme Römer, die dort ihre Villen errichteten – nur einen Katzensprung von Rom entfernt. Ein vergleichsweise naher «Sehnsuchtsort» also, der für Entspannung und Genuss stand.
Und womit könnte man sich besser entspannen als mit einem guten Buch in der Hand? Das galt schon in der Antike, und so gaben sich hier literarische Hochkaräter wie Maecenas und Cicero ein
Stelldichein.
Das hohe kulturelle Niveau in Antium wird nicht zuletzt dadurch
bezeugt, dass die Archäologen in diesem Gebiet besonders viele bedeutende Kunstschätze ausgegraben haben. Und genau das möchten
wir mit dem Antium Verlag auch erreichen.

Was macht der Antium Verlag?

Von «Sehnsuchtsorten» handeln auch die Bücher des Antium Verlags. Getreu den Spezialinteressen der Gründer präsentiert der Verlag Übersetzungen aus dem Finnischen und Italienischen, mitunter
fernab des im deutschsprachigen Raum bereits hinlänglich Bekannten. Und schliesslich soll auch die nationale und regionale Literatur
gefördert werden. Auch junge Schweizer und Schwyzer Autoren
können also beim Antium Verlag eine Plattform finden.
Der Verlag ist grundsätzlich offen für Texte verschiedener inhaltlicher Ausrichtung, mit dem Anspruch, dass die Bücher unterhaltsam
und intelligent zugleich sein sollten.

Weitere Übersetzungen aus dem Finnischen im Antium Verlag:

JAAKKO MELENTJEFF:

DIE ERTRUNKENEN

Aus dem Finnischen von Beat Hüppin

Pori. Stockholm. Reykjavik. Drei unbekannte Ertrunkene in Küstengewässern in verschiedenen Ländern. Jeder von ihnen hat in seiner Tasche offensichtlich die Papiere einer anderen Person. Ist unter dem skandinavischen Himmel ein Serienmörder am Werk? Und was hat es eigentlich mit dem «Dreifingrigen» auf sich, der in einer Villa ausserhalb von Prag lebt?
Die Ermittlerinnen Annmari Akselsson von der Stockholmer Kriminalpolizei und Paula Korhonen aus Tampere erhalten Unterstützung durch den Fahnder Kalle Nordin von der NORDSA, aber die Indizien sind dünn gesät. Und dann verschwindet in Reykjavik auch noch der bekannteste Millionär Islands spurlos …

«Melentjeff präsentiert ein vielversprechendes Debüt im einheimischen finnischen Krimischaffen.»
Ruumiin Kulttuuri

ISBN 978-3-907132-00-5

ERHÄLTLICH ÜBERALL IM BUCHHANDEL

HELENA VÄISÄNEN:

FARMABERG

Aus dem Finnischen von Beat Hüppin

Der Mediziner Jarkko Karhu, Leiter eines Forschungsprojekts bei der Farmaberg in Lappeenranta, wird mit durchschnittener Kehle in seinem Eisbecken aufgefunden. Saara Joho, Ermittlerin mit Schweizer Wurzeln und überempfindlichem Geruchssinn, übernimmt den Fall. Sie findet bald heraus, dass es nicht der erste Todesfall im Umfeld der Farmaberg ist. Was hat der Pharmakonzern zu verbergen? Und was ist mit den verschwundenen Flüchtlingen aus dem örtlichen Flüchtlingszentrum?
Helena Väisänen präsentiert mit ihrem Romanerstling einen raffinierten und stimmungsvollen Kriminalroman. Sie führt ihren Lesern vor Augen, was menschliche Gier auf verschiedenen Ebenen auslösen kann, sei es die sexuelle Begierde oder das rücksichtslose Streben nach beruflichem und wirtschaftlichem Erfolg – bis der Mensch selbst zum Tier mutiert, wie die Ratten im Versuchslabor der Farmaberg.

«Ein wirklich ausgezeichneter Roman, kein gewöhnliches Erstlingswerk!»
Jouko Varonen, Joukon kirjablogi

ISBN 978-3-907132-04-3

ERSCHEINT IM JUNI 2019

Übersetzungen aus dem Italienischen im Antium Verlag:

GEMMA CAPONE:

ANIMATERRA - PFAD DER VERSÖHNUNG

Aus dem Italienischen von Rahel Schmidig

Das Eintauchen in die Erinnerungen erfolgt in einer kreis- oder spiralförmigen Bewegung und lässt Gemma nicht los: Ein traumatischer Aufenthalt im Waisenhaus, die Abreise in Richtung Norden, Arbeit in der Fabrik und die Geburt ihrer behinderten Tochter. Viele Jahre lang widmet sich Gemma ausschliesslich ihrer Familie. Was hält das Leben danach noch für sie bereit?

Das Thema der Migration und des daraus resultierenden Gefangenseins zwischen zwei Kulturen wird im Buch auf sehr poetische und berührende Art dargestellt. Es ist somit nicht nur die eigene Geschichte der Autorin, sondern auch die einer ganzen Generation von Frauen, die Italien in der Nachkriegszeit Richtung Schweiz verliessen.

ISBN 978-3-907132-03-6

ERSCHEINT IM MAI 2019

DANIELE FINZI PASCA:

DIE NACKTGEBORENE

Aus dem Italienischen von Rahel Schmidig

Die Ich-Erzählerin und ihre Zwillingsschwester Anna, die Heilige, die merkwürdigerweise bekleidet zur Welt gekommen ist, sind zwei gegensätzliche Wesen. Und doch sind ihre Leben untrennbar und tragisch miteinander verknüpft.
Tante Matta, Onkel Al Berto, Cousin Maria Addolorata, Oma Lina, Oma Luce und viele andere kreisen als ein Universum von merkwürdigen, skurrilen und berührenden Figuren um die beiden Schwestern.
Ein raffiniertes, virtuoses Spiel mit der Sprache und den Motiven, das alle grossen Fragen des Lebens umfasst: Liebe und Glück, Leiden und Tod, Gott und die Freiheit.

«Ein mutiges Stück Literatur in verträumter, märchenhafter Sprache, erzählt mit überströmender Poesie und Fantasie.»
Cooperazione

ISBN 978-3-907132-01-2

ERHÄLTLICH ÜBERALL IM BUCHHANDEL

WEITERE TITEL IN VORBEREITUNG!